El grito

Crimen y Misterio

Yrsa Sigurdardóttir

El grito

Los casos de Freyja 1

Traducción de Milo J. Krmpotić

DESTINO

Título original: *DNA*

Adaptación de la cubierta: Booket / Área Editorial Grupo Planeta
Fotografía de la cubierta: © Ebru Sidar / Arcangel Images
Primera edición en Colección Booket: marzo de 2026
Segunda impresión: junio de 2026

Depósito legal: B. 420-2026
ISBN: 978-84-233-6960-7
Impreso en España

Biografía

Yrsa Sigurdardóttir nació en Reikiavik, Islandia, en 1963. Ingeniera civil de formación, en 2005 decidió dedicarse plenamente a la escritura tras obtener un gran éxito internacional con su primera novela *El último ritual*, un fenómeno editorial publicado en más de treinta territorios. Desde entonces, ha sido reconocida con los premios más prestigiosos del género, entre ellos, el Petrona Award o el Blood Drop a mejor Novela negra de Islandia hasta en tres ocasiones, además de ser finalista del Glass Key o del International Dublin Literary Award. *El grito*, la primera entrega de su serie protagonizada por la psicóloga infantil Freyja, ha sido reconocida como Mejor Novela Negra por la Academia danesa, Premio Blood Drop y seleccionada como una de las mejores novelas negras de los últimos años según el *Sunday Times*. Además, los lectores españoles la han reconocido con el Premio Best Novel VLCNEGRA 2025. Con esta serie, cuyo segundo volúmen se titula *El castigo* (Destino, 2026), se consolida como una de las autoras de novela negra más importantes de la actualidad.

Este libro está dedicado a Palli

1987

Prólogo

Estaban sentados en el banco como si los hubieran dispuesto por tamaño; la niña, que era la más pequeña, en un extremo, y sus dos hermanos a continuación. Uno, tres y cuatro años de edad. Las piernecitas les colgaban del asiento, pero, a diferencia de lo que pasaría con unos niños normales, ellos no las balanceaban ni se revolvían. Los zapatos nuevos permanecían inertes a algunos centímetros del linóleo lustroso. No había curiosidad, tedio o impaciencia en sus rostros. Los tres tenían la vista clavada en la pared blanca de delante, como si estuvieran viendo un episodio de *Tom y Jerry*. Desde el otro lado del cristal, la escena parecía una fotografía: estudio de tres niños sentados en un banco.

Llevaban casi media hora allí. No tardarían en dejar que se levantaran, pero ninguno de los adultos que los observaban parecía tener muchas ganas de que llegara ese momento. El trastorno que la vida de esos niños acababa de experimentar era insignificante en comparación con lo que les esperaba. Cuando salieran de ese lugar, nada volvería a ser igual. El cambio sería con toda probabilidad para mejor, pero había posibles inconvenientes que a la postre podrían acabar pesando más que los beneficios. Ese era el dilema al que se enfrentaba el grupo reunido alrededor de la mesa.

—Me temo que sí. Hemos considerado todas las opciones, pero esto es lo que recomiendan los expertos. Los niños tienen que alojarse en hogares permanentes lo antes posible. A mayor edad, menos posibilidades de que los adopten. Mirad lo que ha costado encontrar una casa para los varones, mucho más que para ella. Los padres potenciales son muy conscientes de que, cuanto más pequeño sea el niño, mejor se adaptará a su nueva vida. Dentro de dos años, la niña tendrá la misma edad que el menor de los varones ahora, y nos encontraremos con el mismo problema. —El hombre respiró hondo y esgrimió un fajo de papeles para dar peso a sus palabras. Se trataba de una serie de informes y evaluaciones psiquiátricas firmados por los expertos que habían examinado a los niños.

Los demás asintieron con expresión sombría. Todos menos la mujer más joven, la que había manifestado de manera más abierta su oposición a la propuesta. Era también quien tenía menos experiencia en casos de protección de menores y seguía albergando ese destello de esperanza que la desilusión constante había extinguido hacía mucho tiempo en el resto de sus compañeros.

—¿No deberíamos esperar un poco más? Nunca se sabe, quizá logremos encontrar a una pareja que pueda acogerlos a los tres. —Dirigió una mirada a los niños, que seguían sentados en el banco como si se hubieran vuelto de piedra, mientras cruzaba los brazos con fuerza contra el pecho, como si intentara evitar que su instinto bondadoso y su optimismo innato abandonaran su cuerpo. Guardaba un recuerdo vívido del aspecto de los hermanos cuando su caso llamó la atención de las autoridades por primera vez: el pelo moreno, sucio y enmarañado, la ropa mugrienta y los cuerpos demacrados. La joven se volvió hacia los demás trabajadores sociales con una expresión cargada de tristeza—. Tiene que haber alguna posibilidad.

—Es lo que acabo de explicar. —El hombre de los informes parecía exasperado. Consultó el reloj en su muñeca por tercera vez; había prometido que llevaría a sus hijos al cine—. Hay parejas que se están peleando por la niña, pero muy pocas tienen interés por los chicos. Deberíamos dar gracias por haber encontrado esta solución, sería inútil seguir buscando a una hipotética pareja perfecta. Quienes están interesados en adoptar vienen a nosotros, y hemos mirado la lista con lupa. En estas circunstancias, es la solución más satisfactoria.

No había mucho que añadir y los reunidos asintieron con expresión grave. Todos menos la joven, cuyos ojos irradiaban desesperación.

—Pero parecen estar muy unidos. Me preocupa que la separación pueda provocarles un daño que les durará toda la vida.

Esa vez, los informes se sacudieron con tanta fuerza que la corriente de aire resultante levantó el pelo de todos los presentes.

—Dos psiquiatras diferentes han manifestado de manera inequívoca que lo que más les conviene a los dos pequeños es que los separen. El niño ha asumido el papel de protector de su hermanita. Pese a ser solo un crío, la está asfixiando con todo el amor y los cuidados que él no ha recibido. No la deja sola, sufre bajo el estrés y la ansiedad que ella le genera. Solo tiene tres años, por el amor de Dios. —El hombre hizo una pausa para respirar—. No es que debamos leer entre líneas...; es que los informes son explícitos. La separación es lo que más les conviene a ambos. La relación que tiene con ella no es sana. De hecho, los dos niños están más afectados que su hermana. Al fin y al cabo, son mayores que ella.

Hubo un movimiento en el banco. El niño más pequeño se había acercado a su hermana; le pasó el brazo por los hombros y la atrajo hacia sí. Como si hubiera podido oírlos a través del cristal.

—Por mi parte, no creo que podamos permitirnos arrojar dudas sobre esa opinión profesional. —La mujer que dijo eso también había dado a entender que tenía poco tiempo. Habló con rapidez mientras su pie golpeaba impaciente contra el suelo—. Ellos son los expertos. No podemos ni comenzar a imaginar lo que habrá sido la vida de estos niños. Si sirve de algo, creo que deberíamos darnos prisa y acabar con este tema. Sería una ingenuidad seguir buscando una solución de cuento de hadas que no existe.

—Pero ¿qué sucederá cuando sean mayores y se den cuenta de que esta separación se podría haber evitado? —intervino el miembro de mayor edad del equipo—. Sabemos lo que sucede cuando la gente se llena de rencor hacia el sistema. Es algo que puede adueñarse de sus vidas. —Se acercaba con rapidez a la jubilación y tenía la vana esperanza de que aquel fuera el último caso difícil que pasara por su escritorio. No era pedir tanto, ¿verdad? El pelo se le había vuelto blanco hacía mucho, se medicaba por la presión arterial y unas profundas arrugas atravesaban su rostro.

—Los padres adoptivos no les contarán nada acerca de su pasado. Por interés de todos, en especial de los dos más pequeños. Tampoco debería ser muy difícil, puesto que es poco probable que vayan a recordar algo. La niña apenas ha cumplido un año. Supongo que existe el riesgo de que el mayor conserve algún recuerdo, pero no tenemos esa seguridad. E, incluso si lo hace, serán recuerdos confusos y se irán desvaneciendo con el tiempo. A ver, ¿qué recuerdas tú de cuando tenías cuatro años?

—Muchas cosas.

Al parecer, la joven era la única que había conservado una memoria tan temprana. Los demás solo recordaban fragmentos vagos, en forma de ensoñaciones. Pero ni siquiera ella podía evocar nada de cuando tenía un año. La niña, que tan solicitada estaba, era la que saldría mejor parada de esa situación, y no solo porque fuera una criatura adorable. Los varones habían recibido con más fuerza el impacto de los dos años anteriores y ya estaban manifestando señales de ello: el pequeño, con el amor y las atenciones excesivas que le prodigaba a su hermana; el mayor, con su indiferencia hacia el mundo. El breve informe de los agentes de policía que acudieron a la escena en respuesta a la llamada de la madre había sido tan impactante que ninguno de los presentes deseaba recordar sus detalles.

Sería un acto de misericordia que el tiempo borrara de la mente de esos niños hasta el último rastro de los acontecimientos.

Por desgracia, no obstante, la joven dudaba que eso fuera a suceder. El trauma había sido demasiado grande.

—En general, mis recuerdos están asociados a malas experiencias, como cuando me pillé el dedo con la puerta de la panadería, a los tres, o cuando vi que un coche atropellaba a mi amiga, a los cinco. Pero eso no es nada en comparación con lo que han vivido estos niños. Me preocupa que puedan recordarlo. Y su hermana también, aunque eso sea improbable.

—¿Qué hay de su parentesco? ¿Ha quedado determinado? —La mujer que iba falta de tiempo cambió de tema antes de que pudieran seguir divagando sobre los recuerdos de la infancia—. Sin duda habrá un límite para los esfuerzos que debemos realizar a fin de intentar mantenerlos juntos si es probable que ni siquiera sean hermanos del todo...

En ese momento, el hombre de los informes subió en la estima de la joven.

—En mi opinión, el tema de la paternidad es irrelevante. Ellos se consideran hermanos y no importa si lo son solo por parte de la madre. Se desconoce quién es el padre de los dos pequeños. Con el mayor, la situación es diferente. En opinión del médico que los examinó, es probable que el niño pequeño y la chica sean hermanos del todo y que el mayor sea solo su medio hermano. Aunque reconozco que eso se basa únicamente en las declaraciones del supuesto padre del mayor, quien jura y perjura que no mantuvo relaciones sexuales con la madre tras el nacimiento del niño... después de que ella se viera obligada a volver a casa de su padre. —El hombre hizo una mueca y tragó saliva antes de proseguir—. Pero haría falta un análisis de ADN para establecer el parentesco de los niños y no tenemos tiempo ni dinero para hacerlo. Y, con total sinceridad, nadie quiere conocer esos resultados. Es preferible que todas las partes interesadas den por sentado que tienen padres «normales». Los tres, no solo el mayor.

Nadie dijo nada. Conocían la historia. La de los niños y su madre. La de su abuelo y el crimen inefable que se sospechaba había cometido contra su hija. El destino de esos tres niños con cicatrices en el alma había pasado a estar en sus manos. ¿Qué se suponía que debían hacer?

—¿Qué hay del padre, del tal Thorgeir? —La joven rompió el silencio—. ¿Hay alguna posibilidad de que cambie de idea?

—Lo he intentado todo. Ni puede ni quiere acoger a su hijo, así que ni hablemos de que se quede con los tres. No ha mantenido ningún contacto con el muchacho, y ni siquiera tiene la certeza de ser su padre. Según él, aceptó darle su apellido porque había mantenido una breve relación con la madre, pero nunca estuvo seguro de que ella dejara de acostarse con otros. Si le presionamos para que se responsabilice del niño, exigirá una prueba de paternidad. Eso retrasará las cosas y, sea cual sea el resultado, no le veo como una opción especialmente deseable. Si resulta que no es el padre, no tiene sentido que debatamos siquiera que pueda adoptar al niño. Y, si lo es, tampoco lo quiere. ¿Sería una situación agradable para el chico? Lo dudo mucho.

Los hombres se miraron demostrando una mayor simpatía hacia la decisión del supuesto padre que las mujeres, quienes mantuvieron la mirada baja.

—Es la mejor solución. —En vez de blandir los informes de nuevo, el hombre tamborileó con los dedos sobre ellos—. Por desgracia, no disponemos de una máquina del tiempo que nos diga cómo saldrán de todo esto. Lo único con lo que contamos para ir tirando es la opinión de los expertos. Los candidatos a adoptarlos han sido investigados y tienen referencias de primera clase. Sugiero que acabemos con el tema. El expediente de los niños se alterará en el sistema y, con el tiempo, sus horrendos antecedentes serán relegados al olvido. Es preferible que no descubran nunca su historia y separarlos ayudará a que la olviden. Cuanto antes comiencen una nueva vida, mejor para todos. ¿Estamos de acuerdo?

La joven abrió la boca, pero se lo pensó dos veces.

Los demás emitieron murmullos de aprobación, como si quisieran sofocar cualquier nueva objeción por su parte. Ella giró la cabeza y miró a los tres críos sentados en el banco, al otro lado del cristal. La niña intentaba en vano zafarse del abrazo de su hermano, pero solo consiguió que este se aferrara con más fuerza a ella; tanta que dio la impresión de que casi le hacía daño. Quizá los expertos tuvieran razón al fin y al cabo. Se volvió hacia el resto del grupo y asintió con la cabeza, desanimada.

Y así quedó decidido.

El grupo se dividió para repartirse las formalidades. La joven se demoró en el pasillo, así que fue la única testigo del momento en el que los niños se embarcaron hacia sus nuevas existencias. Pero no abandonaron la anterior sin resistirse. En especial, el más pequeño de los varones se lo tomó mal. Lloró y gritó mientras veía a su hermana desaparecer al final del pasillo en brazos de un pediatra. La niña le observaba por encima del hombro del médico, diciéndole adiós con la mano, el rostro inexpresivo. Entonces, se desató el caos. Un hombre de bata blanca tuvo que refrenar al niño a la fuerza y, cuando este se dio cuenta de que le tenía dominado, sus gritos se transformaron en sollozos.

La joven no podía apartar la vista de la escena. Puesto que era en parte responsable de ella, pensó que debía tener los arrestos de enfrentarse a sus consecuencias. El mayor de los hermanos ofreció una visión ligeramente menos angustiosa, pero, aunque no forcejeó ni chilló, el terror en su mirada lo dijo todo. Era probable que no los hubieran separado nunca con anterioridad.

La joven no soltó ninguna lágrima, observando a los dos niños desaparecer de la misma manera que su hermana. Cuando al fin se puso en movimiento, no vio señal de ninguno de ellos en los pasillos del hospital. No estaban en el vestíbulo, ni fuera, en el aparcamiento medio vacío.

Su nueva vida se los había tragado sin dejar rastro de ellos.

2015

I

Jueves

Elísa tarda un instante o dos en entender dónde se encuentra. Está tumbada de lado, con el edredón enredado entre las piernas, la almohada doblada debajo de la mejilla. La habitación se encuentra a oscuras, pero, a través del hueco entre las cortinas, una estrella la mira parpadeante desde las inmensidades del espacio. Al otro lado de la cama, el edredón está liso y plano; la almohada, ahuecada. El silencio también le parece ajeno; pese a todas las veces en que la ha mantenido despierta e irritada, echa de menos el sonido de sus ronquidos. Y echa de menos la calidez que su recalentado marido irradia siempre, y que la obliga a dormir con una pierna asomando entre la ropa de cama.

Por rutina, ha adoptado esa posición y le ha entrado frío.

Mientras vuelve a taparse con el edredón, nota un escalofrío en las piernas y se le pone la piel de gallina. Le recuerda a la época en que Sigvaldi hacía el turno de noche, pero esta vez no espera que llegue a casa por la mañana, bostezando, ojeroso, con olor a hospital. Aún tardará una semana en regresar de la conferencia. El día anterior, cuando le dijo adiós con un beso en la estación central de autobuses, él se mostró más impaciente que ella por poner fin a la despedida. Le conoce bien, sabe que volverá apestando a una nueva loción para después del afeitado comprada en la tienda libre de impuestos y ella tendrá que dormir con la nariz pegada al codo hasta que se acostumbre a ese nuevo olor.

Aunque le echa un poco de menos, la emoción se entremezcla con el placer que le provoca pensar que dispondrá de unos días para sí. La perspectiva de las tardes con un dominio total del mando del televisor, de no tener que ceder ante la demanda superior de los partidos de fútbol. Tardes en las que podrá pasar con un poco de pan ácimo y queso para cenar, sin tener que escuchar los gruñidos del estómago de él durante el resto de la noche.

Pero esa semana de vacaciones de su marido tendrá también sus inconvenientes. Estará sola a cargo de sus tres hijos, sola para lidiar con todo lo que eso implica: despertarlos, sacarlos de la cama, llevarlos al colegio e ir a recogerlos, ayudarles con los deberes, mantenerlos entretenidos, controlar el rato que pasan con el ordenador, darles de comer, bañarlos, cepillarles los dientes, meterlos en la cama. A Margrét hay que llevarla dos veces por semana a clase de ballet; a Stefán y a Bárdur, a karate, y ha de quedarse sentada esperando a que acaben. Esa es una de sus tareas menos gratificantes, ya que la obliga a enfrentarse al hecho de que sus hijos ni disfrutan de esas actividades ni tienen talento para ellas, y que además tampoco son baratas. Por lo que puede ver, sus hijos se aburren, no siguen al resto de los niños, siempre los pillan mirando hacia el lado equivocado, boquiabiertos, con las mejillas sonrosadas, atónitos al contemplar a los que siempre lo hacen todo bien. O quizá sea al revés: quizá sus hijos son los únicos que han entendido de qué va la cosa.

Espera a que la somnolencia se desvanezca, consciente del resplandor de color verde radiactivo que emite el reloj despertador en la mesa de noche. Por lo general, comienza el día odiándolo, pero en ese instante no experimenta el ansia habitual por arrojarlo al otro lado de la habitación, ya que los dígitos luminosos le indican que dispone de varias horas más para dormir. Su cerebro cansado se niega a calcular el número exacto. Una pregunta más importante la inquieta: ¿por qué se ha despertado?

Para evitar el resplandor fluorescente del reloj, Elísa se da la vuelta y ahoga un grito al ver una figura oscura parada al lado de la cama. Pero se trata tan solo de Margrét, su primogénita, la hija que nunca ha estado en sintonía con los demás niños, que nunca ha sido feliz de verdad. Así que eso es lo que la ha despertado.

—Margrét, cariño, ¿por qué no estás durmiendo? —le pregunta con voz ronca, mirándola inquisitivamente a los ojos, que parecen de color negro en la penumbra. La masa de pelo rizado que enmarca su rostro pálido está encrespada.

La niña se sube al edredón liso y se acuesta al lado de Elísa. Inclina la cabeza para susurrarle, con un aliento cálido que huele ligeramente a pasta de dientes y que le hace cosquillas en la oreja:

—Hay un hombre en casa.

Elísa se incorpora, el corazón acelerado pese a saber que no hay nada de qué preocuparse.

—Estabas soñando, cariño. ¿Te acuerdas de lo que hablamos? Las cosas que sueñas no son reales. Los sueños y la realidad son dos mundos diferentes.

Margrét viene sufriendo pesadillas desde que era

pequeña. Sus dos hermanos se quedan fritos en el momento mismo en que su cabeza entra en contacto con la almohada, igual que su padre, y no se despiertan hasta la mañana. Pero la noche rara vez le reporta ese tipo de paz a su hermana. Lo normal es que Elísa y su marido se despierten de golpe con los gritos penetrantes de la niña. Los médicos les dijeron que se le pasaría con la edad, pero han transcurrido dos años y apenas han visto señales de mejoría.

Los rizos alborotados de la niña se mecen de un lado al otro cuando sacude la cabeza.

—No estaba dormida. Estaba despierta. —Sigue hablando en susurros y se lleva un dedo a los labios para indicarle a su madre que no levante la voz—. He ido a hacer un pipí y le he visto. Está sentado en el salón.

—Todos nos confundimos a veces. Soy consciente de que yo... —Elísa se interrumpe a mitad de la frase—. Shh... —Lo dice más para ella misma. No ha llegado ningún sonido procedente del pasillo, se lo debe de haber imaginado. La puerta está entreabierta y ella se esfuerza por ver al otro lado, pero no encuentra más que oscuridad. Por supuesto. ¿Y quién podría estar ahí afuera, de todos modos? Sus posesiones no son nada del otro mundo y es poco probable que su casa, tan mal pintada, atraiga a los ladrones. Por otro lado, es una de las pocas en esa calle que no tiene pegatinas en las ventanas anunciando la presencia de un sistema de seguridad.

Margrét vuelve a inclinar la cabeza hacia la oreja de su madre.

—No estoy confundida. Hay un hombre en casa. Le he visto desde el pasillo. —La voz grave de la niña suena del todo despierta, no revela ningún indicio de somnolencia o confusión.

Elísa enciende la luz de la mesilla y busca el móvil a tientas. ¿Es posible que el reloj despertador se haya parado? El aparato ha tenido que soportar todo tipo de tratos violentos a lo largo de los años, y ella ha perdido la cuenta de las veces que ha acabado tirado en el suelo. Es probable que no valga la pena llevar a Margrét de nuevo a la cama; es probable que toque ya comenzar con las labores matutinas, llenar tres cuencos de leche, añadirle unas cucharadas de azúcar moreno y esperar que le dé tiempo a enjuagarse el champú del pelo mientras los niños comen. Pero el móvil no está en la mesilla, ni en el suelo, aunque habría jurado que se lo trajo consigo ayer por la noche antes de apagar las luces. Quería tenerlo a mano por si Sigvaldi le llamaba para informarla de que había llegado sano y salvo.

—¿Qué hora es, Margrét? —La niña nunca ha querido que la llamaran Magga.

—No lo sé. —Margrét mira hacia el pasillo. Acto seguido, al volverse, susurra—: ¿Quién puede haberse presentado en mitad de la noche? No puede ser una buena persona.

—No. No puede ser nadie en absoluto. —Elísa se da cuenta de lo poco convincente que ha sonado. ¿Y si la niña tiene razón y alguien ha entrado en casa? Se baja de la cama y sus dedos se enroscan al encontrarse con el suelo helado. No lleva puesta más que una de las camisetas viejas de Sigvaldi y vuelve a sentir que se le eriza la piel de las piernas—. Quédate aquí. Voy a comprobarlo. Cuando vuelva, no tendremos que preocuparnos de nada más y podremos irnos a dormir de nuevo, ¿de acuerdo?

Margrét asiente con la cabeza. Se sube el edredón de su madre hasta los ojos y murmura desde debajo:

—Ten cuidado. No es una buena persona.

Las palabras resuenan en los oídos de Elísa mientras sale al pasillo, haciendo un esfuerzo por parecer despreocupada, confiada en que no habrá ningún intruso. Pero Margrét ha sembrado la semilla de la duda en su mente. Ay, ¿por qué no pasaría eso la noche anterior, con Sigvaldi en casa? ¿Habría sido pedir demasiado? Elísa se abraza a sí misma para protegerse del frío, pero eso no la ayuda. Al encender la luz, el brillo le hace daño en los ojos.

La puerta del dormitorio de los niños emite un leve crujido cuando se asoma al interior para comprobar que estén durmiendo en paz. Los dos están tumbados en sus literas, los ojos cerrados, la boca abierta. Tira de la puerta con cuidado tras de sí.

No hay nadie en el baño. En la habitación de Margrét, su mirada se encuentra con la fila de muñecas y osos de peluche que se alinean sobre una estantería. Sus ojos parecen seguirla mientras se apresura a cerrar la puerta de nuevo. Se pregunta si esa disposición no explicará las pesadillas de la niña. Personalmente, si se despertara en mitad de la noche no le gustaría tener que enfrentarse a esas miradas rígidas. La penumbra hace que parezca haber un aire malévolo más allá de su dulzura. Quizá valga la pena cambiarlos de sitio, para ver si eso ayuda a que su hija duerma un poco mejor. Lo hará esa misma tarde, cuando vuelva del trabajo.

No hay nadie en el pasillo, ni en las habitaciones que dan a él; ninguna señal del intruso misterioso. Pero ¿qué esperaba? ¿Unas huellas? ¿Una colilla en el suelo? ¿Una maceta rota en una esquina? Al acercarse al salón y a la cocina se siente ya mucho más tranquila. La iluminación procedente de las farolas basta para que se convenza de que debe de haberse tratado de otra de las fantasías de Margrét. La oscuridad siempre hace que a uno se le dispare la imaginación. Ve que no hay nadie en el salón, donde lo único que parece fuera de lugar es el cuenco de las palomitas delante del televisor y las piezas de Lego alrededor de la mesa de café. Todo está exactamente igual que cuando se fue a la cama. Qué tonta ha sido al ponerse de esa manera.

La sonrisa que curvaba sus labios se le borra de golpe. La puerta corrediza que separa la zona del comedor y la cocina está cerrada.

Y ellos nunca la cierran.

Poco a poco, con cautela, Elísa se acerca a ella de puntillas. Los pies descalzos se le pegan al parqué frío, su miedo va creciendo con cada paso que da. Acerca la oreja a la puerta blanca. Al principio no hay más que silencio, pero entonces se echa hacia atrás con violencia al oír la silla que rasca el suelo de la cocina.

¿Qué debe hacer? Su primer instinto es correr de vuelta a la cama y cubrirse hasta la cabeza con el edredón. Quien esté ahí dentro va a salir pronto. A Elísa no le preocupan en lo más mínimo sus pertenencias. El ladrón puede llevarse lo que quiera mientras se vaya de allí. Pero ¿qué demonios hace en la cocina? Parece que esté sentado a la mesa, y por un momento se pregunta si Margrét o alguno de los niños podría haber pasado a su lado sin que ella se diera cuenta. Pero no, es imposible.

Para su horror, oye que el intruso se pone en pie. Lo único que se le ocurre es acercar la oreja de nuevo a la puerta. Un cajón se abre y se cierra, luego otro y otro más, hasta que oye el repiqueteo que produce la cubertería. O los cuchillos. A continuación, el sonido de la puerta corrediza que da a la despensa rompe el silencio. ¿Qué tipo de ladrón podría sentir interés por la comida enlatada y las cajas de cereales? ¿Por una escoba, una pala y los trapos, por el cubo y la aspiradora? En vez de dejar que esa idea la tranquilice, el terror de Elísa se intensifica. Las personas que se comportan de manera irracional son mucho más peligrosas que las que se rigen por las normas convencionales. Se aleja de la puerta y retrocede sin hacer ruido por el salón. Su móvil debe de estar sobre la mesa de café. O en el baño. Hace dos años decidieron prescindir de la línea fija y por primera vez la echa de menos. Mira hacia el vestíbulo y se plantea la posibilidad de salir corriendo a la calle, de pedir ayuda a gritos y rezar porque se las arregle para despertar a los vecinos a tiempo. Pero eso implicaría dejar a los niños atrás. Con un hombre que quizá esté armado con un cuchillo de cocina. Da un único paso hacia la puerta de entrada y se detiene; no puede abandonar a sus hijos. En su lugar, se vuelve y se dirige hacia el pasillo que conduce a las habitaciones. Ya casi está allí cuando oye que se abre la puerta corrediza de la cocina. Se apresura a entrar al pasillo, cierra la puerta a su espalda y apaga la luz. No se atreve a detenerse y comprobar si el hombre la sigue.

Frenética, con la sensación de que va a estallarle la cabeza, Elísa intenta resolver lo que debe hacer. ¿Cómo puede escapar? No hay manera de bloquear la puerta de su dormitorio; la mayoría de las llaves se habían perdido ya cuando se mudaron a esa casa y nunca ha encontrado un motivo para reemplazarlas. La puerta del baño sí se puede trabar, pero atrincherarse allí sería igual de malo que huir de la casa: los niños quedarían desprotegidos. De todos modos, entra veloz en el baño en busca del móvil, aparta las toallas y abre los cajones con manos temblorosas. Pero es inútil, el maldito aparato no está allí. Se le llenan los ojos de lágrimas al examinar el caos que ha provocado. ¿Cuándo se supone que podrá poner orden? Como si no tuviera ya bastante trabajo.

Regresa al pasillo, consciente de que está perdiendo la cabeza. No puede pensar más que en el tiempo que ha malgastado buscando el móvil cuando debería haber intentado sacar a los niños de allí. Claro que no sabe bien cómo podría haberlo hecho y en cualquier caso ya es demasiado tarde. No puede reprimir un grito cuando ve que la puerta que hay al otro extremo del corredor comienza a abrirse. Pero no es un grito sonoro ni penetrante; es más bien como el sonido tenue que un conejo podría lanzar *in extremis*. No soporta la idea de ver al intruso, así que se mete a toda prisa en su habitación y cierra la puerta tras de sí. Oye los pasos del hombre, seguido de un traqueteo, como si estuviera arrastrando algo. Pero ¿qué? El corazón le martillea en el pecho.

—¿Margrét?

No ve a su hija por ninguna parte.

—¿Margrét?

Se le quiebra la voz, y eso no la ayuda nada a estimular su valor. Es solo que no logra decidir por qué búsqueda decantarse, la del móvil o la de Margrét. Antes de que pueda tomar una decisión, la puerta se abre a su espalda y el hombre entra en la habitación. Se detiene y el traqueteo suena con más fuerza, como si estuviera sacudiendo algo en el umbral. No puede volverse a mirar, se ha quedado paralizada. Siente una urgencia abrumadora por cerrar los ojos. Ese traqueteo le resulta familiar, pero, por mucho que se esfuerce, no logra recordar por qué. Su cerebro está apagando con rapidez todos sus centros nerviosos vitales, los que más necesita en ese momento.

Paralizada por el miedo, Elísa oye que susurran su nombre a su espalda. Suena amortiguado, como si el hombre llevara puesta una bufanda sobre la boca. No cree reconocer esa voz, pero ¿cómo suena la gente cuando susurra? Sin duda será un sonido muy diferente de lo normal. Margrét no sonó igual que siempre cuando le habló antes en susurros. Pero el aliento dulce y cálido que le provocó un cosquilleo en la oreja se encuentra a un millón de kilómetros de distancia del chirrido ronco que la llena de terror en ese momento.

¿Quién es? ¿Qué quiere? Debe de conocerla, o al menos conoce su nombre. ¿Lo ha visto en la cocina? ¿En un sobre, o en la postal que le mandó su amiga Gunna y que está colgada en la nevera?

Elísa nota que una mano fuerte, en apariencia cubierta por un guante, la coge por el cuello. A continuación, algo puntiagudo hace presión contra su espalda. Un cuchillo.

—Por favor... —susurra. Deja el resto sin decir: «Por favor, no me hagas daño. Por favor, no me violes. Por favor, no me mates. Por favor, por favor, por favor, no lastimes a mis hijos». Él retira la punta del cuchillo, le suelta el cuello y, antes de que Elísa pueda saber lo que está pasando, comienza a vendarle los ojos. El pánico aumenta cuando se da cuenta de que está usando una cinta adhesiva gruesa y fuerte, y que le enrolla la cabeza con ella vuelta tras vuelta. Igual que antes, en el baño, la lógica la abandona y el miedo por la seguridad de sus hijos y de sí misma disminuye momentáneamente ante la ansiedad por saber cómo conseguirá quitarse la cinta luego. Está pegada con tanta fuerza que, al deshacerse de ella, sin duda se arrancará las pestañas y las cejas. Se le llenan los ojos de lágrimas y estas, al no tener dónde escapar, comienzan a disolver el pegamento, lo que le provoca una sensación de escozor.

—Por favor, por favor. No se lo diré a nadie. Puedes llevarte lo que quieras. Lo que quieras. Llévatelo todo.

—Gracias, pero no, gracias —le oye susurrar a su espalda.

A Elísa le fallan las rodillas.

—¡Por favor, llévatelo todo!

Le enrolla más cinta alrededor de la cabeza y ella se sacude cuando la corta. El hombre le pasa la mano con fuerza por la nuca, para pegar el extremo que había quedado suelto. Entonces le hace dar media vuelta y la tira sobre la cama. El colchón cede cuando el hombre se sienta a su lado y ella encoge la cabeza por instinto al notar que le acaricia el pelo. De repente, la caricia dulce adopta una nueva forma: la coge del pelo y tira de su cabeza para acercarla hacia sí.

Vuelve a hablarle en susurros, esta vez a un volumen un poco más alto. Ella no reconoce su voz amortiguada.

—Voy a contarte algo. Una pequeña historia. Un relato trágico. Te recomiendo que lo escuches con atención.

Elísa asiente con la cabeza. Él le tira con más fuerza del pelo, y le duele. ¿Por qué quiere contarle una historia? ¿Por qué no exige que le diga su número PIN, ni dónde guarda los objetos de valor? Le diría lo que fuera. Puede quedarse con todas sus tarjetas y con el acceso a las cuentas bancarias. Puede quedarse con la cubertería de plata que heredó de sus abuelos. Las pocas joyas que ha comprado a lo largo de su vida. Lo que sea. Siempre y cuando no les haga daño a los niños ni a ella. Es lo único que importa.

Entre sollozos, logra preguntarle si piensa lastimar a los niños. No entiende su respuesta y eso no hace más que incrementar su angustia. Él vuelve a quedarse callado. La historia prometida no llega y se quedan ahí sentados, sin hablar, Elísa con los ojos vendados, el corazón latiéndole con tanta fuerza que parece a punto de estallar. Oye y nota que el hombre se pone en pie, experimenta un destello de esperanza al pensar que se dispone a marcharse, a dejar las cosas así. No se atreve a albergar esa esperanza. Debe mantenerse alerta, quizá se dispone a atacarla desde atrás. Vuelve a oír un traqueteo y le parece detectar un ruido sordo, como si hubiera enchufado algo al lado de la puerta. Elísa comienza a repasar en la cabeza todos los aparatos eléctricos de la casa que podrían lastimarla: el taladro que le regaló a Sigvaldi por Navidad, la batidora de mano, la podadora, las tenacillas, la plancha, la sandwichera, la tetera. ¿Cuál sería peor? ¿Cuál le da menos miedo? Elísa está respirando con tanta rapidez y de manera tan entrecortada que piensa que se va a desmayar. Entonces recuerda que la mayoría de esos aparatos horribles tienen un cable demasiado corto para llegar hasta la cama, y eso hace que se tranquilice un poco. Pero la sensación no dura demasiado.

Al oír que el hombre se acerca de nuevo, pierde el control y hace un último intento por huir, pese a saber que está condenado al fracaso. Él puede ver; ella no. Él es más grande y más fuerte. Aun así, rueda sobre la cama para llegar al otro lado. Oye una exclamación rabiosa y nota que el peso del hombre cae sobre ella cuando está tumbada bocabajo, con la mitad del cuerpo encima de la cama y la otra mitad fuera de ella. Un brazo ha quedado doblado debajo de su cuerpo, el otro ha quedado colgando, y su mano se mueve a ciegas bajo el colchón. El hombre le propina un fuerte golpe en la espalda. Su columna se estremece y por un momento Elísa se queda sin aire. Se sienta a horcajadas encima de ella, impidiendo que se mueva, y oye que saca más cinta adhesiva del rollo. En vano palpa el suelo en busca de un arma. Arrastra los dedos por debajo de la cama como si su mano fuera una araña. Un obstáculo inesperado pero familiar hace que se detenga un momento. Tantea el cuerpo suave y cálido, y de repente cae en la cuenta. Apenas tiene tiempo para llevarse un dedo a los labios y articular un «Shh» antes de que el hombre tire con fuerza de sus brazos y le ate las muñecas a la espalda.

El hombre vuelve a tirar de ella y comienza a sacudirla hasta que Elísa tiene la sensación de que el cerebro le queda suelto dentro de la cabeza. Todo se ha vuelto negro y teme que no sea ya cosa de la cinta, que sus ojos hayan dejado de funcionar y sus oídos vayan por el mismo camino. Los sonidos leves que acompañan la violencia del hombre parecen desvanecerse, pero enseguida ganan volumen de nuevo cuando él la atrae hacia sí y comienza a derramar sobre ella la historia que le había prometido; la historia con la que la había amenazado.

Al acabar, se pone en pie, la hace rodar sobre su espalda y le clava una rodilla en el pecho para impedir cualquier otro intento de escapar. Entonces coge el rollo de cinta y se lo pasa con fuerza sobre las orejas y la nariz. Una vuelta tras otra. Oye el fragor en los oídos, pero la respiración ruidosa de su nariz es mucho más preocupante. Y dolorosa. Siente que la presión sobre su pecho se relaja. A través de la cinta oye un ruido débil y al fin comprende qué es lo que el hombre ha arrastrado hasta la habitación. Entre todas las demás posibilidades, no se le había ocurrido temer esa. Cuando él la coge de nuevo, Elísa se da cuenta de lo absurdamente optimista que ha sido.

2

Viernes

Helgi llegaba tarde. Había dormido mal, estorbado una y otra vez por unos sonidos extraños que cesaron en el momento en que se incorporó en la cama. Cuando se quedó dormido al fin, pensó que jamás podría regresar a la superficie. Había apretado el botón de repetición de la alarma cuatro veces y, al quinto intento, el móvil se negó a detener su chillido estridente.

Se suponía que tenía que presidir una reunión en el trabajo; quizá no fuera la más significativa de su carrera, pero de todos modos era bastante importante. Trabajaba para una empresa de seguridad. Recientemente, el Departamento de Adquisiciones del Gobierno había solicitado ofertas para la instalación de un sistema de seguridad en una residencia de la tercera edad de gran tamaño, y la reunión tenía como propósito dar los últimos retoques a su licitación antes de la hora límite, que era al mediodía. Había dedicado la tarde anterior a leer el texto, y los documentos que llevaba consigo estaban cubiertos de comentarios manuscritos.

Al salir, en el momento en que se volvía para despedirse de su esposa, hubo una fuerte ráfaga de viento. Ese día, Védís no entraba hasta las diez; daba clases de danés y probablemente a la escuela no le había parecido razonable esperar que los alumnos de segundo de bachillerato fueran capaces de bregar con la gramática un viernes a primerísima hora de la mañana. La puerta se cerró con fuerza antes de que ella pudiera contestar y, de todos modos, Helgi no tenía tiempo para esperar a que Védís se acercara arrastrando las zapatillas para darle un beso de despedida. Pegó el fajo de papeles contra el cuerpo mientras se dirigía con rapidez hacia el coche y respiró algo más tranquilo al entrar en él y depositar los documentos sanos y salvos sobre el asiento del copiloto. Si no encontraba más tráfico de lo habitual, debería llegar a tiempo.

El motor emitió su amigable ronroneo y se relajó mientras las ruedas comenzaban a girar. Iba a librarse de esa. Pero, nada más salir del camino de acceso, tuvo que pisar el freno a fondo: Stefán y Bárdur, los niños de la casa de al lado, estaban parados en medio de la calle. Helgi se inclinó hacia delante, reparó en que iban descalzos y en pijama. La temperatura era gélida, y el viento, feroz. ¿Qué tenían sus padres en la cabeza? Los niños estaban allí, al parecer confundidos, abrazándose, mirándole con expresión indefensa. Tenía que tratarse de una broma de mal gusto. No podía tener tan mala suerte. No ese día. Miró por encima del hombro, hacia la casa de sus vecinos, con la débil esperanza de ver que Sigvaldi o Elísa salían a la carrera, pero la puerta de la calle estaba cerrada y no había señales de vida. Los coches se encontraban aparcados en el camino de acceso, así que debían de estar en casa. Quizá también habían pasado mala noche y se habían quedado dormidos.

Helgi consideró la posibilidad de rodear a los niños con cuidado y seguir su camino. Podría llamar a Védís más tarde y pedirle que fuera a ver lo que pasaba, decirle que creía haber visto a los chicos por el retrovisor pero que no estaba seguro. De repente, el más pequeño se puso a aullar. Demonios. No podía dejar atrás a un niño llorando. ¿O sí? Aquella reunión le importaba más de lo que estaba dispuesto a admitir. El negocio pasaba por una mala racha y parecía claro que tendrían que despedir a gente si no lograban atraer a clientes nuevos y más prometedores. Si echaba a perder esa licitación, era evidente que él sería el primero en caer.

Giró el volante hacia la derecha y avanzó con toda la lentitud posible. Al pasar junto a los hermanos, estos se irguieron y le miraron boquiabiertos. El pequeño parecía tan incrédulo que hasta dejó de gritar. Aún eran lo bastante críos para creer en la ilusión de que todos los adultos eran buenos. A excepción de los tipos malos, claro, pero esos no tenían el aspecto común y corriente de un vecino. Les quedaba mucho por aprender.

En cuanto dejó atrás a los niños, apretó el acelerador a la vez que llamaba a su esposa.

Era evidente que el agente de policía había tenido días mejores. Aunque ya no era joven y debía de haber visto una buena ración de cosas lúgubres a lo largo de los años, no dejaba de suspirar con pesadez. Las numerosas venas rotas que se extendían entre su nariz y sus mejillas hacían que su rostro pareciera haberse sonrojado. Después de recibir la notificación en la que una mujer afirmaba que los hijos de sus vecinos se habían quedado fuera de casa y necesitaban ayuda para volver a entrar, su compañero y él habían sido los primeros en llegar a la escena. Parecía ser un trabajo que no requeriría más que a un par de agentes. Tenían todos los motivos para creer que los padres se habían quedado dormidos y que los granujillas habían salido a la calle por su cuenta. Pero resultó que esa explicación se encontraba muy lejos de la verdad, y eso es lo que intentaba explicar a los detectives. Había enviado a su compañero, un novato que llevaba un mes en el cuerpo, de vuelta a la comisaría. El sendero del jardín aún apestaba a su vómito.

—La mujer en cuestión escoltó a los niños hasta la casa y procedió a llamar varias veces al timbre, así como a la puerta. Podía oír el timbre en el interior, pero pensó que sonaría de manera demasiado débil para despertar a los padres. Estaba convencida de que se habían quedado dormidos porque sus vehículos seguían aparcados fuera. —El policía apoyó las manos en sus pesadas caderas y sacudió la cabeza—. Por desgracia, no ha sido el caso. Los niños no sabían nada, dijeron que al despertarse se encontraron encerrados en su habitación. Al darse cuenta de que nadie iba a abrirles la puerta, salieron por la ventana.

—Prosiga.

En ese estrecho vestíbulo, Huldar, el detective, permanecía lo más alejado posible del agente de mayor edad sin que se hiciera evidente. Las ráfagas de aire cálido que creaban los resoplidos y suspiros constantes del hombre transmitían la impresión de que no había desayunado nada más que ajo. Si no hubiera necesitado sellar la escena, Huldar habría abierto una ventana. Aunque tampoco hubiera servido de gran cosa: el agente novato se había puesto en ridículo fuera.

A través del cristal, Huldar vio que Ríkhardur, su compañero y el colega al que estaba más unido en el cuerpo, se llevaba la mano a la nariz como si quisiera tapársela haciendo pinza, pero sin hacerlo porque era consciente de que eso iba contra la normativa oficiosa. Fue inteligente por su parte no caer en la tentación; sus detractores en el cuerpo de policía no necesitaban más munición contra él. Huldar le observó abrirse paso con cuidado junto al seto marchito, pinchándolo con un palo en busca de indicios, y se preguntó de nuevo por qué se había hecho policía.

Ríkhardur debería estar en algún ministerio gubernamental, no con la mitad del cuerpo metido entre unos arbustos en la escena de un crimen. Su traje elegante y su abrigo largo parecían completamente fuera de lugar. Ese estilo tan distinguido podía colar en la comisaría, pero por poco. Y lo mismo podía decirse de ese pelo inmaculado, al que nunca se le permitía crecer, y de la manicura perfecta de sus manos. Por supuesto que en la comisaría se los animaba a mantener un cierto estándar de pulcritud —por ejemplo, no estaba permitido que se tiñeran el pelo o la barba de color naranja brillante—, pero Ríkhardur iba un paso más allá de lo exigido. Se debía a su educación, sin duda. Tanto su padre como su madre eran jueces y él estaba en el último curso de Derecho cuando de repente cambió de idea y se matriculó en la academia de policía. Se explicó diciendo que necesitaba un respiro, pero que tenía el firme propósito de acabar sus estudios en algún momento. Parecía poco probable que ese momento llegara en un futuro cercano. Ríkhardur no mostraba ninguna señal de que fuera a abandonar la policía pese a la sucesión interminable de miradas de soslayo que tenía que soportar y lo mal que lo pasaba al enfrentarse a la fealdad propia de ese trabajo.

En circunstancias como esas, de manera invariable optaba por realizar las tareas que lo alejasen más de cualquier vista macabra y ese era el motivo por el que estaba atareado peinando el jardín, pese a que su vestimenta no era la adecuada para estar en un ambiente tan frío. Huldar no se hubiese sorprendido al verlo sacar una toallita húmeda para ponerse a limpiar la suciedad con ella.

No obstante, en tiempos recientes Ríkhardur estaba descuidando sus hábitos. Esa misma mañana, por ejemplo, había llegado al trabajo con un diminuto trozo de papel higiénico en el cuello. Huldar no pudo dejar de levantar las cejas, pese a que no se habría inmutado si otra persona se hubiera cortado al afeitarse.

Era evidente que el caos que regía su vida privada le estaba pasando factura. Poco después de sufrir un tercer aborto natural, su esposa le había abandonado y su matrimonio perfecto estaba en ruinas. Un golpe como ese afectaría a cualquiera, por supuesto. Quizá Ríkhardur había llegado al límite de sus fuerzas y cada vez iban a aparecer más grietas en su superficie impecable. Pero era poco probable que fuera así. Su compañero había superado numerosas tormentas en su vida privada sin venirse abajo, y seguramente esa vez no sería diferente. Tres veces había anunciado orgulloso ante sus colegas que iba a ser padre; por tanto, tres veces le había tenido que contar a Huldar entre susurros que su esposa había perdido al bebé. Las dos primeras, Huldar se compadeció de él. La tercera no experimentó más que alivio.

Huldar observó a Ríkhardur hacer una pausa para limpiarse unas hojas de los zapatos con el palo. Una imagen de la exesposa de Ríkhardur, tan perfecta como él, apareció de manera espontánea en su cabeza y se sonrojó ligeramente mientras se volvía hacia el agente uniformado del aliento apestoso.

—Después de hablar con la vecina de al lado, nos

dirigimos a la casa e intentamos despertar a sus ocupantes. Nadie contestó al timbre y no pudimos oír ningún sonido procedente del interior. Mientras Dóri esperaba junto a la puerta, rodeé el domicilio mirando por las ventanas que tenían las cortinas abiertas. No vi nada extraño, pero tampoco vi a nadie. La habitación de la pareja tenía las cortinas corridas, así que no pude descartar la posibilidad de que estuvieran durmiendo en el interior. Sin embargo, comencé a tener mis dudas cuando golpeé el cristal sin obtener respuesta. Vi el lugar por el que los niños habían salido de su dormitorio. La ventana seguía abierta, pero era imposible que Dóri o yo pudiéramos colarnos por ella.

—Ya veo. —Huldar no levantó la vista de su libreta—. ¿Y entonces qué?

El agente frunció el ceño, intentando asegurarse de acertar con la secuencia de los acontecimientos.

—Llamamos a los dos móviles registrados en esta dirección, puesto que al parecer no hay línea fija. Uno estaba a nombre de Elísa Bjarnadóttir, y el otro, al de su marido, Sigvaldi Freysteinsson. Ninguno de los dos contestó. El de Sigvaldi pasó directamente al buzón de voz, pero el de Elísa no dejaba de sonar. Intenté telefonear de nuevo, pero no oímos ningún tono de llamada a través de la ventana del dormitorio. En ese momento comencé a preocuparme, porque por lo general uno espera que la gente esté en el mismo sitio que su teléfono, ¿no cree? —Huldar no dignificó el comentario con una respuesta, así que el hombre prosiguió—: Mi principal razonamiento fue que uno de los coches debía de haberse estropeado y que uno de los dos, o el marido o la esposa, había ido a trabajar en taxi, mientras que el otro seguía durmiendo en la casa. Se me ocurrió que el que continuaba allí debía de haberse quedado sin batería en el móvil y no le había sonado la alarma. Era eso o que a alguno de ellos le hubiera pasado algo, y quizá también al teléfono. Que se hubiera resbalado en la ducha con el teléfono en la mano, ese tipo de cosas.

—Ya veo. —Huldar mentía: ¿quién se mete en la ducha con el móvil? ¿Y por qué no había saltado el buzón de voz de la mujer si su teléfono se había quedado sin batería o estaba roto?

—La vecina había mencionado a una hija que también debía de estar en casa, así que pensé que quizá también se había ido en el taxi... a la escuela.

La niña no estaba en casa; su cama se hallaba vacía y, aunque la habían llamado por su nombre repetidas veces, no habían obtenido respuesta. Cuando desde la escuela confirmaron que no había ido a clase esa mañana, se ordenó una búsqueda. Algunos de los agentes convocados en la escena estaban en esos momentos peinando el vecindario por si había abandonado la casa, igual que sus hermanos. Solo podían esperar que ese fuera el caso. Huldar no quiso pensar en ninguna otra alternativa.

El agente retomó su recuento:

—Cuanto más aporreábamos las puertas y las ventanas, más probable me parecía que quien estuviera dentro se encontrara inconsciente. Cada vez me inclinaba más a pensar que la niña y uno de sus padres se habían ido a algún sitio y que algo le había pasado al otro, al que se había quedado en casa. Costaba creer que alguien pudiera seguir dormido pese al jaleo que estábamos montando. Simplemente no parecía posible.

—¿Fue entonces cuando decidió entrar por la fuerza?

—Sí. Tomé la decisión de actuar. En ese momento sospechaba que uno de los padres debía de yacer inconsciente dentro, o algo peor. Incluso había comenzado a sospechar la posibilidad de un suicidio. Pero esto no.

El hombre lanzó otro suspiro y la ráfaga de ajo hizo que Huldar se echara hacia atrás. Estuvo tentado de ofrecerle uno de los chicles de nicotina que llevaba consigo a todas partes desde hacía un tiempo en un intento por dejar de fumar.

—No, nadie podría haber previsto esto. —No se molestó en reprender al agente por no haber llamado a los puestos de trabajo de la pareja antes de extraer conclusiones. Una llamada al Hospital Nacional le habría permitido establecer que el marido estaba en una conferencia en el extranjero. De esa manera, la búsqueda de la pequeña podría haberse iniciado antes.

—Regresé a la casa de la vecina mientras Dóri esperaba al cerrajero. La mujer parecía más curiosa que preocupada, no dejaba de interrogarme. Me las arreglé para engatusarla y, como los niños estaban desayunando en la cocina, no le comenté que estaba preocupado. —Le describió la manera en que le miraron con los ojos muy abiertos, por encima de sus cuencos de cereales, y su expresión perpleja cuando más tarde se los llevaron en un coche patrulla. Le habría gustado darle un puñetazo a la mujer cuando avivó el miedo de los niños al seguirlos hasta el coche mientras exigía que le explicaran lo que pasaba. Al final lograron espantarla para que volviera a meterse en su casa. En ese momento estaba pegada a la ventana del salón. Sin duda, la estampa de Ríkhardur la había confundido, ya que nadie le tomaría por policía—. Cuando el cerrajero acabó su labor, probé a llamar de nuevo antes de entrar, pero no recibí respuesta. Llamé a la puerta del pasillo, que estaba cerrada, igual que la del dormitorio de la pareja.

—¿Llevaba puestos los guantes?

El color en las mejillas del hombre ganó intensidad.

—No. —En su defensa, al menos no intentó poner excusas.

—Supongo que tendremos sus huellas dactilares en el registro... Y también las de Dóri, su compañero.

—Sí. Bueno, las mías en cualquier caso. No puedo contestar por Dóri. Debieron de tomárselas cuando se unió al cuerpo.

—Correcto. —Huldar levantó la mirada de la libreta—. ¿Qué hicieron los dos después de abrir la puerta y ver lo que había dentro? ¿Tocaron algo?

El hombre sacudió la cabeza.

—No. Dóri se llevó la mano a la boca y salió corriendo a la calle. Yo me acerqué a la mujer para comprobar si seguía con vida, aunque estaba bastante seguro de que no era así. Mientras lo hacía, llamé a la comisaría para informar.

—¿Le buscó el pulso?

—Sí.

—¿Dónde?

—En el cuello. No se lo encontré. También estaba fría al tacto, así que supuse que había muerto. La verdad es que no era posible llegar a ninguna otra conclusión. No me hubiera hecho falta comprobarle el pulso, lo hice por costumbre. Por si acaso.

—¿Tocó alguna otra parte de su cuerpo?

El hombre volvió a sonrojarse y la mancha se extendió por debajo del cuello de la camisa.

—Sí.

—Será mejor que vaya y le muestre al forense exactamente lo que hizo. Debe de estar buscando huellas en el cadáver. —Huldar cerró la libreta de golpe—. Venga conmigo.

Entraron juntos en la habitación principal. El olor que los recibió en el umbral fue tan terrible que Huldar estuvo a punto de echar de menos el ajo.

Elísa estaba tumbada a lo ancho de la cama doble. Tenía la cara vendada con cinta americana como una momia, lo que ocultaba sus ojos, su nariz y su boca. Solo se le veía la frente y el pelo que brotaba encima de esta. Lo más perturbador de todo, no obstante, era lo que le había pasado en la boca. Le habían metido el tubo metálico de la aspiradora hasta la garganta y lo habían asegurado con más cinta. La manguera bajaba serpenteante hasta el aparato, a los pies de la cama. No era de extrañar que el agente novato hubiera salido huyendo con arcadas.

Era evidente que el final de la mujer no había sido en absoluto sencillo. En esas circunstancias, era de agradecer que solo una parte tan pequeña de su rostro siguiera a la vista. La mueca de agonía que ocultaban las anchas franjas de cinta plateada brillante debía de ser verdaderamente espantosa.

El forense estaba inclinado sobre la mujer. Acababa de llegar y aún no se había puesto el traje que solía llevar en esas ocasiones. Su ayudante estaba parado en una esquina, colocándole el objetivo a una cámara.

El forense negó con la cabeza.

—Esto no tiene buena pinta.

—No. —Huldar, sin nada más que añadir, se adentró en la habitación y señaló al agente de policía que tenía a su espalda—. Este tipo fue el primero en llegar a la escena. Encontrarás sus huellas por todo el cuello de la mujer. ¿Quieres que te enseñe dónde la ha tocado?

—No, ahora no. Y no quiero a nadie más aquí mientras llevamos a cabo el examen preliminar. Eso tendrá que esperar. Y será mejor que tú mismo vuelvas al pasillo.

Huldar obedeció con presteza, maldiciéndose por su inconsciencia. No había actuado mejor que el viejo patrullero, aunque al menos su aliento no era tan repugnante. Mientras el forense se ponía el traje protector, su ayudante comenzó a fotografiar a Elísa desde todos los ángulos. El flash los deslumbró hasta que sus ojos se acostumbraron a él. Cuando terminó con la víctima, el fotógrafo dirigió su atención hacia el resto de la habitación, incluyendo las paredes y el suelo. Desapareció de la vista al agacharse para tomar fotos debajo de la cama, pero se volvió a poner en pie de un salto, pálido como el papel.

—¡Mierda! —Hizo gestos hacia sus pies—. Ahí abajo hay una niña.

Olvidándose de las órdenes del forense, Huldar irrumpió en la habitación. Apartó de golpe la falda del cobertor y miró debajo de la cama. Había una niña pequeña en camisón, hecha un ovillo; los ojos cerrados con fuerza, la barbilla hundida contra el pecho, las manos pegadas a las orejas. Para su inmenso alivio, el cuerpecito se movió. Debía de ser la hija de Elísa y Sigvaldi, la niña por la que estaban rastreando el vecindario. Aún no habían registrado la habitación por miedo a comprometer la escena del crimen. Simplemente, a nadie se le había ocurrido que la niña pudiera no haber abandonado su escondite cuando la llamaron por su nombre y se hizo evidente que había llegado la policía.

Antes de que Huldar pudiera abrir la boca, otro miembro del equipo dijo en voz alta desde el pasillo:

—Hemos encontrado algo en la cocina que tiene que ver.

Huldar pensó que no podía haber nada más importante que la niña de debajo de la cama, así que la cocina tendría que esperar.

3

Una mosca golpeaba una y otra vez contra el ventanuco en lo alto del techo del sótano. Su fuerza iba menguando, el zumbido y los golpes sobre el cristal se volvían cada vez más esporádicos, la lucha casi había llegado a su fin. A saber por qué la mosca estaba tan desesperada por salir a la calle aunque tal cosa supusiera estar dispuesta a sacrificar la vida. El jardín se encontraba cubierto por un manto de nieve, lo rodeaban unos arbustos esqueléticos. La mosca no tendría ninguna oportunidad ahí fuera. Al menos, en el sótano hacía calor. Sin embargo, el insecto insistía, sin que le preocuparan en lo más mínimo los cadáveres de otras moscas que cubrían la polvorienta repisa de la ventana después de haber fracasado en su intento por escapar de la misma manera. Quizá había llegado la hora de limpiar esa repisa. Karl decidió esperar a que la mosca se uniera a sus camaradas caídas para no tener que repetir el ejercicio, y es que coger la bayeta no era lo suyo.

Le estaba costando acostumbrarse a la quietud. Antes ni siquiera habría reparado en el zumbido. Levantó la vista y examinó los plafones amarillentos del techo, a través de los cuales no se filtraba ningún sonido procedente del piso superior. ¿Cuánto tiempo llevaba anhelando eso? Poder sentarse en un silencio absoluto y concentrarse en la escucha sin las molestias constantes que le llegaban del piso de arriba. Sin tener que ponerse esos auriculares destartalados que siempre le hacían daño en las orejas. En ese momento, al margen de la mosca, no había nada que le perturbara; su deseo se había cumplido. Pero, curiosamente, eso no le estaba reportando el placer que había anticipado. En su cabeza no volaban los fuegos artificiales a modo de celebración; ninguna sonrisa satisfecha curvaba sus labios. En realidad, no debería haberse sorprendido, ya que sus sueños tenían la costumbre de fracasar en las escasas ocasiones en que se hacían realidad. Pero, después de tanto tiempo ansiando ese silencio, el anticlímax estaba resultando especialmente intenso.

Desde que en la adolescencia se le despertara el gusanillo por la radiocomunicación, las intromisiones de nivel bajo le venían poniendo de los nervios. Para comenzar, había montado un equipo sencillo de banda ciudadana diseñado para que los usuarios comunes se comunicaran en una frecuencia de 27 megahercios, pero la endeble puerta de su dormitorio se había revelado inútil a la hora de aislarle de los ruidos cotidianos del exterior. Una sábana colgada en el umbral hubiera funcionado igual. Su madre se negó a permitir que usara auriculares con cancelación de ruido, así que ni siquiera tuvo la opción de soportar las interrupciones o disfrutar de la paz y la tranquilidad a costa de tener los oídos doloridos. A la mujer se le había metido en la cabeza que no estar al tanto de los ruidos de fondo era peligroso para él. Solía sermonearle sobre el riesgo de los incendios domésticos y todo tipo de peligros potenciales a los que sería ajeno si no podía oír lo que pasaba en la casa. Se mostraba especialmente elocuente con la posibilidad de que un ladrón la asesinara a sangre fría mientras Karl no llegaba a escuchar sus gritos. Aunque, desde luego, ninguna de esas aciagas predicciones se había hecho realidad, salvo por el allanamiento de mediados de noviembre. Lo único que el ladrón había obtenido por su esfuerzo fue media botella de coñac y el escaso cambio que contenía el cuenco que descansaba sobre el baúl del vestíbulo. Y, puesto que ni Karl ni su madre se encontraban en casa en ese momento, no hubo manera de comprobar si el intruso se habría dejado llevar por un frenesí asesino en mitad del asalto.

Después de que su hermano mayor se mudara, Karl se adueñó del sótano. Por entonces, su interés original por la radio de banda ciudadana se había transformado en una afición seria por la radiocomunicación, con lo que su equipo se había multiplicado y ocupaba mucho más espacio que el pequeño aparato que había adquirido en su adolescencia. Había aprendido código morse y había aprobado el examen para disponer de una licencia de nivel básico que le permitía transmitir en morse en una frecuencia limitada de baja potencia. A su debido tiempo hizo el examen para obtener la licencia completa que había anhelado desde hacía tanto, y así pudo utilizar transmisiones de voz y operar en frecuencias de mayor potencia. Su pequeña habitación estaba hasta arriba con el equipo, los libros y los archivos relacionados con su afición, así que la marcha de Arnar fue una oportunidad caída del cielo para trasladarlo todo al sótano. Hasta aquel momento, Arnar lo había tenido para sí solo a fin de poder estudiar en paz. Esa nueva disposición representó una mejora significativa, pero el alboroto procedente del piso de arriba seguía haciendo que Karl se subiera por las paredes. Era increíble la cantidad de ruido que una persona sola podía generar. Malhumorado y taciturno, con la nariz siempre enterrada en los libros de texto de la escuela, Arnar nunca había representado ningún problema, pero su madre era otra historia. Parecía incapaz de estarse quieta y no dejaba de ir de una habitación a la otra para coger algo u ordenar. Cuando se quedaba quieta durante un rato largo era porque estaba al teléfono, cosa que no contribuía a reducir el nivel de ruido.

Los sonidos que acompañaban su presencia eran tan prosaicos como el resto de su existencia: el crujido de los tablones de madera del suelo, el tintineo de los platos en el fregadero de la cocina cuando lavaba a mano en vez de usar ese lavavajillas que insistía en reservar para las ocasiones especiales. Fragmentos de antiquísimas y olvidables canciones de pop islandés. El chasquido metálico de las agujas con las que se entretenía tejiendo ropa que nadie quería. Las interminables preguntas desde lo alto de la escalera para saber si le apetecía un aperitivo o una bebida. Eso le resultaba especialmente molesto porque ya tenía más de veinte años, por el amor de Dios, y resultaba muy improbable que fuera a morirse de hambre. O de sed. A la vez, era innegable que llevaba tres meses sin probar una comida completa y más desde que se acabaron las sobras del velatorio. De seguir así tendría que invertir en un cinturón más pequeño. Había comenzado a utilizar el último agujero algún tiempo atrás, pero los pantalones volvían a quedarle sueltos en la cintura y se arrastraban por el suelo como los de esos adolescentes que se pasaban la tarde dando vueltas por el pequeño núcleo comercial del barrio. Por primera vez en su vida, y sin desearlo, vestía a la moda.

El zumbido cesó y pasó a oír solo su propia respiración. Si prestaba mucha atención, podría oír los latidos de su corazón. Una vez más se sorprendió ante el escaso placer que le había procurado esa paz tan ansiada. En realidad, echaba de menos los ruidos asociados a su madre. Quizá le remordiera la conciencia el hecho de que su muerte hubiera sido tan repentina. Esta había tenido lugar tres meses antes de su septuagésimo aniversario, que ella pretendía celebrar con una fiesta que llevaba siglos planeando, aunque con escaso entusiasmo por parte de Karl. De haber sabido lo que iba a suceder, al menos habría fingido algo de interés en las recetas de pastel que su madre no hacía más que recortar de los periódicos y por las que no dejaba de preguntarle. En retrospectiva, debería haberse dado cuenta de que algo iba mal. Ella llevaba un tiempo indispuesta, aunque de una manera que no había despertado ninguna alarma. De repente, llegó un día en que a duras penas se tenía en pie, y solo entonces fue a ver al médico. Este la mandó a hacerse unas pruebas y ella volvió a casa con la noticia de que un tumor maligno se había instalado en su cuerpo. Intentó poner buena cara, pero al final tuvo que ingresar en el hospital.

Karl apenas había comenzado a apreciar la gravedad de la situación cuando su madre falleció durante una noche de Adviento, sola en un desolador pabellón hospitalario. Si el cáncer no se hubiera dado tanta prisa, Karl habría dispuesto de más tiempo para hacerse a la idea y podría haberla tratado mejor. Podría haberla visitado más a menudo y haberle llevado más bombones y flores. Pensándolo ahora, el ramo patético que había comprado en el supermercado de la zona para una de sus últimas visitas había sido una vergüenza. Ni siquiera él habría deseado tenerlo ante los ojos mientras agonizara.

Eso sí, Karl no se había comportado peor que Arnar, quien ni siquiera se había molestado en volver a Islandia para estar junto al lecho de muerte de su madre. Karl había tenido que encargarse de todo: solucionar los asuntos sobre los que ella tanto insistía, devolver todas las mierdas que había pedido prestadas, mandar sus cartas de despedida y obtener un resumen de su situación económica para poder calcular los detalles de la herencia. Y todo eso él lo había llevado a cabo de mala gana. Se había dirigido penosamente a la oficina de correos con una carta tras otra, había llamado a innumerables puertas para entregar a sus ocupantes fiambreras, libros y DVD varios. Por las miradas atónitas que recibía, Karl comenzó a sospechar que su madre se valía de esa treta para informar a parientes y amigos de que se encontraba a las puertas de la muerte. Así no tendría que hacerlo ella misma. Oh, no: ese era un trabajo para Karl. Que por supuesto aumentaba enormemente el riesgo de que le devolvieran la visita, o al menos eso pensó entonces, lo cual hizo crecer su resentimiento por el hecho de que le hubiera encomendado esa tarea. En ese momento, no obstante, desearía haberse mostrado un poco más generoso al cumplir con sus últimas voluntades.

Se sentiría mejor, no le cabía duda, si hubiera permitido que sus propios deseos quedaran en segundo plano durante esas pocas semanas; si hubiera hecho los recados que su madre le pedía y hubiera permanecido sentado al lado de su cama durante el resto del tiempo. Porque, pese a todos los mensajes que ella había enviado, las visitas fueron contadas.

Aunque, siendo sincero, dudaba que se hubiera comportado mucho mejor aun disponiendo de una mayor antelación. ¿Qué podría haber dicho? ¿Con qué palabras se le podía explicar adecuadamente a alguien que en realidad le quieres cuando llevas años comportándote de una manera que indica todo lo contrario? ¿Acaso ella no le habría dirigido una mirada escéptica desde su lecho de enferma, recordando todas las veces en las que él se había avergonzado de ella y se había negado a que le vieran a su lado?

Solo al cumplir los seis años se le ocurrió que las circunstancias de su familia eran diferentes a las del resto de la gente, que no era normal que su madre fuera tan mayor, ni la ausencia de un padre. La constatación le cayó encima como una ola gélida. Todo comenzó con una pregunta inocente —si esa mujer era su abuela—, seguida de una risita avergonzada cuando él contestó que no, que era su madre. La cosa no tardó en degenerar hacia la burla: variaciones infinitas sobre la cuestión de que su madre era en realidad su abuela y que no tenía padre. Aquellas palabras infantiles le provocaron una herida profunda, que no dejaba de abrirse constantemente y que jamás llegó a curarse. Lo curioso era que los demás niños no parecían darse cuenta de lo mucho que le afectaba el tema. Nunca se les pasó por la cabeza que a él pudiera parecerle mucho menos divertido, o en todo caso Karl tenía esa sensación.

Es extraña la manera en que un solo incidente puede desgraciarte la vida, obligarla a seguir un curso del que ya nunca podrá desviarse. Las burlas de los niños en su primer día de escuela sentaron el tono de su futura relación con ellos. Nunca fue un chico popular. Sus compañeros siempre se mostraron indiferentes hacia él. Nunca le acosaron, también hay que decirlo; se mantuvo fuera del radar de los abusadores durante todo el tiempo que pasó en la escuela, y dio gracias por ello. Arnar, que había vivido buena parte de lo mismo ocho años antes, no tuvo ningún consejo que ofrecer a su hermano pequeño. O, al menos, no estuvo interesado en dárselo. Además, sus situaciones eran diferentes: Arnar nunca fue de los que tratan de pasar desapercibidos, sino que iba con la cabeza bien alta, como si se encontrara en una posición de poder, por vacua que fuera esa ilusión. Aunque su actitud debía de ser provocadora, los demás chicos le dejaban tranquilo; eso sí, en todo caso, pocos deseaban su amistad. Karl sospechó que ya se habían dado cuenta de algo que él tardó varios años en descubrir: que Arnar no era como los demás, así que resultaba preferible dejarlo tranquilo. Ese acuerdo satisfizo a ambos hermanos: Arnar tenía una necesidad muy limitada de contacto humano y Karl se aburría en su compañía.

El paso a la escuela en la que hizo el bachillerato y ese nuevo entorno apenas alteraron la existencia de Karl, que siguió siendo un solitario. Hizo pocas amistades y participó rara vez de los actos sociales. El miedo a que le excluyeran solía bastar para que se quedara en casa. Por desgracia, no dio buen uso al tiempo libre resultante; aprobó los exámenes finales con una nota bastante decente, pero su media no se acercó para nada a la de Arnar. A continuación, malgastó un año; en vez de irse de viaje a Asia con sus compañeros de clase, se quedó en casa cruzado de brazos, haciendo como que estaba ocupado considerando su futuro. Al final, cuando ya no pudo justificar la inactividad ante su madre, se matriculó en un grado universitario de Química y se embarcó en su educación superior, aún en el papel del rebelde de la clase. Nunca se había ido de casa, nunca había tenido novia y seguía contando con muy pocos amigos. La mayoría de la gente con la que se relacionaba caía en algún punto del espectro entre la relación casual y el completo desconocido. Pero había dos excepciones: Halli y Börkur. No eran lo que él hubiera deseado en un mundo ideal, pero a buen hambre no hay pan duro.

En gran medida, satisfacía su necesidad de contacto humano a través de la radio. Aunque los profanos en el asunto probablemente la considerarían distante e impersonal, ese tipo de interacción le iba bien. Uno hablaba y recibía una respuesta. Y, cuando Karl no estaba de humor para hablar, podía escuchar o transmitir en morse.

El agradecido chisporroteo del transceptor llamó su atención. Karl se puso los auriculares y dejó descansar los dedos con suavidad sobre el sintonizador. Mientras lo hacía, repasó la pared que se elevaba junto al escritorio, empapelada con las tarjetas QSL enmarcadas que había ido coleccionando con el paso de los años. Estas tarjetas, parecidas a postales con el logo de la emisora e imágenes del país donde se encontraba, y que detallaban los datos del enlace como la hora, el día o la frecuencia escuchada, eran la prueba del contacto que había mantenido con radioaficionados en lugares remotos del mundo que nunca llegaría a visitar en persona. Solo las tarjetas de las que se sentía más orgulloso ocupaban ese lugar de honor; el resto las guardaba en un cajón. Llevaba tiempo sin solicitar confirmaciones a través de tarjetas QSL porque ya había contactado con operadores de la mayoría de los países y era raro que se encontrara con una transmisión procedente de una región nueva. La última vez que se había esforzado en buscar esas tarjetas fue durante una competición por establecer la mayor cantidad posible de conexiones dentro de un límite de tiempo. Había pasado un año y medio. Aunque esos concursos seguían celebrándose, Karl ya no se molestaba en participar en ellos.

No le gustaba admitir ante sí mismo que se debía a que nunca ganaba. Ni siquiera estaba cerca de hacerlo. Incluso cuando participaba en competiciones por equipos parecía ejercer de gafe, y los otros radioaficionados se daban cuenta de ello. Igual que en los partidos de balón prisionero de la escuela, no tardó en convertirse en la última persona a la que elegían al montar los equipos. Ese rechazo le dolía, igual que en la escuela, pero no lo dejaba entrever. Ignoraba la razón, pues el único orgullo que extraía de hacer como si nada era que los demás se sintieran menos culpables al descartarlo. Indignarse y largarse con aire fresco habría sido una táctica mejor, pero ya era demasiado tarde.

Karl se inclinó hacia el micrófono.

—Charlie Quebec Delta X-ray, aquí Tango Foxtrot Tres Kilo Papa, a la escucha. —El código CQDX señalaba que quería contactar con radioaficionados del extranjero, mientras que TF3KP era su indicativo: TF para Islandia, 3 para la zona de Reikiavik y KP por Karl Pétursson. Tampoco es que pudiera reivindicar de verdad el patronímico: Pétur había sido su abuelo materno. Él era adoptado, nunca había sabido los nombres de sus padres biológicos. Al parecer, no habían tenido una historia feliz y su madre decía que no valía la pena remover el pasado. Si había que creerla, los dos habían muerto, así que no tenía sentido intentar rastrearlos. De pequeño, no tardó en darse cuenta de que las preguntas sobre sus padres biológicos no eran bien recibidas y nunca conducían a nada. Así que Karl había dejado de preguntar, había dejado de pensar en ellos. Con Arnar, la historia era diferente, pues nunca dejaba de hacer preguntas. Él también había sido adoptado y, aunque los hermanos compartían patronímico, su parentesco era el mismo que el de dos desconocidos que se sentaran juntos por casualidad durante un trayecto en autobús. De apariencia diferente, de costumbres diferentes—. Tango Foxtrot Tres Kilo Papa. A la escucha.

Se quedó prestando atención, pero no obtuvo respuesta. Quizá solo había pillado el final de una transmisión. Pero lo intentó de nuevo:

—Tango Foxtrot Tres Kilo Papa. A la escucha.

Nada.

Recordó su vieja ambición de coleccionar una tarjeta procedente de cada uno de los estados de Norteamérica. Quizá debería recuperarla. No tardaría mucho, puesto que ya había recolectado varias. Al estar solo, no tenía nada que hacer al margen de los estudios que dedicarse a su afición. Pero no lograba decidir si le apetecía o no. Como tampoco lograba decidir si debía asistir al encuentro de radioaficionados que iba a comenzar cuarenta minutos más tarde. Tendría que tomar una decisión pronto. Probablemente, lo mejor era saltárselo y ponerse a estudiar en su lugar. Se estaba quedando atrás; el vago interés que había sentido por la química al matricularse iba desapareciendo con rapidez. Su escritorio, en el otro extremo del sótano, estaba acumulando polvo y el póster de la tabla periódica que colgaba de la pared frente a él se había despegado en una de sus esquinas.

Quizá, si se ponía las pilas, su interés volvería a materializarse. La reunión del club no era importante. No tenía nada especial que contar y dudaba que con los demás la situación fuera diferente. Cada año había menos miembros y casi todos los radioaficionados que quedaban eran ancianos que no compartían su interés por contactar con colegas del extranjero. Por lo general operaban en canales con un rango de frecuencias de 14 y entre 21 y 28 megahercios, mientras que Karl prefería escuchar a aficionados que transmitieran en morse o que usaran los 3,5 megahercios. Quizá fuera una cuestión de edad. No había muchos radioaficionados que transmitieran a 28 y los que sí lo hacían solían ponerse demasiado filosóficos para su gusto. Los viejunos también estaban más interesados que Karl en la ferretería y la construcción; muy pocos compartían su entusiasmo por empresas más exóticas, como la de escuchar estaciones de números. De hecho, desde que Börkur y Halli habían dejado de acudir a las reuniones del club, él era el único que seguía mostrando interés en ellas.

Karl desconectó los auriculares del transceptor y los enchufó en la vieja radio Collins de onda corta. A continuación examinó detenidamente el espectro de frecuencia baja hasta llegar a una estación de números que conocía, con la esperanza de pillar una transmisión. Aunque entendía lo mismo de esas emisiones que cualquier otra persona, las encontraba completamente absorbentes. Estas consistían en largas secuencias de números o letras leídas por voces sintéticas, en general femeninas pero a veces infantiles, o en secuencias de código morse, estática e interferencias, e incluso melodías folk. Esas emisiones habrían tenido un atractivo limitado de no ser por el carácter misterioso de sus orígenes y propósitos. Nadie sabía a ciencia cierta lo que significaban ni quién operaba en la franja de onda corta y alta frecuencia entre los 3 y los 30 megahercios, que se servía de ondas reflejadas en la ionosfera para conseguir una dispersión mucho más amplia que las radioemisiones convencionales. La teoría más popular decía que esas transmisiones eran mensajes codificados que los servicios de inteligencia de los Gobiernos mandaban a sus agentes sobre el terreno, aunque algunas podrían haber sido comunicaciones entre los carteles de la droga y los contrabandistas a los que empleaban. Las llamadas telefónicas se podían pinchar, las cartas y los correos electrónicos se podían leer y rastrear, pero era imposible encontrar a los receptores de una emisión de radio.

De ahí la fascinación que provocaban. Esas secuencias numéricas recitadas por voces frías y desapasionadas, pero en apariencia inocentes, podían ser la orden de una ejecución o de un ataque. Como los demás aficionados que se sentían atraídos por ellas, Karl soñaba con desentrañar uno de los códigos que utilizaban las estaciones, aunque personas más inteligentes que él habían tenido que reconocer su derrota. Incluso Arnar se había rendido, después de verse obligado a prestar una atención condescendiente a la afición de Karl. Había leído atentamente los grupos de números durante horas, lápiz en mano, para acabar tirando la lista al suelo y declarar, enojado, que aquello era un maldito galimatías. Karl sabía que no era así. Se trataba de un código, un código que no se podía descifrar sin una clave. Pero eso no era obstáculo para que la gente tratara de resolver el problema.

Estaba de suerte. Las estaciones solían emitir a la hora en punto y a la media, y acababan de dar las siete y media. Se topó con una transmisión familiar, de una estación conocida popularmente como «el Ruso». Una voz áspera y masculina recitaba una secuencia de números en ruso, repitiéndola una y otra vez, con el adorno de las interferencias estáticas. *«O-din, odin, pyat, syem, pyat, nol, nol.»* La mayoría de las estaciones seguían una plantilla determinada: la emisión comenzaba con un preludio característico que podía consistir en una palabra concreta como «¿Listos? ¿Listos?», *«Achtung!»* o «¡Atención!», una melodía o una serie de letras y números. Se trataba de un identificador y, en algunos casos, probablemente también señalaba al receptor al que se quería llegar. Por lo general, esa rutina de apertura se repetía varias veces antes de que se comenzara a transmitir el cuerpo del mensaje. Este consistía en varias secuencias numéricas o alfabéticas, a menudo precedidas por el anuncio del número de grupos que iba a haber, y también se repetía varias veces. A continuación llegaba la despedida, que dependía de cada estación, aunque en la mayoría de los casos consistía en las palabras «fin» o «final del mensaje» en el idioma escogido. También había casos en los que el final de la emisión se señalaba con un tema musical o una serie de ceros.

Así acababa el Ruso, por ejemplo. Karl le oyó despedirse: *«Nol, nol, nol, nol»*. Silencio y chisporroteo. *«Nol, nol, nol, nol.»* Silencio otra vez, y para acabar: *«Nol, nol, nol, nol»*. La emisión desapareció de antena.

Karl se apresuró a buscar otra estación y esa vez encontró una que no recordaba haber escuchado nunca. Aguzó el oído al darse cuenta de que parecía ser un idioma escandinavo. Después de ajustar el sintonizador, pudo escuchar el discurso con bastante claridad, lo que no hizo más que incrementar su desconcierto: «... nueve, dos, cero, cinco, seis, nueve». El grupo numérico se repitió y esa vez pudo pillarlo entero: «Uno, siete, cero, tres, nueve, dos, cero, cinco, seis, nueve». La voz era de mujer y, como solía pasar, artificial. «Uno, siete, cero, tres, nueve, dos, cero, cinco, seis, nueve.» La voz se quedó en silencio. Karl se apoyó contra el respaldo de la silla, se pasó los dedos por la frente en un gesto de perplejidad y a continuación unió las manos sobre la nuca. «Uno, siete, cero, tres, nueve, dos, cero, cinco, seis, nueve.» Dejó caer las manos y cogió el bolígrafo y el cuaderno que siempre tenía a mano. Cuando estaba a punto de anotar los números, la voz comenzó a recitar otro grupo: «Dos, cuatro, uno, dos, siete, nueve, siete, tres, uno, nueve».

El bolígrafo no funcionó en un primer momento y Karl tuvo que cuidarse de no romperle la punta en su ansia frenética por anotar los números. Entonces, de repente, la tinta comenzó a fluir. «Dos, cuatro, uno, dos, siete, nueve, siete, tres, uno, nueve.» Releyó los números de la página mientras la mujer los repetía intentando detectar su acento, pero la voz sintética no sonaba extranjera. ¿Era posible que alguna organización islandesa, o bien ilegal o gestionada por el Gobierno, hubiera montado una estación de números? No parecía posible. Debía de ser una estación extranjera que se servía del islandés para confundir a la gente. Pero la emisión era clara, demasiado clara para llegar de muy lejos. Karl escuchó la secuencia, desconcertado. Pues claro que no podía tener su origen en Islandia... ¿o sí? Por mucho que algún islandés necesitara transmitir mensajes secretos, se habría apostado hasta el último centavo a que el método de comunicación elegido sería internet. La onda corta estaba demasiado pasada de moda para sus compatriotas.

Como para remachar la idea, la voz comenzó a leer la secuencia numérica original de nuevo: «Uno, siete, cero, tres, nueve, dos, cero, cinco, seis, nueve». Karl la copió y se quedó mirando el resultado: «1703920569». Leyó la secuencia otra vez mientras se repetía. «Uno, siete, cero, tres, nueve, dos, cero, cinco, seis, nueve.»

Todos los números estaban bien. Debía de ser una coincidencia absurda. O que le estaban gastando algún tipo de broma.

Era el número de su carné de identidad.

Karl examinó la otra serie: «2412797319». Quizá se tratara de otro número de identificación. Lo introdujo en un motor de búsqueda del móvil y aparecieron 122 resultados, pero ninguno de ellos era islandés. Probó a añadir un guion en el lugar apropiado, después de los primeros seis dígitos, y buscó de nuevo. Bingo. Resultó que la dueña de ese número de identificación era una mujer cuyo nombre, Elísa Bjarnadóttir, no reconoció. Intentó buscar imágenes de ella, pero no le fue de ayuda. Su rostro era tan irreconocible como su nombre. Karl dejó el móvil sobre la mesa. Todo aquello era extraño e insólito. La emisión del mensaje había terminado y la voz impersonal se despidió con las palabras: «Adiós, luego más». A las que siguió una melodía procedente de una caja de música. Y el silencio. Karl se quitó los auriculares.

La mosca de la ventana emitió un zumbido casi imperceptible. Karl se volvió hacia el sonido, preguntándose si debía dejar salir a la pobre criatura, concederle la libertad que tanto ansiaba. Por supuesto que moriría congelada ahí afuera, pero al menos lo haría siendo feliz. Sin embargo, se olvidó de la mosca al oír el débil sonido de una voz procedente de los auriculares. La emisión de la estación misteriosa estaba comenzando de nuevo. Karl se puso otra vez los auriculares y oyó: «Hola. Hola. Hola». Tras lo cual se repitieron los mismos números. Era evidente que, a fin de cuentas, no iba a llegar a la reunión del grupo. Era una lástima, pues al fin tenía algo acerca de lo que informar. Pero quizá sería mejor que de momento se lo guardara para sí. Sobre todo si acababa tratándose de una broma que le estuvieran gastando a él.

Mientras Karl seguía escuchando con atención sentado en su silla, la mosca se lanzó una última vez contra el cristal y acto seguido cayó muerta.

4

Sábado

Margrét parecía no haberse dado cuenta de que la observaban. Estaba sentada en un pequeño sofá en el que apenas había espacio para ella y para el inmenso animal de peluche que le habían puesto al lado. Margrét no lo había tocado. Sus ojos verdes recorrían sin descanso la habitación escasamente amueblada en busca de algo en lo que fijarse; se alejaban así de la mirada de Silja, la joven sentada en una silla a su lado, quien intentaba mantener en pie el flujo de la conversación utilizando preguntas sencillas. Silja sonrió a la niña e intentó no mirar demasiado a menudo, de manera poco natural, hacia el amplio espejo que cubría la pared de delante del sofá. En cambio, los ojos de la niña no hacían más que posarse en su propio reflejo, ajenos por completo a las personas que la observaban al otro lado del cristal. No había dicho una sola palabra, limitando sus respuestas a un asentimiento o una sacudida de la cabeza, según lo que fuera apropiado. Daba igual, ya que las preguntas de Silja aún no habían tocado ningún tema importante. Primero tenía que ganarse la confianza de la niña, y de todos modos seguían esperando a que apareciera el representante de la policía.

—Esto es una vergüenza. ¿Dónde está ese maldito policía? —El abuelo paterno de la niña la había llevado a la entrevista. Aunque debía de andar por el lado bueno de la sesentena, su cabello rizado era tan blanco que parecía casi traslúcido. Se había presentado sin afeitar, con la camisa arrugada y el cuello de esta levantado por un lado. En otras circunstancias, a Freyja le hubiera sorprendido que no notara la rozadura de la tela rígida contra la mandíbula, pero era normal que la gente llegara al centro en un estado de aflicción. Nadie se había fijado en ello; habían visto cosas peores. El hombre tenía cuestiones más urgentes en la cabeza que el afeitado o el cuello de una camisa: habían asesinado a su nuera, su hijo seguía en el extranjero y su esposa y él se habían encontrado cuidando de sus tres nietos sin la menor idea sobre cómo lidiar con su dolor y su trauma. Al hablar escupió unas finas gotas de saliva que rociaron la superficie pulida de la mesa y permanecieron unos instantes sobre ella, brillando, antes de evaporarse. Los demás fingieron no haberlas visto—. ¿La van a someter a una maldita sucesión interminable de preguntas sobre la escuela y sus amigos? ¿No ven cómo se siente? ¿Qué demonios importan todas esas cosas? ¿No hay temas más importantes que tratar?

La gente que había alrededor de la mesa se volvió hacia Konrád Bjarnason, de la oficina del fiscal del Estado. Parecieron considerar de común acuerdo que le correspondía la tarea de contestar al hombre. A partir de lo poco que conocía a Konrád, Freyja pensó que no era buena señal, pues este pertenecía al tipo de personas que cada mañana se ponen un traje de teflón encima con la esperanza de que ninguna responsabilidad se adhiera a él a lo largo del día. Konrád bajó la vista y se sacudió una pelusa imaginaria de la corbata chillona, completamente fuera de lugar en aquella atmósfera sombría. Cuando se hizo evidente que no iba a ofrecer ninguna respuesta, todos los ojos se volvieron hacia Freyja, que difícilmente podía entregarse al mismo juego de silencios y esperar que la atención general se centrara en otra persona. Si todo el mundo se sacudía las pulgas, iban a pasarse el día entero allí. Se preguntó cuál sería la mejor manera de tratar con el abuelo. No tenía mucho sentido excusarse diciendo que el caso había llegado de imprevisto y no había tenido tiempo de hacer los preparativos necesarios. Pero era verdad; ni siquiera le habían informado del nombre del encargado de la investigación, y mucho menos había podido hablar con él antes de la reunión. La oficina del Comisionado General de la Policía se había limitado a decirle que reuniera al equipo y que tuviera en cuenta que la entrevista sería con una niña pequeña; alguien de la policía haría las preguntas necesarias. Pero el agente en cuestión no se había presentado.

Freyja se aclaró la garganta, enderezó los hombros y adoptó una expresión cuidadosamente neutra. Notó que la cola de caballo con la que se había apresurado a recogerse el pelo le resbalaba por la nuca. No había tenido más tiempo para prepararse que el abuelo de Margrét; en el momento en que la llamaron de la policía, estaba sentada en camisón a la mesa de la cocina, disfrutando del primer café del fin de semana, con los ojos aún cargados de sueño. El tiempo que podría haber dedicado a arreglarse lo pasó, en su lugar, reuniendo al equipo: Silja, la psicóloga, que debía entrevistar a la niña; un representante del Organismo para la Protección del Menor; una médica y una enfermera. Las dos últimas no eran empleadas fijas de la Barnahus, el Centro de Atención Infantil contra la violencia sexual, sino que las llamaban cuando era necesario. Freyja las había convocado por si se daba el caso de que, para colmo de males, la niña hubiera sufrido algún tipo de abuso a manos del asesino. Era mejor estar preparado para cualquier eventualidad; un hombre que asesina con brutalidad a una mujer joven en su propia cama podría ser capaz de todo. Sin embargo, la precaución se había revelado innecesaria, pues resultó que ya habían sometido a la niña a un examen médico. Pero, puesto que las mujeres estaban allí cuando se conoció ese dato y el centro había incurrido ya en el gasto de la convocatoria, Freyja decidió que se quedaran para ir sobre seguro.

Había mucho en juego; debían manejar el caso con habilidad, ya que no pasaba cada día que la policía solicitara su ayuda en una investigación criminal. Aunque siempre los llamaban cuando se sospechaba que había existido un abuso sexual, tenían poca experiencia recabando información en niños que hubieran estado expuestos a otro tipo de crímenes.

A Freyja le habían insinuado que ese curso inusual de los acontecimientos se debía a que la niña se había negado de lleno a pisar la comisaría y tampoco se había mostrado dispuesta a responder a las preguntas de los detectives en la casa de sus abuelos. El centro era el último recurso y resultaba fundamental que hicieran un buen trabajo, ya que era poco probable que les dieran otra oportunidad de demostrar aquello de lo que eran capaces. Si la cosa iba mal, sería culpa de Freyja y podía esperar una regañina por parte del Organismo para la Protección del Menor. El centro era su criatura y, como directora, era responsable de la gestión del día a día, así como de los casos individuales que les remitieran. Solo llevaba cuatro meses haciendo ese trabajo y la entrevista de ese día era con toda probabilidad la más importante que se había llevado a cabo desde que ocupara el cargo, si es que se podía señalar solo una de esa manera. Al fin y al cabo, cada caso incluía la posibilidad de que la vida de un niño inocente hubiera quedado destrozada. Era motivo de celebración que se pudiera descartar cualquier sospecha sobre la existencia de un crimen, resultado que por fortuna no era raro pero que, por desgracia, no se aplicaba al caso de ese día.

La asistente social del servicio de protección del menor levantó las cejas. Freyja captó el mensaje: estaba tardando demasiado en contestar. La pequeña Margrét se movía nerviosa en el sofá, con los ojos fijos en la puerta de la sala de entrevistas. A juzgar por la expresión de su abuelo, era evidente que el hombre estaba a punto de perder la paciencia. ¿Quién podría culparle por ello? Freyja se obligó a sonreír.

—Soy consciente de que la conversación que está manteniendo la psicóloga con Margrét puede parecer inútil, pero las preguntas no son tan arbitrarias como suenan. Silja es experta en una técnica de entrevista forense diseñada especialmente para niños como su nieta. Es esencial que establezca una buena relación con Margrét antes de pasar a cuestiones más importantes.

El abuelo sacudió la cabeza, y a continuación dijo en una voz más sumisa:

—Bueno, solo espero que sepan lo que hacen. La niña ya está bastante traumatizada.

—No tiene por qué preocuparse en ese sentido. —Freyja se dio cuenta, con el rabillo del ojo, de que Silja se daba unos golpecitos en la oreja, como si el auricular que llevaba oculto en ella hubiera dejado de funcionar. No se sorprendió: estaba esperando que le proporcionaran preguntas y no le llegaba ninguna. Freyja conectó el micrófono—: El policía no ha llegado, Silja. Sigue hablando, si te parece bien. Si no, tendremos que hacer una pausa o posponer la entrevista.

La mujer al otro lado del cristal mostró con discreción un pulgar hacia arriba. Oyeron por el intercomunicador que hacía otra pregunta, esta vez relacionada con las mascotas.

—¿Tienes perro, Margrét? ¿O un hámster, quizá?

La niña negó con la cabeza y sus rizos rojizos se balancearon. Un mechón de pelo quedó atrapado en la comisura de su boca y se lo apartó con dedos blancos como el marfil. Estaba tan pálida que daba la sensación de que no hubiera visto nunca la luz del sol.

El abuelo la observaba con atención. Parecía estar tan aturdido como cuando Freyja lo vio por primera vez, conduciendo a la niña de la mano por el camino de acceso. El centro estaba situado en una casa residencial que contaba solo con dos plazas de aparcamiento y, cuando llegaron, ambas ya estaban ocupadas. El hombre se había visto obligado a dejar el coche en la calle y a caminar pesadamente hasta allí sobre la nieve recién caída. Era evidente que ese paseo había representado un esfuerzo; la niña se había negado a avanzar una y otra vez para quedarse mirando la casa con expresión perpleja. Cada vez que lo hacía, el abuelo se agachaba para animarla. Ahora, no obstante, soltó un suspiro y pareció lamentar no haber cedido a la voluntad de la nieta y haberse vuelto por donde había venido.

—Los niños tenían un gato que murió. Lo atropellaron. Entonces nos pareció la peor pena que las pobres criaturas tendrían que sufrir.

Freyja volvió a llevar la mano al micrófono.

—Silja, no hables de mascotas. Su gato murió atropellado.

De nuevo, la mujer señaló de manera discreta que había recibido el mensaje. Cambiando de tema, le preguntó a la niña si tenía un trineo y si se había subido a él recientemente. Freyja le echó un vistazo al reloj de pared y decidió esperar diez minutos más. Si el policía no llegaba antes, daría la entrevista por finalizada. No podían tener a la niña mucho más rato de esa manera. Había demasiado en juego. El primer encuentro con un niño solía ser crucial, pero tendría que volver. Una y otra vez. Una gran cantidad de gente querría oír su declaración: la policía, el juez, el abogado defensor de la persona a la que acabaran acusando del asesinato, y también el fiscal. Sería un milagro si, para satisfacción de todos, lograban extraerle toda la información que necesitaban de una sola vez.

La pantalla del móvil de Freyja lanzó un destello sobre la mesa, frente a ella. Era el agente inmobiliario que estaba intentando encontrarle piso. Se moría de ganas de contestar; había una dura competencia por las pocas propiedades que salían en alquiler y sin duda el lugar habría volado cuando ella le devolviera la llamada. Pero de ninguna manera podía atenderle en ese momento. Tendría que seguir arreglándoselas con el cuchitril de su hermano durante un tiempo más. Le había costado acostumbrarse a él después del piso que había compartido hasta hacía poco con su pareja, pero su ex era un asesor financiero bien pagado, y su hermano, un recluso de la cárcel de Litla-Hraun. Por desgracia, puesto que no había llegado a poseer ninguna participación en la lujosa casa de su ex, Freyja salió de la relación tan pelada como había llegado a ella. Era solo gracias a la situación de su hermano por lo que no había acabado en la calle. A él le faltaba poco menos de un año para cumplir su sentencia y, tal y como iban las cosas, ella iba a tardar ese tiempo en encontrar un lugar que alquilar. La alternativa era enamorarse de algún tipo y mudarse a su casa. Pero, dado el índice de éxito durante los meses que llevaba de soltería, con total sinceridad había más posibilidades de que el presidente de Islandia se fuera en coche hasta la cárcel en la que estaba su hermano reincidente para ofrecerle un indulto.

Freyja se había esforzado todo lo posible por conocer a otro hombre; salía diligentemente al centro con sus amigas y no dejaba de controlar el material disponible tanto dentro como fuera de la pista de baile. Tenía la suerte de ser guapa y sabía arreglarse cuando tocaba, así que eso no debería haber representado un gran desafío. Había visto a un par de hombres cuyo aspecto le gustó, ambos eran extremadamente atractivos y al parecer buscaban lo mismo que ella. En ambas ocasiones entabló conversación con ellos y bebió algunos tragos antes de llevárselos a casa. El primero rompió a llorar cuando Freyja se sentó a su lado, en el destartalado sofá de su hermano, con la esperanza de que diera al fin el paso. Le confesó que era gay, pero que no se atrevía a salir del armario porque trabajaba como masajista y temía perder a todos sus clientes hombres. Suspirando, Freyja le animó a hacer lo correcto. No tenía ni idea de si él había seguido su consejo, pues no habían vuelto a coincidir.

Las cosas le fueron mejor la segunda vez, al menos, en un primer momento. El hombre, un carpintero llamado Jónas, se había mudado a Reikiavik hacía poco procedente de Egilsstadir, al este del país. Por suerte, resultó ser heterosexual y, aunque se mostraron un tanto vergonzosos el uno con el otro en posición vertical, nada más acostarse se compenetraron como una máquina bien engrasada. Pero a la mañana siguiente, al despertarse, vio que el tipo había salido a la carrera y después no había vuelto a saber de él. Lo más molesto era que se había ido a dormir satisfecha, sintiéndose bastante segura de haber conocido a un hombre al que cuando menos valía la pena dar una oportunidad. Era evidente que la sensación no había sido mutua.

El reloj de la pared mostraba que había pasado la mitad de la prórroga. La voz de Margrét sonó en el intercomunicador, clara pero triste. Por una vez, la niña había tomado la iniciativa en la conversación:

—¿Qué hace ahí ese espejo tan grande?

Todas las personas que había alrededor de la mesa de conferencias se volvieron hacia el cristal. La niña les devolvía la mirada, como si pudiera verlos. Silja también los miró. Estaba más cerca del cristal, así que la niña no pudo ver la expresión que dedicó a Freyja. Los habían pillado, era algo que pasaba a veces, y en ese caso la norma era decir la verdad. No era justo exigirles sinceridad a los niños y devolvérsela con mentiras. El espejo de doble cara era una innovación reciente; antes, las entrevistas se veían a través de una pantalla de televisión. Freyja propuso el cambio al poco de tomar el mando, después de ver varias entrevistas hechas con el método antiguo. La pantalla solía incrementar el desapego del espectador hacia el sujeto, evocaba una asociación involuntaria con los programas de televisión. El veredicto fue que esa nueva disposición ayudaba a la gente a conectar mejor con lo que sucedía por el simple hecho de poder ver al niño y al entrevistador a tamaño real.

Silja se volvió hacia Margrét. Su voz sonó igual de serena, pero la sonrisa había desaparecido de su rostro.

—Es una especie de espejo mágico. El otro lado es como una ventana, así que la gente nos puede ver sin tener que apretujarse aquí con nosotras. Ingenioso, ¿no te parece?

Margrét sacudió la cabeza. Se mordisqueó el labio, frunciendo el ceño.

—¿Hay alguien ahí ahora? —preguntó con un tono de voz en el que se mezclaban el miedo y la rabia.

—Sí. —Silja hizo girar el bolígrafo como si estuviera desfilando delante de una banda de música con la batuta más pequeña del mundo. Freyja había comenzado a reconocer las señales características de la tensión.

—¿Quién?

—Tu abuelo, por ejemplo.

Margrét bajó la vista.

—Ya no quiero hablar contigo. Quiero irme a casa. —De repente, levantó la mirada—. A casa de mis abuelos. No a mi casa.

—Pero si apenas acabamos de comenzar a charlar. ¿No deberíamos quedarnos un poco más? Así no tendrás que volver. Durante un tiempo, al menos.

La niña entornó los ojos.

—No quiero estar aquí. Quiero irme a casa con el abuelo.

Freyja volvió a encender el micrófono.

—Finiquítalo, Silja. El poli aún no ha llegado y parece que las cosas se están torciendo. Tendremos que reunirnos de nuevo cuando esté más animada.

No era raro, en esos casos tan difíciles, que hubiera que interrumpir la primera entrevista. A veces el niño no estaba receptivo, o el psicólogo no conseguía establecer un vínculo con él. Tanto en un caso como en el otro, el equipo solía decidir que lo más inteligente era tomarse las cosas con calma, suspender la sesión e intentarlo de nuevo otro día.

Konrád, de la oficina del fiscal del Estado, tosió.

—Sugiero que prosigamos. El tipo llegará en cualquier momento y es vital que hablemos con la niña lo antes posible. ¿Debo recordarles que se ha cometido un asesinato y que la niña es la única testigo?

—Se llama Margrét. —La voz de la enfermera sonó con una hosquedad poco propia de ella. Llevaba diecisiete años acudiendo a las llamadas del centro, desde que se fundó, y en ese tiempo había tenido que testimoniar tragedias tan espantosas que Freyja temía que al fin hubieran comenzado a afectarla. Rara vez sonreía y demostraba tener muy mal genio cuando la irritaban. Como en ese momento—. Al menos podría acertar en eso.

—Y usted al menos podría darse cuenta de que no tenemos ninguna obligación de interrogar a la niña aquí. El juez se limitó a recomendar que probáramos esta solución. Pero me parece a mí que deberíamos ceñirnos al plan original y entrevistarla en la comisaría. —Konrád se había sonrojado y el color de su cara iba a la greña con la corbata chillona.

Jóhann, del servicio de protección al menor, le dio a Freyja una patadita discreta por debajo de la mesa. Ella no necesitó que se lo explicara con pelos y señales; era completamente consciente de que la cosa se estaba embrollando. En cuanto representante de una agencia gubernamental, Konrád era en cierto sentido su superior. Intentó reducir la tensión hablando con voz serena:

—Mantengamos la calma. Todos somos conscientes de lo importante que es que Margrét nos revele algo. Por favor, no olvide que somos expertos en este terreno y sabemos cuándo se debe suspender la entrevista con un niño. Y permítame recordarle que no es culpa nuestra que las cosas hayan salido así. ¿Dónde está el agente de policía que debía procurarnos las preguntas? No sabemos casi nada sobre el caso. Simplemente nos dijeron que estuviéramos aquí a las diez en punto, cosa que hemos hecho, igual que Margrét y su abuelo. Es su hombre el que nos ha dejado colgados a los demás, Konrád, no nosotros. —Freyja esperó que no le contestara que él pertenecía a la oficina del fiscal del Estado y que no tenía autoridad sobre la policía. En su opinión, se trataba de lo mismo.

Konrád sacó el móvil y se apresuró a buscar un número mientras la tonalidad febril de su piel se desvanecía un poco. Esperó impaciente a que respondieran y, acto seguido, increpó a la desafortunada persona que había atendido el teléfono. Con ello rompió una de las pocas normas que habían establecido al principio de la entrevista. El cristal no estaba insonorizado del todo, así que siempre se recalcaba a los observadores que debían hablar en voz baja cuando había un niño al otro lado. Un ruido cerca del micrófono también podía aturullar a la entrevistadora, e incluso provocarle daños en el oído.

—Baje la voz.

Freyja le hizo gestos furiosos con la mano y Konrád se volvió para proseguir con su diatriba. Freyja se dio cuenta de que Margrét levantaba la vista hacia el espejo. Silja hizo lo mismo con una mueca. Era comprensible que se hubiera molestado, ya que a ella le correspondía la labor de mantener tranquila a la niña. Levantó los brazos de golpe y Freyja pensó que podía leerle los labios:

—¿Qué está pasando?

Un llanto susurrado comenzó a colarse entre la vociferación de Konrád. Fue subiendo en volumen hasta que un sollozo sonoro resonó en la estancia. Incluso Konrád se calló, bajó el móvil y se quedó mirando a la niña, que se había puesto en pie, el cuerpecito tembloroso.

Antes de que Silja tuviera la oportunidad de reconfortarla, los labios de la niña comenzaron a formar palabras y el intercomunicador transmitió la pregunta medio susurrada:

—¿Está el hombre negro ahí dentro? ¿Está al otro lado del espejo? —Margrét se encogió de miedo, apartó la mirada del cristal.

—No, Margrét. Solo hay gente que quiere lo mejor para ti. ¿Quién es el hombre negro? —Con cautela, Silja puso las manos sobre los hombros de la niña e intentó dirigirla suavemente de vuelta al sofá. Ella se resistió.

—Le hizo daño a mami. —El dolor en su vocecita llegó hasta la médula de los oyentes.

—¿Tú viste al hombre, Margrét?

—Sí. Era negro.

Silja lanzó una mirada hacia el espejo. Freyja se inclinó sobre el micrófono y la instó a seguir. La entrevistadora asintió de manera casi imperceptible y a continuación habló de nuevo con tono calmo y sosegado:

—Ahora necesito que lo pienses con cuidado, Margrét. ¿El hombre era negro porque la habitación estaba a oscuras o porque era negro?

—¿Qué quieres decir?

—Si tenía la piel oscura.

—Sí.

Silja se humedeció los labios y prosiguió con cautela:

—¿Le viste las manos?

Margrét sacudió la cabeza. Resopló y se frotó las mejillas con torpeza para secarse las lágrimas.

—La cabeza. Le vi la cabeza.

—¿Le viste la cara, Margrét?

—No. La cara no. Solo la parte de atrás de la cabeza negra. Tenía la cabeza muy grande. —La niña le dio la espalda al espejo—. Quiero al abuelo. No pienso decir nada más. No quiero volver a hablar de esto. Nunca.

Silja intentó persuadirla, pero no pudo extraerle una sola palabra más. La entrevista había finalizado en el momento mismo en que parecía dar un giro a mejor. En resumidas cuentas, había sido un fracaso rotundo, justo lo opuesto de lo que el equipo había esperado. Silja se sentó con un suspiro.

En ese momento apareció al fin el policía, que se puso colorado al ver a Freyja. Ella se quedó boquiabierta y por un instante olvidó que la situación se había venido abajo. Era nada más y nada menos que Jónas, el carpintero de Egilsstadir. Se miraron a los ojos. Los de ella, tormentosos; los de él, perplejos. Entonces, el policía apartó la mirada y se dirigió a los demás:

—Soy Huldar, de la oficina del Comisionado General de la Policía. Lamento llegar tarde. Me ha surgido algo.

5

Como policía, Huldar estaba acostumbrado a ser objeto de todo tipo de recibimientos. Rara vez era un invitado bienvenido; por lo general, la gente solo hablaba con él cuando tenía la obligación de hacerlo, y no dejaba de mirarle durante el proceso como si oliera raro. Sus expresiones mostraban a las claras que la mayoría de quienes trataban con él le culpaban de sus problemas, a él y, posiblemente, a cualquier otro agente de policía que estuviera parado a su lado. Tampoco es que le importara: desde que se unió al cuerpo le había importado un pimiento lo que pensara la gente. Los escupitajos, el maltrato, las malas miradas..., era indiferente a todo eso. Siendo el más pequeño de la familia, y el único varón, se había visto obligado a curtirse; sus cinco hermanas se habían encargado de que así fuera. Claro que su trato no había alcanzado nunca las profundidades del que le dispensaba el ciudadano tipo después de tomarse unas copas.

Así que se sintió un poco desconcertado al notar que se sonrojaba en el momento de entrar a la pequeña sala de reuniones. Allí había seis personas reunidas, con una representación equitativa de género, divididas en dos zonas por la elegante mesa barnizada. Su disculpa fue recibida con miradas silenciosas, pero no fue eso lo que provocó que la sangre aflorara a sus mejillas. Se maldijo a sí mismo por no haber pensado de antemano en comprobar quién iba a estar en la entrevista. El nombre de Freyja habría hecho que se le dispararan las alarmas y habría tenido tiempo de prepararse. Podría haberla llamado antes, pedirle que olvidara su encuentro previo durante el tiempo que tardaran en entrevistar a la niña. En su lugar, estaba condenado a sufrir sus miradas de mala leche o a discutir asuntos privados delante de los demás. Bueno, eso quedaba descartado. Consideró la posibilidad de pedirle que saliera un momento fuera con él, pero lo pensó mejor. Por lo que podía ver con el rabillo del ojo, su expresión sugería que no estaba muy dispuesta a cooperar.

—¿Qué demonios es esto de presentarse tan tarde? —ladró un hombre vestido con un traje que parecía haberse encogido durante su último lavado.

Era posible que las tallas ceñidas estuvieran de moda; los jóvenes salían pavoneándose de los bufetes de abogados y de los bancos vestidos así. Y también las corbatas como aquella, de un color tan deslumbrante que parecía fluorescente. Todo era dolorosamente moderno. Como su pelo, demasiado peinado para el efecto desenfadado que sin duda era su objetivo. Entre la corbata chillona y la pulcritud de su peinado había una de esas caras anodinas que era imposible recordar *a posteriori*; el tipo de rostro que los criminales soñaban con poseer. No era ni feo ni atractivo, de rasgos ni gruesos ni finos. No tenía marcas distintivas, ni cicatrices, ni pecas. Solo ojos, nariz y boca, todos ellos dispuestos en los lugares correctos. Huldar tardó unos instantes en recordar que le había visto antes. Tuvo la sensación de que se llamaba Konrád. Un fiscal. Así que era inoportuno que su relación hubiera comenzado con tan mal pie.

En cualquier caso, Huldar se alegró de que el hombre le hubiera gritado, pues eso le daba una excusa para no tener que hablar con Freyja. Sabía el motivo por el que el fiscal había levantado la voz; había pocos métodos tan efectivos como las amenazas y las reprimendas. Hacía poco, los oficiales de alto rango del Departamento de Investigación Criminal habían asistido a un curso de gestión sobre cómo ofrecer elogios e incentivos, pero el esfuerzo consiguiente por emplear esa técnica no había hecho más que demostrar su inefectividad. Personalmente, no se imaginaba que un elogio fuera a estimularle igual que un buen rapapolvo. Pero, por desgracia, era poco probable que ese abogado tan a la moda fuera a responder bien si le devolvía los gritos, y los demás sin duda no lo agradecerían. Era un momento para usar guantes de terciopelo.

—Como decía, me ha surgido algo.

Huldar se abstuvo de explicar que Egill, el inútil de su jefe, había sido incapaz de decidir a quién debía mandar hasta el último momento. Huldar no había esperado ni por un momento que fuera a elegirle a él; estaba acostumbrado a que le ignoraran cuando se distribuían los cargos de responsabilidad, que por lo general se asignaban a hombres de mayor edad, más experimentados, siempre y cuando no fueran tan viejos que estuvieran a punto de jubilarse. En consecuencia, Huldar había renunciado a la esperanza de obtener algún ascenso. Él no era como sus colegas; tenía una mentalidad diferente y no ofrecía una obediencia incondicional, lo que había llevado a que contara con pocos apoyos entre los mandamases. Así que, mientras sus compañeros especulaban sobre quién era más probable que dirigiera la investigación, él se tomaba un café en silencio, sin soñar siquiera que pudiera tener alguna opción. No fue el único a quien le pilló por sorpresa el anuncio tardío por parte de su jefe de que acababan de ascenderle.

El anciano rompió el silencio de la mesa. Estaba despeinado y tenía la ropa desaliñada; sus manos, de gran tamaño, descansaban sobre la madera con los dedos entrelazados, como si estuviera rezando.

—Ya he tenido suficiente. Margrét y yo nos vamos.

Huldar supuso que sería el abuelo de la niña, a quien le habían otorgado su custodia temporal hasta que pudiera encargarse de ello el padre, que había regresado de Estados Unidos esa mañana. La policía había ido a buscarle al aeropuerto y se lo habían llevado directamente a comisaría para interrogarle. Hasta donde Huldar sabía, la entrevista no había acabado aún. Si Egill se hubiera puesto las pilas antes, Huldar mismo podría haberla dirigido, pero tendría que arreglárselas con la transcripción.

Huldar vio a través del cristal que Margrét, la niña, estaba llorando, y que la consolaba una joven de pelo moreno que llevaba un vestido de color amarillo. En el centro de la mesa, el intercomunicador transmitía sus sollozos quedos y las palabras con las que la mujer intentaba reconfortarla. Puesto que había sido testigo de la escena en la casa de la cría, no le sorprendieron esas lágrimas. Por lo que tenía entendido, un juez había recomendado que entrevistaran a la niña en la Barnahus, dado que había sido imposible persuadirla para que pisara la comisaría.

Al enfrentarse a su pena inconsolable, esa decisión hizo que Huldar sintiera un profundo alivio. No se imaginaba desempeñando el papel de la mujer que en ese momento se encargaba de secar las lágrimas de Margrét. Menos que menos, en la espartana sala de interrogatorios de la comisaría. Al parecer no era el único a quien le afectaban los sollozos, ya que Freyja estiró el brazo de repente para apagar el intercomunicador.

Siguió un silencio tenso y la atención del grupo se desplazó de Huldar a Margrét y la mujer del vestido amarillo, como si estuvieran viendo una inmensa pantalla plana a la que le hubieran bajado por completo el volumen.

Nadie dijo nada, pero seguramente todos pensaban lo mismo. ¿Qué había visto u oído la niña? Aún no estaba claro cuánto tiempo había pasado debajo de la cama, ni cómo había llegado hasta allí para empezar. Pero, puesto que parecía poco probable que se hubiera escondido en aquel lugar después de cometerse el asesinato, la conclusión lógica era que debía de poseer información crucial sobre los sucesos de esa noche. Sus hermanos, a quienes encontraron deambulando fuera de la casa, no se habían enterado de nada, así que nada se podría obtener de ellos. Ya los habían entrevistado de manera satisfactoria. Sus declaraciones habían sido congruentes y, pese a su escasa edad, habían proporcionado un relato coherente acerca de lo sucedido. Al despertarse por la mañana, se encontraron la puerta de la habitación trabada y, después de aporrearla y gritar en vano, salieron por la ventana. La vecina de al lado los vio en la calle. Ella aseguró que había dormido como un tronco esa noche, pero su marido dijo que un ruido inidentificable lo había despertado un par de veces. Huldar y sus colegas pensaban que era probable que Elísa hubiera podido gritar más de una vez mientras el asesino preparaba su lento y espeluznante fin. Los dormitorios principales de ambas casas estaban separados por unos pocos metros, así que era concebible que los gritos hubieran llegado hasta la ventana abierta de los vecinos. La policía había entrevistado a las demás personas que vivían en los alrededores, pero nadie había reparado en ninguna ida o venida esa noche, ni en cualquier otra cosa fuera de lo normal.

Todo indicaba que Margrét era la única testigo. Había sido imposible atraerla para que saliera de debajo de la cama y al final Huldar tuvo que sacarla de allí a rastras. Aunque con dificultades, se las arregló para que abandonaran la habitación sin que ella viera el cadáver de su madre, ni la abominación que le habían hecho en la cabeza. En ese momento, no fueron capaces de arrancarle una sola palabra. La niña se negó a mirarle, no dejó de estirar el cuello hacia atrás, tapándose las orejas y cerrando los ojos con fuerza. Después de que Huldar fracasara varias veces en su intento por interrogarla, la policía científica intervino y le obligó a parar y llamar a una ambulancia. Le preocupaba muchísimo el estado mental de la niña. La examinaron en el hospital y los servicios sociales la mandaron con sus abuelos paternos hasta que el padre regresara a casa. Nadie lo había dicho en voz alta, pero todas las personas involucradas en la investigación eran conscientes de que lo mejor sería completar la entrevista de Margrét antes de que volviera a ver a su padre. Era muy probable que el hombre pusiera más impedimentos que los abuelos. Sin duda estaría conmocionado y quizá tuviera algo que ocultar. En la mayoría de los casos en los que una mujer era asesinada en su domicilio, el responsable era su marido o su amante. Aún no habían podido verificar que hubiera abandonado el país antes de la muerte de su esposa, pero todos los indicios apuntaban a ello. En cualquier caso, eso no demostraba necesariamente su inocencia. Si tenían problemas matrimoniales, por ejemplo, no se podía descartar que hubiera contratado a otra persona para que llevara a cabo el asesinato.

Todo eso recordó a Huldar lo urgente que era completar la entrevista con la niña. Sin embargo, ella parecía haberse venido abajo de manera irremediable. El abuelo se había puesto en pie y, a juzgar por su expresión, no le iba a hacer ni pizca de gracia que le pidiera más tiempo. Antes de que Huldar pudiera sacar el tema siquiera, el anciano habló de nuevo:

—Esto es una auténtica vergüenza. No pienso seguir sentado ni un instante más participando de esta farsa. ¿Cómo puedo entrar ahí? —Miró a su nieta como si estuviera dispuesto a romper el cristal para llegar hasta ella.

—Yo le llevo.

Una mujer a la que Huldar no reconoció hizo un gesto en dirección a la puerta. Tenía una expresión severa, pero las arrugas de sonrisa que rodeaban sus ojos y que enmarcaban su boca indicaban que esa dureza no era natural en ella. Le dirigió una mirada de furia tan intensa al pasar a su lado que Huldar se medio preparó para recibir un codazo. A juzgar por la insignia que llevaba en el pecho, debía de ser enfermera.

—¿Qué demonios hacemos ahora? —Konrád, el fiscal, se debatía entre la exasperación y la desesperación.

—¿Han podido obtener alguna información de ella? —dijo Huldar fingiéndose tranquilo e imperturbable.

Había aprendido mucho tiempo atrás el truco para no dejar que la agitación ajena le desconcertara. Sus cinco hermanas se habían encargado de que así fuera. Eso le había permitido salir victorioso de la mayoría de sus peleas. Siendo adulto, había intentado aplicar esa técnica a su vida íntima, pero el tiro le había salido por la culata en las escasas relaciones serias que había mantenido. Por alguna razón, el método que funcionaba tan bien en otras ocasiones se revelaba desastroso en los agarrones con sus novias. Antes de enterarse de lo que pasaba, la situación cambiaba por completo; de repente, él era culpable y de manera inevitable acababa diciendo algo de lo que terminaría arrepintiéndose. Y, por mucho que se esforzara en deshacer el daño, la relación pasaba a desmoronarse poco a poco. Huldar sospechaba que la conversación que tarde o temprano se vería obligado a mantener con Freyja iba a acabar de la misma manera. Si ella llegaba a dirigirle la palabra, claro. La decisión de abandonar la búsqueda de una relación permanente para concentrarse en las aventuras de una noche le había salido cara. Primero estaban todas las mierdas por las que había tenido que pasar con Karlotta, la esposa de Ríkhardur, y luego eso. En cualquier caso, un encuentro inesperado con Freyja no era nada en comparación con la pesadilla que siguió al breve capítulo que había vivido con Karlotta el otoño anterior. Al pensarlo, un escalofrío le recorrió la espalda.

—Pues claro que no. Se suponía que tú traías las preguntas. —Freyja sonó como sus novias cuando más cabreadas estaban con él.

Con arreglo a su experiencia, Huldar decidió que lo mejor era ignorar ese comentario y dirigirse en su lugar al fiscal.

—Usted debe de saber lo mismo que yo sobre el caso, Konrád, si no más. ¿No podría haber puesto las cosas en marcha mientras yo llegaba? —Evitó los ojos de Freyja. Su mirada fulminante le confundía; sus hermanas podrían haber aprendido mucho de ella. De repente le asaltó la necesidad de meterse en la boca un chicle de nicotina—. Podría haber hecho preguntas sencillas y evidentes sin mí. Todo esto se está grabando, ¿no es así? Yo podría haber escuchado las respuestas luego.

En ese momento, una mujer decidió intervenir. Huldar la reconoció. Era una doctora asociada al centro; la había oído testificar en juicios de abusos sexuales y su forma de hablar mecánica le había parecido apropiada para un tribunal, pero en aquel momento sonó mucho más acalorada:

—O tú podrías haber tenido la cortesía de llegar a tiempo.

—Sí, eso es cierto. —Huldar no se molestó en explicarse. No serviría de nada decir que había acudido lo más rápido posible. Prefería asumir la culpa antes que intentar adjudicársela a otro.

—Lo único que hemos podido sonsacarle antes de que se encerrara en su caparazón es que probablemente el asesino sea negro. —Konrád negó con la cabeza—. Aunque tampoco tengo mucha fe en eso. No hemos podido preguntarle más cosas.

—¿Negro?

Huldar se esforzó por ocultar el alivio que sentía, pues no deseaba que le malinterpretaran. No tenía nada que ver con una cuestión racial; era solo que, si la niña estaba en lo cierto, no costaría demasiado encontrar al asesino. No había muchas personas de color en Islandia, y las que vivían allí debían de ser muy amantes de la paz, pues a bote pronto no se le ocurrió un solo incidente violento en el que una de ellas se hubiera visto involucrada. Claro que eso acabaría pasando tarde o temprano.

—Y tiene la cabeza muy grande, no lo olvide. —Freyja se dirigió a Konrád como si Huldar no estuviera presente.

—¿La cabeza muy grande? —El policía frunció el ceño—. ¿Eso está grabado?

Los demás miraron a Freyja, quien se vio obligada a responder, aunque su reticencia fue evidente.

—Sí —espetó—. Te la pasaré luego.

Los presentes parecieron sorprenderse un poco ante su tono de voz.

Konrád rompió el silencio incómodo que siguió.

—No vale la pena que escuches la grabación. No es nada satisfactoria. —Suspiró con pesadez—. En cualquier caso, tenemos que decidir el paso siguiente. ¿Cómo debemos proceder? —Bajó la vista hacia el móvil, como si buscara una respuesta en él—. Siempre podríamos llevarla a comisaría, tanto si quiere como si no, y acabar allí. La verdad es que no podemos posponer esto mucho más tiempo.

—No. Estamos de acuerdo.

Huldar vio con el rabillo del ojo que Freyja salía enojada de la habitación. Un instante después apareció al otro lado del cristal y se puso a hablar con la joven del vestido amarillo. Margrét ya no estaba; presumiblemente se había ido con el abuelo.

—Eso sería completamente desaconsejable. —La doctora sonaba como el autómata que Huldar conocía de los tribunales—. La niña ha sufrido un trauma muy serio y os arriesgáis a poner en peligro los indicios que pueda ofrecer si la tratáis de manera torpe e ignorante. ¿Cuántas veces tendremos que recordároslo? —Mostró con un gesto enérgico de la mano que se dirigía a Konrád y Huldar como representantes del fiscal del Estado y la policía—. Los niños de esa edad son muy sugestionables, tienden de manera abrumadora a decir lo que creen que la gente desea oír. Si queréis confundirla y sembrar una impresión falsa en su cabeza, adelante, es toda vuestra. Y buena suerte cuando el abogado defensor, si es que llegáis a atrapar al culpable, haga trizas su testimonio durante el juicio. Si lo he entendido bien, no es que tengáis otros testigos.

—Eso aún no se sabe —dijo Huldar contra su propia convicción.

Por supuesto que iban a entrevistar al marido y a los amigos de la fallecida, a sus compañeros de trabajo más cercanos y a todo aquel que pudiese aclararles algo, pero era más que previsible que no supieran nada sobre lo sucedido esa noche. Las entrevistas solo iban a servir para acabar de perfilar la imagen de la víctima y, con suerte, proporcionar pistas sobre cualquier persona que pudiera haberse dado a un acto tan espantoso y brutal.

Huldar se descubrió observando a Freyja a través del cristal. Aunque fuera un regalo para los ojos, lo que le había llamado la atención no era su apariencia, sino el hecho de que, por el lenguaje corporal de ambas, tanto ella como la joven del vestido amarillo parecían estar comentando algo importante. La segunda se había llevado una mano al pecho y parecía molesta. Quizá no fuera sorprendente, ya que su tarea consistía en evitar que la niña se angustiara. Huldar apartó la vista cuando Freyja se volvió y pareció mirarle directamente a los ojos. Entonces se acordó de que entre ellos había un espejo y se dirigió a la doctora:

—Pero, pese a todo, coincido con usted en que deberíamos ceñirnos a la disposición actual, si es posible. ¿Cuándo cree que podremos intentarlo de nuevo?

La doctora se encogió de hombros.

—Ellas lo sabrán mejor que yo. —Hizo un gesto hacia el cristal. Freyja y la mujer de amarillo estaban saliendo de la habitación de las entrevistas—. Aunque supongo que hoy ya no hay nada que hacer.

—Lo siento, pero tiene que ser así. —Huldar sacudió la cabeza—. Debemos hablar con ella lo antes posible. Y eso quiere decir hoy mismo. Necesitamos respuestas con urgencia, aunque solo sea a algunas preguntas básicas.

Oyó que tosían a su espalda. Al volverse, Huldar se encontró a Freyja. Le incomodaba enfrentarse a su mirada. Se dio cuenta de que era tan imponente como recordaba, y su aroma débil y familiar le evocó unos recuerdos cuando menos inapropiados, dada la situación. Se recompuso y apartó esas ideas de su cabeza.

—Justo al final, Margrét le dijo a Silja algo que querréis saber.

Huldar la interrumpió antes de que pudiera proseguir.

—¿De qué se trata? ¿Le ofreció una mejor descripción del color de piel del asesino?

—¿Puedo terminar? —Freyja se había sonrojado. Él parecía un poco más hundido—. Margrét le ha dicho a Silja que el hombre negro va a matar de nuevo. A otra mujer.

De repente, a Huldar dejó de importarle lo que Freyja pensara de él.

6

Elísa Bjarnadóttir yacía desnuda sobre el acero inoxidable de la mesa de disección del Departamento Forense del Hospital Nacional, como si estuviera esperando pacientemente a que terminaran con su autopsia. Pero su rigidez —los brazos a los lados, las piernas rectas— no era propia de ninguna persona viva. Su cabello, largo y oscuro, colgaba de la mesa, mojado aún. Le habían lavado el cuerpo después de acabar con el examen externo y con la tarea pesadillesca de arrancarle la cinta americana de la cabeza. Numerosas tiras de la misma colgaban en ese momento de un bastidor de secado en una esquina. Existía la esperanza de encontrar algún pelo del asesino pegado a alguna de ellas. Por supuesto, aunque la habían retirado con el mayor cuidado posible, la última capa estaba cubierta por el pelo de la propia Elísa. También iban a comprobar las tiras por si había huellas dactilares, en caso de que el asesino hubiera tocado la cinta sin guantes. Sin duda, los técnicos forenses se enfrentarían a una dura labor. Era poco probable que descubrieran huellas, pues las únicas que habían aparecido en el cuerpo eran las del primer policía que se presentó en la escena. Se suponía que el asesino se había puesto guantes, ya que debió de maltratar bastante a la mujer.

A partir de los trece moretones que había encontrado, el forense concluyó que el asesino había atacado a Elísa con violencia, y que ella se resistió. Tuvo que hacerlo. Era impensable que se hubiera sometido a ese destino tan horrible sin ofrecer pelea. La piel blanca de sus brazos estaba cubierta por las marcas que habían dejado en ella los dedos que él hundió con fuerza. Y, a partir de la contusión circular de gran tamaño que tenía en el pecho, dedujo que el asaltante había apoyado allí la rodilla haciendo presión con todo su peso. Tenía los incisivos superiores e inferiores rotos, al parecer por el acto brutal de introducirle el tubo de metal de la aspiradora por la garganta. El forense suponía que encontrarían las coronas rotas en su estómago. La nariz de la mujer estaba aplastada de manera grotesca hacia un lado y eso, junto con las ronchas que la cinta le había dejado por toda la cara, y que no se habían desvanecido al limpiarla, proporcionaba una prueba visual del calvario que había sufrido. En una esquina del laboratorio, al lado del bastidor de secado, descansaba una aspiradora de color plateado esperando a que se la llevaran para someterla a nuevos análisis. Al recordar las circunstancias en que la vio por primera vez, Huldar sintió el impulso de apartar los ojos del aparato. Ver a la mujer era peor, pero tampoco era sencillo mirar hacia otro lado.

De vez en cuando, una gota caía de su cabello húmedo y brillante, y se había formado un pequeño charco en el suelo de baldosas.

—Es algo que no se ve todos los días. —El forense sacudió la cabeza—. Presencié cosas desagradables durante mi formación en Escocia, pero, desde que volví a casa, no había tenido nunca algo parecido sobre la mesa de disección.

—¿Viste algún asesinato con aspiradora por ahí?

Huldar esperaba que la voz no le traicionara. Había sido testigo de una buena cantidad de cosas en su trabajo, incluyendo cadáveres y gente destrozada por culpa de accidentes y peleas. En concreto le vinieron dos imágenes a la cabeza: la de la oreja que un hombre había perdido cuando su coche dio una vuelta de campana, y que Huldar encontró sobre un lecho de musgo, y la de un cuerpo que, como consecuencia de un incendio casero, se había quedado incrustado en el linóleo fundido. Pero esos, entre tantísimos incidentes desagradables, le provocaron por alguna razón sensaciones diferentes; ni por asomo le parecieron tan terribles. Nunca había tenido que rebuscar dentro de un cuerpo, u observar mientras un forense sondeaba cada uno de sus orificios en busca de muestras que pudieran arrojar luz sobre la identidad del asesino.

Hasta ese momento, Huldar se las había arreglado para evitar las autopsias; otros se habían encargado de ello en las escasas investigaciones por asesinato en las que había trabajado. Y, tal y como sus jefes le habían protegido cuando era un subalterno, al encontrarse a cargo de su primera investigación importante no podía delegar esa tarea. Tendría que aguantarse. Si se corría la voz de que no había podido soportarlo, sería el responsable de la investigación solo de manera nominal. Su equipo se pasaría más tiempo renegando de su falta de valor que obedeciendo sus órdenes, aunque tampoco ellos lo sobrellevarían mucho mejor. Inspiraría tan poco respeto como Ríkhardur. No era cuestión de insensibilizarse ante el horror, sino de poner buena cara y fingir indiferencia por mucho que lo que veía y olía le revolviera las entrañas.

—No me refiero solo a Escocia. ¿Habías visto o leído algo parecido a esto?

El forense negó con la cabeza.

—No, no que yo recuerde. He leído sobre algunas armas del crimen bastante heterodoxas, como tacones de aguja e incluso un sacacorchos, pero nunca una aspiradora.

—No. La verdad es que no es lo primero que te viene a la cabeza si quieres matar a alguien. —Huldar dirigió una mirada breve al rostro maltratado y ceroso de Elísa, y apartó la vista de nuevo—. Me pregunto: ¿por qué tomarse la molestia? Habría sido mucho más sencillo usar un cuchillo.

Habían encontrado un enorme cuchillo de cocina al pie de la cama, junto con tres rollos de cinta americana; de dos de ellos solo quedaba el cartón del centro, pero en el tercero aún había varios metros de cinta plateada. El asesino la había usado para vendar los ojos de Elísa y tapar sus orejas y nariz, presuntamente a fin de asegurarse de que la aspiradora cumpliera con su cometido sin absorber más aire de fuera. Un examen preliminar indicó que el cuchillo se había usado para cortar la cinta. No apareció sangre en la hoja, ni tampoco en el resto de la escena.

—Sí, cabría pensar eso. El *modus operandi* es tan extravagante que, si yo fuera tú, centraría mis energías en él. ¿Acaso el asesino intenta aparecer en los libros de historia? ¿Tiene fobia a la sangre o es que prefiere asesinar usando un método que no implique perforar la carne? ¿Podría ser simbólico en algún sentido? Es posible. Por lo demás, cuesta imaginar por qué se le ocurrió un método tan extraño.

—¿Y si es un psicópata? —La idea había asaltado a Huldar en cuanto posó la vista sobre la escena de la habitación de la víctima. No había tenido ni el tiempo ni la imaginación necesarios para que se le ocurriera una explicación alternativa.

—¿Un psicópata? —La pregunta pareció sorprender al forense—. Supongo que te refieres a un individuo psicótico. Más vale que te andes con cuidado si vas a investigar esa posibilidad. Los enfermos mentales rara vez son violentos. De hecho, es mucho más probable encontrarlos como víctimas que como perpetradores. Y, si actúan con violencia, suelen dirigirla contra sí mismos. No, no creo que debas buscar a un enfermo mental. Es casi seguro que tendrá un serio trastorno de personalidad, pero las pruebas no apuntan hacia el tipo de alucinaciones o delirios asociados a la psicosis.

—No, quizá no.

Huldar no estaba preparado para abandonar por completo la teoría de la locura, pero sí estaba dispuesto a dejarla de lado mientras consideraba el método y la aparente aprensión del asesino hacia la sangre, así como las perforaciones y los cortes en la piel. Por desgracia, no obstante, era poco probable que eso les ofreciera alguna pista, pues no existía una base de datos nacional dedicada a las fobias de la gente. A la vez, esa posibilidad quizá sería útil cuando le echaran el ojo a un sospechoso. Si es que llegaban a hacerlo en algún momento.

Mientras el forense preparaba el paso siguiente, Huldar examinó las bolsitas de plástico transparente y los tarros de cristal que había en el carrito, al lado de la mesa. Si las tiras de cinta no les proporcionaban ninguna prueba, existía la posibilidad de que esas muestras biológicas los ayudaran a identificar al culpable. Faltaban algunos tarros, pues el ayudante había aprovechado el interludio para llevarlos a que los analizaran.

Por lo general, los asesinos islandeses confesaban en cuanto los atrapaban; los casos rara vez se ganaban o perdían según la fuerza de las pruebas de la policía científica, pero de vez en cuando había que presentarlas ante el tribunal para que individuos más tozudos de lo habitual entraran en razón. En la práctica, la mayoría veía la luz al enfrentarse a las pruebas acumuladas en su contra, e incluso parecían aliviados de poder quitarse ese peso de encima. Antes de que uno pudiera darse cuenta, se empeñaban en convencerse a sí mismos y a los demás de que todo había sido un accidente, de que en esencia eran personas decentes y todo el asunto había sido un desgraciado error. El entusiasmo con el que la mayoría de ellos intentaban congraciarse con la policía, en un esfuerzo por hacer que esta comprendiera su versión de la historia, era siempre sorprendente. Como si eso importara. El trabajo de la policía no consistía en emitir juicios, sino en establecer los hechos. Huldar se preguntó si el asesino de Elísa reaccionaría de la misma manera cuando lo tuviera delante. ¿Cómo justificaría lo que había hecho? ¿O pertenecería a la minúscula minoría que no llegaba nunca a confesar?

Un fluido transparente y viscoso rezumó por la comisura de la boca de Elísa como si fuera una lágrima extraviada. Huldar levantó la vista hacia el forense y se encontró con que este había cogido una sierra eléctrica. Se le revolvió el estómago.

El médico examinó la herramienta como si estuviera debatiendo su idoneidad. Acto seguido, satisfecho en apariencia, la dejó sobre una bandeja con los demás instrumentos, a cuál más siniestro que el anterior. Era evidente que no se habían diseñado pensando en usarlos con pacientes vivos: en caso de que un médico se le hubiese acercado con uno de ellos, Huldar habría salido por piernas.

—¿De quién sospechas? ¿Del marido?

—Es demasiado pronto. Acaba de volver al país. Le han interrogado esta mañana, pero aún no me ha dado tiempo de leer la transcripción. He tenido que venir corriendo desde el centro. Pero he podido hablar con uno de los tipos que le han entrevistado y es poco probable que esté metido en esto. Por lo que me ha dicho, parece desconsolado. Y nos han confirmado que estaba en el extranjero cuando se cometió el asesinato, en una conferencia con otro islandés que viajó con él, así que es imposible que estuviera cerca de la escena. Aunque quizá sea un buen actor y pagó a alguien para que le hiciera el trabajo sucio. La única información que hemos logrado sonsacarle a la niña hasta ahora es que el asesino era negro.

—¿Negro? Eso debería facilitarte la vida. —El forense recuperó la expresión grave—. ¿Cómo está ella?

—Como la mierda. —No había otra manera de describir la situación de Margrét. Huldar recondujo la conversación hacia el asesinato, incómodo por hablar de la niña en presencia del cadáver de su madre—. Aún no está claro si se refería a que el tipo llevaba pantalones y zapatos negros, o al color de su piel. Es probable que pudiera entrever sus pies y sus piernas desde debajo de la cama, pero asegura que también le vio la cabeza, es de suponer que antes de esconderse ahí abajo. La describió como más grande de lo normal.

—¿Más grande?

—Eso es lo que dijo. Pero ¿qué consideraría un niño que es una cabeza grande? No lo sé.

Huldar bajó la mirada para no tener que ver los preparativos con los que el forense se aprestaba a retomar su labor. Lo poco que había visto ya le había parecido bastante repugnante. Había tenido la ligera esperanza de que el ayudante se perdiera en los pasillos laberínticos del hospital, de modo que la segunda parte de la autopsia tuviera que posponerse. Estaba desesperado por un poco de nicotina, pero no soportaba la idea de meterse algo en la boca. Un chicle no, desde luego. Aunque le pusiesen un cigarrillo encendido entre los labios, no estaba seguro de que pudiera fumárselo. Cuanto menos inhalara en aquel lugar, mejor.

—A mí que me registren. ¿No puedes hacer que un dibujante se siente con ella?

—Claro. Todo a su debido tiempo. De momento se niega a ver a nadie, así que le hemos dado un respiro. Volveremos a tantear el terreno esta tarde o tarde-noche. Necesitamos con urgencia tener las cosas claras. No puedo mandar a mi gente a la caza de un sospechoso de color cuando la niña podría haberse referido a su ropa. —De repente, Huldar recordó lo que quería preguntarle al forense—. El marido de Elísa es médico aquí, en este hospital.

El forense levantó las cejas.

—Oh... ¿Cómo se llama?

—Sigvaldi Freysteinsson. Es ginecólogo.

—No he oído hablar de él. ¿Es de la misma edad que su esposa?

—Sí.

—Entonces es poco probable que nos hayamos cruzado. Son de una generación diferente. Yo soy tan viejo que apenas conozco a los médicos más jóvenes. —El hombre se puso un par de guantes de látex—. Dejando a su marido de lado, me apostaría algo a que ella conocía al asesino. Es raro que un completo desconocido ataque a alguien con el único propósito de torturarle.

Y no hay otra forma de describir esto. Aunque no debió de tardar mucho en morir, el calvario habrá sido indescriptible. Ya le has visto la dentadura: hizo falta un acto de brutalidad increíble para meterle el tubo por la garganta. Y el aire fue absorbido con tanta fuerza que sus pulmones se plegaron, lo que probablemente llevó a que se le rompieran los tímpanos y sufriera varias heridas internas más que no descubriremos hasta que la abramos. No será agradable, tienes mi palabra. No, Islandia es demasiado pequeña para contener a un individuo tan enfermo, capaz de hacerle eso a una víctima al azar. Se lo habría identificado y sacado de circulación hace mucho, antes de que pasara algo así.

—No podemos estar seguros de eso.

—Quizá no, pero por suerte la tortura es poco habitual en Occidente, al menos como fin en sí mismo. En general, los raros casos en los que alguien la ejerce se asocian con un abuso sexual extremo. A veces se oyen ejemplos salidos del submundo criminal de las grandes urbes del extranjero, pero nuestros matones autóctonos no han llegado a tanto de momento. Sí, han dado palizas, pero, hasta donde yo sé, su método de tortura suele consistir en la intimidación. Nadie ha muerto o ha sufrido daños físicos permanentes por culpa de la tortura en Islandia. De haber sido así, me habría enterado. No importa lo fuerte que seas; cuando te torturan, te vas para el hospital lo más rápido posible. El incidente habría aparecido en el sistema.

—Sí, supongo que tienes razón. ¿Qué tipo de cabronazo enfermo sería capaz de hacer algo así?

—Esa es la pregunta del millón. Por mucho que se quiera torturar a alguien hasta la muerte, pocas personas serían capaces de hacerlo. La mayoría tenemos inhibiciones que nos impiden sobrepasar los límites de la moral convencional. Y eso nos devuelve a la circunstancia de que no se usaran armas cortantes y de que el hecho mismo consistiera apenas en apretar un botón. —El forense volvió la cabeza hacia Huldar—. Por supuesto, no puedo estar seguro. Pero, dado que no hay indicios de violación, supongo que la persona que hizo esto sentía un odio abrumador hacia la mujer. A menos que aparezca semen en la escena, no hay señales de que el ataque tuviera una motivación sexual. Puede ocurrir que algún pervertido se masturbe encima de la víctima en vez de violarla, pero no apareció nada de eso mientras estuve allí y me parece poco probable que lo hayamos pasado por alto.

—Tampoco apareció semen durante el segundo examen de la casa.

—¿Ella estaba metida en algo turbio? ¿Debería prepararme para encontrar rastros de sustancias ilegales en su sangre?

—No. No que sepamos. Hasta ahora, lo poco que hemos indagado sugiere que estaba completamente limpia. Trabajaba para la agencia tributaria, cuidaba de su familia y, en su tiempo libre, se dedicaba a las típicas actividades de exterior. Su vida parece tan intachable que me sorprendería descubrir algo sórdido, y mucho más que la hubieran torturado para que revelara algún tipo de información. Tendría que haberse tratado de un secreto tremendo, o cabe suponer que se habría desvivido por confesar al verse amenazada con un destino tan espantoso. —Sin querer, Huldar miró el rostro desfigurado. Los labios, azulados y entreabiertos, dejaban entrever los incisivos rotos. Bajó la vista, abrumado por las náuseas—. Creo que no tiene sentido que les demos vueltas a sus motivos. Lo que hizo carece de cualquier justificación.

—¿Estás seguro de que fue un hombre? A falta de semen, es posible que te las tengas que ver con una mujer.

Huldar se quedó pensativo. No tenía ninguna seguridad, ni sobre eso ni sobre ningún otro aspecto del caso, ya que la investigación acababa de comenzar.

—No. No necesariamente. Pero me inclino a pensar que fue un hombre, y eso también concordaría con el testimonio de la niña. A una mujer le habría costado más inmovilizar a Elísa mientras le pasaba la cinta americana por la cabeza y los brazos. Debió de oponer una resistencia tremenda.

—En efecto. Tal como indican sus heridas. —Ambos hombres se quedaron contemplando los moretones del cuerpo—. Claro que hay muchas mujeres fuertes ahí fuera, pero Elísa parecía estar en forma, así que una atacante femenina debería haber tenido una fuerza inusitada. A menos que sufriera un arrebato. La locura puede dar fuerzas extras a la gente.

—Menudo arrebato. ¿Cuánto crees que debió de durar? —Huldar había visto a gente volverse loca, tanto personas sobrias como bajo la influencia de las drogas o la bebida. Ese tipo de estallidos rara vez duraban demasiado, aunque siempre había excepciones.

—Es difícil de decir. Calculo que el ataque duraría de veinte a treinta minutos, pero dudo que la autopsia o cualquier prueba posterior pueda ofrecernos una respuesta más precisa. Es probable que podamos fijar la hora de defunción de manera más exacta, pero eso es todo.

Huldar asintió con la cabeza. Era más o menos lo que había supuesto. El hombre debió de tener prisa por acabar. ¿Por qué iba a pasar en la casa más tiempo del estrictamente necesario?

—¿Tienes alguna idea sobre una posible motivación?

La pregunta era una maniobra dilatoria. Huldar necesitaba un poco más de tiempo para prepararse mental y físicamente antes de que el forense se embarcara en el examen interno. El ayudante había vuelto a aparecer por la puerta y eso presumiblemente indicaba que la fase siguiente estaba a punto de comenzar.

—Ni idea. Me alegra decir que ese es tu problema, no el mío. Es poco probable que la autopsia ofrezca una motivación. No funciona así. Pero, por si sirve de algo, mi primera suposición sería que desenmascaró a alguien en su trabajo para la agencia tributaria. Yo indagaría por ahí, en cualquier caso. La gente puede desquiciarse del todo ante la idea de perder dinero. En especial si existe la posibilidad de que les arrebaten todo lo que tienen. —El hombre se rascó el mentón, y el guante dejó en él una mancha de polvo blanco—. Hay algo que me he olvidado de preguntar. ¿Qué había en el sobre? ¿Su contenido ha permitido arrojar algo de luz?

Durante la investigación preliminar de la escena del crimen habían encontrado un sobre en la puerta de la nevera. A diferencia del resto de los recordatorios y fotos enganchados con imanes decorativos, estaba pegado por una de sus esquinas con la misma cinta plateada que rodeaba la cabeza y los brazos de Elísa. No había huellas dactilares en el sobre, que resultó contener un mensaje compuesto por letras y números recortados de periódicos, igual que las notas de secuestro de las películas.

—No comprendemos el mensaje, si es que se trata de eso. Lo único que decía es «Así que dime», seguido de dos puntos, y a continuación una larga serie de números sin ningún sentido. Tenemos a gente trabajando en ello, pero de momento no han llegado muy lejos. —Se quedaba corto: no habían llegado a ningún sitio—. Te he hecho una fotocopia, por si la quieres para tus archivos.

El forense se bajó un poco las gafas y examinó la serie de números: «59, 26 al revés, 53, 68, 99·110–16, 18·8·75, 6, 53, 83, 35–5».

—¿Qué demonios se supone que significan?

—En este momento, nadie lo sabe. Al marido no le suenan y aún no se nos ha ocurrido nada. Los tipos que lo están estudiando piensan que podría tratarse de un código imposible de descifrar. Creen que los números representan letras y que los puntos probablemente marcan la separación entre las palabras, pero los guiones son un misterio. Y no tenemos ni idea de si está en islandés. Seguiremos trabajando en ello, pero bien podría ser producto de una mente trastornada, y que solo tenga sentido para la persona que lo escribió.

—Bueno, es posible. —El forense no sonó muy convencido—. Pero no olvides lo que te he dicho antes sobre los individuos psicóticos. Construir esa nota debió de requerir un esfuerzo considerable: recortar los números, disponerlos en el orden correcto y pegarlos al papel. Yo mismo no me tomaría todas esas molestias si no fuera con una finalidad. Da la impresión de que tenga una motivación secreta. De hecho, parece un mensaje personal. ¿No crees? —Dejó la fotocopia y le puso un trozo de plástico por encima, para evitar que se manchara cuando se pusiese a trabajar con la sierra y el fórceps.

Huldar intentó distraerse de lo que estaba a punto de pasar concentrándose en la conversación.

—Sí, quizá.

Cuanto más se devanaba los sesos pensando en las palabras y la serie de números que las seguían, menos sentido les encontraba. Para comenzar, ¿por qué usar un código? ¿Quién era su destinatario y qué podía significar el mensaje? Difícilmente sería para Elísa, ya que el asesino había acabado con ella antes de que tuviera la oportunidad de abrir el sobre. Así que, por lógica, debía de estar dirigido a la policía o a Sigvaldi, su marido, aunque este había asegurado que ignoraba por completo su significado. Quizá encontrarían algo en el pasado del hombre, por más que este hubiera jurado no tener enemigos. Huldar medio esperaba descubrir algún crimen terrible que hubiera cometido y que permitiera que la investigación levantara el vuelo. Necesitaban una pista para que no se estancara para siempre. Si la autopsia no revelaba nada nuevo, no sabía cómo iban a proceder. Miró el cuerpo mutilado de Elísa y tragó saliva. Estaba a punto de ver el aspecto que tenía por dentro. Se mareó y se puso pálido.

El forense le ofreció un frasco que le había dado su ayudante.

—Frótate un poco de esto debajo de la nariz. Veo que no te encuentras demasiado bien, pero créeme, ahora viene la parte dura de verdad. Aunque el olor será penetrante, la crema te ayudará. No lo bloquea por completo, pero hará que sea más soportable. —Sonriendo, se puso la mascarilla que le colgaba del cuello—. Si tienes que vomitar, asegúrate de no salpicar el cuerpo. Ha pasado alguna vez y es algo que no quiero experimentar de nuevo. Recuerda bajarte también la mascarilla. Es algo que tampoco quiero volver a ver.

Huldar asintió con la cabeza y cogió el frasco. La crema gelatinosa hedía con tanta intensidad a menta o mentol que comenzaron a picarle los ojos. Ya la había usado antes; el mal olor era uno de los gajes del oficio. Se puso la mascarilla, que le ayudó un poco pero no hizo nada por aliviar su temor. Ver al forense haciendo palanca para abrir todos los orificios del cuerpo de la mujer había estado a punto de amedrentarlo. El resto no había sido tan malo, pero se había pasado mareado todo el tiempo que el médico dedicó a sondar el cadáver. Lo peor llegó cuando le examinó la cara. Aunque supiese que no era posible, Huldar esperaba ver contracciones de dolor en torno a los ojos y la boca de Elísa; a saber lo que comenzaría a imaginar cuando el forense esgrimiera la sierra.

—¿Listo?

Huldar percibió la duda en los ojos del hombre. Asintió con escaso convencimiento, y el médico se encogió de hombros.

—No tienes por qué estar presente, a menos que de verdad lo desees. Tus antecesores lo organizaron así. Pensaron que era una buena idea. No puedo decir que le vea el sentido, más allá de tener un poco de compañía. —Asintió con la cabeza en dirección a su ayudante, que sonrió y se puso la mascarilla—. Quizá sirva para que sientas el doble de determinación a la hora de atrapar al culpable.

—Quizá.

Algo de razón llevaba. Huldar tenía ya un deseo ardiente de ver al asesino entre rejas, pero ese deseo sin duda había crecido desde su llegada a la sala de autopsias. Si la persona responsable de aquello quedaba impune, su sentido de la justicia se vería profanado. Era una posibilidad impensable.

El forense mantuvo la mano enguantada flotando sobre la bandeja de instrumentos brillantes. Parecía incapaz de decidir cuál de ellos tendría el honor de iniciar el trabajo. Huldar le observó, intentando predecir el que iba a escoger. Pero, antes de que pudiera llegar a una conclusión, el forense se volvió y le miró a los ojos un instante antes de decir:

—¿No te parece un poco raro que te hayan asignado este caso?

A Huldar le irritó la duda implícita acerca de su capacidad, en especial porque era precisamente algo sobre lo que él mismo venía preguntándose.

—¿Qué estás insinuando?

—Oh, ya sabes. Este es uno de los asesinatos más brutales a los que nos hemos enfrentado. Jamás se me habría ocurrido pedirle a uno de los jovencitos del departamento que se encargara de la autopsia. ¿Es posible que te hayan elegido por alguna razón al margen de tus aptitudes? Hasta donde yo sé, el Departamento de Investigación Criminal tiene muchos detectives con más experiencia que tú.

—No soy la persona adecuada para contestar a eso.

En realidad, podría haberle ofrecido una respuesta mucho más sincera: que todos los detectives con experiencia tenían seriamente manchada su reputación. El Departamento de Investigación Criminal estaba sufriendo graves problemas de imagen después de una investigación sobre casos de conducta inapropiada en el pasado, que se había abierto al saberse que el fiscal especial designado para dirigir las pesquisas sobre actividades criminales relacionadas con el colapso bancario había infringido gravemente la ley al recolectar las pruebas. Puesto que la mayor parte de su equipo había trabajado antes en la policía, se decidió comprobar si aquello reflejaba una mala praxis endémica en el cuerpo. Y fue como abrir la caja de Pandora. La lista de transgresiones resultó ser larga: teléfonos pinchados, registros domiciliarios y laborales realizados sin orden judicial, papeleo alterado después de los hechos, pruebas que se perdían, intentos por sobornar a los testigos, uso de la violencia psicológica, y también física... La tormenta informativa duró semanas y el nombre de todos los detectives de alto rango se vio arrastrado por el fango. Sin embargo, no hubo despidos ni se degradó a nadie, y Huldar dudaba que eso fuera a pasar. Lo más molesto era que la mayoría de los agentes de policía desempeñaban su papel de manera íntegra, pero mientras las manzanas podridas no fueran sancionadas, la sombra se proyectaría sobre todos ellos. Por desgracia, daba la sensación de que nada fuera a cambiar; los detectives en tela de juicio estaban decididos a capear el temporal. A lo largo de los años, algún que otro agente había quedado en evidencia por delitos incluso peores sin que se le exigieran cuentas, y era evidente que eso había sentado un precedente. Como resultado, los implicados estaban ansiosos por mantener la cabeza a cubierto hasta que amainara el escándalo. El encargado de dirigir la investigación tendría que celebrar ruedas de prensa y lo último que querían esos detectives era recordar a la opinión pública que seguían aferrados a sus cargos, así que la responsabilidad había recaído sobre Huldar. Quien tenía un historial limpio en el trabajo aunque no fuera tan angelical en la vida privada.

—No te lo tomes como algo personal. Solo quería avisarte. Si te han asignado este caso por las razones que sospecho, y creo que tú también piensas lo mismo, puedes tener la seguridad de que tus colegas no querrán que tengas éxito por méritos propios. Aunque estén desesperados porque el caso se solucione, es probable que prefieran que tropieces por el camino. Así que ten cuidado. Te lo digo con buena voluntad. Si la cagas, es posible que no te encarguen otra investigación en un futuro próximo, y es probable que ya no lo hagan nunca.

Huldar guardó silencio. El pestazo a mentol era asfixiante y tomó una bocanada de aire fresco bajo la mascarilla. Los ojos del forense se fruncieron en una sonrisa invisible y acto seguido dio una palmada, en señal de que había llegado el momento de comenzar a trabajar. Escogió un bisturí y lo dirigió hacia el abdomen de Elísa. Huldar se colocó a su lado y cerró los ojos mientras el hombre realizaba una incisión a lo largo del esternón de la mujer.

7

Domingo

La voz de la locutora sonaba grave, casi triste. Por lo general, a Ástrós Einarsdóttir le gustaba aquella mujer. Cuando informaba sobre un suceso alegre, como un festival que tuviera lugar en la ciudad o la inauguración de una carretera, no ocultaba su placer. A veces exageraba un poco, transmitía la sensación de tener algún interés personal en el asunto, como si ella misma se encontrara a cargo de las celebraciones o hubiera estado esperando con impaciencia a que se añadiera ese tramo de carretera para llegar a un lugar ignoto. Pero, cuando tenía que contar una noticia más seria, adoptaba un tono sombrío y ralentizaba el discurso para asegurarse de que se entendieran todas sus palabras.

Como en ese momento.

Aunque ese ritmo lento quizá buscara también alargar la noticia, ya que los hechos en sí eran breves y muy poco informativos: una mujer había muerto en Reikiavik el jueves por la noche y la policía no descartaba que se tratase de un asesinato. De momento, se negaba a ofrecer más detalles. Puesto que al parecer no había mucho más que decir, Ástrós se preguntó para qué habían informado del incidente. ¿Por qué estaba la gente tan desesperada por saber de un posible asesinato? ¿No podían esperar a que se hubieran comprobado los hechos? Personalmente, tuvo la sensación de que no había ganado nada oyendo las noticias.

Se puso en pie para bajar el volumen antes de que llegara la información deportiva, que hacía que le dolieran los oídos con la misma intensidad que cuando la tiza chirriaba contra la pizarra, un sonido al que no se había acostumbrado pese a todos los años que había pasado trabajando como maestra. Había visto con buenos ojos la llegada de los rotuladores para los pizarrones de acrílico y no se molestaba cuando alguien olvidaba taparlos y la tinta se secaba. Cualquier cosa era mejor que el ruido chirriante, la piel seca y el polvo que venían asociados a la tiza. Apagó la radio y se sintió mejor de inmediato. Era el único cambio positivo que había acompañado la muerte de su marido, casi dos años antes. Él solía quedarse pegado a la radio hasta que le contaban lo que a juicio de ella debía ser el último resultado deportivo del mundo, siempre con el volumen al máximo. La llegada de internet y la posibilidad de ver los resultados en paz y silencio no había representado ninguna diferencia. No, él insistía en escucharlos a la vieja usanza.

Pero Ástrós echaba tanto de menos su agradable camaradería, su amor y su calidez que hubiera aceptado de buena gana que le injertaran en el oído una radio que reprodujera noticias deportivas las veinticuatro horas del día si eso hubiera permitido tenerle de nuevo a su lado.

El móvil pitó en la cocina, junto a los restos de la comida. Se la había preparado con desgana, sin la menor expectativa. Desde que dejó de trabajar, no existía ninguna diferencia entre los días laborables y los fines de semana. En el pasado habría dedicado su tiempo a poner bien la mesa, dejando sitio para los periódicos al lado del plato. Los habría leído con detenimiento mientras comía, y se habría tomado una buena taza de café. Pero el médico le había prohibido comer una lista interminable de alimentos poco saludables, entre los que se contaban la mantequilla, la sal y la grasa; en otras palabras, casi todo lo que hacía que la comida valiera la pena. Como resultado, no tenía sentido que se molestara en cocinar: por mucho que intentara disfrazarlo, el queso blanco con pepino y pan de espelta nunca iba a parecerle demasiado emocionante.

La pantalla del móvil pasó a emitir un brillo azul y ella lo cogió con curiosidad. De un tiempo a esa parte, pocas personas se ponían en contacto con ella los domingos. Ni cualquier otro día de la semana, en realidad. Y aún era más extraño que le mandaran un mensaje de texto. Ni su hermana ni sus amigos usaban ese método para comunicarse. Eran tan hipermétropes como ella y les costaba encontrar los botones que debían apretar. Se sentía satisfecha y orgullosa de ser la única que había averiguado cómo apagar el texto predictivo, que no dejaba de prevenir que dijera lo que ella quería decir.

Ástrós abrió el mensaje. Debía de tratarse de un error. ¿Era posible que el autocorrector también sugiriera números? «95 al revés, 17–6, 110–16, 53, 73·30–7, 8, 35–5, 88» No le vino a la cabeza ninguna secuencia parecida: ni un número de teléfono, ni una tarjeta de crédito, ni un billete de lotería. El remitente era anónimo. Quizá se tratara de algún tipo de virus informático. Al fin y al cabo tenía un smartphone.

En vez de perder el tiempo haciéndose preguntas, decidió llamar a la compañía telefónica. Después de tenerla esperando un buen rato, le pasaron con un joven que hablaba muy deprisa. Ella le explicó lo que había sucedido y contestó a sus preguntas, pero él pareció incapaz de darse cuenta de que ella estaba perfectamente en sus cabales. La obligó a repetir lo que había dicho una y otra vez, y a contestar preguntas irrelevantes. El móvil volvió a pitar en medio de la conversación y eso la confundió, sobre todo porque el joven aseguró no haber oído nada. Al final, decidiendo que era inútil, cortó sin haber llegado a averiguar si su teléfono tenía un virus. Por lo que había entendido, podía presentar una solicitud especial, en día laborable, para que rastrearan el mensaje, aunque por la manera en que el joven lo había dicho tuvo la sensación de que el proceso no sería tan sencillo. En cualquier caso, no le importaba de verdad la identidad del remitente, solo quería saber si tenía que escanear el móvil en busca de virus.

El pitido había anunciado un segundo mensaje de texto consistente en otra ristra de números igual de incomprensible: «68, 99 · 57 · 14, 106 – 16, 92, 53, 99 – 16, 7, 52». No podía ser una buena señal. Pese a lo que le había dicho el joven, con toda probabilidad su teléfono tenía un virus. Consideró la posibilidad de volver a llamar a la compañía de telecomunicaciones, pero no se sintió con fuerzas para hacerlo.

El móvil pitó una tercera vez. Otro mensaje del mismo remitente desconocido: «1, 33 – 16, 30 – 7 · 57, 16 · 29, 99 – 16, 7, 73, 16». Ástrós se apresuró a cerrarlo antes de que el virus pudiera propagarse. A continuación, para comprobar si el aparato seguía funcionando, llamó a una amiga. Nada más comenzar a hablar lamentó su precipitación. El móvil parecía funcionar bien y ahora estaba condenada a tener que escuchar la descripción de los preparativos para el crucero que la amiga pensaba hacer con su marido. Ástrós no pudo reprimir una punzada de envidia pese a que la pareja tardaría aún ocho meses en partir. Al final se las arregló para acortar la conversación en medio de un solemne recuento acerca del sobrecargo por reservar un camarote con balcón contándole la mentira de que alguien había llamado a la puerta. Ástrós tomó nota mental de no volver a contactar con esa amiga durante un tiempo, al menos mientras no se le pasara la peor parte de la emoción.

Después de colgar, la pantalla se quedó negra y le pareció que el móvil se comportaba de manera perfectamente normal. No obstante, lo cogió y lo puso en modo silencio. Al día siguiente lo llevaría a la tienda y les pediría a los empleados que le echaran un vistazo. Ellos sabrían identificar el problema y, si había un virus, lo solucionarían. Al fin y al cabo, no tenía nada mejor que hacer.

Una vez más lamentó haber dejado la enseñanza. Había sacado provecho de las normas para la jubilación anticipada de los trabajadores del sector público, pero, un mes después de renunciar a su puesto, su marido murió de un ataque al corazón. Cuando Ástrós se recuperó del impacto inicial y de la pena, se obligó a volver al colegio de bachillerato al que había dedicado la mayor parte de su carrera para ofrecerles sus servicios de nuevo. Pero el centro había contratado a un joven para sustituirla, y ya no la necesitaban para que instruyera a los alumnos en los misterios de la biología.

El recuerdo seguía siendo lo bastante doloroso para hacer que se le sonrojaran las mejillas allí parada, observando el móvil. En el momento se limitó a decir tartamudeando que por supuesto estaba al tanto de lo del maestro nuevo, y que solo quería ofrecerse como sustituta; cubrir al joven cuando estuviera enfermo, por ejemplo, o cuando hiciera falta un examinador. Pero, por desgracia, al solicitar su viejo empleo Ástrós había hablado con su franqueza habitual y no hubo manera de que sus palabras fueran malinterpretadas. Desde ese momento había evitado su antiguo lugar de trabajo. No soportaba la posibilidad de encontrarse con el responsable de recursos humanos o con alguno de sus antiguos colegas, consciente de que la historia debía de haber llegado a sus oídos.

Con la radio apagada, y al no estar hablando por el móvil, un silencio incómodo llenó el apartamento. Podía incluso oír a la gente de abajo. Desde que enviudó, las relaciones con sus vecinos no habían sido demasiado amistosas. Todo había comenzado antes de la muerte de su marido, cuando no lograron ponerse de acuerdo sobre el color con el que pintar el edificio. Ástrós, que después de la pérdida no se encontraba en las mejores condiciones, había insistido en el tono que querían tanto ella como su marido pese a que, en realidad, no tenía una opinión demasiado formada. En el fragor de la pena, había concebido esa batalla como una manera de honrar la memoria de su esposo. Con el paso del tiempo había acabado dándose cuenta de lo tonta que había sido, pero ya era demasiado tarde para reparar el daño. No había manera de salvar la relación con sus vecinos.

La controversia sobre el color de la pintura acabó apagándose, pero no tardaron mucho en volver a pelearse. La pareja del piso de abajo afirmó que ella no cumplía con su parte del mantenimiento del jardín y las zonas comunes. Por mucho que se esforzara, ellos siempre parecían mirarla con reprobación. Había intentado dialogar para llegar a un compromiso: ella se encargaría del jardín y mantendría limpia la zona de los cubos de la basura si ellos retocaban la pintura, cambiaban las bombillas y quitaban la nieve de la acera. El coste de los obreros lo pagarían a partes iguales. Pero fue como meter un gato en el palomar. La esposa le espetó que les había tocado la china: el verano, cuando el jardín necesitaba cuidados, duraba solo tres meses al año, y la zona de los cubos de basura tampoco requería de grandes esfuerzos, mientras que quitar la nieve, cambiar las bombillas y la pintura implicaba mucho más trabajo. Ástrós intentó señalar que solo había un aplique compartido y que podía encargarse de él si tanto les importaba, pero que ella no sería capaz de quitar la nieve.

Al final, puesto que la pareja no parecía muy dispuesta a cooperar, sugirió pagar a alguien para que se encargara de todo. Fue entonces cuando la relación se deterioró de verdad. Lo más frustrante para ella era el hecho de que, en vida de su marido, ellos hubieran dedicado mucho más esfuerzo al mantenimiento, la limpieza de la nieve y el jardín que los vecinos de abajo. Pero estos tenían mala memoria. La gente podía ser muy vil. El hombre, maldito fuera, se había atrevido a soltarle a la cara, en medio de la discusión, que su esposa y él siempre se habían ocupado más de las zonas comunes y que no pensaban tolerar que siguiera siendo así. Lo dijo con tanta convicción que Ástrós vio flaquear su certidumbre. Pero fue solo por un instante. Pues claro que Geiri y ella habían hecho mucho más.

El recuerdo provocó que le vinieran ganas de dar un pisotón contra el suelo con la esperanza de fastidiar a la pareja, pero contuvo ese impulso. No porque pensara que era mala idea, sino porque, de repente, el teléfono se había iluminado sobre la mesa. Ástrós no pudo resistir la tentación de echarle un vistazo rápido. Era un nuevo mensaje, otra vez de un remitente anónimo. Supuso que debían de ser todos de la misma persona, porque si no se trataría de una coincidencia demasiado grande. Para su alivio, esa vez el texto estaba compuesto de letras, que conformaban un mensaje breve: «No falta mucho para mi visita... ¿Emocionada?».

¿Quién iba a visitarla? No esperaba a nadie, ¿o sí? No recordaba haber cursado ninguna invitación. Se dirigió al vestíbulo y, al mirarse en el espejo, vio que tendría que arreglarse un poco si iba a tener invitados. Qué lástima que el misterioso visitante no le hubiera dicho cuándo pensaba llegar. «No falta mucho para mi visita.» Eso podía significar cualquier cosa, según el lugar en el que se encontrara el remitente. ¿En el campo? ¿En el extranjero? ¿En la calle de al lado?

Ástrós se dirigió con prisas al baño mientras debatía brevemente consigo misma si tenía tiempo para darse una ducha. No quería abrir la puerta en camisón, con el pelo envuelto en una toalla y la cara sin maquillar, pero decidió seguir adelante y batió su propio récord de velocidad. Parada delante del espejo entelado, mientras limpiaba el vapor, se sintió deprimida por su sino solitario. Por la manera en que se estaba comportando cualquiera habría dicho que llevaba días, incluso semanas, sin ver a nadie. Bueno, el extraño visitante que había omitido su nombre podía esperar afuera a que ella estuviera lista.

El espejo le devolvió el rostro extraño que de manera lenta pero segura había reemplazado al suyo durante los últimos años. Parecía ser el rostro de una mujer mucho mayor, con arrugas alrededor de los ojos y de la boca, unos pliegues profundos que le cruzaban la frente y unas ojeras pronunciadas. «¿Quién demonios eres? ¿Quién te ha invitado a mi fiesta?»

Cogió la base y se puso a ocultar las peores señales de envejecimiento. Lo hizo de manera metódica, sin ninguna sensación de urgencia. Lo que sí sentía era el presentimiento inquietante de que la visita no iba a provocarle grandes alegrías. ¿De dónde había salido esa idea? En las pinzas para rizarse el pelo se encendió la lucecita verde. Se examinó el rostro con cierta satisfacción, dejó el maquillaje de lado y, mechón a mechón, se puso a trabajar en su pelo. El olor a chamusquina contribuyó a que se relajara. La visita podía resultar agradable o todo lo contrario, pero al menos ella tendría un aspecto medio decente.

8

Desde fuera, la casa no difería de tantas otras construcciones de los años sesenta y setenta. Hormigón simple, un solo piso en torno a los ciento ochenta metros cuadrados, con un tejado sencillo en pendiente. La disposición interior sin duda estaría diseñada para satisfacer las necesidades de otra época: un dormitorio principal, un comedor separado, una cocina diminuta y varias habitaciones infantiles minúsculas con armarios a juego que reflejarían la limitada selección de vestimenta que los niños tenían disponible en ese momento. De pequeña, Freyja había soñado con vivir en una casa de ese tipo con un marido al que se imaginaba vagamente y dos hermosos hijos, una chica y un chico. Y también con un gato y una pecera. Nada que ver con su existencia en ese momento.

La puerta estaba flanqueada por unas macetas que contenían los restos marchitos de las flores del verano anterior, pero no había ninguna señal más de mortalidad. La casa se elevaba inocente en su parcela, como si allí no hubiera pasado nada. De no haber sabido la verdad, Freyja habría supuesto que en su interior la vida seguía con normalidad; no había ningún cordón amarillo de cinta policial, ni siquiera, tal y como esperaba, a lo ancho de la puerta de entrada. Freyja se descubrió preguntándose si el arquitecto que diseñó la casa con una feliz familia tradicional en la cabeza habría alterado algo de haber sabido el destino que esperaba a sus futuros ocupantes. ¿Habría diseñado unas ventanas de mayor tamaño, para facilitar que Elísa huyera? ¿Habría añadido barrotes, o instalado una inmensa cerca de seguridad alrededor del jardín? ¿O habría dotado a la casa de una fachada más intimidatoria, para ahuyentar a la familia y que no la compraran? Examinó la construcción a través de la sucia ventana del coche, pero no llegó a ninguna conclusión. Había aparcado fuera, en la calle, por miedo a estropear algún indicio que siguiera esperando a ser descubierto en el cemento del camino de acceso. Pero, puesto que la zona de aparcamiento no estaba acordonada y allí ya había un coche de policía, la precaución probablemente había sido innecesaria. Aun así, no quiso arriesgarse a recibir una reprimenda solo por ahorrarse unos pasos de más.

Había apagado el motor, pero seguía con la llave en la mano, reticente a enfrentarse al frío del exterior, aunque tampoco es que hiciera mucho más calor en lo que quedaba del desvencijado coche de su hermano. La calefacción había pasado a mejor vida durante el trayecto y las ventanillas tenían hielo por dentro. El interior apestaba a las colillas viejas del cenicero que no había llegado a limpiar y, cuanto más frío hacía, peor era el olor. El hedor empalagoso que emanaba del árbol navideño de cartón colgado del retrovisor torcido no ayudaba en nada. Freyja aún tenía en la boca el sabor de los huevos fritos de la mañana, y este chocaba de manera desagradable con la fragancia a pino artificial. Tomó un trago considerable de Coca-Cola para mantener a raya la náusea incipiente. La bebida medio congelada resonó dentro de la lata, pero se deslizó por su garganta con una suavidad aceptable. Se sintió un poco mejor y el bienestar aumentó al bajarse del coche e inspirar el fresco aire invernal.

Dios, hacía frío. No iba vestida de manera adecuada para visitar la escena de un crimen, ni para estar en la calle. La habían llamado cuando se dirigía al centro para comer con sus amigas y su vestuario estaba pensado para conseguir un equilibrio adecuado: ni demasiado desaliñada, ni demasiado elegante. Aunque con toda probabilidad había pecado de lo segundo.

Manoteó la cremallera de la chaqueta, obstaculizada por los guantes, pero al final logró subírsela hasta el cuello. Acto seguido pudo contemplar mejor la casa. Habría jurado que había en ella una atmósfera siniestra, que la gris luz invernal tenía allí una cualidad más sombría, más gélida que en las residencias vecinas. Pero estaba dejándose llevar por la imaginación. Se encogió de hombros para quitarse la incomodidad, se metió las llaves del coche en el bolsillo de la chaqueta y se concentró en respirar con calma. Unas nubecillas acompañaron su aliento y la nieve caída sobre el pavimento crujió bajo sus pies. Por lo demás, reinaba un silencio sepulcral. Un silencio denso, propio del invierno, que sería impensable en verano. No había aves que cantaran en los árboles desnudos y no existía ningún movimiento. Freyja podría haberse encontrado sola en el mundo, pero de repente oyó el sonido de una puerta que se cerraba con fuerza, seguido de unos pasos rápidos. ¿Alguien que estaba a punto de perder el autobús, quizá? Al volverse, vio que se trataba de una mujer. Estaba a medio camino de la casa cuando la alcanzó.

—Hola. Discúlpeme...

Freyja se detuvo y se volvió de nuevo. La mujer no había tenido tiempo de abrigarse debidamente antes de salir corriendo al exterior. Se quedó parada, los dientes castañeteando, con un impermeable fino pensado para una estación más cálida. Llevaba el pelo recogido en una cola de caballo descuidada y solo se había maquillado un ojo, lo que le confería un extraño aspecto asimétrico.

—Disculpe, soy Védís. Vivo aquí al lado. Fui yo quien encontró a los niños.

Freyja dirigió la mirada hacia su casa, que era idéntica a la de Elísa y Sigvaldi, y vio una silueta en la ventana. El marido, era de suponer, pero se apartó al ver que le observaban. Freyja devolvió su atención a la mujer, que había comenzado a hablar de nuevo:

—Estoy... Estamos... Todos los vecinos de esta calle, quiero decir, estamos muy molestos.

Al no saber muy bien lo que debía contestar, Freyja guardó silencio y eso hizo que la mujer se sintiera más incómoda. Casi lo lamentó por ella: sin duda le había parecido buena idea eso de salir disparada a la calle con la esperanza de oír alguna noticia. Pero, igual que tantas otras decisiones apresuradas, en la práctica no parecía tan inteligente.

—Esperaba que me pudiera decir cómo se encuentran Sigvaldi y los niños. No hemos dejado de notar que estuvieron ustedes aquí ayer y el día anterior, pero nadie quiso contarnos nada. Me hicieron un montón de preguntas, pero no contestaron a ninguna de las mías. Entonces he oído en las noticias de la hora de la comida que hablaban de un supuesto asesinato y ha estado a punto de darme un ataque al corazón. ¿Se trata del mismo caso?

—Me temo que no puedo ayudarla. No soy de la policía.

—Oh... —La mujer frunció el ceño—. ¿Y para quién trabaja?

Freyja contestó con tono neutro:

—Soy funcionaria. —No quiso mencionar al Organismo para la Protección del Menor, ni al centro. Eso solo serviría para que hubiera más cotilleos entre los vecinos y podía conducir a algún malentendido. Cuando la gente oía hablar de los servicios sociales de inmediato pensaba que los padres no eran aptos, y todo el mundo sabía que el centro estaba relacionado con esos casos en los que existían abusos sexuales. La policía tendría que ofrecer más detalles pronto, y eso proporcionaría a la mujer la información que deseaba—. Me temo que no puedo comentar las razones por las que estoy aquí.

La mujer hizo una mueca, como si Freyja intentara excluirla deliberadamente.

—Bueno, sabemos que ha pasado algo. —Solo faltaba que añadiera un quisquilloso «para que se entere». En su lugar, la mujer prosiguió—: Vimos llegar la ambulancia. Y marcharse. —Abrió la boca y la cerró de nuevo. No había posibilidad de error cuando trasladaban a una persona muerta hasta la ambulancia; a los enfermos o heridos no les tapaban la cara—. No saber lo que ha pasado va a hacer que nos volvamos locos. Son algo más que los vecinos de al lado, ¿sabe? Elísa era una buena amiga mía. —La mujer aparentaba tener unos treinta y pocos, la misma edad que la fallecida, así que podía ser verdad. Freyja notó que se refería a Elísa en pasado. La mujer se puso a temblar de frío, o quizá fuera un estremecimiento—. ¿Quién era la persona de la camilla?

—Lo siento, no me permiten hacer comentarios. Estoy segura de que les darán más información pronto. —Freyja mantuvo una expresión neutra, para que la mujer no pudiera inferir nada de su rostro.

La mujer se distrajo un momento, miró algo por encima de Freyja, y luego volvió a posar la vista en ella.

—Tengo ganas de presentar una queja por la manera en que nos han tratado. A mí, sobre todo. —Había pasado a hablar con rapidez, al parecer suponía que la conversación iba a durar poco. Qué clarividente por su parte.

—Bueno, no puedo impedírselo.

La rabia que había distorsionado sus rasgos por un instante dio paso a la resignación.

—Por supuesto, en realidad no lo haré. Solo pensaba que sería un acto de cortesía elemental informarme de lo que está pasando. No es que sea una desconocida, ni alguien que no tiene nada que ver con el tema. Vivo en la casa de al lado y fui yo quien encontró a los niños. Así que estoy involucrada en el caso, como quien dice. Al menos como testigo; la policía me interrogó de lo lindo. ¿No existe la obligación de mantener a los testigos informados sobre los casos de los que participan?

—Me temo que las cosas no funcionan así. —Freyja no quería acabar congelada sobre el cemento, de modo que deseó que la mujer se marchara—. Estoy segura de que volverán a hablar con usted cuando las cosas se hayan tranquilizado un poco. Pero yo no formo parte del equipo de investigación, así que no puedo ayudarla. Lo lamento.

Freyja dio media vuelta y puso fin a la conversación. Oyó a su espalda unos pasos que se alejaban mientras veía lo que había llamado la atención de la mujer: Huldar estaba parado ante la puerta principal, dirigiéndole una mirada hostil. De repente, los huevos del desayuno se le repitieron. No se le había ocurrido que él pudiera hallarse allí en persona. Había numerosos agentes que podrían haber acudido en su lugar, y había supuesto que él la evitaría a toda costa después de su embarazoso reencuentro en el centro. Quizá fuera un tipo más extraño de lo que pensaba. Freyja levantó el mentón y le devolvió la mirada de desaprobación.

Al acercarse entrevió, por encima del hombro de Huldar, una placa pintada a mano que anunciaba los nombres de la familia. Las flores decorativas de las esquinas se habían desgastado hasta quedar reducidas a algún pétalo solitario, pero las letras de color negro permanecían intactas y el nombre de Elísa llamaba la atención de manera incómoda en la segunda línea. Aparte de eso había poco que ver en el porche; solo dos trineos de colores brillantes apoyados contra la pared, uno dentro del otro, y una pala para la nieve apuntalada en una esquina, aunque era poco probable que fueran a utilizarla a corto plazo. Limpiar el camino de acceso difícilmente iba a ser una prioridad en un futuro cercano.

—Hola. —Freyja no le ofreció la mano. No deseaba tocar a ese hombre y, de todos modos, habría sido un gesto ridículamente formal, dadas las circunstancias.

—Hola. —Huldar parecía molesto. Debía de estar cansado, a juzgar por las ojeras oscuras debajo de los ojos, la barba incipiente y la ropa arrugada. Daba la impresión de que no se hubiera cambiado desde el fiasco del día anterior en la oficina. Pero, cuando se hizo a un lado para dejarla entrar, ella se dio cuenta de que su malhumor no se debía tan solo a la falta de sueño.

—Cuando acepté que vinieras, no esperaba que comenzaras a hacer de portavoz de la policía con los vecinos. De otro modo, jamás habría aceptado. Somos perfectamente capaces de encargarnos de las relaciones públicas nosotros mismos.

—Lo único que le he dicho a esa mujer es que no podía hacer comentarios —replicó Freyja, indignada.

Huldar tuvo que recular.

—Oh... —Tosió—. Lo siento. Esa pareja ha estado al acecho desde que llegamos. A los dos se los come la curiosidad. —Sonrió, avergonzado—. He tenido que regañar a tantos de los míos por dejarse arrastrar a una conversación con ellos que me he puesto en ese plan de manera automática.

—No pasa nada. —Pero sí que pasaba. Freyja no toleraba las críticas, sobre todo si provenían de él y no eran merecidas. Había acudido a la casa a recoger ropa y otras cosas esenciales para los tres niños. Puesto que ninguno de sus familiares, ni siquiera el padre, podían entrar en su domicilio, Freyja había aceptado ayudarles por mucho que eso la llevara a llegar tarde a la comida con sus amigas. En su opinión, le estaba haciendo un favor a la policía, así que esperaba un recibimiento bastante diferente—. No te preocupes.

Se cuidó de no golpear un perchero repleto de chaquetas y gorros y bufandas de lana, la mayoría de colores brillantes e infantiles. El suelo del vestíbulo estaba cubierto de piezas de calzado, como si los niños se hubieran quitado los zapatos de sendas patadas nada más entrar en la casa. Freyja paseó la mirada en busca de un lugar donde dejar los suyos. Aquello era una novedad para ella; nunca había visitado una escena del crimen y no tenía ni idea del protocolo que había que seguir.

—¿Debo quitarme los zapatos?

—No, a menos que desees hacerlo. Pero no te lo recomiendo. El suelo no está precisamente limpio después del ajetreo de entradas y salidas de mi gente. —Huldar se quedó mirando los zapatos de ella, fascinado. Probablemente fuera una estratagema para no tener que mirarla a los ojos. Su evidente incomodidad le devolvió la confianza en sí misma y la llenó de satisfacción. Merecía sufrir.

Al final, cansada ya de mirarle la coronilla, Freyja tosió.

—¿No sería mejor que empezáramos con esto? Hay gente esperando. ¿Por dónde debo comenzar? —No era del todo cierto; nadie estaba esperando con ansiedad la llegada de esa ropa.

—¿Qué? Ah, sí.

Huldar levantó la cabeza de manera tan repentina que Freyja temió que se le acalambrara el cuello. Él abrió la puerta que daba al salón y ella le siguió intentando no pensar en la noche que habían pasado juntos. Sintió que se sonrojaba y dio gracias a Dios porque Huldar no pudiera verla. Maldito hombre.

Se concentró en la casa. No daba la impresión de que la hubieran renovado por dentro, como solía suceder. El techo estaba revestido de unos paneles de color amarillo oscuro que sin duda habían sido mucho más claros en su momento. Las luces también pertenecían a una época pasada: eran focos redondeados de gran tamaño incrustados en los paneles. Por la textura de las paredes, era evidente que habían pintado encima del empapelado. Si este se remontaba a la época en que se construyó la casa, era una lástima que lo hubieran tapado: los estampados atrevidos volvían a estar de moda.

Huldar se volvió y abrió la boca, pero Freyja le interrumpió aposta antes de que pudiera hablar y le preguntó lo primero que se le pasó por la cabeza:

—¿Era una familia adinerada?

Los muebles transmitían la sensación de que Elísa y su marido no tenían problemas financieros, aunque nada parecía muy caro. Había una manta hecha un bollo sobre el sofá, delante del televisor, un libro de cuentos de gran tamaño, un calcetín infantil y un mando a distancia. El otro calcetín yacía entre los cereales que se habían volcado en la mesa de café, al lado de un periódico doblado, un cuenco que contenía restos de palomitas y un vaso de agua medio vacío. Piezas de Lego desparramadas por el suelo. Freyja sospechaba que Elísa habría dedicado cinco minutos a limpiar en caso de saber lo que iba a pasar. Estaba clarísimo que la habían pillado desprevenida. Quizá ese fuera el motivo por el que Freyja necesitaba tenerlo todo ordenado: no quería que ningún desconocido entrase en su casa y se la encontrara sucia. Se le ocurrió que más le valía no morirse mientras estuviera viviendo en el apartamento de su hermano. Aún no había reunido la fuerza de voluntad para darle un buen repaso al lugar, pero sí había limpiado el salón lo suficiente para poder recibir invitados sin pasar vergüenza.

—Creo que les iba bien. Sus extractos bancarios indican que solían pagar las facturas mensuales a tiempo, pero no tenían grandes ahorros. Es muy improbable que el asesinato haya tenido que ver con el dinero. —Huldar la miró por encima del hombro mientras entraba en el pasillo de los dormitorios, aliviado en apariencia al haber encontrado un tema neutro sobre el que hablar—. No parece que la mujer tuviera un seguro de vida, lo cual descarta bastante que la mataran por la herencia. Es difícil que el marido la asesinara para hacerse con su parte del piso, que de todos modos está hipotecado hasta arriba.

Se detuvo delante de la primera puerta. Al pie de esta, el suelo estaba cubierto del mismo polvillo que se podía ver en el pomo.

—¿Habéis encontrado huellas dactilares?

—Aún no lo sé, pero es probable que no. La mayoría de las cosas están cubiertas por las huellas de la familia, y todo indica que el hombre se puso guantes. Al menos, las impresiones más recientes en los pomos del dormitorio de los niños les pertenecían a estos o a Elísa. Si el asesino hubiera llevado las manos desnudas habríamos encontrado un juego extra de huellas. Encerró a los niños en su habitación. Por suerte, ya que eso les ahorró el horror de encontrar el cuerpo de su madre. —Huldar reprimió un bostezo—. La puerta del dormitorio de Margrét también estaba trabada, pero como sabes ella no se encontraba dentro. Había algunos peluches debajo del edredón, y es posible que eso engañara al asesino si se asomó a su interior antes de bloquear la puerta. A oscuras, podría haber dado la impresión de que había un niño en la cama. —Miró a Freyja; el blanco de sus ojos estaba cubierto por una red de venas rojizas—. ¿Tú encerrarías a tus hijos por la noche?

—No tengo hijos.

La respuesta pareció satisfacerle.

—No, yo tampoco. —Sonrió—. Hasta donde sé.

Freyja no le devolvió la sonrisa. ¿Intentaba dárselas de semental?

—Bueno, yo sí sé que no tengo ninguno. Me habría dado cuenta.

—Sí. Por supuesto. —No pareció reparar en su sarcasmo. Probablemente porque estaba demasiado cansado—. Pero, si los tuvieras, ¿encerrarías a tus hijos por la noche? ¿Y si hubiera un incendio?

—No, supongo que no lo haría.

—Exacto. Así que es muy improbable que Elísa lo hiciera, y su marido está de acuerdo. No tenían esa costumbre.

Las puertas eran las originales, igual que el resto de los accesorios. Freyja se quedó mirando el ojo de la cerradura, perpleja.

—¿Cómo salieron los niños si estaba cerrada por fuera? ¿Tenían la llave?

—No, al parecer el hermano mayor salió por la ventana y convenció al pequeño para que le siguiera.

—¿Dónde está la llave?

—En la comisaría. Solo encontramos una, estaba en la puerta de los niños. Hay una misma llave para todas las cerraduras de dentro. Es probable que el resto se hayan perdido. Sigvaldi dice que no recuerda cuántas había, porque casi nunca las usaban. Así que existe la posibilidad de que el asesino se llevara consigo una o dos, aunque no me imagino para qué.

—¿Cómo entró?

—O bien la puerta de entrada no estaba cerrada con llave o dispuso de una, porque no hay señales de que forzara nada. —Huldar abrió la puerta de uno de los dormitorios—. Entra. Puedes tocar lo que quieras, ya lo hemos revisado varias veces.

Todo lo que contenía la habitación estaba cubierto por el mismo polvillo. Freyja se sintió como si fuera la primera persona que entrara en una tumba sellada durante siglos; una tumba que también había hecho las veces de cuarto de juegos. El lugar era un caos de juguetes y ropa infantil, pero Freyja se dio cuenta de que algunas de las prendas aún estaban dobladas, así que supuso que el caos lo había generado la policía. Era imposible que la habitación tuviera ese aspecto antes. Al ver el armario vacío, con la puerta abierta, dedujo que la ropa doblada con pulcritud debió de estar apilada en sus estantes antes de que la policía la tirara al suelo.

—¿Se supone que debo coger la ropa de este montón?

—Supongo...

Huldar se apoyó contra la jamba de la puerta y la observó mientras ella dibujaba un círculo en busca de las prendas menos manchadas de polvo. Freyja se arrepintió de haberse puesto unos pantalones tan ceñidos; una falda larga hubiera sido más adecuada. La idea de que él pensara que se había vestido de esa manera para impresionarle le resultó intolerable. Sintiéndose cohibida bajo su mirada, deseó pedirle que saliera de la habitación. Pero, antes de que pudiera armarse de valor, perdió la oportunidad.

—También hay algo de ropa en el lavadero, pero no parece en mucho mejor estado. Y además está sucia. —Huldar sonrió y el cansancio abandonó su rostro por un instante.

—Ya. —Freyja sacudió dos pares de pantalones y camisetas para quitarles el polvo de las huellas dactilares, y se echó hacia atrás para evitar la nube resultante. Siguió revolviendo en el desorden hasta que logró extraer de él unos calzoncillos y unos calcetines, y lo dejó así. Siempre podría regresar en otro momento—. Esto bastará. A la siguiente habitación, por favor.

Huldar la escoltó por el pasillo hasta el dormitorio de Margrét. El rastro caótico que había dejado la policía era igual de evidente, pero, al tratarse de una habitación un poco más grande, no resultaba tan abrumador. La ropa también era diferente: había vestidos entre los vaqueros, y casi todas las camisetas estaban decoradas con gatos y otros animales adorables. Allí no había dinosaurios, ni cocodrilos. Se puso manos a la obra de inmediato; el polvo había comenzado a irritarle la nariz y los ojos, y ansiaba salir de la casa. Después de localizar la mochila escolar de la niña y algunas prendas de ropa, lo único que le quedaba era coger los cepillos de dientes y algunos coleteros que le habían pedido expresamente.

Huldar se aclaró la garganta.

—Por cierto, sí me llamo Jónas, es mi segundo nombre: Huldar Jónas. No te mentí del todo. Y nací y me crie en Egilsstadir.

Freyja se quedó rígida allí mismo, encorvada sobre una pila de ropa. Había esperado encontrar las cosas para la escuela de la niña debajo de ella. Se puso en pie y le dirigió una sonrisa burlona.

—Me alegro por ti. Ahora no me digas que también tienes un pluriempleo como carpintero.

Huldar pareció dolido.

—No. Pero lo demás era verdad. Más o menos.

Freyja devolvió la atención a la pila de ropa.

—¿Sabes qué?, me importa un pimiento. Y te agradecería que no volvieras a mencionar ese incidente. —Se alegró de que él no pudiera ver sus mejillas sonrojadas. Si se pudiera borrar los recuerdos no deseados como si fueran archivos informáticos...—. Prefiero olvidarlo. En cualquier caso, no fue tan memorable y eso facilita las cosas. Espero que tú pienses lo mismo.

—Solo quería disculparme y explicártelo.

—Gracias, pero no, gracias. No hace falta ninguna disculpa. —Tuvo que esforzarse para que la voz no la traicionara. La verdad era que ese estúpido asunto seguía escociéndole; había sido como una secuencia extraída de una película mala: despertarse y estirar el brazo para encontrarse con la cama fría y vacía allí donde debería haber estado su amante. Sin que le llegara el aroma a café procedente de la cocina. Ni el chisporroteo del beicon. Sin una nota. Nada. Había sido el despertar más humillante de su vida. Por lo general, los hombres con los que compartía cama no tenían ninguna prisa por atar las sábanas y huir descolgándose por la ventana. Supuso que debería reconfortarla el hecho de que a Huldar le hubiera bastado con la escalera.

—La cuestión es que, cuando le cuento a una mujer a qué me dedico...

—Sí, claro. Me partes el corazón. —Freyja recogió una hoja de papel que había quedado oculta debajo de un suéter a rayas. Era un dibujo, firmado con un «Margrét» en una esquina. Lo examinó y le dio la vuelta—. ¿Qué es esto?

—Supongo que un dibujo de la niña. —Huldar pareció aliviado por el cambio de tema—. No te preocupes por ese tipo de cosas. Ya nos hemos llevado todo lo que parecía significativo. La habitación está llena de los dibujos de la niña. Y la cocina también.

Freyja vio más hojas a su alrededor. Algunas mostraban escenas convencionales en las que el sol se ponía detrás de dos montañas picudas, pero no tardó en encontrar otro dibujo como el que tenía en la mano.

—No es normal que un niño dibuje esto. Ni esto.

—¿Normal? ¿A qué te refieres? —Huldar le cogió el papel de la mano—. Es solo una casa y un hombre. No veo nada raro.

—Parte de mi trabajo consiste en analizar dibujos infantiles y esto no es normal. Deberías llevártelos contigo. —Freyja se levantó—. Te recomiendo que los recojas todos y hagas que los analicen. Nosotros podemos ayudar, si quieres.

Huldar examinó el dibujo con gesto escéptico. Freyja se situó a su lado.

—Esta es su casa. La casa en la que estamos. Tienes que haberte dado cuenta.

—Claro.

—Y esta persona de aquí... —Freyja señaló la figura oscura, representada a un tamaño demasiado grande en relación con la construcción—. ¿Ves la manera en que está parado, en apariencia mirando la casa? Sus brazos sobresalen como si fuera a empezar una pelea. El color negro implica que es un hombre malo. Hay muchas posibilidades de que dibujara algo que en realidad había presenciado. Quizá el asesino había estado acosando a la familia, echándole un ojo al terreno, o lo que sea que hacen los asesinos. La niña podría haber percibido que pasaba algo malo, aunque no se lo mencionara a sus padres. Los niños tienen tendencia a reprimir las cosas, pero estas pueden salir a la luz en sus dibujos. No pasa siempre, pero sí a menudo. Si Margrét vio a un hombre merodeando la casa, quizá pueda ofrecer una descripción más detallada de él.

Huldar levantó la vista de la hoja de papel.

—Tú misma me lo contarás. —Su expresión se endureció—. Quiero que la traigan para entrevistarla hoy mismo. Tienes una hora para organizarlo. —Le cogió el otro dibujo de la mano—. A partir de ahora.

Era evidente que Freyja no tendría tiempo de buscar los coleteros, y mucho menos de salir a comer con sus amigas.

9

El receptor de onda corta estaba en su sitio encima de la mesa, sintonizado en la estación islandesa de números. Pese al chisporroteo y la estática que despedía el amplificador de manera recurrente, la emisión aún no había salido al aire. Karl se estaba impacientando al imaginarse las miradas que sus amigos debían de estar intercambiando detrás de él.

—No lo entiendo. —Llevaba una hora repitiendo esa frase, pero, por mucho que se dijera a sí mismo que debía callarse, no lograba dejar de soltarla a intervalos regulares—. Quizá comience a las siete.

Aún eran menos diez.

Halli bostezó detrás de él.

—O no.

Karl hizo una mueca y acto seguido respiró hondo. Era un absoluto desastre. ¿Por qué las cosas nunca le salían bien? ¿Qué posibilidades tenía alguien de que todo le fuera mal siempre? Sin duda serían escasas... Para alcanzar la media, durante las décadas siguientes tendría que ser una de las personas más afortunadas del mundo. No recordaba una sola vez en que las cosas le hubieran salido bien, y sin embargo no dejaba de caer en la trampa de asumir que iban a funcionar. Nunca pensaba en contar con un plan alternativo. Si hubiera tenido el sentido común de bajar el televisor al sótano, podrían haber visto una película o jugado al ordenador en caso de que la emisión se retrasara. Menudo perdedor era. Pero, al pensar en el televisor del salón, se dio cuenta de que nunca hubiera hecho eso. Aunque no fuera un aparato catódico de los antiguos, su pantalla plana era igual de burda y apenas más grande que un monitor informático. Su madre había escogido el modelo más barato, como siempre. Lo más caro que había en la casa era el equipo de radio que él se había comprado con sus ahorros.

Tampoco tenía la posibilidad de subir el receptor de radio al piso de arriba porque Karl no permitiría ni en sueños que sus amigos anduvieran sueltos por ese entorno tan hortera y del que tanto se avergonzaba. Los muebles ni siquiera eran de esos que volverían a ponerse de moda si esperaba el tiempo suficiente. Después de dejar que colgaran sus abrigos en el vestíbulo, había guiado a Halli y a Börkur directamente al sótano. Sobre sus cabezas, el Che Guevara miraba hacia el infinito con expresión un tanto sorprendida en una reliquia de las ideas políticas de su madre; un izquierdismo confuso que en esencia había consistido en lanzar miradas de desdén cada vez que salía el tema de Estados Unidos. Karl se sentía aliviado por el hecho de que ese póster desleído no se hubiera caído de la pared mientras sus amigos trastabillaban por debajo, ya que el marco barato se estaba desprendiendo por dos de sus esquinas. No le importaba nada lo que pasara con la imagen, pero prefería que sus amigos no se dieran cuenta de ello.

¿Por qué demonios no había quitado ese póster y otros parecidos? Por pereza, por pura pereza. Si no le gustaba algo en la casa, estaba en su mano cambiarlo.

A decir verdad, había invitado a un anticuario para que le hiciera un presupuesto por el contenido de la casa, pero, después de pasearse por allí con un bolígrafo y una libreta, el hombre se negó a proponer una oferta porque allí no había nada de valor. Aparte del equipo de radio de Karl, claro, por el que había manifestado un grado muy incómodo de interés, teniendo en cuenta que no estaba a la venta.

La verdad era que a Karl le hubiera ido muy bien el dinero. Su madre se había gastado hasta la última corona en pagar la hipoteca antes de morir, así que estaba condenado a vivir con esos muebles hasta que pudiera ahorrar y pagar unos nuevos. Había solicitado un préstamo por estudios y cuando llegara la primavera iba a meterse en un problema si no se ponía las pilas y aprobaba los exámenes. Pero las posibilidades de que pasara eso eran tan escasas que estaba comenzando a pensar en vender la casa y comprarse algo más pequeño, un piso que pudiera decorar a su gusto, y quizá aún le sobraría un poco de dinero con el que animar su monótona existencia.

Era solo que aún no se había decidido a hacerlo.

Cada vez que pensaba en mudarse se acordaba de los problemas que había tenido para que le permitieran montar la antena de radio gigante en la casa. Suponía que sería un engorro aún mayor levantar otra en el tejado de un edificio de apartamentos. Además, la mitad de la casa era de Arnar, y la parte de Karl quizá no llegara a cubrir el coste de un piso pequeño. Al menos, allí vivía gratis. De momento. No tenía manera de saber hasta cuándo toleraría su hermano esa situación. Con toda probabilidad, la única razón por la que aún no había insistido en dividir la herencia era que estaba demasiado ocupado; difícilmente podía deberse a algún sentimiento fraterno. Nunca habían estado unidos y, desde que Arnar se marchó a Estados Unidos, su relación había agonizado por causas naturales. Incluso cuando Arnar vivía allí, las interacciones se limitaban a un asentimiento de cabeza en la mesa, a la hora del desayuno, o a preguntarse por algún objeto que se hubiera traspapelado. Por Navidad y en sus respectivos cumpleaños se habían agradecido los regalos que su madre les compraba en nombre del otro y en esencia eso había sido todo. Algunos años antes, Karl había intentado penetrar en el caparazón de su hermano, pero acabó rindiéndose. Era inútil.

Quizá Arnar fuera a olvidarse de él, de la casa y de lo que quedaba de su modesta herencia. Aunque su relación hubiera mejorado un poco cuando Arnar maduró, era muy posible que no volviera a ponerse nunca más en contacto con Karl. Estaba satisfecho con su nueva esposa y su carrera, y era probable que fuera a establecerse para siempre al otro lado del charco. Las llamadas telefónicas se habían vuelto más frecuentes durante la enfermedad de su madre, pero, después de su muerte, no tardaron en menguar de nuevo. Arnar lo achacaba a la diferencia horaria, y eso hacía que Karl recordara que su madre solía señalar la diferencia de edad como el motivo por el que los hermanos no estaban unidos de pequeños. Diferencia horaria, diferencia de edad. Siempre habría algún tipo de diferencia entre ellos.

Karl fulminó con la mirada el receptor Collins de onda corta, como si pudiera extraerle algún sonido por mera fuerza de voluntad. En ese momento, hasta el chisporroteo dejó de sonar. Notó que se sonrojaba y tuvo ganas de aullar de rabia e impotencia, pero se esforzó por respirar con calma y eso pareció funcionar.

La situación escapaba a su control, así que no tenía sentido ceder ante la decepción. Sin embargo, no pudo evitar sentirse agraviado e insatisfecho. En vez de impresionar a sus amigos con la extraña estación islandesa de números, los estaba matando de aburrimiento.

Al final, se volvió sobre la silla. Halli se había quedado frito en el sofá pequeño y feo; tenía la cabeza colgando y su brillante cabello negro tocaba la pared. Karl se regodeó pensando en la contractura de cuello que sufriría al despertar. Se lo tendría merecido. Como mínimo podría haber mostrado la cortesía de no dormirse. Sin duda, parte de la culpa la tenían las dos cervezas que se había tragado. Con los porros que se habían fumado. Halli emitió un ronquido y por un momento dio la impresión de que estaba a punto de despertarse con una sacudida de ese sueño apacible, pero en su lugar chasqueó los labios, cerró la boca y siguió soñando.

A Karl se le ocurrió que el pelo de su amigo iba a manchar la pared. Desde que le conocía, Halli llevaba el cabello fino y grasiento recogido en una cola de caballo, y la parte trasera del cuello de la chaqueta de cuero negro que se ponía durante todo el año tenía una capa de sebo. La pared parecía condenada a sufrir el mismo destino, pero, puesto que la madre de Karl ya no estaba allí para molestarse, él no pensaba perder el sueño por ello. En el poco probable caso de que le diera por ponerse a limpiar, tenía un fregadero lleno esperándole en el piso de arriba. Seguido del lavadero, del baño y de casi todo el salón y habitaciones. Era increíble lo poco que había tardado la casa en convertirse en una pocilga. El sótano era la estancia más presentable porque rara vez bajaba con comida por miedo a volcarla sobre su equipo, tan delicado.

Börkur movió la pierna, que colgaba sobre el brazo

del sillón gastado que hacía juego con el sofá. No parecía muy interesado en la revista doblada que estaba hojeando, pero al menos no se había puesto a roncar con la boca abierta.

—Si a las siete no pasa nada, estoy pensando en darme el piro. —Tiró la revista encima de la mesa de café—. A menos que quieras ir a ver una peli. Podría tragarme unas palomitas.

Börkur tenía un talento único para perseguir sus objetivos por sendas tortuosas: era perfectamente posible conseguir palomitas sin tener que ir al cine. Halli no era mucho mejor, con sus sueños y expectativas poco realistas. Cada vez que se juntaban los tres, Karl tenía la sensación de estar atrapado en una de esas estúpidas obras de teatro radiofónicas que su madre solía escuchar.

Pero tampoco podía cambiar a Halli y a Börkur por alguien mejor; eran sus únicos amigos. Y ellos sentían lo mismo: su amistad se basaba en la ausencia de alternativas antes que en el aprecio mutuo. Se habían conocido en la adolescencia y a lo largo de más de una década no había aparecido nadie mejor. En un principio eran cuatro, y durante un tiempo llegaron incluso a contar con la compañía de una chica. Aunque no era ningún pibón, todos estaban locos por ella, pero por desgracia la muchacha no sintió lo mismo que Karl, Halli o Börkur. La historia, sin embargo, fue diferente con el cuarto miembro del grupo, y después de que Thórdur y ella se juntaran, no tardaron en esfumarse.

La verdad es que nadie se sorprendió cuando Thórdur pasó de ellos, ya que nunca había compartido su afición. Ese era el problema: casi nadie la compartía. Ser radioaficionado no era una actividad guay. Para consternación de Karl, en tiempos recientes tanto Halli como Börkur habían dado señales de estar distanciándose del único interés que los unía, y dudaba que su amistad pudiera sobrevivir a esa circunstancia. Quizá el problema se debiera en parte a que ambos habían obtenido solo una licencia de clase C, la de principiante, así que estaban por detrás de Karl. En realidad, era sorprendente que Börkur hubiera logrado llegar tan lejos. Halli había perdido el interés, se había obsesionado en su lugar con internet, mientras que Börkur se limitaba a tirarse delante del televisor. En mayor o menor grado, habían dejado de encender sus transceptores y nunca iniciaban conversaciones acerca de asuntos radiofónicos. Karl rara vez participaba en sus discusiones sobre las teorías conspirativas que Halli encontraba en la red y que se tragaba de manera acrítica. Aunque intentaba fingir interés por ellas, tenía la sensación de que se trataba del principio del fin de su amistad. Solo esperaba que esta durara lo suficiente para que le diera tiempo a encontrar a otra gente y no acabar completamente solo. Sin embargo, contra su buen juicio, había albergado la esperanza de que la estación islandesa de números hiciera revivir el entusiasmo de sus amigos.

—Tiene que pasar algo a las siete. —Karl elevó una oración silenciosa para que le dieran la razón—. Tiene que pasar algo.

—Si tú lo dices... —Börkur bostezó—. Dios, necesito esas palomitas.

Había palomitas en el piso de arriba, pero Karl no pensaba admitirlo. No tenía ganas de ir a buscarlas y Börkur no haría más que vaciar la bolsa para, a continuación, comenzar a quejarse porque quería otra cosa. Karl estaba convencido de que, si existiera un equivalente del cardiógrafo para el cerebro humano, este no tardaría en perder el rastro de los pensamientos de su amigo. Era indudable que Börkur mismo ignoraba cómo conducirse por su propio laberinto mental.

—¿Y qué crees que significa esa estación tuya? Suponiendo que no haya sido una alucinación auditiva... —Börkur esnifó y se apartó el flequillo, demasiado largo, de los ojos. ¿Por qué Karl no podía tener amigos que se cuidaran un poco más el pelo?

—No fue ninguna alucinación auditiva. —Karl apretó los dientes para no espetarle nada. Siempre había intentado escuchar con empatía las estupideces de Börkur, y así se lo agradecía su amigo. Comenzó a sentir un dolor de cabeza a través del cuelgue cada vez más débil de los porros—. No soy ningún idiota. Lo escuché varias veces y sé lo que oí. —Al principio, los números del DNI se habían repetido una y otra vez, pero la segunda emisión incluyó una secuencia más complicada a la que Karl no le encontró ni pies ni cabeza, con las palabras «punto» y «al revés» intercaladas. «Cincuenta y siete punto, veintitrés, noventa y nueve menos dieciséis, siete, treinta y uno, siete, treinta menos siete, treinta y tres menos dieciséis punto, noventa y nueve punto, ciento diez menos dieciséis, noventa y dos, diecisiete al revés, noventa y nueve menos dieciséis» fue la serie que no dejó de sonar—. Tenemos que ser pacientes. Va a pasar.

Börkur pareció no darse cuenta de que había molestado a su amigo.

—Lo que tú digas. Y, en cualquier caso, ¿qué crees que significa? ¿Y quién podría molestarse en hacer algo así? ¿Qué sentido tiene? Es que no entiendo por qué el número de tu DNI está ahí metido.

—Yo tampoco. —La voz de Karl reflejó la extrañeza que sentía. Todo aquello era profundamente perturbador. Cuanto más pensaba en la emisión, menos sentido le encontraba y peor se sentía. La noche anterior no había podido dormir; se había quedado allí tumbado, con la mirada puesta en el techo, prestando atención a cualquier ruido extraño al otro lado de la ventana, aunque lo único que oyó fue el susurro de las hojas secas en el jardín. Se había asomado con toda la cautela posible y no vio nada más que a un gato rechoncho del barrio salir de entre los arbustos con andares de pato para adentrarse poco a poco en la oscuridad—. Tiene que ser alguien que quiere tomarme el pelo. No puede ser nada más.

Börkur balanceó la pierna arriba y abajo, y el sillón crujió.

—Sí, es posible. —Sonó escéptico—. Pero ¿quién iba a tomarse esa molestia? Tampoco es que conozcas a tanta gente.

Karl tosió.

—Conozco a muchísima gente. En algunas de mis clases hay como doscientas personas. —No era necesario añadir que quizá solo una docena de ellas sabía cómo se llamaba. Karl no creyó ni por un segundo que alguien pudiera malgastar diez minutos siquiera en hacerle una broma, y mucho menos tomarse la molestia de montar un transmisor. Si los demás alumnos querían amargarle la vida, lo harían en el aula—. He pensado que podría ser alguien del club.

—¿En serio?

Por la expresión de Börkur, Karl bien podría haber dicho que sospechaba de alguien en el movimiento de los niños exploradores. Sin embargo, era la conclusión lógica. Al menos, a diferencia de los alumnos de su curso de química, los miembros del club de radioaficionados conocían su interés por las estaciones de números, sabían utilizar un transceptor de onda corta y poseían el equipo adecuado. A la vez, Karl no se los imaginaba planeando una broma como esa.

Ninguno de ellos era de los que juegan así con la gente, y mucho menos en grupo. Tal y como había dicho Börkur, ¿qué sentido podía tener?

Su amigo se rascó el pelo enmarañado.

—¿No son los mismos tipos de siempre? —Habían acabado expulsándolo del club por no pagar la suscripción... durante tres años seguidos. El comité estaba tan desesperado por conservar a sus miembros que había hecho la vista gorda durante todo el tiempo posible. Karl admitió que, en efecto, era la misma gente—. ¿Qué hay del otro DNI? ¿Quién es la mujer?

—No me lo preguntes. Tenía la esperanza de que la emisión cambiara y me diera más información con la que tirar adelante. Es una mujer cualquiera..., ni la conozco ni tengo ninguna relación con ella. Se llama Elísa Bjarnadóttir. Yo no conozco a ninguna Elísa.

—¿Cómo puedes estar tan seguro? Quizá sea una vieja tía, o una pariente que has olvidado. ¿Podrías conocerla por su mote o algo así?

Karl no podía ni imaginar en qué consistiría ese «o algo así». Tampoco se le ocurría ningún mote que pudiera acompañar el nombre de Elísa.

—No. No es ninguna tía mía. La busqué en Facebook. Su muro es público y tiene un montón de fotos. No la había visto nunca, ni a la gente que aparece con ella. No es más que una madre con marido e hijos pequeños.

No fue más allá. La estación de números comenzó a transmitir a través del amplificador que había a su espalda. La caja de música se abrió paso a través de la melodía de apertura que se había vuelto tan familiar y amenazadora para él, y le siguió la voz de la mujer. Su tono mecánico, claramente artificial, debería haberla vuelto menos espeluznante, pero provocaba exactamente el efecto opuesto.

—Buenas tardes. Buenas tardes. Buenas tardes. —Silencio. Acto seguido comenzó a recitar una serie de números.

Pese al recelo que le generaba la emisión, Karl se sintió feliz. Al final, no la había cagado. Halli se despertó con una sacudida y se quedó mirando el receptor, transfigurado, como si este estuviera proporcionándole la respuesta a los grandes misterios de la vida..., aunque, sin la clave del código, esas respuestas no eran más que una monótona serie numérica.

10

El color del líquido que goteaba de la máquina no se podía describir ni como marrón claro. Y pensar que se había pasado por el despacho para pillar una taza de café decente antes de asistir a la entrevista con Margrét en el centro... El molinillo había hecho un alboroto, pero, a juzgar por el ruido, los granos debían de haberse acabado a medio proceso. Huldar decidió arreglárselas con aquella mezcla aguada y dejar que el usuario siguiente se encargara de rellenar la máquina; ya tenía más que suficiente en lo que pensar.

Camino del despacho pasó junto a varios miembros del equipo de investigación sobre el asesinato de Elísa que él mismo dirigía. Esperaba haber asignado a cada uno de ellos una tarea apropiada para sus capacidades. Aunque los conocía a todos, jamás se había tomado la molestia de averiguar cuáles eran sus puntos fuertes individuales. Ese era un trabajo para quienes ocupaban cargos superiores.

Solo había aceptado la tarea de dirigir la investigación porque parecía la opción más sencilla. En ese momento, después de la advertencia del forense, sospechaba que había cometido un error grave. Tampoco le habían dado demasiado tiempo para pensárselo. Según Egill, su jefe, los responsables del Departamento de

Investigación Criminal habían tenido pocas opciones para reflexionar sobre el tema, pero habían decidido ofrecerle el trabajo a Huldar porque era uno de los detectives que habían acudido a la escena y su nombre apareció el primero en la lista alfabética de candidatos. De haberlo rechazado, Leifur hubiera sido el siguiente. Puesto que Huldar no soportaba a Leifur y no tenía la menor intención de trabajar a sus órdenes, no se lo pensó dos veces. Así que estaba atrapado en ese ascenso que no había buscado y contaba con todos los números para caer en desgracia si la investigación se torcía. Bueno, tampoco sería el fin del mundo y, aunque acabara teniendo éxito, quizá podría pedir que le devolvieran a su antiguo trabajo. Nunca le había atraído mucho eso de mandar, pero quería que fuera por su propia decisión, y no porque los de arriba le hubieran obligado a ello.

—Genial la reunión —le sonrió una agente joven al pasar.

Así que al menos alguien había valorado la reunión informativa que había realizado para el equipo. Personalmente, él también creía haberlo hecho bien; cuando menos, no lo había hecho peor que sus antecesores, aunque había sentido una pequeña decepción porque pensaba que iría mucho mejor. Le devolvió la sonrisa y esperó que no fuera a hacerse un café en la máquina vacía. Por desgracia no recordaba la tarea que le había encomendado, pero esperaba que resultara interesante. Quizá eso la compensara por la ausencia de granos de café.

—¿Cómo va? —Se detuvo al lado de Ríkhardur y lo lamentó de inmediato. Ya era demasiado tarde para hacer como que tenía prisa. En cualquier caso, estaba harto de fustigarse por la situación; había llegado el momento de quitársela de la cabeza.

—Mal. No vamos a ninguna parte. Nadie tiene ni idea de cómo decodificar esto y, para empeorar la cosa, resulta que en Islandia no hay expertos en descifrar códigos. —Una de las labores para las que Ríkhardur se había presentado voluntario consistía en buscar la manera de resolver el mensaje misterioso que habían encontrado en la casa de Elísa—. La cuestión es: ¿deberíamos pedir ayuda en el extranjero?

—¿Y si está en islandés? —Huldar se había relajado en cuanto comenzaron a hablar; la normalidad que aparentaba Ríkhardur (o, mejor dicho, su gesto seco, inexpresivo y cohibido) había aliviado su tensión. El hecho de que se comportara con la extrañeza habitual debía de ser señal de que no se había enterado. Huldar no tardaría en poder dejar de preocuparse por completo; a fin de cuentas habían pasado meses desde su encuentro con Karlotta en aquel bar y, por tanto, era cada vez más improbable que el polvo absurdo e imprudente que echaron en los servicios acabara por conocerse. Sobre todo porque Ríkhardur y su esposa estaban en proceso de divorciarse y era difícil que ella utilizara el incidente para tener la última palabra—. A ver, ¿no es imposible descifrar un código en un idioma que no conoces? Y si está codificado...

—Sí, supongo que sí. Pero quizá puedan darnos consejo, decirnos en qué sistema se basa o sugerirnos la manera de abordarlo. No tengo ni idea de cómo podemos descifrarlo sin ayuda.

Ríkhardur apartó la fotocopia del mensaje con expresión de desagrado. Puesto que en su escritorio no había un desorden de cosas que la obstaculizara, la hoja cayó al suelo.

Huldar se agachó a recogerla y volvió a dejarla sobre la mesa.

—Envía una solicitud de ayuda internacional. La Interpol debe de tener un departamento o a algún experto que pueda echarle un vistazo. —Tomó un trago de café e hizo una mueca—. Hasta entonces, será mejor que te concentres en otra cosa. ¿Alguna novedad con el marido?

—La misma historia. No hay nada que hacer. Parece tan intachable como su esposa. No hay conflictos, no hay enemigos, no hay nadie que le odie. O al menos no hemos logrado demostrar que lo haya.

—¿Y en el trabajo? ¿No ha surgido nada? ¿Algún error médico o una paciente que le haya acusado de abusos sexuales? ¿Ese tipo de cosas?

Abandonando su impasibilidad habitual, Ríkhardur torció el gesto.

—¿Abusos sexuales? Es ginecólogo, por el amor de Dios.

Huldar se sorprendió.

—No todas las pacientes de un ginecólogo tienen enfermedades de transmisión sexual, ¿sabes?

—No me refería a eso. Creo que la mayoría de las mujeres a las que visita están embarazadas. Trabaja en obstetricia.

—Ah, sí, es cierto. —¿Cómo se le había pasado por la cabeza que el aprensivo de Ríkhardur pudiera asociar a las pacientes de Sigvaldi con el herpes o la gonorrea? Ese tipo de enfermedades no tenían lugar en su mundo—. De todos modos, habrá que estudiar esa posibilidad. Si no me falla la memoria, la mayoría de las quejas que se presentan ante las autoridades sanitarias, justificadas o no, están relacionadas con la obstetricia.

—Lo miraré. —Ríkhardur tenía la mirada perdida en el otro extremo de la sala—. Es una buena idea.

Debe de ser terrible perder a un recién nacido, o que este sufra daños durante el parto que se podrían haber prevenido.

Huldar ignoró el comentario, rezó porque no volviera a sacar el tema de los abortos de Karlotta.

La cuestión le había provocado ya dolores de estómago y ansiedad para toda una vida. Desde noviembre, cuando Ríkhardur le anunció orgulloso por tercera vez que iba a ser padre, hasta el día en que le comentó en voz baja que su esposa había perdido el bebé, Huldar se había sentido como si llevara a todas partes un peso en su propio vientre. Sobre todo después de armarse de valor y preguntar de cuánto estaba Karlotta, para a continuación calcular horrorizado que él podría ser el padre. La aflicción de su compañero por ese nuevo aborto natural había agravado la agitación interna de Huldar: una combinación de compasión hacia la pareja y alivio por no tener que vivir con miedo a que los ojos del bebé fueran de color marrón, como los suyos, y no del azul cielo de sus padres. Y lo peor de todo fue la vergüenza por haber traicionado a su colega. Quizá no fueran amigos del alma, pero había trabajado de manera más íntima con Ríkhardur que con cualquier otro miembro del cuerpo, y esas cosas unían. La traición había sido imperdonable y, en retrospectiva, inexplicable, a menos que uno tuviera en cuenta los destacables atractivos de Karlotta.

Ella no tuvo más que mirarle a los ojos con esa sonrisa pícara y él se olvidó de todo menos de sus necesidades más primitivas. Sabía que Karlotta estaba sola; ese fin de semana, Ríkhardur había ido a un curso sobre armas de fuego que se celebraba en el campo, así que no había peligro a la vista. Nunca habría vuelto a disponer de una oportunidad parecida. Qué error más terrible, joder. Huldar se aclaró la garganta para sacudirse una súbita ronquera.

—Sí, las autoridades sanitarias quizá tengan un listado con los pacientes que se hayan quejado de Sigvaldi, o que le hayan acusado de algo.

—¿Tú crees? Por lo que parece, cuenta con una buena reputación muy poco habitual. Karlotta pidió cita con él una vez, pero tenía la agenda llena. Al parecer debes planear el parto con años de antelación si quieres que sea tu obstetra. Y no sería así si tuviera un historial de errores.

—Compruébalo de todos modos. Es una posibilidad que no podemos ignorar. —Huldar se enderezó—. Si la niña acierta y el asesino tiene a otra mujer en el punto de mira, habrá que ponerse las pilas.

—Si alguien ha asesinado a la esposa de un ginecólogo a causa de un error médico, ¿por qué habría de matar de nuevo? —Para variar, Ríkhardur había dado en el clavo—. Y, además, ¿no habría matado al médico? ¿Por qué asesinar a su esposa?

—No estoy diciendo que el asesino esté relacionado sin duda con Sigvaldi, pero es algo que no podemos descartar, por muy inverosímil que te parezca. —Se le ocurrió una respuesta tardía a la pregunta de su colega—. Hasta donde sabemos, quizá pretendía matar a Sigvaldi, pero decidió atacar a su esposa al no encontrarlo en casa. Además, los médicos no son los únicos que cometen errores. Quizá hubo una enfermera o una comadrona implicadas. Yo qué sé... —Huldar se apresuró a cambiar de tema. Después de todo lo que había pasado, hablar de partos con Ríkhardur le provocaba ardor de estómago—. ¿Qué hay de la agencia tributaria? Tenemos que examinar todos los casos en los que participó Elísa. Quizá alguien perdió la cabeza por culpa de una deuda muy grande, o de una multa. Ese tipo de cosas pueden fastidiar por completo la situación financiera de una persona, y los problemas económicos son una causa reconocida para cometer asesinatos. Por cierto, ¿has oído alguna noticia sobre cómo va ese tema?

—No, no es mi responsabilidad. Se lo asignaron a Andri y Tómas.

Asintiendo con la cabeza, Huldar miró hacia el otro extremo de la oficina. No vio a ninguno de los dos hombres. Esperó que estuvieran trabajando duro, recolectando datos y las declaraciones del personal de la agencia tributaria. Recordó las palabras del forense durante la autopsia.

—La aspiradora cobraría sentido en ese supuesto.

—¿A qué te refieres?

—Bueno, no sé si suena muy creíble, pero quizá el asesino quería señalar que ella le había aspirado el dinero de la cuenta, así que se lo pagó con la misma moneda. Aspirándole la vida.

Ríkhardur pareció escéptico.

—Sí, claro.

Movió el ratón para despertar al ordenador y una foto de Karlotta llenó la pantalla. Ese había sido el fondo de Ríkhardur desde que Huldar tenía memoria. Puesto que la pantalla estaba tan ordenada como su escritorio, los escasos iconos que la ocupaban se encontraban organizados en una pulcra columna vertical a la izquierda, con lo que la imagen era visible en su totalidad. Él se apresuró a apagar el ordenador.

Cuando Ríkhardur le confió a principios de año que Karlotta le había dejado, Huldar se sintió terriblemente confundido. La noticia ensombreció el alivio que había sentido al enterarse del embarazo fallido. Su principal miedo era que Karlotta hubiera abandonado a Líkhardur con la esperanza de que los dos pudieran estar juntos, pero una llamada telefónica no tardó en abrirle los ojos. Al preguntárselo, ella le tranquilizó con una risa seca: el divorcio no tenía nada que ver con Huldar; Ríkhardur y Karlotta no estaban destinados a seguir juntos. Ríkhardur no lo vio así, y sus razones saltaban a la vista. Era evidente que estaban hechos el uno para el otro; ella era igual que él, siempre de punta en blanco, sin un solo pelo fuera de sitio. Huldar no recordaba haber visto una simple melladura en la laca de sus bonitas uñas. Era poco probable que Ríkhardur tuviera esa suerte una segunda vez.

Su colega siguió comentando el caso como si no hubiera pasado nada, pero parecía vacilante de una manera poco habitual en él.

—¿Estás seguro de que no deberíamos concentrarnos en investigar a todos los hombres negros que podrían tener algún vínculo con Elísa o con su marido?

—Cuando Huldar anunció en la reunión para comentar los avances del caso que no creía que en ese momento tuviera sentido investigar la descripción que había hecho Margrét del asesino, pues era demasiado vaga y dispondrían de una imagen más clara después de hablar de nuevo con ella, Ríkhardur fue una de las varias personas presentes que mostraron sus objeciones.

—Como he dicho, por ahora no vamos a apuntar por ahí. Tengo que ir al centro a ver el segundo intento por entrevistar a la niña. Con un poco de suerte, eso me dará una mejor idea de la seriedad con que hemos de tomárnoslo. —Se miró el reloj: iba a llegar tarde—. No queremos que nos acusen de racismo si resulta que solo vio su silueta. Pero, evidentemente, si durante el curso de la investigación te encuentras con algún hombre negro, no dejes de echarle un vistazo.

—Eso aún no ha pasado. Mientras no me des luz verde, no iré deliberadamente en busca de uno.

—No, claro que no. —Huldar sonrió. Ríkhardur no solo era ejemplar en su vestuario y sus modales, sino que también seguía las órdenes escrupulosamente. La culpa por lo de Karlotta volvió a asomar a su fea cabeza y se sintió obligado a añadir—: Quizá te gustaría venir conmigo a la entrevista, como observador...

—No tengo tiempo. Me están esperando en el centro comercial de la zona, ¿recuerdas? Para comprobar la grabación de videovigilancia en el cajero automático.

Ríkhardur parecía decepcionado, como si hubiera preferido delegar la tarea que Huldar le había asignado esa mañana para poder acompañarle. Sobre todo porque era poco probable que ese encargo arrojara algún resultado. El cajero se encontraba en una de las calles principales que conducían a la zona en la que vivía Elísa. Si tenían suerte, la cámara habría captado el momento en que su asesino pasaba con el coche, pero era mucho más probable que el objetivo apuntara hacia abajo y que no existiera ninguna grabación de la calle. En cualquier caso, un miembro del equipo tenía que ir hasta allí para averiguarlo.

—Por supuesto. No te preocupes. Ya vendrás otro día. Intuyo que no será la última vez que intentamos entrevistar a la niña.

Mientras regresaba al despacho para recoger la chaqueta y las llaves del coche, Huldar examinó la sala en busca de alguien a quien pudiera llevarse consigo. Alguien que hiciera de amortiguador entre Freyja y él. Ya estaba cansado de esas miradas asesinas que le recordaban constantemente su lamentable comportamiento. Lo más fastidioso era que no le hubiera importado renovar su relación, pero la actitud de ella dejaba a las claras que eso era imposible. A la vez, se había arreglado para reunirse con él en la escena del crimen unas horas antes. Quizá aún tuviera una oportunidad después de todo.

11

Molly observaba a Freyja con atención, como tenía por costumbre. Ella suspiró en silencio y vio que la perra aguzaba la mirada. Le estaba costando acostumbrarse a tener una mascota. Cada vez que esos ojos atentos de color marrón se clavaban en los suyos, Freyja se sentía culpable por no sacarla a pasear más a menudo, o por no alimentarla mejor. De haber podido elegir, no habría tenido perro en absoluto, y menos uno tan grande —estaba segura de que, si se remontaba lo suficiente, encontraría un caballo en su árbol genealógico—, pero por supuesto pertenecía a una de esas razas que atraían a su hermano. Baldur había elegido a un animal que quedaría bien en un vídeo de rap, gruñendo en segundo plano, rodeado de coches llamativos y de chicas sacudiendo el culo. Era una raza que parecía capaz de saciar su sed con sangre y de roer huesos de dinosaurio. No le hubiera sorprendido encontrarse un tatuaje al acecho bajo su espesa pelambrera. Después de compartir piso con Molly durante un mes, solo ahora sentía que podía acercarse a ella sin temer en todo momento la posibilidad de perder un dedo o incluso la mano entera.

La perra dio un amplio bostezo y reveló esas hileras de dientes blancos y afilados que parecían extenderse hasta su garganta. Aunque Freyja seguía poniéndose en guardia cuando estaba en su compañía, había veces en las que su presencia la tranquilizaba. Esas veces se daban siempre de noche, cuando la despertaban de sopetón los gritos y el alboroto procedentes del pasillo de fuera, cortesía de los caprichosos vecinos de ese edificio deprimente. Su hermano no era el único de ellos en vivir al límite. El miserable estado del edificio y de los pisos había hecho que supuestamente tuvieran precios o alquileres baratos —no se podía pedir mucho por metro cuadrado en ese lugar— y esas almas desgraciadas habían acabado allí a falta de un destino mejor.

Molly acabó de bostezar y, como si se hubiera ofendido, giró la cabezota para no mirar a Freyja. Ella volvió a sentirse culpable. Ese día la había descuidado; la perra había tenido que apañárselas con que la dejara salir por la mañana para encontrar un trozo de terreno en el que orinar entre las latas vacías y demás basura que decoraba el jardín. No era la primera vez que las exigencias de su trabajo habían estropeado los planes que tenía para el animal.

—Te sacaré luego. —No debería haber usado el verbo «sacar». La perra levantó las orejas y movió de nuevo la cabeza hacia Freyja con la lengua colgando. Ella gimió. Abrió la caja que contenía la pizza de la noche anterior y eligió una porción que tuviera un montón de carne—. Ten. —La perra la engulló entera y acto seguido se relamió el hocico con una lengua del tamaño de un filete de bacalao; miró a Freyja con la esperanza de que le cayera otro trozo grande—. Lo siento, muchacha. No puedo dejar que te pongas gorda. —Freyja ladeó la cabeza para evaluar si la perra había ganado peso. Era posible, pero tampoco importaba demasiado, ya que Molly estaba en los huesos cuando Freyja la recuperó de manos del amigo de su hermano a quien en un principio se le había encomendado su cuidado mientras Baldur estaba en la cárcel.

Por desgracia, ese personaje refinado y honorable también había acabado entre rejas por quebrantar los términos de la libertad provisional. Y, puesto que su hermano le había prestado generosamente el piso, en realidad ella no pudo negarse a vigilar a su perra. Sin embargo, no habría aceptado ocuparse ni siquiera de un pececito a cambio de su coche ruinoso. Antes, al hacer girar la llave, el motor había emitido un traqueteo agónico como sugiriéndole que haría bien en tener a mano el número de teléfono de una empresa de taxis para poder volver del centro.

El reloj que colgaba torcido de mala manera en la pared de la cocina le indicó que era hora de salir. La exigencia de Huldar para que organizara una entrevista con la niña en menos de una hora se había demostrado poco realista; el abuelo se había negado a asistir de buenas a primeras con tan poca antelación. Se excusó diciendo que los niños al fin se habían reunido con su padre y que Margrét se estresaría demasiado si la apartaban otra vez de él tan pronto. Parada en la puerta de su casa, Freyja había tenido que recurrir casi a las lágrimas para convencerle de que aceptara una cita para esa misma tarde. El hombre no la había invitado a pasar y ella no pudo entrever a los niños, ni a su padre, ni a su abuela. El sonido de los llantos y las voces altas se había colado por la puerta abierta, pero Freyja no pudo distinguir las palabras. Y tampoco había sentido el menor deseo de espiarlos; prefería dejar en paz a esa familia destrozada.

Mientras se alejaba, pudo sentir la mirada del abuelo puesta en ella. La puerta de la casa no se cerró hasta que Freyja abrió la del coche, como si el hombre hubiera querido asegurarse de que se iba de verdad. Pero ella no tenía ningún interés en quedarse merodeando por allí hasta la hora del encuentro en la oficina. Más bien al revés. Era domingo y, de haber podido, sus planes habrían sido muy diferentes. Lo más probable era que sus amigas ya hubieran salido del restaurante, así que no tenía sentido que se apurara en llegar al centro. Ya las vería la siguiente vez. El plan de dedicar un poco de atención a Molly después de comer también tendría que esperar. Freyja cogió las llaves y le sonrió a la perra, que la había seguido esperanzada hasta la puerta. Cuando quedó claro que no habría paseo, Molly frunció los labios en un gesto de desaprobación y volvió al interior del apartamento arrastrando los pies.

Freyja se preguntó si podría contar con el apoyo de Molly en caso de que alguien irrumpiera en la casa. Tal y como se encontraba su relación en ese momento, no le pareció demasiado probable.

—No hará falta que remarque la importancia de que esta vez todo salga según lo planeado. —Estaban sentados alrededor de la amplia mesa de reuniones, viendo a través del cristal a Silja y Margrét ocupar sus lugares en el pequeño sofá. La niña parecía mucho más angustiada que la vez anterior, era evidente; debía de estar asimilando la muerte de su madre—. Lo que se diga tendrá un gran peso sobre la investigación, así que os pido por favor que hagáis un esfuerzo especial. —Mientras hablaba, Huldar se inclinó un poco hacia delante, como si intentara encontrar un equilibrio. Probablemente, solo quería asegurarse de que Silja oyera todas sus palabras a través del micrófono que había en el centro de la mesa. Las ojeras del detective se habían vuelto más pronunciadas, tenía el pelo más alborotado y la ropa más arrugada que esa misma mañana, pero al menos había llegado a la hora, acompañado de una agente a la que presentó como Erla. Esta apenas había hablado y su único papel real parecía ser el de permanecer sentada en silencio al lado de Huldar, aunque su expresión evidenciaba que tenía ideas claras sobre el procedimiento. Puesto que estas parecían ser poco halagadoras, era una suerte que no dijera mucho. En ese momento asintió con la cabeza para manifestar su acuerdo con las palabras de Huldar—. Dejad que lo repita: un esfuerzo especial.

—No hace falta que nos lo pidas. —El tono de Freyja fue educado pero seco. Aquello no le hacía ninguna gracia. Exactamente, ¿quién se creía que era? La policía no tenía autoridad allí y ella también podía establecer unos límites claros de buen principio—. Estamos acostumbrados a que las revelaciones que hacen los niños aquí tengan una importancia capital. Nadie viene al centro a charlar ociosamente. Así que no te preocupes. —Le miró a los ojos y le dirigió una sonrisa gélida—. Tú deja que hagamos nuestro trabajo y concéntrate en tus preguntas.

Antes de que llegara la niña, Huldar se había sentado con Silja para revisar las principales cuestiones que quería que tratara. También le había entregado el dibujo del hombre delante de la casa y se ofendió cuando ella rechazó mostrárselo a Margrét dentro de una funda de plástico. Al final, él tuvo que aceptar su argumento de que probablemente la niña se mostraría más comunicativa si el dibujo tenía el mismo aspecto que la última vez que lo vio. Por encima de todo, Huldar remarcó que la tarea más urgente consistía en sonsacarle cualquier cosa que pudiera saber sobre ese otro asesinato que ella consideraba inminente.

Silja había memorizado el interrogatorio, pero señaló también que las respuestas de Margrét generarían a su vez nuevas preguntas, así que él debía asegurarse de proporcionárselas. Huldar también debía comprender que no podía bombardear a la niña a su gusto. Ella controlaría el ritmo y reformularía las preguntas según le pareciera. Como todos sus predecesores —jueces, investigadores, fiscales—, Huldar había asentido con la cabeza, suponiendo que eso no representaría ningún problema. Pero, igual que ellos, mostraría señales de impaciencia y agitación durante el curso de la entrevista; era inevitable.

—Recuerda lo que hemos hablado: si necesitas que Silja se desvíe de la línea de interrogatorio inicial, tienes que hacérselo saber. Mantén la calma y asegúrate de no darle órdenes a gritos por el micrófono mientras habla. Puedes confiar en nuestros métodos, y en el hecho de que nos tomamos esto con mucha seriedad, ¿de acuerdo?

Huldar se encogió de hombros y evitó la mirada de Freyja, pero parecía estar de acuerdo. Quizá simplemente se encontraba demasiado cansado para poner objeciones.

—Vale. Entonces, ¿podemos comenzar? —Se recostó contra el asiento y desapareció detrás de Erla.

—Todo a su debido tiempo.

Freyja se volvió hacia el cristal y escuchó a Silja hablar delicadamente con la niña sobre la nieve que había en el exterior. Margrét, que tenía los labios fruncidos, se pasó el largo cabello pelirrojo por detrás de las orejas en un gesto infantil, y a continuación fijó la mirada en los calcetines rosas que llevaba puestos. Aunque resultaba evidente que estaba molesta, mantenía la compostura. No se podía decir lo mismo de su abuelo.

—Les recuerdo que me la llevaré de aquí en el momento en que se cumpla la hora. Es todo el tiempo del que disponen. Tiene que estar con su familia. Con su padre y con sus hermanos. —A Freyja le había sorprendido que el abuelo hubiera vuelto a acompañar a la niña, pero no había hecho ningún comentario al respecto. Era de suponer que el padre estaría desconsolado, o quizá no le permitían escuchar la declaración de su hija porque él mismo se encontraba bajo sospecha—. El reloj está en marcha —añadió el abuelo.

Silja les indicó que estaba lista. Se volvió hacia Margrét y le cogió la manita, que descansaba sobre el cojín que había entre ellas. Margrét la retiró de golpe y escondió ambas manos bajo sus delgadas caderas. La mujer permaneció impasible.

—Vale, Margrét. Sé que no deseas estar aquí y que te gustaría volver a casa lo antes posible, así que acabemos con esto.

La niña mantuvo la vista fija en sus calcetines. Aunque sus pies no llegaban a tocar el suelo, al igual que los muchísimos niños que habían ocupado ese sofá antes que ella resistió la necesidad de balancearlos.

—¿Sabes?, eres muy importante, Margrét. Por supuesto que lo has sido siempre, pero ahora eres más importante que nunca. Porque puedes ayudar a la policía a descubrir lo que le pasó a tu mamá. —La niña estaba quieta como una figura de cera—. Eres una heroína, ¿sabes? Pero, por desgracia, nadie puede ser un héroe sin pasarlo un poco mal. —Margrét no se mostró de acuerdo ni en desacuerdo—. Sé que recordar esa noche no es sencillo para ti... y ahí entra en juego la parte de ser una heroína. Si intentas recordar todo lo que viste u oíste y me lo cuentas, eso significará que estás ayudando a la policía. No hay nada que deseen más que averiguar lo que pasó.

Freyja y Silja habían coincidido en que era capital no referirse a la persona que había entrado en la casa. No se conocía con seguridad su género e incluso la más sutil referencia a un hombre o una mujer podía influir en la memoria de la niña. Era crucial no sembrar en ella ideas que Margrét pudiera acabar aceptando como propias.

—¿Crees que podrías contarme lo que pasó? Solo las partes que recuerdes. Si no te acuerdas, no pasa nada. Puedes decirlo.

Esas palabras hicieron fruncir el ceño al fiscal y a Huldar. La médica y la enfermera que habían asistido a la sesión anterior no estaban allí porque Freyja había juzgado que su presencia era innecesaria, sobre todo dado el coste de convocarlas en fin de semana por segunda vez. El Organismo para la Protección del Menor también había declinado la invitación para enviar a un observador.

—Me tapé las orejas con las manos. —La vocecita que sonó en el altavoz les llegó al alma—. Me tapé las orejas con las manos. No quería oír llorar a mamá.

Silja se quedó desconcertada, aunque Freyja fue la única en darse cuenta. No esperaba una respuesta tan rápida.

—Lo comprendo. Probablemente fue una decisión inteligente.

Margrét volvió a hablar, casi en un susurro:

—Me había tapado las orejas con las manos. No quise saber lo que él decía. No quise oírlo. —Todos se echaron hacia delante a la vez. Margrét había dicho claramente «él».

Silja también había reparado en ello.

—Hablas como si se tratara de un hombre, Margrét. ¿Cómo lo sabes?

—Le vi. Me desperté y tenía que hacer un pipi. Le vi caminando por el salón. Intenté decírselo a mami, pero no me creyó. Fue a mirar. —Margrét sacó las manos de debajo de las caderas y comenzó a juntar los dedos sobre el regazo.

—Entonces, tu mamá salió del dormitorio. ¿Dónde estabas tú en ese momento?

—Estaba en su habitación. Cuando oí que alguien venía me escondí. Me metí debajo de la cama. Miré y vi los pies de mami. Iba a salir, pero entonces aparecieron los otros pies. Los del hombre negro.

—Entonces, ¿él siguió a tu mami a la habitación? —Cuando Silja acabó la frase, Freyja se dio cuenta de que los presentes en la sala de reuniones a duras penas respiraban.

Después de pensar un instante, en cuanto Margrét volvió a hablar, todos inspiraron de golpe, ahogaron prácticamente esa vocecilla tan frágil.

—Sí. No me atreví a salir de debajo de la cama. —Volvió a quedarse en silencio, se miró los dedos entrelazados—. Tendría que haberla ayudado. Tendría que haber salido de debajo de la cama y correr a la calle. Podría haber encontrado a un policía o a un bombero para que ayudaran a mami.

—¿Sabes qué, Margrét? Estuvo bien que no hicieras eso. No hay muchos policías ni bomberos en tu calle por la noche. El hombre te habría atrapado mucho antes de que pudieras conseguir ayuda. Y tu mami no habría querido eso. Mientras no seas adulta, es mejor esconderse. A veces es mejor que los adultos también se escondan.

Margrét no levantó la vista. Tenía los dedos quietos, pero sus ojos permanecían clavados en ellos, como si fuera la primera vez que los veía.

—Pero era un hombre. Le vi y le oí hablar cuando me quité las manos de las orejas para saber si se había acabado. —Se removió en el sofá—. Pero no se había acabado. Sonaba como un hombre. —De una tacada había reducido el número de sospechosos a la mitad: el sector femenino de la población quedaba libre de sospecha.

Silja aguardó unos instantes, por si el policía o el fiscal querían añadir algo. Nadie dijo nada, así que se inclinó hacia la niña y le apartó el pelo de la cara como si estuviera asomándose al otro lado de una cortina.

—¿Recuerdas lo que me contaste la última vez que nos vimos, Margrét? Me dijiste que pensabas que otra mujer corría peligro.

La niña apartó la vista, se sacudió el pelo para que le cayera de nuevo sobre la cara.

—Oí un poquito. A veces tenía que quitarme las manos de las orejas para ponérmelas en la boca y que el hombre no me oyera llorar.

—Entiendo. Y a veces también se pueden oír las cosas a través de las manos, por mucho que te esfuerces en taparte las orejas. —Silja mantenía una calma perfecta, su voz no revelaba todo lo que había en juego. Cualquiera hubiera dicho que estaban hablando del tiempo—. Quizá no lo creas, pero es posible que tuvieras mucha suerte al oír algo. Sobre todo si puedes ayudar a que la policía evite que le hagan daño a otra mujer.

—No quiero pensar en eso. —La voz de la niña volvía a ser un susurro—. No quiero. Quiero hablar de otra cosa.

—¿Recuerdas lo que te he dicho de ser una heroína? ¿Que solo puedes convertirte en una si eres valiente? —Margrét asintió con la cabeza. No vieron su expresión porque se había echado hacia delante y el pelo se la tapaba, pero fue fácil imaginar la desesperación de su rostro—. Si logras reunir el valor para contarme lo que le oíste decir, serás una heroína, Margrét. No tardaremos mucho y luego te sentirás mejor. A veces, hablar de las cosas que te molestan ayuda a limpiar los malos pensamientos.

Margrét comenzó a balancear las piernas de aquí para allá. El movimiento no era ni ocioso ni descuidado; parecía un juguete al que se le estuvieran acabando las pilas. Hizo una inspiración rápida, levantó la vista y se mordió el labio inferior antes de empezar a hablar de nuevo. Dejó de mover las piernas.

—Mamá le preguntó a gritos si también iba a hacernos daño a nosotros. La oí aunque tuviera las manos en las orejas, pero entonces me las quité. Quería saber si él decía que sí. Pero dijo que entonces no, que había otra mujer a la que tenía que dar una lección. —Se cuidó de articular bien esas palabras, y acto seguido dirigió una mirada inquisitiva a Silja—. ¿Qué quiso decir con lo de dar una lección?

Silja se aturulló, se removió en el sofá mientras se devanaba los sesos en busca de una explicación.

—Que quería que esa mujer comprendiera algo. No es necesario que lo entiendas, Margrét. No siempre es fácil averiguar lo que quieren decir los adultos. —Lanzó una mirada de reojo hacia el espejo de doble cara en busca de ayuda.

—Pregúntale si mencionó quién era esa mujer.

Huldar había hablado a un volumen demasiado alto y Silja hizo un gesto de dolor. Se dio unos golpecitos enfáticos en la oreja y volvió a dirigir la atención hacia la niña.

—¿Dijo quién era esa mujer, comentó algo sobre ella?

Margrét negó con la cabeza.

—No. Solo dijo que la haría sufrir. Como a mami. —Margrét comenzó a venirse abajo, tomó un aliento hondo y entrecortado—. Vi a mami. Le había tapado los ojos con la cinta de pegar.

Silja tosió. Durante la reunión previa, Huldar le había mostrado una foto del cuerpo de Elísa en la escena del crimen. Les había parecido inevitable, ya que existía la posibilidad de que la niña mencionara algún detalle macabro. Freyja también vio la foto y tardó unos instantes en comprender lo que tenía ante los ojos. Cuando lo captó, se vio obligada a apartar la vista.

—¿Saliste de debajo de la cama, Margrét?

—No. Mami miró debajo. Pero no veía nada. Me acarició y dijo «Shh». Entonces, el hombre malo la arrastró hacia arriba.

—Fue sensato por su parte, Margrét. Mami no quería que el hombre supiera que estabas allí. ¿Te das cuenta de que lo último que habría deseado es que salieras corriendo de debajo de la cama? Ella quería que hicieras exactamente lo que hiciste. Quedarte escondida.

De repente, Huldar se inclinó hacia el micrófono.

—No pierdas el hilo. Pregúntale si oyó algo más. Eso ha sido efectivo.

—Margrét, después de arrastrar a tu mami hacia arriba, ¿el hombre dijo algo más?

—Sí. Una historia. Quería contarle una historia. Pero me tapé las orejas. No quise oírla. Sabía que sería fea. Después ya no dijo nada más. Y mami tampoco.

Nadie pudo hablar durante unos segundos. Silja fue la primera en recuperarse y continuar como si no hubiera pasado nada:

—Dime una cosa. ¿Tenías los ojos cerrados? Sé que viste a tu mami cuando te dijo que te quedaras callada, así que debiste de abrirlos a ratos. —Formuló la idea con mucho cuidado, pero Margrét no contestó.

—Pregúntaselo otra vez. —Huldar cogió el micrófono. Silja se estremeció al notar el chisporroteo en el auricular. Se lo había dicho en un tono demasiado alto y no ayudó que lo repitiera a mayor volumen—. Pregúntaselo otra vez.

Freyja le puso la palma de la mano contra el pecho y le empujó para alejarle del micrófono. Intentó no recordar que la última vez que le había tocado en esa zona fue para apoyarse y poder moverse más rápido sobre él.

—Confía en Silja. Sabe a la perfección lo importante que es.

Huldar lo dejó estar y se calló. Los dos se volvieron hacia el cristal mientras Silja retomaba el tema.

—¿Tenías los ojos cerrados, Margrét? Si fue así, no pasa nada. Si no, estaría bien saber lo que viste.

—No quiero hablar de eso. —Había un dejo de rabia en la voz de la niña—. No quiero.

—De acuerdo. ¿Te parece que hablemos de algo completamente diferente?

La niña levantó la vista por primera vez y le dirigió una mirada esperanzada.

—Sí. No estás intentando engañarme, ¿verdad?

—No, pues claro que no intento engañarte. Quiero preguntarte por un dibujo que hiciste. —Silja le sonrió y cogió la hoja de papel de la mesita de al lado del sofá. Allí también había un oso de peluche sentado con las piernas rectas y la cabeza inclinada en un gesto malicioso hacia un lado, como si tuviera poca fe en aquel procedimiento (lo mismo que Huldar)—. Dibujas muy bien. —Silja le entregó el dibujo—. ¿Me puedes contar lo que se ve aquí?

Margrét se apartó el pelo de la cara y se inclinó hacia la hoja.

—Ya ves lo que hay. Has dicho que dibujo bien. —Le devolvió la hoja.

Silja no perdió la calma.

—Veo que hay una casa. ¿Es la tuya?

Margrét asintió con la cabeza.

—¿Y es tu coche?

La niña volvió a asentir.

—¿Y esto? ¿Es un árbol de tu jardín o es el que comprasteis en Navidad para poner dentro de casa? —Silja intentaba formular la pregunta de modo que la niña le ofreciera una respuesta más larga.

—Es el del jardín.

—Sí, es muy grande, me doy cuenta de que no habría cabido en casa.

Le preguntó por otros detalles del dibujo. Se aseguró de hacerlo de manera que la niña no pudiera contestar con monosílabos. Todos se dieron cuenta de que cada frase de Margrét era más larga que la anterior. A medida que se relajaba, sus respuestas se iban volviendo más detalladas, pero el fiscal y Huldar se mostraban cada vez más impacientes. Cuando Silja preguntó por las cortinas de la ventana, el primero llamó la atención de Freyja e hizo un gesto hacia su reloj. Ella apartó la vista y se cuidó de evitar su mirada a partir de ese momento. Los dos hombres se relajaron cuando Silja fue al fin al grano.

—¿Y este quién es?

—El hombre.
—¿Qué hombre?
—Un hombre.
—¿Le conoces? ¿Es tu papá?
La niña sacudió la cabeza.
—¿Es un vecino?
—No sé cómo se llama.
—¿Y por qué le dibujaste, entonces?
—Porque le vi.
—¿Le viste mientras hacías el dibujo?
—No.
—Entiendo.
Huldar volvió a inclinarse hacia el micrófono. Hubo que reconocerle que esa vez hablara con moderación y no tocara el equipo más que para apretar el botón.
—Pregúntale si vio al hombre cerca de la casa o en algún otro sitio. Si no tiene ninguna relación con la casa, podemos seguir adelante.
Silja asintió con sutileza.
—Dime una cosa, Margrét. ¿Dónde viste a este hombre?
—En nuestra calle. En la acera. Y una vez en el jardín, de noche.
Silja asintió.
—¿Estaba a menudo por el barrio?
—No lo sé. —Los niños solían tener dificultades para entender lo que significa «a menudo».
—¿Le viste dos veces? ¿Cinco? ¿Diez veces, quizá?
Freyja maldijo por lo bajo. Silja no debería haber mencionado ningún número. La niña iba a quedarse con uno de ellos.
—Quizá cinco veces. Pero solo quizá, no las conté.
—Eso es bastante a menudo.

—Sí.

—¿Cuándo fue eso, Margrét?

Ella se encogió de hombros.

—Hace un tiempo.

—¿Después de Navidad?

—Sí. O no. Cuando le vi en el jardín aún era Navidad. Me desperté y fui a mirar en el zapato para ver si me habían traído algún regalo, pero no. Al principio pensé que era Papá Noel.

—¿Le viste también después de Navidad?

—Sí, creo que sí.

—¿Qué crees que estaba haciendo?

—Mirando. Estaba mirando.

Huldar volvió a coger el micrófono.

—Pregúntale si le vio la cara.

—¿Le viste la cara, Margrét? ¿Puedes describirle?

—Le vi. Tenía cara de enojado. No estaba feliz. —De repente, la niña comenzó a balancear las piernas de nuevo. Era una señal de agitación; las columpiaba mecánicamente de aquí para allá—. Ya no quiero seguir hablando contigo.

Se concentró en el movimiento de sus calcetines.

—¿Me puedo quedar aquí? —No levantó la vista—. No quiero estar con papá. Todo esto es por su culpa.

12

—No tiene por qué significar nada. Quizá esté culpando a su padre del asesinato porque no estaba en casa esa noche. —Huldar se encogió de hombros, no para dar énfasis a sus palabras sino en un esfuerzo por mantenerse despierto: prefería no desplomarse sobre el escritorio de su jefe. Estaba empezando a notar de mala manera el cansancio que había ido acumulando a lo largo del fin de semana; ya no podía contenerlo con café y chicles de nicotina. Desde la mañana del viernes, cuando encontraron a los hijos de Elísa deambulando por la calle, no había dormido más de ocho o nueve horas, y solo en forma de cabezaditas en el despacho, o bien sentado al escritorio o en un sofá tan corto que parecía un sillón—. Yo me cuidaría de sacar conclusiones precipitadas sobre sus palabras. O al menos esa es la opinión de la psicóloga que la ha entrevistado.

Egill arrugó la nariz para revelar el brillo artificial de sus dientes. Nadie se había atrevido a comentar esa transformación el día que se presentó en el trabajo luciendo una sonrisa hollywoodiense. Igual que el día en que de repente le desapareció la calva. Ya no había pelos sueltos que se agitaran bajo la brisa, sino que lo hacía todo el conjunto a la vez, y había adquirido la costumbre de ponerse la gorra de policía cada vez que salía a la calle. Los esfuerzos de Egill por mejorar su apariencia habían coincidido con la decisión de cambiar a su vieja esposa por un modelo nuevo, veinte años más joven. Algunos de los tipos del Departamento de Investigación Criminal habían apostado sobre la posibilidad de que fuera a por el lifting, pero no había tantas opciones de que lo hiciera como ellos pensaban.

La contracción nerviosa alrededor de sus ojos le indicó que su jefe le estaba leyendo la mente. Egill tosió de manera portentosa.

—En opinión de la psicóloga. Ya. —Se quedó sentado al otro lado del escritorio, haciendo como que aplicaba el peso entero de su gran intelecto a la cuestión. El aire prepotente y las frases vacuas formaban parte del proceso—. Por cierto, ¿qué impresión te ha causado el centro? La verdad es que nunca he pisado ese lugar, pero tengo mis reservas hacia el trabajo que hacen allí. En mi opinión, es desaconsejable dejar las entrevistas forenses en manos de *amateurs*. Es poco probable que arrojen resultados.

Huldar se sintió abrumado por el agotamiento.

—Está bien. No tacharía a su personal de *amateurs*. Tienen a gente entrenada especialmente para entrevistar a niños.

—Niños, adultos... ¿Qué diferencia hay?

A Huldar debió de notársele la sorpresa en la cara, porque Egill se retractó de golpe.

—Vale, de acuerdo, pues claro que hay diferencias. No hablaba en sentido literal. Los niños tienen un cuerpo más pequeño y todo eso. Pero que sea distinto cuando hay que contestar a las preguntas... lo dudo.

Desde que se trasladó a la oficina del Comisionado General de la Policía, Huldar había trabajado para ese hombre. En un primer momento ocupó un lugar tan ínfimo en la cadena alimenticia que a duras penas podía respirar bajo el peso de toda la gente que había por encima de él. En esa época sentía respeto y admiración hacia Egill, pues tomaba su gesto contrariado marca de la casa como una señal de inteligencia y percepción profundas. El hombre debía de sentirse agobiado por todos los crímenes que se cometían constantemente en su terreno cuando él no estaba allí para prevenirlos. Pero nada más lejos de la realidad. Con el paso de los años, Huldar se fue dando cuenta de que Egill había nacido contrariado. Nunca nada era lo bastante bueno para él. No le satisfacía nada de lo que le dijeran. Los casos nunca se solucionaban con la rapidez necesaria y, cuando se resolvían, Huldar tenía la impresión de que Egill se llevaba todo el mérito. El tipo tenía la costumbre de irrumpir en las reuniones, les echaba un ojo a las pruebas y señalaba lo obvio y manifiesto, llamaba la atención con gesto triunfal sobre algún detalle y sugería enfoques en los que todo el mundo había reparado mucho antes. Huldar no recordaba una sola vez en que hubiera oído que de sus labios caídos a perpetuidad salía algo sustancioso.

El punto fuerte de Egill parecía ser la tecnología. Mostraba un entusiasmo inagotable por cualquier artilugio, desde los proyectores hasta las armas de fuego. A consecuencia de ello, el Departamento de Investigación Criminal estaba extraordinariamente bien equipado con los más modernos aparatos; a la vez, puesto que iban justos de presupuesto, eso obraba en detrimento de otras áreas por las que su jefe sentía menos interés. El otoño anterior, por ejemplo, todos los agentes del departamento habían recibido iPads con un propósito poco preciso. Quedó claro con rapidez que en esencia iban a servir para jugar al Candy Crush. Al mismo tiempo, Egill había intentado convertir el lugar en una oficina sin papel como parte de una campaña de ahorro, y había quitado los folios de las impresoras y las fotocopiadoras. Quien deseara imprimir o copiar algo tenía que llamar a su puerta para que le dieran papel. Huldar era consciente de no ser el único que prefería traerse sus propios suministros de casa.

—La cosa no tardará en aclararse. El padre volverá más tarde para un nuevo interrogatorio. Mientras tanto, estoy pensando en ir a casa para echar una siesta rápida. Apenas he pegado ojo desde que comenzó todo esto. —Huldar se removió para combatir un acceso súbito de mareo, resistiendo la necesidad de apoyarse en el escritorio de Egill. Le daba miedo volcarlo y tirar al suelo las fotografías enmarcadas y dispuestas con cuidado que mostraban a su jefe en compañía de los diversos famosos con los que se había cruzado en el desempeño de su trabajo. Huldar se habría jugado algo a que los famosos no le devolvieron esos favores. Finalmente, recuperó el equilibrio sin tener que sujetarse de ningún sitio y prosiguió—: No hay nada que no pueda esperar o de lo que no pueda encargarse otra persona.

Egill emitió un retumbo grave y las comisuras de sus labios se curvaron un poco más hacia abajo.

—Y yo pensando que el capitán era el último en abandonar el barco... Espero que no haga falta recordarte que estás a cargo de la investigación y que los primeros días son capitales.

Huldar se sentía como si tuviera arenilla en los ojos. Estaban tan irritados que le dolían al parpadear.

—Erla, Ríkhardur, Almar y Stefán están trabajando duro. Los demás han dejado lo que estaban haciendo para encargarse de sus tareas, aunque como es domingo la mayoría se han ido a casa. La investigación progresa lenta pero segura, y no se detendrá solo porque me escape a descansar un poco. No seré de gran ayuda para nadie hasta que no haya dormido un rato.

Se abstuvo de señalar lo absurdo de la metáfora del capitán: la investigación no era ningún barco hundiéndose. No se creía para nada que alguno de sus predecesores se hubiera mantenido despierto las veinticuatro horas del día durante las primeras fases de una investigación. Además de que, por otro lado, ni ellos ni sus métodos de trabajo habían representado precisamente un buen ejemplo. En la actualidad uno apenas podía moverse por el almacén a causa de la cantidad de miembros del equipo de asuntos internos que estaban bajándolo todo de los estantes para dilucidar qué pruebas habían desaparecido y cuáles no. Se rumoreaba que los resultados de ese inventario no dejarían en buen lugar al Departamento de Investigación Criminal.

Egill cogió el ratón y centró de repente la atención en el ordenador. Huldar se habría apostado algo a que estaba en medio de una partida de solitario. No hacía falta que estuviera en la comisaría un domingo; solo aparecía los fines de semana para no tener que salir a hacer ejercicio con su joven esposa. Esta había organizado un trayecto en bicicleta alrededor de todo el país para el siguiente verano y a Egill tendría que ocurrírsele una excusa de la hostia para no participar en él si deseaba evitar un segundo divorcio. En caso de que no pudiera escabullirse, Huldar tenía toda la intención de coger el coche para viajar al este a visitar a su familia y asegurarse de que sus caminos se cruzaran. Le iría bien echar unas risas.

—Bueno, espero que no nos decepciones. Sería una lástima que la cagaras con esto.

No valía la pena discutir.

—No la cagaré. Pero hay más riesgo de que lo haga si trabajo las veinticuatro horas sin dormir nada.

Egill mantuvo la vista clavada en la pantalla.

—Al menos ponte la alarma para que no te quedes dormido; no me gustaría que te perdieras la entrevista con el tal Sigvaldi. Diga lo que diga la psicóloga, creo que hay algo detrás de las palabras de la nina.

—No me quedaré dormido, no te preocupes.

Iba a poner la alarma y, como precaución, le había pedido a Erla que le llamara una hora antes de que comenzara la entrevista con Sigvaldi. La había invitado a presenciarla. Aunque no hubiera participado demasiado en el centro, había estado atenta al desarrollo de la reunión. Habían trabajado juntos en varios casos durante los tres años que ella llevaba en el Departamento de Investigación Criminal. Tenía una memoria excelente y nunca malgastaba la saliva. Al margen de Ríkhardur, era la persona con la que había colaborado de manera más estrecha, ya que Huldar era uno de los pocos agentes que no se oponían a trabajar con una mujer. A consecuencia de ello, Erla buscaba su compañía y, puesto que los dos estaban solteros, solían acudir juntos a los escasos actos sociales del departamento. Después de la debacle con Karlotta, Huldar había recurrido cada vez más a ella para evitar a Ríkhardur, pero, por desgracia, Erla parecía haber malinterpretado su interés. ¿Por qué todo lo relacionado con su vida privada tenía que salirle mal?

Egill le fulminó con la mirada; se había dado cuenta de que su cabeza estaba divagando.

—Menos mal. Y no te dejes engañar por sus lágrimas de cocodrilo. Los más astutos maquinadores son capaces de montar todo un espectáculo.

Sigvaldi Freysteinsson no vertió lágrimas, ni de cocodrilo ni de ningún otro tipo. Se quedó sentado en la silla delante de Huldar y Erla con la cabeza gacha, los hombros encorvados. Se había abrochado mal los botones de la camisa y esta le colgaba fuera de los pantalones por un lado. Parecía estar completamente destrozado. Mirarle era agotador y la energía que Huldar había recuperado con la siesta se iba esfumando cada vez que posaba la vista en su expresión derrotada. Para empeorar las cosas, el hombre parecía haberse lesionado: tenía la mano derecha vendada y un moretón se fundía con una de sus ojeras oscuras. El informe de la primera entrevista no mencionaba ninguna herida.

Aunque llevaban casi media hora de conversación, Huldar aún no había comentado ese tema. Había avisado a Erla de que no debía referirse a las lesiones hasta que él las mencionara para evitar que el hombre se cerrara en banda al creer erróneamente que podía estar bajo sospecha. Era mejor tenerlo de su lado, al menos de buen principio. Por ello, hasta ese momento habían tocado temas fáciles de tratar, como lo que Sigvaldi pensaba del mensaje que había aparecido en su casa y la posibilidad de que alguien le guardara rencor por algún error que hubiera podido cometer en el trabajo.

El mensaje le parecía tan misterioso como a todos los que lo habían visto, y descartó cualquier sugerencia sobre un vínculo con su profesión. Según él, tenía una reputación intachable, pero añadió con tono seco que no había pasado tanto tiempo desde que acabara la especialización. Todas sus pacientes eran mujeres y no recordaba una sola, ya fuese que estuviera embarazada o que padeciera alguna dolencia, de la que no se hubiera despedido de manera amigable.

Cuando tuvo la impresión de que las preguntas sobre su trabajo no iban a arrojar nada sustancioso, Huldar redirigió la entrevista hacia su matrimonio.

La voz apagada resonó contra las paredes desnudas.

—Como no hago más que explicar, cuando me fui todo estaba bien. Mi relación con Elísa siempre ha sido buena. Sin peleas. Sin tensiones. —Sigvaldi dejó caer la cabeza; pese a que no existía un parecido físico entre padre e hija, Huldar pensó en una versión adulta de Margrét. Sigvaldi volvió a levantar la vista, con menos energía incluso que a su llegada—. Es que no lo puedo asumir. No dejo de rezar por recuperar el sentido y descubrir que me lo he imaginado todo. O que se trata de una pesadilla.

Erla se recostó contra la silla y, por el camino, golpeó a Huldar en el costado. Él tuvo la sensación de que no había sido un accidente, ya que ella ya casi no se esforzaba en ocultar la atracción que sentía hacia él. Era una lástima que no fuera mutua, pero Erla no era su tipo. Era demasiado fuerte, mental y físicamente. De espaldas, su cuerpo bien torneado podría haber pasado por el de un hombre, y tenía una boca tan sucia que era famosa por haber dejado sin palabras incluso a los veteranos más malhablados del Departamento de Investigación Criminal. También usaba aposta un tono grave, sobre todo por teléfono, para que costara identificar su género. Huldar dudaba que esa personalidad brusca y grosera fuera genuina. Sospechaba que era su manera de integrarse entre los chicos. A menudo deseaba señalarle que los tipos que hablaban así no eran los modelos que más convenía seguir. Ni para los hombres, ni para las mujeres. Pero le costaba tocar el tema. Y le costaba aún más transmitir con sutileza el mensaje de que no estaba interesado en ella.

—¿Quiere un poco de agua? —A Huldar le dolía

el costado que había entrado en contacto con el férreo codo de Erla. Si pretendía calentarle, una caricia suave en la cadera habría sido más apropiada. La idea de un coito con maneras de deporte de combate y sin duda salpicado de obscenidades no le ponía nada. En realidad, le dejaba completamente frío.

Sigvaldi rechazó el agua, que no habría hecho nada por aliviar el sufrimiento mental que acababa de describir.

—Tengo que preguntarle algo que quizá le resulte doloroso, pero es importante que conteste con sinceridad. —Huldar clavó la vista en los ojos inyectados en sangre del hombre, y aguantó su mirada—. ¿Hay alguna posibilidad de que alguno de los dos tuviera una aventura extramatrimonial?

La respuesta llegó de inmediato, sin que el hombre hiciera una pausa para pensar:

—No. No, no y no. Ni yo, ni ella. Sí, hubo oportunidades, al menos yo las tuve, pero desde que nos casamos no he vuelto a mirar a otra mujer.

—¿Cómo puede estar tan seguro de que lo mismo vale para ella? —La pregunta de Erla era lógica; pues claro que no podía contestar con la misma certeza por su esposa.

—Lo sé. Elísa no era de ese tipo de personas. Nos bastábamos el uno al otro. Si no me creen, hablen con sus amigas. Ellas se lo confirmarán.

—Hablaremos con ellas, y no solo sobre ese tema. Es posible que les haya confiado algo que olvidó o decidió no comentar con usted. A menudo se puede averiguar información importante a partir de incidentes que en su momento no parecieron particularmente significativos. —A Huldar no le vino ningún ejemplo a la cabeza y deseó que el hombre no le exigiera uno, pero Sigvaldi se quedó con la mirada perdida en la pared que había a su espalda—. Sigamos. ¿Tiene conocimiento de que Elísa se viera involucrada en alguna pelea o altercado en el trabajo o fuera de él? No hace falta que fuese reciente.

—No. ¿Qué le hace pensar eso? —Sigvaldi resopló. Aunque no había llegado a llorar durante la entrevista, era posible que estuviera conteniendo las lágrimas—. Era popular en su trabajo y entre sus amigas. Le caía bien a todo el mundo.

—Sí, eso concuerda con la imagen que hemos elaborado. No obstante, estamos obligados a hacerle una serie de preguntas que quizá le parezcan absurdas, aunque solo sea para eliminar ciertas líneas de la investigación. El mero hecho de que sus compañeros de trabajo afirmen que todo iba bien no implica necesariamente que ella hubiera estado de acuerdo. Y lo mismo se puede aplicar al testimonio de sus amigas.

—Elísa no tenía ningún enemigo.

—Es lo normal. Sí, puede haber gente que nos envidie o a la que le caigamos mal, pero por suerte los enemigos de verdad son escasos. En cualquier caso, dejando eso de lado... —Carecía de sentido intentar persuadir al hombre para que aireara algún aspecto negativo de Elísa. En ese momento la tenía en un altar. Pero todo el mundo sufría días malos y cometía errores. No había un solo hombre o mujer vivos que fuera universalmente popular. Sin embargo, pese a ser exhaustiva, la entrevista con Sigvaldi seguía sin proporcionarle ninguna pista. Cada vez parecía más probable que el asesino hubiera elegido a Elísa al azar—. ¿Cómo se lleva con sus vecinos? ¿Ha habido alguna tensión por el ruido o los árboles o por taparles la luz, ese tipo de cosas?

—No. Nada por el estilo. —Dio la sensación de que a Sigvaldi se le hubiera encendido una bombilla en la cabeza, pero el resplandor transmitía rabia antes que dicha—. ¿Cree que alguno de nuestros vecinos puede haber sido responsable de esto? ¿Quién?

—No tenemos ninguna razón para pensar eso. Como le he explicado, tan solo intentamos examinar todos los enfoques. Entonces, ¿la relación con sus vecinos es buena?

La luz en los ojos del hombre volvió a menguar.

—Sí, es buena. La gente de la casa de al lado, en el número 68, son buenos amigos. Hablamos a través del seto y de vez en cuando montamos una barbacoa. Elísa y Védís se veían más que Helgi y yo.

—Entonces, ¿eran amigas?

Erla escribió la pregunta mientras la formulaba. No era necesario, puesto que la entrevista se estaba grabando, pero era una costumbre que tenía. Siempre tomaba notas, durante los interrogatorios, en las escenas del crimen y en su ordenador del trabajo. Aunque Huldar a veces se preguntaba si debería seguir su ejemplo, le costaba escribir a la vez que hablaba con la gente.

—Sí. Védís se apellida Gísladóttir, creo, y estoy casi seguro de que Helgi es Magnússon.

El bolígrafo se deslizó con destreza por la página mientras Erla anotaba los nombres. Huldar estaba tan acostumbrado a verla escribir que casi podía adivinar las letras a partir de sus movimientos. Al acabar, volvió a mirar a Sigvaldi, que también parecía fascinado por sus notas. Erla debía de haber dormido incluso menos que Huldar durante esos últimos días.

—De acuerdo, voy a mostrarle unos dibujos que hizo su hija. —Huldar cogió una carpeta de plástico transparente de la pila de documentos que había encima de la mesa—. Tenemos entendido que Margrét dibujó esto después de ver a un hombre observando la casa desde la calle y, al menos una vez, desde el interior de su jardín.

Sigvaldi alineó los dibujos con cuidado ante sí y los examinó. Era difícil interpretar su expresión, y a Huldar y Erla no les quedó más remedio que esperar pacientemente a que acabara. Sin decir palabra, de repente juntó los dibujos y levantó la vista.

—Podrían ser de Margrét. Parece su estilo. Pero no tengo dibujos de otras niñas de su edad con los que compararlos. —Los apartó de sí empujándolos por encima de la mesa—. No los había visto nunca, si a eso se refiere.

—No me refiero a eso. —La reacción del hombre puso a Huldar en alerta. En esas circunstancias, habría esperado que Sigvaldi preguntara por el hombre del dibujo—. Nos interesa averiguar si ella les habló de esto a Elísa o a usted y, en ese caso, si tiene idea de quién puede ser ese hombre.

Sigvaldi pareció quedarse sin palabras. Le vieron pasarse la lengua por los labios, y la mano izquierda, por el cabello alborotado. Suspiró y se desplomó un poco más sobre la silla.

—Tómese todo el tiempo que necesite. —Huldar hizo un gesto hacia los insípidos refrescos que había en la bandeja—. ¿Quiere un poco de agua ahora? ¿O un café?

—No, gracias. —Había un dejo de perplejidad en la voz de Sigvaldi, como si no hubiera oído hablar de esas bebidas e ignorara si era seguro probarlas. Tragó saliva y su prominente nuez se desplazó de arriba abajo. Acto seguido se aclaró la garganta y se enderezó un poco—. Margrét es una niña. Los niños ven el mundo de manera diferente. Tienden a imaginarse cosas.

—¿Imaginarse cosas?

Huldar pensó que el tono de Erla había sido un poco brusco, teniendo en cuenta que estaban hablando con el padre de la cría. Al margen del comentario de Margrét, nada lo relacionaba con el asesinato. La descripción que Sigvaldi había dado de su matrimonio concordaba con el testimonio de todas las personas a las que habían entrevistado y con todas las pruebas que habían descubierto hasta el momento. A falta de otra información, debían tratar a ese hombre como un esposo afligido, aunque por supuesto también tenían que preguntarle por sus heridas.

—¿Podría explicárnoslo? —Huldar le dirigió una sonrisa amigable—. No he hablado con su hija, pero la he visto y me ha parecido una niña perfectamente normal que está viviendo unas circunstancias extraordinarias. Los psicólogos del centro no han descartado estos dibujos como imaginarios. —Margrét tenía siete años, en su opinión era lo bastante mayor para conocer la diferencia entre realidad y fantasía, pero no se trataba de su hija. Le apetecía tanto tener hijos como acostarse con Erla—. ¿Le han diagnosticado problemas de aprendizaje?

—No, todo lo contrario. En la escuela le va bien. Quizá no tenga tantos amigos como nos gustaría, pero tampoco la acosan. Margrét es igual que los demás niños, salvo por el hecho de que tiene una imaginación extraordinariamente fértil. Se imagina cosas, ve cosas que no están allí.

—¿Amigos invisibles, por ejemplo? —Huldar no pudo camuflar su decepción. Quizá el hombre de los dibujos fuera producto de la imaginación de la niña. Su única pista podría acabar siendo tan real como Papá Noel, un personaje al que, se le ocurrió en ese momento, la niña también había mencionado. Pensó en su rostro blanco como la porcelana y su cabello rebelde y pelirrojo. ¿Existía la posibilidad de que no hubiera estado debajo de la cama cuando atacaron a su madre? ¿Era posible que se hubiera escondido allí por la mañana, después de encontrar el cuerpo frío y rígido de Elísa? ¿Después de cerrar su propia puerta con llave al salir de la habitación? ¿Podía haberse inventado los detalles de los hechos de esa noche? No, no era posible—. ¿En qué se traduce esa imaginación?

—No tiene visiones ni ve figuras ni nada por el estilo, pero sí tiende a pensar que hay cosas que han pasado de verdad cuando solo las ha soñado. En realidad, no es algo tan extraño entre los niños.

—¿Y usted los pondría dentro de esa categoría? —Huldar señaló los dibujos.

—No lo sé. Hasta donde tengo entendido, nunca mencionó a ningún hombre, ni delante de Elísa ni de mí. ¿Dónde encontró los dibujos?

—En su habitación. —Huldar no podía mostrarse más específico. Los primeros agentes que examinaron el dormitorio de la niña no recordaban dónde habían estado los dibujos antes de que acabaran desperdigados por el suelo y Freyja los encontrara. Uno de los agentes tenía la sensación de que habían estado en un cajón del armario, pero en cualquier caso ambos coincidieron en que no se encontraban a la vista, y las fotos que habían tomado antes de ponerse a trabajar lo confirmaron. Puesto que el padre ignoraba su existencia, no había manera de saber si la niña los tenía escondidos o si la madre había conocido su existencia. Con un poco de suerte, la propia Margrét podría aclarárselo—. No estoy del todo satisfecho con la idea de que los descarte como un producto de la imaginación de su hija. Los dibujos sugieren que alguien vigilaba su casa, así que tenemos que saber si son pura fantasía. ¿Es esa su opinión?

—Dios... No. Sí. No lo sé. Estoy demasiado confundido para saber lo que pienso sobre cualquier cosa. —Sigvaldi suspiró con fuerza—. ¿Por qué nos habría vigilado esa persona? ¿No es evidente que el asesino se equivocó de casa o la eligió al azar? Es imposible que hayan asesinado a Elísa por alguna razón relacionada con nosotros. No somos ese tipo de gente. No pudo haber ningún hombre fuera. Simplemente no tiene sentido.

Parecía poco probable que continuar con el tema de los dibujos de Margrét fuera a resultar productivo. Lo mejor sería dejar que un psiquiatra valorara la fiabilidad de la declaración de la niña.

—¿Margrét le ha dicho algo sobre la noche en que murió su madre? —A Huldar le habría gustado preguntarle directamente por qué la niña le culpaba de su muerte, pero se recordó que tenía que tratarle con gentileza. De momento.

—No. —Sigvaldi parecía apabullado. Miró primero a Huldar y luego a Erla—. No quiere hablar conmigo. Se niega a quedarse sola en mi presencia y, cuando estamos acompañados, ni siquiera me mira. No tengo ni idea del motivo. Dios sabe que no hay razón alguna para que esté enojada conmigo ni para que me tenga miedo.

Huldar asintió con la cabeza. Era evidente que la niña no había perdonado a su padre. Había llegado el momento de ir acabando.

—Por cierto, ¿qué le ha pasado en la mano?

Sigvaldi le echó un vistazo al vendaje descuidado, que evidentemente no era obra de un profesional.

—Con las prisas por hacer el equipaje, tropecé con la maleta. Estaba tan conmocionado que no presté atención.

Huldar asintió de nuevo.

—¿Hizo que se lo miraran?

—No. —Sigvaldi vaciló, y acto seguido añadió—: Tenía otras cosas en la cabeza. —El sarcasmo en su voz ronca fue inconfundible.

—No hay ninguna mención a sus lesiones en el informe de la primera entrevista. ¿Se tropezó con la maleta después?

—No. Sucedió mientras recogía la habitación del hotel. Después de recibir la noticia tenía prisa por salir hacia el aeropuerto, claro. Me di cuenta de que me había hecho daño solo cuando volví a casa, después de la entrevista. Vinieron a buscarme al aeropuerto y me trajeron directamente hasta aquí. Por eso no lo mencioné, y la policía no se dio cuenta porque en ese momento no había nada que ver. El ojo solo se me puso morado después de que me tumbara.

—Entiendo. Podemos ayudarle a que se salte la cola en la sala de Urgencias. Tiene que hacer que se lo miren.

—No, gracias. No hace falta. Soy médico, me consta que no es nada serio. Me recuperaré.

—Me temo que tendrá que ir a Urgencias. Necesitamos un certificado médico que confirme la naturaleza de sus lesiones. —Huldar no sonrió. Se miró el reloj—. Será mejor que lo dejemos por hoy. No tiene planeado salir de la ciudad en un futuro próximo, ¿verdad? Estoy seguro de que tendremos que volver a hablar con usted pronto.

—No me voy a ninguna parte. Más que a Urgencias.

Huldar le dio una palmada a la mesa con tanta fuerza que le escoció la mano. Acto seguido se puso en pie.

—De acuerdo. Pues eso es todo. A menos que quiera contarnos o crea que debemos saber algo más.

Sigvaldi sacudió la cabeza.

—No, no se me ocurre nada. Me mantendrá informado, ¿verdad? A nadie le importa más que a mí que atrapen a ese monstruo degenerado. A nadie. —Bajó la vista y se puso en pie.

Huldar le escoltó hasta la salida de la comisaría. Ninguno de los dos dijo nada. Entonces, mientras miraban más allá del cristal que los separaba del gélido viento del norte, Sigvaldi se volvió y le ofreció la mano.

—Buena suerte. Estaré pegado al teléfono. —Una expresión extraña atravesó su rostro, como si hubiera olvidado algo en el piso de arriba—. No me importaría una mierda que Elísa hubiera tenido una aventura. Solo quiero que encuentre al hombre que la asesinó. Entonces, por mí, puede usted matarlo.

Se dirigió hacia las puertas automáticas, que se abrieron con un ruido de succión. El aire helado irrumpió en el vestíbulo, pero Huldar no se movió. Se quedó allí parado, observando pensativo al hombre mientras este se dirigía hacia su coche, se subía a él y se alejaba.

13

En realidad, Karl no sabía por qué el coche le ponía tanto de los nervios. Sus amigos no se quejaban pese a que Halli tenía las rodillas aplastadas contra la guantera y Börkur no hacía más que removerse en el asiento trasero, en un esfuerzo vano por ponerse un poco más cómodo. Al fin y al cabo, no estaban en posición de quejarse; ninguno era dueño de un coche, así que tenían que apañarse con el que Karl había heredado de su madre.

Pese a eso, Karl no lograba reconciliarse con el vehículo. Más le valía afrontarlo: aunque su existencia era una mierda en casi todos los aspectos, no es que hubiera caído por error en una piel ajena; estaba atrapado en su propia vida. Una casa fea, una porquería de coche, unos amigos poco satisfactorios. Ese era su mundo y tenía que aceptarlo. Sin padre y, ahora, sin madre. Qué ironía que su único pariente «cercano» fuera Arnar, tan distante en lo emocional... y también en lo geográfico. ¿Podía la vida ser más deprimente? Todos los demás al menos tenían una familia, o una novia. Pero, aunque la chica de sus sueños cayera del cielo directamente entre sus brazos, lo más probable era que no durase mucho a su lado, así que no tenía sentido que fuera detrás de las mujeres. Su vida apestaba. Cuanto antes lo aceptara, mejor. Nada iba a cambiar en un futuro cercano.

Podría comenzar aprendiendo a convivir con el coche..., pero era imposible. Daba la sensación de que el objetivo hubiera sido fabricar un vehículo que cumpliera solo con los requisitos mínimos: carrocería, chasis, cuatro ruedas, asientos y un volante. No había nada que realzara la experiencia de la conducción o proporcionara alguna comodidad a los pasajeros. Además, Karl no sabía explicarlo, pero le irritaba la idea de que su madre se hubiera sentido tan orgullosa de ese vehículo, la manera en que lo limpiaba por fuera y por dentro cada semana, las revisiones que le hacía regularmente, como si fuese un avión.

Poco después de su muerte, Karl había mirado en internet cuánto podrían darle por él, y se había llevado una decepción. El vendedor al que llamó le dijo que daba igual que el coche se encontrara en perfectas condiciones y que fuera imposible adivinar que tenía ocho años de antigüedad. La única ventaja de que estuviera en buen estado era que la venta sería más rápida. Acto seguido lanzó un señor bostezo, como si el vehículo fuera indigno de su tiempo. Karl tuvo la impresión de que el tipo se sintió aliviado cuando él le dijo que debía pensárselo. De todos modos, tampoco era cuestión de malvenderlo. Igual que con la casa, tendría que compartir los beneficios con Arnar, y su parte solo cubriría el coste de un modelo aún peor, si es que tal cosa existía. En realidad, tendría suerte si podía permitirse una bicicleta decente por esa cantidad.

—Prueba a llamar al timbre. —Börkur se cogió de los reposacabezas y asomó la cara entre los asientos de delante. Karl se recostó y la cabeza de Halli le tapó la vista de la casa—. Ve y pide hablar con la mujer.

—¿Y entonces qué? ¿Qué se supone que tengo que decirle? —Era la peor idea que habían tenido esa tarde, pero tampoco es que las demás hubieran sido mucho mejores—. Hola. ¿Eres Elísa? He oído tu número de DNI en la radio.

—Sí, ¿por qué no? —Börkur apartó la vista de la casa y miró a Karl—. ¿Tú no sentirías curiosidad si alguien llamara a la puerta y te dijera eso?

Mientras hablaba, la nuca de Halli se meneó ligeramente.

—Personalmente, pensaría que esa persona está mal de la cabeza. Para que la encierren. —De vez en cuando, las aportaciones de Halli tenían un ápice de sentido común—. Quizá llame a la policía. O se asuste y te suelte una hostia.

Karl perdió los nervios. Sintió la necesidad de arrancar el collar de abalorios que colgaba del retrovisor y azotar la cabeza de Halli con él.

—Pero qué coño... ¿De verdad crees que dejaría que una bruja me pegase? Tú quizá sí, puto miedica, pero yo no.

Halli se quedó mirándole, atónito por la violencia de su reacción. La rabia de Karl se evaporó, dejando a su espalda una sensación de vacío, y él se preguntó qué le había hecho perder los estribos de esa manera. Halli no había tenido mala intención, no más que con cualquier otro de sus comentarios idiotas. Era solo que Karl estaba fuera de sí en ese momento; las emisiones de onda corta le habían dejado inquieto y la desazón no daba señales de desaparecer. De hecho, cada vez iba a peor.

Sin duda era parte integral de la crisis existencial que estaba atravesando en tiempos recientes. Estaba insatisfecho con los estudios de Química, con su casa, con sus amigos y consigo mismo.

Acababa de cumplir los veintitrés y tenía que asumir el hecho de que era un fracasado. Y no veía la manera de darle la vuelta a su vida. Pero perder los estribos no era la solución, sin importar cuál hubiese sido el origen del estallido: la depresión general o la ansiedad que le provocaban las emisiones de onda corta. Halli no tenía ninguna culpa y Karl intentó reconducir la situación:

—Era broma.

Fue difícil interpretar en la expresión de Halli si le había creído o no. Su amigo se volvió hacia la ventanilla sin decir palabra.

Como siempre, Börkur fue ajeno a cualquier trasfondo. Era el único que no había visto a su cuarto en discordia antes, en el cine. Thórdur estaba allí con su novia. Ambos grupos habían hecho como que no se veían en el auditorio medio vacío. Había momentos en que ser tan insensible representaba una ventaja. Börkur le dio una palmada en el hombro.

—Siempre puedes probar suerte. En cualquier caso, parece que no hay nadie en casa.

Karl, que examinaba el lugar en silencio, llegó a la misma conclusión. Todas las luces parecían estar apagadas, el camino de acceso se hallaba vacío, y las ventanas, cerradas. Se arrepintió de no haberle dado una lección inmediata a Halli saliendo a llamar a la puerta. Habría sido bueno para su imagen y no hubiera tenido ninguna repercusión embarazosa, puesto que no había nadie. Tenía que aprender a pensar antes de abrir la bocaza.

—Me pregunto si estarán emitiendo ahora.

Karl miró la casa desierta, procurando entender por qué habían leído en voz alta el DNI de la mujer. Ya había dejado de intentar averiguar la razón por la que había aparecido el suyo. Quizá se tratara de una coincidencia mayúscula y esas secuencias no tuvieran nada que ver con sus números de DNI.

—No lo sé. —Halli seguía mirando la casa, su aliento entelaba la ventanilla y limpió el cristal.

—¿No vais a intentar pillarla? —Karl miró hacia el asiento trasero; Börkur había perdido el interés y estaba tamborileando con los dedos sobre las rodillas mientras tarareaba una canción.

—¿Yo? —Börkur pareció sorprendido—. No. Llevo semanas sin tocar el transceptor. Ni siquiera lo tengo enchufado. Se le fundió un fusible y no me dio la gana arreglarlo.

Karl dirigió la mirada hacia Halli.

—¿Y tú?

Su amigo mantuvo la vista puesta en la casa.

—No. Creo que el mío también está roto. He perdido interés en la radio. Están pasando tantas cosas... Ya sabes a qué me refiero, hay tantas cosas guais...

—¿Está roto?

—O algo así. De todos modos, estoy pensando en venderlo y comprarme un nuevo ordenador.

Halli se había sumergido con tanto entusiasmo en el mundo cibernético que, justo antes de Año Nuevo, cuando la policía llevó a cabo una redada contra una red involucrada en descargas ilegales, él fue uno de los arrestados. Le confiscaron el equipo informático, la niña de sus ojos, el que se había comprado después de pasarse meses trabajando como un esclavo en el almacén del supermercado. En ese momento, Karl tuvo la esperanza de que eso obligara a Halli a recuperar el viejo interés por la radio, pero no cayó esa breva. Habían pasado más de dos meses desde el incidente y seguía sin encontrarse a Halli en ninguna frecuencia.

Karl se había quedado sin palabras. Sus amigos habían perdido por completo el interés y ni siquiera una estación de números bastaba para reavivarlo. Los dos solían ser como él, estaban ansiosos por comunicarse con operadores extranjeros, les fascinaban todas esas transmisiones extrañas y maravillosas que había ahí fuera. Se habían pasado años quedándose a menudo en casa por elección propia, sentados junto a la radio, esperando a que pasara algo emocionante en el aire, en vez de encontrarse en persona. Pero, cuando eso había pasado al fin, no se molestaban en sintonizarlo. Karl no se lo explicaba. Abrió la boca y la cerró de nuevo, pues no deseaba escuchar sus respuestas. Sería peor oírlos confirmar en voz alta que era el único que seguía apegado al mundo de los radioaficionados. Si le abandonaban, ya no le quedaría nadie. Ni una sola persona.

—¡Mira! —Börkur señaló hacia la casa de al lado—. Alguien nos está observando.

A través de la cortina de visillo vieron una figura que miraba hacia el coche. No había nada raro en eso, ninguna razón para asustarse, pero Karl sintió que un escalofrío le recorría la espalda de todos modos. La atmósfera del coche se apagó aún más.

La idea de ir a ver la casa de Elísa se les había ocurrido como surgida de la nada al salir del cine. Primero pasarían por allí y, a continuación, por la casa de la mujer cuyo número de DNI se había añadido a la lista en la última emisión. No estaban muy lejos la una de la otra. Pero, mientras miraba a la silueta que los observaba, Karl se preguntó si habría sido una buena idea. Ese vecino indiscreto podía confundirlos con unos ladrones que estuvieran reconociendo el terreno y llamar a la policía. Se preguntó si su matrícula sería visible a esa distancia. No, lo más probable era que no.

A Karl se le ocurrieron muchas cosas que preferiría hacer antes que visitar una comisaría. Como precaución, más le valía vaciar el cenicero que contenía las pruebas de los canutos de esa tarde. Notó un sabor agrio en la boca al pensar en el olor acre que impregnaba el sótano entero de su casa.

Karl puso el coche en marcha.

—Vámonos. Aquí no hay nada que ver. No sé qué esperábamos. La mujer es una completa desconocida. No necesitaba ver su casa para confirmarlo.

Börkur se recostó contra el asiento de atrás mientras Karl aceleraba, pero eso no le hizo callar:

—Pasemos por la casa de la otra mujer. A ver, ya que hemos venido hasta aquí... Quizá la reconozcas. Quizá la ves y resulta que es del Departamento de Química. Entonces sabrás que la emisión es una broma estudiantil.

—¿Una broma estudiantil? —Halli no apartó la vista de la calle que tenía al frente. Por la manera deliberada en que ignoró a Karl, quedó claro que seguía resentido.

—Sí, una broma estudiantil. ¿Se acerca la fiesta de departamento?

—No. Fue antes de Navidad.

Al pasar frente a la casa del vecino, Karl se arrepintió de no haber girado para irse por el lado opuesto. Si la persona de la ventana no había podido ver su matrícula hasta entonces, sin duda podría hacerlo en ese momento. La figura se volvió para seguir su avance y Karl pisó el acelerador a fondo.

Si rociaba el sótano con líquido limpiaventanas, quizá podría disimular el olor a porro.

—Esto no tiene nada que ver con el Departamento de Química.

Ástrós Einarsdóttir, la dueña del DNI nuevo, no tenía un muro de Facebook público y las únicas fotos que había de ella en la red eran viejas y estaban borrosas. Si se había matriculado en la universidad, debía de ser una alumna madura, porque tenía sesenta y cinco años. No había nadie tan mayor en sus clases. A menos que estudiara desde casa, o en otro departamento. Sus fotos tenían demasiado grano para que Karl pudiera decir con seguridad si la había visto antes. Tampoco ayudó que fuera dueña de una de esas caras que se olvidan de inmediato. Era casi tan memorable como su coche.

—¡Vaya! —Börkur, que no se había puesto el cinturón de seguridad, se golpeó contra la puerta cuando Karl entró en la calle principal de un volantazo, sin reducir la velocidad. Deseaba salir de allí lo antes posible—. Venga, pasa por la casa de la otra mujer. No perdemos nada.

A menos que se cruzaran con otro vecino entrometido, quien quizá también los denunciaría ante la policía. De todos modos, Karl obedeció. Al menos, Börkur no le había retirado la palabra: no podía tolerar la idea de volver a casa con los dos de malhumor. Prefería cerrar aquella tarde desastrosa con un broche de oro. De esa manera quizá esa noche lograría dormir en vez de permanecer despierto, inquieto por su solitario futuro.

—Vale, vale. Pero no voy a llamar a la puerta. No tiene sentido.

—Al menos podrías intentarlo.

Karl vio por el retrovisor que Börkur cruzaba los brazos y volvía la cabeza para mirar por la ventanilla, como un niño mimado al que le negaran una visita a la tienda de chucherías.

Karl no contestó y volvió a hacerse el silencio. Por

suerte no estaban lejos, pero Karl encendió la radio para aligerar la atmósfera. Estaba sonando una canción sentimental sobre la amistad eterna. Maldición. No había la opción de cambiar de emisora, pues con ello no haría más que llamar la atención sobre esa desafortunada coincidencia.

La canción solo acabó cuando llegaron a la dirección de la segunda mujer. Karl aparcó junto al bordillo.

—Vale. ¿Ahora qué?

Se inclinó hacia delante para ver mejor a través del parabrisas. La casa, un dúplex con dos apartamentos diferentes, estaba iluminada por una ristra de luces navideñas que nadie había quitado aún. Al buscar en Google, habían descubierto que Ástrós vivía en el piso superior, al parecer sola, pues no había más números telefónicos asociados a esa dirección. Al margen de dichos datos, no sabían nada más sobre ella.

Después de oír la emisión de números, Halli y Börkur habían sido de poca ayuda. El primero se había despertado de golpe con la melodía de inicio, y después pareció distraído. Si no lo conociera tan bien, Karl habría pensado que le avergonzaba haberse quedado frito. Apenas había abierto la boca, solo había escuchado sin participar en la conversación. Börkur lo había compensado con creces hablando tanto que Karl a duras penas había tenido la oportunidad de anotar la emisión de esa tarde y el nuevo DNI. Al acabar el recitado, intentaron encontrarle alguna explicación posible, y fracasaron en su intento. A Börkur le parecía entretenido, era una aventura inesperada para romper con la monotonía de sus vidas. Para Halli parecía ser un motivo de vergüenza que más valía ignorar, mientras que para Karl se trataba de un misterio cautivador que le involucraba personalmente.

¿Qué podía ser más personal que tu número de DNI?

—Hay alguien en el piso. La luz de arriba se acaba de apagar. —La emoción había hecho que a Halli se le pasara el malhumor. Se había quitado de encima el abotargamiento después de ir al cine, y en aquel momento parecía estar recuperándose de la disputa con Karl—. ¿Crees que será ella?

Börkur metió la cabeza entre los asientos y miró hacia arriba. Mientras se retorcía para ver mejor, su pie golpeó un objeto suelto y estiró el brazo para cogerlo.

—¿Qué haces con esto? —Le mostró un móvil—. ¿Es el de tu madre? Estaba en el suelo. —El teléfono tenía una carcasa centelleante.

Karl lo cogió y lo hizo girar entre las manos. No lo había visto nunca. El móvil de su madre, que seguía en la mesa de noche de ella, ni siquiera era un smartphone.

—¿En el suelo? La verdad es que no sé de quién es. —Probó a ponerlo en marcha, pero se había quedado sin batería—. Quizá se le cayera a alguna amiga de mi madre. —Debía de haberse deslizado desde debajo de su asiento cuando pisó a fondo el acelerador. Podía llevar meses allí.

—¿Alguna de las amigas de tu madre estaba buena?

Börkur volvió a estirar el brazo y esa vez sacó un par de bragas, un tanga de encaje y de color escarlata. Era imposible que fuera de su madre. Karl se lo cogió de las manos y se sonrojó un poco mientras tocaba esa tela tan ligera. Era como intentar coger una telaraña, o el propio aire.

Halli soltó una carcajada, pero esa diversión inicial no tardó en agriarse.

—¿Tienes novia y no nos lo has contado? No quiero ser borde con tu madre, pero es imposible que sean suyas o de alguna de sus amigas. Vi a un par de ellas una vez y no habrían sido capaces de subírselas por encima de las rodillas.

—No tengo novia. —Karl dejó las bragas con cuidado y puso el móvil a su lado—. No sé de quién son ni lo que están haciendo en el coche.

—Deben de haber estado aquí desde la época en que tu madre lo conducía. —Börkur cogió el teléfono—. En casa tengo un cargador para este modelo. ¿Quieres que lo cargue y averigüe de quién es?

Halli fulminó a Karl con la mirada, como si estuviera esperando que rechazara la oferta por miedo a que descubrieran a su novia secreta, pero sonrió débilmente cuando Karl le dio las gracias a Börkur y dejó que se guardara el aparato en el bolsillo.

Las luces se apagaron en otra de las ventanas del piso de arriba. Y en una tercera. Lentas pero seguras, se fueron extinguiendo todas. En ese instante comenzó un boletín informativo en la radio:

—La policía sigue negándose a revelar ningún detalle sobre el caso de la joven que falleció la noche del pasado jueves. Según nuestras fuentes, el incidente se está investigando como un asesinato. El cuerpo de la mujer apareció en la casa donde se encontraba sola con sus tres hijos, mientras su marido estaba de viaje por el extranjero. No hay indicios de que el asunto esté relacionado con las drogas o un consumo excesivo de alcohol. La oficina del Comisionado General de la Policía emitirá un comunicado mañana por la mañana.

Karl tragó saliva. No quería seguir allí ni un segundo más. Se sentía como si se estuviera asfixiando en el coche y abrió la ventanilla para dejar que entrara un poco de aire fresco. Una punzada de dolor le atravesó la cabeza, como si se la hubieran golpeado con un martillo. Hizo girar la llave en el arranque y se puso en marcha. No pudo estar seguro de ello, pero, al girar para abandonar la calle, le pareció oír un grito amortiguado. No obstante, ni Halli ni Börkur dieron señales de alarma, así que Karl no dijo nada.

Esa noche, cuando al fin se quedó dormido, el grito seguía resonando en su cabeza.

14

Las palomitas estaban demasiado saladas. Ástrós había tenido que levantarse una y otra vez a llenar el vaso de agua, y eso había hecho que se desconcentrara. Había perdido por completo el hilo de la trama y solo tenía una noción muy vaga de las relaciones que unían a los personajes, y de quién le había hecho qué a quién. Que los actores fueran idénticos entre sí no la ayudaba, con esos enormes dientes blancos que iluminaban la pantalla cada vez que sonreían. Las mujeres eran todas jóvenes; sus rostros, unas máscaras extraordinariamente hermosas, pero inmóviles. Y los hombres eran demasiado viejos para justificar el interés romántico de ellas. Echaba de menos a Geiri, que, sentado a su lado, habría echado una cabezadita cada vez que había un paréntesis en la acción o cuando ella dedicara demasiado tiempo a refunfuñar que los personajes femeninos solo estaban allí para competir por la atención de los hombres.

Ástrós cogió el mando a distancia y bajó el volumen durante los anuncios, que siempre parecían sonar más alto que los programas, como para asegurarse de que nadie se los perdiera. Quizá fuera hora de irse a la cama e insistir con ese libro que tanto le estaba costando acabar. La verdad era que no le importaba en lo más mínimo el destino de esos personajes bidimensionales de la televisión, tan atareados en ponerse los cuernos entre sí. Por lo que a ella respectaba, podían acabar todos solos o muertos en una cuneta.

La temperatura había bajado de golpe y fue a cerrar las cortinas de la amplia ventana del salón. Al acercarse, sintió que el frío venía a recibirla y se le puso la carne de gallina. Con las cortinas en su sitio, bloqueando las corrientes y la vista del mundo exterior, se estaba un poco mejor. Ástrós había echado un vistazo a la calle desierta. Como era natural con ese clima, allí no había nadie. No es que estuviera nevando, pero el viento polar levantaba los cristales de nieve de la calle y la acera, que estaban heladas. Se estremeció y unió con cuidado todos los huecos entre las cortinas. Ya iba siendo hora de que esa implacable serie de frentes fríos se largara a acosar a otras partes del mundo.

La publicidad dio paso a los avances de los programas que iban a emitirse más tarde y eso no ayudó en nada a aliviarle la depresión provocada por el frío y la soledad. Más valía que se metiera en la cama. Ástrós fue a comprobar que la puerta del balcón estuviera cerrada con pestillo y a cerrar también sus persianas. No se había aventurado a salir desde que limpió el macetero en preparación para el invierno, cuando quitó las flores veraniegas secas y un pequeño copete de hierbajos que asomaban sobre la tierra. En realidad, no era necesario que comprobara esa puerta, pero lo hacía por costumbre. Desoyendo su formación científica, tenía un miedo supersticioso a que algún peligro inexplicable pudiera amenazarla si no lo hacía. En cualquier caso, no tenía sentido intentar racionalizar esa sensación. Era como el miedo a la oscuridad que la había afligido en la infancia y que había regresado ahora que estaba sola. Mientras Geiri la acompañaba, no había pensado en eso; cuando se apagaban las luces, la calidez de su presencia mantenía a raya cualquier temor hacia lo que pudiera acecharla en los rincones oscuros.

Ástrós dio un salto al notar un movimiento en el exterior. Soltó las cortinas. El corazón le martilleaba en el pecho y se acordó de golpe de la cita que había programado con el médico para comprobar si necesitaba unas pastillas más fuertes para la presión, lo que le aceleró todavía más el pulso. No quería sufrir un ataque al corazón. Vio su propio reflejo en el cristal: el pijama gastado que aparecía por debajo de la falda de su mugrienta bata, el cabello canoso que había parecido tan pulcro cuando terminó de rizárselo y peinárselo, pero que se le estaba erizando, cada vez más alborotado. Los ojos desorbitados, casi perdidos entre un número de arrugas injusto en una sola cara. Clavó la mirada en la papada suelta y el cuello de pavo que colgaba de manera poco favorecedora de su mentón. ¿Qué le había pasado a su cara? ¿Y a su cuerpo? La bata, atada por la cintura, no hacía más que exagerar su figura amorfa; añadía varios kilos allí donde menos podía permitírselos.

Ástrós se tranquilizó. No tenía sentido entregarse a vanos lamentos sobre su apariencia cuando las dos opciones entre las que podía elegir eran hacerse vieja o morirse. De repente pensó en los extraños mensajes telefónicos y en la visita prometida. La persona en cuestión no se había presentado, ni había mandado ningún otro mensaje para cancelar. A medida que pasaba el día había dejado de pensar en ello; guardó la tarta que había sacado del congelador y vació el termo de café. No pensaba beber tan tarde y arriesgarse a pasar toda la noche despierta. Tampoco es que importara mucho si dormía o no; no había nada que esperara con ansia a la mañana siguiente. Pero haría todo lo posible por evitar la idea de permanecer tumbada en la oscuridad, mirando el techo inútilmente. Era extraña la manera en que los problemas parecían volverse insuperables durante la noche. Hasta los más minúsculos cobraban fuerza gracias a la oscuridad. En cuanto comenzaba a haber luz, menguaban y volvían a ser manejables.

En el balcón no se movía nada más que un remolino en la nieve acumulada en una esquina. Ástrós notó que su pulso regresaba a la normalidad y de repente vio todo con mejores ojos. En el momento de apartarse de la ventana, se dio cuenta de que su reflejo no parecía representar la misma afrenta a su amor propio que antes. Suspiró y en el cristal se formó una nubecilla que se desvaneció de inmediato. Esa espantosa telenovela la había afectado más de lo que pensaba. En un momento, un hombre se había arrastrado bajo los arbustos que rodeaban una casa hasta encontrar una ventana por la que colarse en su interior. A continuación había estrangulado con las manos enguantadas a una de las bellas mujeres. La máscara mortuoria de la mujer, al yacer en el suelo, era igual de impecable que la que tenía en vida. Ástrós dudó que ella misma fuera a dejar un cadáver tan hermoso. Malhumorada, cerró la cortina sobre la puerta.

El programa se reanudó después del intermedio publicitario. Ástrós le echó un nuevo vistazo al balcón, abriendo la cortina de golpe para pillar por sorpresa al ladrón en potencia, pero allí no había nada que ver. Debía de haber sido una basura llevada por el viento. Aunque un hombre ágil pudiera encaramarse hasta allí arriba sin problemas, era poco probable que un ladrón se tomara tantas molestias.

Para entonces, la telenovela había perdido todo su

atractivo. Ástrós se dirigió apurada al baño, dejando el televisor encendido a fin de evitar que el silencio la envolviera mientras se preparaba para acostarse. Pensó que también podría oír lo que pasaba con aquella gente tan guapa, pero el zumbido del cepillo de dientes eléctrico acabó ahogando sus conversaciones.

Oyó un estrépito extraño y amortiguado, pero pensó que no era más que otra pausa comercial; esa vez, el anuncio de un seguro de hogar. Así que el impacto fue terrible cuando salió al pasillo y se encontró a una figura sombría que se abalanzaba hacia ella con el brazo en alto, dispuesto a golpearla. Ni siquiera tuvo tiempo de gritar. El chillido quedó atrapado en su garganta cuando el golpe aterrizó sobre su cuello.

Al recuperar la consciencia, Ástrós estaba sentada y más o menos erguida. No pudo abrir los ojos. Se buscó la cara a tientas. Tenía la sensación de estar a punto de estallar, como si le hubieran atado la cabeza a un torno. Pero sus dedos temblorosos notaron solo la textura fría y suave que le cubría la parte superior de la cara, desde la mitad de la nariz hasta la frente. Se pasó las manos por la cabeza, pero no dio con la manera de aflojarla. Rascó con las uñas en los apósitos con que obviamente se la habían vendado una y otra vez. Los arañó, pero era inútil; solo consiguió que le ardieran la frente y las mejillas. Era como si le hubieran pegado una máscara a la cara.

En ese momento le apartaron la mano derecha de la cabeza y notó que le ponían a la fuerza un objeto reconocible en el puño. Se trataba de un lápiz. Le colocaron la mano con violencia sobre una hoja de papel, que descansaba en la mesa que tenía delante. Se dio cuenta de que estaba en la cocina. Lo supo porque la silla le era familiar y por el suave olor a curri de los restos de comida del día anterior, que se había recalentado para cenar.

—Haz las cuentas.

—¿Qué? —Se le quebró la voz, pero, para su sorpresa, esta sonó más perpleja que temerosa. ¿Qué demonios estaba pasando? Sentía un dolor atroz en el cuello, recordó que había recibido un golpe. De hecho, le dolía todo el cuerpo, así que el hombre debía de haberla arrastrado con violencia hasta la cocina.

—Haz las cuentas. ¿No se te daban tan bien las matemáticas, joder?

Era una voz de hombre, extraña por poco definida, como si tuviera algo sobre la boca, aunque quizá se debiera a la tela que cubría sus oídos. Ástrós no la reconoció, pero se dio cuenta de que el hombre estaba fuera de sí por la rabia; el odio hacía que le temblara la voz. La presión en su cabeza se incrementó y presintió que iba a perder la consciencia de nuevo. Solo pudo pensar que la situación iba a acabar mal. La única pregunta era cuánto iba a tardar. ¿Sería lo bastante rápido? ¿Veinte minutos? ¿Diez? ¿Cinco?

Ástrós resopló y se armó de valor. Si no hacía un esfuerzo, sin duda todo iría a peor.

—¿Cuentas? ¿Qué cuentas? —¿Cómo podía calcular algo a ciegas? ¿Debía pedirle al hombre que le quitara la venda de los ojos? No, probablemente era mejor que no le viera la cara. Esa idea hizo que prendiera en ella una minúscula chispa de esperanza: el hecho de que le hubiera tapado los ojos sugería que no pensaba acabar con ella—. Haré todas las cuentas que quieras. Tú dime cuáles.

—Probabilidades. Calcúlame una probabilidad.

Ástrós se sintió mareada. ¿De qué hablaba ese tipo? ¿Probabilidades? Quizá se había equivocado de casa.

—No soy matemática. Tampoco sé de estadística. Soy una maestra de biología. Jubilada. —Tenía la boca tan seca que le dolía, pero rogarle que le diera agua sería con toda seguridad inútil.

—He dicho que calcules la probabilidad.

—¿De qué? —Ástrós sintió en los párpados el escozor de las lágrimas que no podía verter bajo ese vendaje horrible—. No puedo calcular una probabilidad al azar.

—Eres muy lista. Cuéntame cómo es posible que, habiendo dos posibilidades, haya que centrarse solo en la probabilidad de que pase una. Ignorando la otra. Seguro que te resulta sencillo, ¿verdad?

Tuvo la sensación de que su corazón y sus pulmones se constreñían. Se quedó sin aliento, estaba a punto de desmayarse. ¿Qué quería el hombre que calculara? Quería que ella probara algo que carecía de sentido.

—No puedo calcular algo así. No es una ecuación correcta. No sé la respuesta.

El lápiz se desplazó y ella esperó que el hombre no pensara que la línea que debía de atravesar el papel representaba un error imperdonable.

—Cuéntamelo tú.

Ástrós guardó silencio. No se atrevió a hablar por miedo a provocarle aún más.

—Venga, haz las cuentas.

Le temblaban los dedos, estuvo a punto de soltar el lápiz mientras comenzaba a garabatear números. Intentó ver el papel y los símbolos en su cabeza. No quería escribirlos unos encima de los otros y arriesgarse a recibir otro golpe. «1/10 + 9/10 = 1» Fue lo único que se le ocurrió. Abandonó el intento y se pasó la lengua por los labios resecos. Hubiera dado cualquier cosa por poder ver. No saber dónde se encontraba el hombre, lo que hacía y si estaba a punto de pegarle de nuevo le resultaba insoportable. Se encogió todo lo posible, preparándose para los golpes que iban a llegar.

—¿Qué se supone que significa eso? —En vez de pegarle, el hombre le cogió con fuerza la parte superior del brazo.

—La probabilidad de dos sucesos que se excluyan mutuamente con una probabilidad respectiva de uno entre diez y nueve entre diez es del cien por cien. —Con cada palabra sentía un fogonazo de dolor en la garganta. Esperó haber sido comprensible.

—¿Que se excluyan mutuamente? ¿De qué coño estás hablando? Te he pedido que demostraras por qué hay que centrarse solo en una de las dos posibilidades cuando se calcula una probabilidad. Pensaba que sabrías de eso.

La idea le sonó débilmente. ¿Había el hombre acudido al lugar adecuado después de todo? Pero ¿de qué le sonaba todo ese sinsentido?

—No. —Le goteaba la nariz, pero sus lágrimas no tenían adónde ir—. No me suena para nada. Es una afirmación falsa.

—Digamos que la probabilidad de un resultado negativo es de uno entre cuatro. ¿Significa eso que la probabilidad de que no suceda es de tres entre cuatro? Entonces, ¿qué es más probable, el resultado negativo o el positivo? Uno entre cuatro. Tres entre cuatro. —El hombre se calló. Ástrós notó que estaba a un lado, y acto seguido le oyó rodearla para situarse al otro, así que no la pilló por sorpresa que le murmurara al otro oído—. O de uno entre diez. De nueve entre diez. —Le sorprendió lo fría que estaba su cabeza cuando su frente le tocó la piel. El susurro no se había acompañado de ningún aliento, ni frío ni caliente. Los últimos vestigios de pensamiento racional la abandonaron al pensar que el hombre quizá estuviera muerto. ¿Cómo explicar si no esa piel gélida y que no respirara? Notó que se alejaba. Lo que oyó a continuación hizo que se le helara la sangre: el chirrido familiar de los cajones y el tintineo de los utensilios de cocina hechos de acero. Los cajones estaban llenos de cuchillos, tijeras, pinzas y otros instrumentos que se podían usar para provocar dolor.

El estrépito metálico ganó intensidad, como si el hombre estuviera rebuscando dentro del cajón en busca de la herramienta adecuada. Se le escapó un gemido patético, y con él la abandonaron sus últimas reservas de valor. Estaba indefensa, impotente para defenderse de los caprichos de ese demente. Qué ridícula se sentía por haberse aferrado a la esperanza de que las cosas acabaran saliendo bien. El hombre estrelló un grupo de utensilios contra la mesa. Ástrós intentó no pensar en cuáles serían los que había pensado que necesitaría, ni en lo que pretendía hacer con ellos. En su lugar, se preguntó desesperada por el significado de su chiflada declaración sobre la probabilidad.

—Haz las cuentas.

Ástrós se encogió de miedo.

—Demuéstrame cómo vas a hacer que cuadre. Que la probabilidad de un resultado positivo sea más baja que la de uno negativo. Tú eres la experta.

Mientras garabateaba números al azar en el papel, desesperada, un recuerdo comenzó a agitarse en su memoria. ¿Era posible? ¿De verdad existía una conexión? Dejó de escribir. Si tenía razón, quizá podría persuadir al hombre. Valía la pena intentarlo. Sacudiéndose, dejó el lápiz con cuidado sobre la mesa. Le tembló la voz, le dolía la garganta y tenía la boca seca:

—Uno entre cuatro es un porcentaje menor que tres entre cuatro. Uno entre diez es menor que nueve entre diez. Pero de ello no se deduce que uno entre cuatro o uno entre diez den cero. Que el número se considere grande o pequeño depende del contexto. A veces, uno entre cuatro se considera una probabilidad muy alta. Y uno entre diez también.

El hombre soltó un rugido y Ástrós se estremeció. No tuvo posibilidad de evitar el golpe que le cayó, y que le provocó un pitido en la cabeza. Entonces se hizo el silencio. Oyó unos pasos que se alejaban y, aguzando el oído, se dio cuenta de que el hombre estaba trasteando con los interruptores del salón. Incapaz de ver, no logró recordar cómo había dejado la habitación, así que tampoco supo con seguridad si estaba encendiendo o apagando las luces. De repente subió el volumen del televisor. Ástrós sintió que se le aceleraba el pulso. Debía de haberlo hecho para amortiguar otros sonidos, para ahogar sus gritos. Pero ¿había sido un error por su parte? ¿No existía la posibilidad de que los vecinos de abajo subieran a la carga para quejarse del ruido?

Un débil rayo de esperanza atravesó el dolor, la oscuridad y el terror. Los vecinos. Si lograba escapar del apartamento, ellos la salvarían. No tendría que llegar muy lejos para alertarlos. Lo único que debía hacer era salir al exterior. Llevaba décadas viviendo allí, podía encontrar el camino a ciegas.

Apoyándose en el mantel, Ástrós se puso en pie. Comenzó a palpar la mesa para dirigirse hacia la puerta de la cocina.

—¿Adónde crees que vas, genia de las matemáticas? Probabilidista autoproclamada...

Ástrós lanzó un grito ahogado y volvió la cabeza pese a saber que no podría ver nada. Sintió el impulso pedante de señalar que la palabra «probabilidista» no existía, pero no tuvo la oportunidad de hacerlo. La arrastraron de vuelta a la silla y le tiraron la cabeza hacia atrás al máximo. Unos dedos enfundados en cuero le abrieron la boca a la fuerza hasta que pensó que iban a desencajarle la mandíbula.

Notó el sabor a metal. Le introdujeron un objeto duro en la boca, camino de la garganta. Directamente hasta la garganta. Mientras se esforzaba por combatir las arcadas, captó un olor a producto químico. Entonces, el hombre comenzó a vendarle con algo la mandíbula y la boca. Era cinta adhesiva. Una cinta adhesiva fuerte, con la que pretendía mantener el objeto metálico en su sitio.

El hombre la soltó y, mientras luchaba por respirar, oyó un ruido sordo. Estaba enchufando algo. Entonces se le acercó y ella oyó el clic de un interruptor. Él le susurró a la oreja:

—Te está bien empleado. —Hizo una pausa, y a continuación añadió—: Se acabará pronto.

Pero era mentira.

15

Lunes

Huldar tenía las ojeras más marcadas que nunca; pensó que, si se esforzaba por mirar hacia abajo, sería capaz de vérselas. Líkhardur estaba sentado frente a él, en la silla para las visitas que rara vez se utilizaba, intentando evitar el contacto visual, como si prefiriera no enfrentarse a una visión tan sórdida a primera hora de la mañana. Iba tan elegante como siempre, y despedía un débil aroma a pasta de dientes mezclada con loción de afeitado. Huldar no pudo reprimir un dejo de satisfacción al ver que su compañero se había dejado por afeitar un pequeño parche de barba incipiente en la mejilla.

Era la segunda vez en tiempos recientes que reparaba en un defecto en su apariencia, algo muy impropio de él. Quizá se lo hubiera dejado aposta, como los arquitectos de siglos pasados que añadían pequeños defectos a sus edificios para no ofender a Dios, pues solo Él era perfecto.

Pero, por supuesto, la verdad era que, con todo lo que estaba pasando en el trabajo y en su vida privada, Líkhardur no tenía tiempo para mostrar la elegancia impecable de antes. Aunque se cuidaba de no demostrarlo, Huldar encontraba deprimentes esas señales externas de su sufrimiento. Tampoco ayudaba que él mismo tuviera parte de la culpa por el fracaso matrimonial de su colega. Su regodeo provocado por el parche de barba incipiente se vio reemplazado por la ansiedad: ¿y si Ríkhardur se quebraba bajo esa presión, tal y como le había advertido el responsable de recursos humanos? No podrían arreglárselas sin él en el equipo.

—¿No has pensado en cogerte unos días de vacaciones? —Huldar espetó la pregunta sin detenerse a pensarla. Ríkhardur se sorprendió de manera evidente.

—¿Vacaciones? ¿Ahora? —Lo dijo como si fuera una maldición.

—Es solo una sugerencia. Ya sabes que tienes derecho a ellas. Me mandaron un resumen de las vacaciones que les quedan a todos los miembros del departamento y tú tienes un número absurdo de días acumulados. No queremos que cojas la gripe o te vengas abajo por la sobrecarga de trabajo. Sería mejor que te tomaras unos días libres ahora antes de tener que cogerte varias semanas si te pones enfermo.

Pero quizá el responsable de recursos humanos estaba equivocado. ¿No sería mejor para Ríkhardur sumergirse en el trabajo en vez de quedarse sentado en casa, dándole vueltas a lo que había perdido? Debía de ser una sensación extraña, la de pasearse por la misma casa vacía que hasta hacía poco había compartido con Karlotta. De un tiempo a esa parte, el propio Huldar se había descubierto pensando que ya estaba harto de despertarse solo. No esa mañana, desde luego. Cualquier mujer habría hecho las maletas después de despertarse al lado de alguien con tan mal aspecto. Volvió a pensar en Freyja y en la manera en que había metido la pata. ¿Por qué no se había limitado a decirle la verdad? La conversación de esa noche no había tenido importancia; el ruido del bar había ahogado una palabra de cada dos, así que con toda probabilidad ni siquiera habría pillado con qué se ganaba la vida. Pero no. En vez de despertar a su lado y admitir la verdad —echándole la culpa a la bebida, quizá—, se había escabullido como un idiota. E iba a ser mucho más difícil congraciarse de nuevo con ella.

Ríkhardur torció el rostro en una mueca.

—No, gracias. No tengo ninguna intención de tomarme unos días libres.

—Bien. Prefiero no perder tus aptitudes, pero estoy obligado a llamarte la atención sobre todas esas malditas vacaciones que no te has tomado.

Ríkhardur asintió con la cabeza e hizo un gesto como si quisiera arrojar las vacaciones por la ventana, hacia la amplia extensión de la bahía de Faxaflói.

—Me he topado con una pared —dijo—. Lo enfoque por donde lo enfoque, me quedo en blanco. Si acaso, la solución parece más alejada incluso que al principio. Por lo que he podido descubrir, ni Elísa ni su marido tenían trapos sucios, ni se habían enemistado con nadie, ni estaban involucrados en ninguna pelea..., todo ello según sus amigos, vecinos y compañeros de trabajo. Estoy comenzando a pensar que, o bien la eligieron al azar, o el asesino se equivocó de persona. Y eso hace que las cosas no pinten bien para la próxima víctima. Si es que la hay.

Se quedaron en silencio. Huldar notaba la acidez en la boca del estómago. Había intentado descartar la idea de que quizá no fuera a atrapar al asesino, pero esta se mostraba cada vez más insistente. En cuanto volvía a asomar su fea cabezota, parecía haber ganado fuerza y se hacía más difícil rechazarla. A eso había que añadirle la ansiedad porque el siguiente asesinato se encontrara a la vuelta de la esquina y que Huldar y su equipo no pudieran hacer nada por evitarlo. Se le encogía el pecho cada vez que sonaba el teléfono, y la sensación solo se aliviaba cuando no se trataba de alguien que quisiera informar del descubrimiento de un segundo cuerpo. En ese momento, su deseo más ferviente era que la niña estuviera equivocada.

Para colmo, se había quedado sin chicles de nicotina. Le costaba un esfuerzo sobrehumano conservar la calma mientras sus subordinados le pedían consejo sobre aspectos diversos de la investigación. Solo había perdido la cabeza una vez, y fue cuando de repente se cortó internet y resultó que los informáticos se habían olvidado de informarlos de una actualización del sistema. De haber existido una tienda en la comisaría, en ese momento habría recaído casi con toda seguridad y habría comenzado a fumar de nuevo. Pero no tenían la suerte de contar con esa tienda, así que tuvo que limitarse a romper varios lápices y a gritar obscenidades hacia los paneles del techo.

—¿Qué hay de la niña? ¿Pueden sacarle más información? La descripción del hombre negro de cabeza enorme no está siendo de mucha ayuda. —Ríkhardur se descubrió encorvado y enderezó la espalda.

—No lo sé. El problema es que ahora mismo es nuestra única esperanza. Sin ella estaríamos incluso peor. —La acidez se enroscó de nuevo en el estómago de Huldar—. Si pillamos al tipo, la niña nos vendrá muy bien. Existe la posibilidad de que le viera la cara fuera de la casa..., suponiendo que no se esté imaginando cosas, como su padre parece pensar.

Ríkhardur frunció el ceño, por el padre o por la idea de que el asesino estuviera en el jardín.

—Erla mencionó algo sobre ese tema. Ojalá podamos verificar su declaración. La verdad es que no nos iría nada mal tener una pista.

—¿Me lo dices o me lo cuentas?

Huldar reprimió un gemido. No es que tuvieran una montaña de pruebas. Aunque hubiera restos más que suficientes, la cinta americana no les había proporcionado ninguna, y tampoco habían descubierto nada a través de las muestras biológicas. La parte positiva era que la cámara de videovigilancia estaba dirigida hacia la carretera que llevaba al barrio de Elísa y mostraba el paso de muchísimos coches, pero sus matrículas no eran legibles y Ríkhardur no había encontrado nada útil al repasar la grabación durante el periodo en que asumían que el asesino debió de ir y volver. En cuanto al mensaje codificado, tenía pinta de que acabaría siendo inaccesible; no habían tenido noticias de la Interpol sobre la forma de descifrarlo... Si en efecto se trataba de un código, claro.

—¿No va siendo hora de entrevistar a Margrét de la manera habitual?

Hasta ese momento, Ríkhardur se había abstenido de expresar su opinión sobre la intervención el Centro de Atención Infantil, a diferencia del resto del departamento, que se encontraba dividido en dos facciones, a favor y en contra. Los partidarios del centro estaban en minoría. Y entre los que no se habían esforzado por ocultar su desaprobación aparecía Erla. Que hubiera asistido como observadora a la segunda entrevista no había hecho nada para que cambiase de idea.

—No. Voy a continuar así. Me da miedo que la niña se venga abajo si le añadimos más presión. Será mejor que le demos otra oportunidad. —El despacho era demasiado pequeño para que dos hombres adultos lo compartieran durante un rato largo. Huldar abrió la ventana y la entrada de aire fresco ventiló la habitación a la vez que reanimaba un poco al detective. Se volvió hacia Ríkhardur sintiéndose ligeramente más optimista—. Se están planteando poner a la niña bajo custodia durante la investigación.

Ríkhardur sacudió la cabeza.

—¿Qué?

—Así es. Veremos qué sale de eso. En realidad, pienso que es una buena idea. Uno de los periódicos se ha enterado de que fue testigo del crimen. Quieren publicar la historia para asegurarse de tener la exclusiva. De milagro hemos conseguido un aplazamiento y de momento el artículo está retenido, pero dudo que esa situación vaya a durar. El resto de los medios acabará oliéndoselo tarde o temprano.

—¿Quién se fue de la lengua?

Huldar se encogió de hombros.

—A mí que me registren... Hay demasiada gente enterada del tema. Aquí en el departamento, en el centro, entre su familia lejana, en el Departamento Forense del hospital, en el Organismo para la Protección del Menor... En serio, es increíble que no se filtrara desde un primer momento. No hace falta que te cuente lo difícil que es guardar un secreto en una sociedad tan pequeña como esta, pero veremos qué pasa. En cualquier caso, como te decía, se están planteando la posibilidad de ponerla bajo custodia y me han dicho de manera inequívoca que no habría que recurrir a medidas tan drásticas si hubiera habido algún avance en la investigación. —Huldar sonrió sin alegría—. Roguemos por descubrir algo importante antes de que tomen la decisión final.

—Yo no me haría ilusiones.

De repente, Huldar se sintió abrumado por la rabia y la frustración. Intentó ocultarlo, pero el tenso silencio acabó incitando a Ríkhardur a ponerse en marcha. En cuanto abandonó el despacho, apareció otra persona.

—Aquí están todos los mensajes, correos electrónicos, fotos y cosas de Facebook que he encontrado en los últimos seis meses. He ignorado todo lo que pareciera claramente irrelevante. Si quieres, puedo ir más allá. —Almar le entregó una memoria USB. Les echó un vistazo a los lápices rotos y apartó la mirada—. Hay una inmensa cantidad de datos.

—¿Algo útil? —Huldar se esforzó por suavizar la mala cara que lucía desde que se cayera la red—. ¿Hay algo que pueda apuntar al asesino?

—No estoy seguro. Hay un montón de cosas que pasamos por alto la primera vez, pero nada que te salte a la cara. Ten cuidado, los ojos se te ponen vidriosos después de leer mil actualizaciones de estado.

Almar desplazó los pies, incómodo. Era uno de los miembros más jóvenes del departamento. Su inusual pericia informática había llamado la atención de sus superiores en la policía y estos recomendaron su traslado al Departamento de Investigación Criminal. No obstante, se rumoreaba que la verdadera razón de ese salto era que Almar no servía en absoluto para el trabajo normal de la policía. Se había graduado en la academia con las notas más bajas posibles en todas las áreas relacionadas con operaciones y maniobras físicas, pero había conseguido subir un poco la media con sus buenos resultados en las materias más académicas.

No obstante, se estaba desenvolviendo bien en el departamento pese a su tendencia a distraerse y al hecho de que le costaba entender las cosas, algo que irritaba a algunos de sus colegas. Eso se debía en parte a su tendencia a ir de aquí para allá con los auriculares puestos, motivo por el que solo oía una parte de lo que pasaba a su alrededor. Egill intentó regañarle por ello, pero no llegó muy lejos, ya que los dos acabaron analizando cuidadosamente una aplicación nueva que Almar se había descargado en el móvil

Antes de entrar al despacho de Huldar, se había quitado educadamente los auriculares.

—Lo he dividido en dos carpetas: la A contiene material que podría ser importante; la B son cosas de las que probablemente se pueda prescindir. Como te he dicho, he filtrado lo que era con claridad irrelevante.

—¿Como por ejemplo? —Era imposible adivinar lo que Almar podía considerar irrelevante.

—La carpeta sin importancia contiene, por ejemplo, correos de viudas de generales nigerianos, envíos masivos de tiendas online, anuncios, boletines de la escuela de los niños y cosas así. —Almar tragó aire para continuar, pero Huldar le interrumpió.

—Bien. Le echaré un ojo. ¿Qué hay de los mensajes de texto? ¿También están ahí?

Almar abrió mucho los ojos al levantar las cejas.

—No. Eso es lo raro. El móvil que me dieron estaba lleno de mensajes hasta hará unos dos meses, pero es como si después no hubiera enviado ni recibido ningún texto. Quizá se le rompiera.

—Oh... —Huldar se enderezó—. ¿Estás seguro de que era el teléfono que utilizaba?

—Bueno, tenía su tarjeta SIM, por lo que asumí que sí. Me lo dieron junto con su ordenador de mesa y su portátil, y me dijeron que eran sus cosas. Nadie me habló de un segundo móvil.

—Quizá no exista. —Huldar se pasó una mano por

la cabeza y suspiró—. ¿Qué me dices de las llamadas? ¿Viste si había alguna reciente?

—No me fijé. —Almar puso cara de susto, como si fuera culpable de una negligencia grave—. Me dijeron que repasara las fotos y los textos, nada más.

Huldar dejó la memoria USB encima de la mesa.

—¿Qué modelo es?

—Un iPhone 4. —Almar frunció el ceño—. Ahora que lo pienso, es un modelo tirando a viejo.

Huldar no malgastó tiempo contestándole. Llamó a Sigvaldi, el marido de Elísa; se identificó, recibió el saludo indiferente del hombre y respondió a sus preguntas sobre el avance de la investigación. No tardó demasiado; la única dificultad consistió en encontrar una frase lo bastante educada para explicarle que no se había producido el menor avance. Cuando el hombre comenzó a soltarle una perorata acerca de Margrét, Huldar le interrumpió:

—Esa idea se está considerando en pos de la propia seguridad de la niña. Usted mismo se mostró de acuerdo. Si ha cambiado de idea tendremos que aceptarlo, pero le recomiendo que no tome decisiones precipitadas. Como bien sabe, tenemos razones para estar preocupados por su seguridad.

—Entonces dese prisa y resuelva el crimen. —La voz del hombre se elevó y cayó en picado. Tosió, controló sus emociones y prosiguió con tono neutro y vacuo—: Tiene que poder resolverlo. —No hubo convicción en sus palabras.

—Oh, lo haremos. Se lo prometo —soltó Huldar antes de poder pensar lo que decía. Tenía encima del escritorio el informe de Ríkhardur sobre las lesiones de Sigvaldi. Su colega había ido a Urgencias para entrevistar al médico que le había examinado. Según este, las lesiones concordaban con la explicación que había dado. No se habían observado señales de lucha en ninguna otra parte de su cuerpo. Ni arañazos ni moretones que indicaran que una mujer desesperada había intentado quitárselo de encima. Pese a ello, Huldar escribió un interrogante sobre el informe. Sigvaldi era médico, era probable que conociera al colega que le había examinado, aunque trabajaran en departamentos diferentes—. En realidad, le llamaba por otro motivo. ¿Qué tipo de teléfono tenía su esposa?

—Tenía un iPhone nuevo. Se lo regalé por Navidad.

—¿De qué modelo?

—El 6.

—¿No el 4?

—No. El viejo era un iPhone 4, pero dejó de usarlo al recibir el nuevo. —Sigvaldi hizo una pausa—. ¿Por qué lo pregunta?

—Resulta que tenemos su móvil viejo. ¿Es posible que mandara el nuevo a reparar? —Mientras hablaba, Huldar abrió en el ordenador el inventario de todo lo que se habían llevado de la casa de Elísa. Solo aparecía el iPhone viejo.

—No, que yo sepa no. Cuando me fui funcionaba bien. La llamé desde el aeropuerto y me contestó.

—Entiendo. Pero en el aparato viejo había una tarjeta SIM. ¿Es posible que el nuevo dejara de funcionar después de que usted se marchara y que ella transfiriera la tarjeta al viejo mientras se lo reparaban?
—La mayoría de las empresas de telecomunicaciones habían comenzado a ofrecer móviles en préstamo cuando sucedía algo así, pero existía la posibilidad de que, por algún motivo, ella hubiera rechazado esa opción.

—No. Los dos modelos usan tarjetas diferentes. Con el cambio se agenció una nueva, que es mucho más pequeña.

Huldar colgó y se volvió hacia Almar, que por los nervios se estaba enroscando el fino cable de los auriculares alrededor de los dedos.

—Tiene otro móvil. Un iPhone 6. Este dejó de usarlo hace un tiempo. ¿Sabes dónde lo encontraron?

—Hum, creo que leí en el documento que lo acompañaba que estaba en uno de los cajones de la cocina. Le juro que no se mencionaba ningún otro móvil. —Almar bajó la vista por un instante hacia los lápices rotos, como si temiera que Huldar fuese a coger uno y a abalanzarse contra él. Era evidente que se había corrido la voz acerca del estallido de esa mañana. Ríkhardur se había cuidado de no mirar el escritorio, igual que la cara de Huldar. Almar carecía de ese autocontrol: no hacía más que pasear la vista por la habitación para fijarla en algo que no fueran los lápices rotos—. Si hubiera habido otro móvil lo habría examinado, claro.

—No te estoy echando la culpa. Habla con los tipos que registraron la casa. Chequea de nuevo que no encontraran otro móvil y diles de mi parte que quiero que vuelvan al lugar y echen otro vistazo. Si no aparece, tendremos que rastrearlo. Tú puedes ocuparte de eso, ¿verdad?

—Podemos intentarlo. Pero, si está apagado, no habrá mucho que hacer. Es necesario que tenga el wifi encendido o que esté conectado a la red GSM.

—A ver si lo he entendido bien: si por alguna extraña razón el asesino se lo ha llevado, para que podamos rastrearlo... ¿tendría que estar encendido?

Almar asintió con la cabeza, avergonzado, como

si las limitaciones de la tecnología fueran por algún motivo culpa suya.

—Pues no va a pasar. Pero organízalo por si acaso. —Huldar despidió a Almar con un gesto de la mano y conectó la memoria USB al ordenador. Sintió una punzada de culpa por no haberse mostrado más amable con el joven al ver la meticulosidad con que este había examinado los datos electrónicos de Elísa y el esmero con que había clasificado esa información. Le había puesto una etiqueta descriptiva a cada archivo de la carpeta A para que Huldar pudiera verlas de manera sistemática. En cuanto se sumergió en el material, no obstante, se olvidó con rapidez de Almar y de sus mejillas sonrojadas.

La vida de Elísa se abría ante él. Durante los seis meses anteriores, a duras penas había pasado un día en que no mantuviera un contacto constante con el mundo exterior a través del ordenador. Sin duda se encontraría con un panorama parecido cuando apareciera su móvil, si es que lo hacía. El volumen de mensajes y correos personales era absurdo si lo comparaba con sus propias costumbres. Los únicos correos que él recibía fuera del trabajo eran mensajes esporádicos de sus hermanas, que le reñían por no haberse puesto en contacto con ellas o por alguna otra cosa que él había hecho y que les había disgustado. También les gustaba mandar mensajes en los que proponían hacer regalos conjuntos para las confirmaciones de los niños, o para los cumpleaños importantes de la familia..., seguidos de más mensajes de enojo cuando a él no se le ocurría ninguna sugerencia para los regalos.

Elísa no podría haber sido más diferente. Recibía de buen grado todos los mensajes sobre regalos y fiestas, y por ejemplo había contestado a uno sobre un encuentro de exalumnos con las palabras: «¡Yupi! ¡Genial! ¡Yo! ¡Yo! ¡Yo!». Huldar no recordaba haber usado un signo de exclamación en la vida. Anotó la fecha de la fiesta por si Elísa hubiera tenido algún enemigo en su época escolar. Después de escribirla, la idea le pareció ridícula. Debía otorgarle una prioridad baja aun teniendo en cuenta la ausencia casi total de pistas.

Por tedioso que le pareciera, el deprimente estado de la investigación hizo que se sintiera obligado a proseguir con el rastreo. Él tenía una cuenta de Facebook en la que casi nunca entraba. ¿Para qué? Nunca sabía qué escribir y no sentía el menor interés en ver las fotos de sus amigos y conocidos de vacaciones o yendo a esquiar. Prefería ver a los críos de sus hermanas en persona, sobre todo porque todos eran varones, hecho que se le antojaba de justicia poética, habiéndose criado como el único niño entre cinco chicas.

En cambio, Elísa se había mostrado increíblemente meticulosa a la hora de actualizar sus estados, dedicados de manera casi invariable a sus hijos. Sus travesuras, detalladas al minuto, sin duda resultaban monas o graciosas si te gustaban los niños, pero no era el caso de Huldar. Sintió menos interés incluso con los estados que mostraban fotos de las tartas y platos diversos que había cocinado, horneado o pedido en restaurantes. Sus amigos, por otro lado, parecían apreciarlas, y cada entrada venía seguida de una ristra de comentarios. Se los miró todos por encima, pero era muy improbable que la razón de su asesinato tuviera relación con sus hijos o con sus hábitos alimentarios. O con su trabajo en la agencia tributaria; la policía había hablado con su jefe y este había afirmado que, aunque mucha gente tenía razones para odiar a las autoridades impositivas, era poco probable que ese odio apuntara contra Elísa, que realizaba una labor entre bambalinas, no tenía contacto directo con aquellos a quienes se investigaba y nunca había sido convocada para testificar en un juicio. Las personas señaladas por el fisco no tenían ni idea de su existencia.

La lectura alumbró algo: Margrét era muy diferente a sus dos hermanos pequeños. Elísa rara vez mencionaba que hubiera hecho o dicho algo gracioso. Cuando escribía sobre su hija usaba un tono más serio; informaba debidamente sobre la caída de un diente o, lo que era más común, sobre sus buenos resultados escolares. Margrét no quedaba como una niña especialmente animada o feliz, y Huldar experimentó una punzada de culpa al recordar el debate en curso sobre si debían ponerla bajo custodia. Si la niña tenía una naturaleza depresiva, no quiso pensar en lo que pasaría al hacer que su mundo volviera a tambalearse en un momento como ese. Una vez más, ella misma había pedido que no la obligaran a volver con su padre. Pero era posible que cambiara de idea en el último instante, cosa que al detective no le sorprendería nada.

Huldar apartó la vista de la pantalla y miró por la ventana, hacia el mar y el monte Esja, con su mole alargada de cima plana, que se cernía sobre el paisaje satisfecho con su suerte, elevándose por encima de todos los conflictos humanos. Qué agradable eso de ser una montaña y nunca meterse en líos, ni aceptar un caso del que no serás capaz de encargarte. Huldar suspiró y sacudió la cabeza. ¿Era necesario preocuparse por la seguridad de Margrét? Una cosa era asesinar a un adulto, pero matar a un niño era algo muy diferente. A la vez, una cosa era matar a una persona de manera convencional, con un objeto contundente, un cuchillo o un arma de fuego, y otra muy distinta aspirarle todo el aire del cuerpo con tanta violencia que le estallen los tímpanos. Ese *modus operandi* indicaba que el criminal era un psicópata completamente carente de conciencia. Huldar volvió a fijarse en la pantalla y comenzó a revisar las imágenes que Elísa había subido a Facebook o almacenado en el ordenador. En cada fotografía, su mirada se veía atraída de manera irresistible por los ojos verdes en la cara pálida de Margrét, por debajo de la maraña de pelo rojizo. Era el único miembro de la familia que se cuidaba de mirar siempre directamente al objetivo. Los demás parecían ignorar que les estuvieran sacando una foto. También parecía depender mucho más de su madre que sus hermanos, ya que en la mayoría de los retratos estaba aferrada a ella o parada a su lado. Huldar pensó que la tendencia se acentuaba en las fotografías más recientes. Cualquiera diría que la niña había intuido lo que iba a pasar.

Se sentía incómodo al examinar esas imágenes familiares que con tanta claridad no se habían tomado para los ojos de un desconocido. Había visto lo suficiente para deducir que Elísa y Sigvaldi eran una pareja normal, que transmitía toda la sensación de disfrutar de la vida. Ella sonreía o reía en casi todos los retratos, y aquellos en los que estaban juntos parecían indicar que eran dos personas enamoradas y que compartían una gran amistad. Claro que podría haberse tratado de una fachada.

Aunque estaba aburrido de abrirse paso por las fotos, Huldar perseveró. Se concentró en la vida social de Elísa, que le ofreció material más que suficiente con el que trabajar. La mujer formaba parte de un amplio círculo de amigos que mantenían el contacto y se reunían con regularidad. Intercambiaban incontables mensajes sobre sus comidas, las fiestas de sus hijos, sus dietas y sus viajes a balnearios. Elísa siempre se apuntaba a todo. Huldar no sabía lo suficiente sobre la vida matrimonial ni sobre las mujeres en general para dictaminar si se trataba de algo normal y corriente, o si era una señal de que existían grietas en esa relación que tan perfecta parecía en la superficie. De haber tenido que adivinarlo, habría dicho que no era normal. Para él, el matrimonio implicaba no necesitar tanto la compañía de otras personas, pero quizá estuviera chapado a la antigua y no quedara ya esperanza para él. Si no se hubiera comportado como un idiota acostándose con Karlotta, podría haberle pedido consejo a Ríkhardur, que debía de saber un par de cosas sobre matrimonios fallidos. Pero de ninguna manera podía sacar el tema del divorcio ante él en ese momento. Sería completamente inapropiado que pronunciara el nombre de Karlotta delante de su compañero. Cuanto antes acabaran con el divorcio, mejor. Cuando lo tuvieran finiquitado, esperaba que el recuerdo de su cagada dejaría de acosarle cada vez que posara la vista en Ríkhardur.

Al final no encontró nada interesante en la memoria USB. A juzgar por el extracto bancario que Elísa había enviado por correo electrónico a su contable, la economía de la pareja era bastante saludable, mejor que la de la mayoría de sus compatriotas en ese momento. La muerte de Elísa no provocaría un cambio sustancial en esa circunstancia. Las compañías de seguros habían confirmado la aseveración de Sigvaldi según la cual ella no tenía ninguna póliza de vida, aunque no era imposible que él estuviera ocultando información acerca de un seguro en el extranjero. Ya lo averiguarían a su debido tiempo. La policía se había puesto en contacto con las empresas internacionales que solían hacer negocio con ciudadanos islandeses y se esperaba que sus respuestas no tardaran en llegar.

Mientras volvía a examinar las fotos, a Huldar se le ocurrió de repente que el hombre que había estado vigilando la casa en los dibujos de Margrét podría aparecer por accidente en alguna de ellas. Volvió a repasar los álbumes con esa idea en la cabeza. Llamaron a la puerta y Erla asomó por ella mientras él estudiaba una foto de Elísa y su hija. La habían tomado al aire libre y por una vez ambas miraban hacia la cámara con un insólito rayo de sol iluminándoles el pelo. Aunque la madre hacía un débil esfuerzo por sonreír, las dos tenían miradas tristes. Margrét se veía tan impasible como siempre; en su rostro infantil no se podía detectar ni rastro de placer o felicidad, y eso hacía que pareciera mayor. Huldar arrancó la mirada de la foto y se volvió hacia Erla.

—¿Sí?

—Han encontrado el cuerpo de una mujer. Bastante mayor que Elísa, pero las circunstancias son casi idénticas. Solo que peores.

Huldar cerró la foto, apagó el monitor y se puso en pie. Antes de salir del despacho llamó a Egill y le dio la noticia; añadió que sería recomendable trasladar a Margrét a una casa segura lo antes posible. Mientras hablaba tuvo que contener un abrumador antojo de nicotina.

Iba a permitir que el destino decidiera por él: que volviera a fumar ese día dependería de lo primero que saliera al paso de su coche, una farmacia o un quiosco.

16

Era difícil imaginar un lugar menos acogedor que la celda de visitas de la cárcel de Litla-Hraun, que perfectamente podría haber sido diseñada para transmitir la idea de que el crimen no compensa. A las paredes les hubiera ido bien una capa de pintura y el gastado piso de vinilo necesitaba que lo reemplazaran. El mobiliario consistía en una mesita, una sola silla y una cama estrecha clavada al suelo que en ese momento hacía las veces de asiento. A juzgar por la bolsa con una manta y una sábana que habían dejado en su cabecera, sin duda estaba destinada a actividades más disfrutables durante las visitas conyugales. Freyja no se había molestado en informar al nuevo guardia de la prisión de que era la hermana del reo, pero cada vez que su vista se posaba en la ropa de cama lamentaba no haberlo hecho. Temía que el guardia descubriera su relación más adelante y extrajera conclusiones repugnantes.

Freyja era experta en preocuparse por malentendidos imaginarios; era capaz de seguir dándoles vueltas mucho tiempo después de que el resto de la gente se hubiera olvidado de ellos. Una vez, a los doce años, se pasó semanas con un nudo en el estómago por no haber sido capaz de contestar a la pregunta de la profesora de manualidades sobre si se había tejido ella misma el suéter. En el momento en que abría la boca había sonado la campana. Justo antes de las vacaciones de Navidad, cuando al fin se armó de valor para corregir el malentendido, la maestra se la quedó mirando con expresión vacua. Quizá el desastre de los guantes que por accidente había tejido sin pulgares había ayudado a que olvidara que una vez había sobrestimado sus habilidades.

—¿Cómo está Molly?

Baldur apoyó el brazo derecho sobre la mesa mientras sujetaba el café que ella le había traído de la máquina de bebidas de fuera. La blancura de sus dientes le iluminó la cara en una sonrisa al pensar en el perro. Baldur siempre había sido guapo: como bebé rollizo, como niño travieso, como adolescente desgarbado y, en ese momento, como hombre. La edad adulta le sentaba especialmente bien y, en consecuencia, tenía un éxito tremendo con las mujeres; tan grande era que no se podía considerar saludable. Al menos dos amigas de Freyja se habían acostado con él, y ella sospechaba de una tercera, por mucho que esta lo hubiera negado con vehemencia, las mejillas completamente sonrojadas, cuando las otras dos la interrogaron durante una cena bastante beoda. Baldur le guiñó un ojo como si le hubiera leído el pensamiento y ella no pudo dejar de devolverle la sonrisa, pese a que el recuerdo no resultara del todo edificante.

Su hermano tenía una capacidad innata para involucrar a la gente en sus cosas contra lo que dictaba el sentido común. Si hubiera elegido vivir en el lado correcto de la ley, habría sido un político consumado; era carismático y del todo convincente, sin importar el sinsentido que intentara venderte. Freyja se descubría a menudo pensando que sus planes absurdos no eran al fin y al cabo una locura tan grande.

Pero, en cuanto él dejaba de hablar, ella siempre recuperaba la cordura. El encanto que producían sus palabras y su personalidad eran como una exhibición de pirotecnia: mientras tenía lugar te deslumbraba, pero a continuación te dejaba con unas molestas manchas de luz en los ojos y un pitido en los oídos.

Baldur aún no había logrado dar con un plan ingenioso que además resultara ser legal. Cuando lo hiciera, su vida bien podría dar un giro de 180 grados, pero la esperanza de que encontrase el nicho correcto se estaba desvaneciendo. Él parecía sentirse mucho más cómodo incursionando en negocios turbios, rodeado de personajes sin dos dedos de frente. La belleza no era lo único que había heredado de su madre: al amamantarlo, ella parecía haberlo empapado con sus sueños de conseguir lujos y un futuro feliz sin el menor esfuerzo. Los dos vivían solo por el presente, convencidos de que les esperaban tiempos mejores a la vuelta de la esquina, de manera que no tenía sentido complicarse la vida con cosas tan tediosas como sentir ansiedad o ser previsor.

La sonrisa de Baldur no duró mucho.

—Asegúrate de que no se ponga gorda. Intentar que vuelva a perder peso es una puta pesadilla.

—Lo haré. —Freyja se removió sobre el colchón, procurando encontrar una postura más cómoda, y acabó apoyando la espalda contra la pared—. Está bien, no te preocupes.

—Sabes que tiene que hacer ejercicio. No solo un paseíto alrededor del bloque, sino una caminata en toda regla.

Freyja se obligó a sonreír. Baldur era un optimista si pensaba que ella iba a subir a lo alto de una montaña cada mañana y cada tarde con el perro.

—Mira, deja de preocuparte. Molly está en forma. Pero ¿qué hay de ti? ¿Va todo bien? Dadas las circunstancias...

—Siempre estoy bien, ya lo sabes. —Tomó un trago de café—. Si me comporto, no me quedará mucho tiempo aquí. Lo más probable es que salga dentro de pocos meses. —Se apresuró a añadir—: Aunque me suelten, puedes seguir en el apartamento. Al principio, tendré que quedarme a dormir en el centro de rehabilitación, así que de noche será todo para ti sola.

Freyja pensó en la habitación de invitados, que se había encontrado repleta de lámparas de calor y propagadores al mudarse. Los habían usado para trabajar durante años en diversos cultivos que nada tenían que ver con los condimentos y, aunque los había trasladado al almacén, el lugar seguía apestando a cánnabis.

—Encontraré un piso. Es solo que ahora la cosa no va demasiado bien porque la gente prefiere alquilárselos a los turistas. Es comprensible: pagan mejor.

—Quizá deba echarle un ojo a la industria turística cuando salga.

Freyja soltó un suspiro inaudible. No le gustó imaginar las oportunidades que Baldur podría identificar para obtener un beneficio rápido a expensas de los visitantes extranjeros, aunque tuvo la seguridad de que los turistas podrían arreglárselas bien sin esos servicios. En ese momento, su hermano cumplía pena por haber solicitado un préstamo importante con un amigo usando como aval una propiedad que pertenecía a un tipo que se llamaba igual que ese amigo. Cuando se descubrió el fraude ya se habían gastado el dinero, en parte en pagar algunas de las mensualidades para ir ganando tiempo. Cuando ya no pudieron cubrirlas, se reveló la estafa. Puesto que Baldur ya estaba en libertad condicional, el resto de su sentencia previa se sumó a la nueva por desfalco y falsificación. A Freyja le costaba recordar un momento en que Baldur no hubiera estado a la sombra o esperando sentencia.

Él le guiñó el ojo de nuevo y le sonrió.

—¿Y qué me cuentas de ti? ¿Estás viendo a alguien especial?

—No. A nadie, ni especial ni todo lo contrario. —Freyja no tenía la menor intención de hablarle del fiasco con Huldar. Por un lado, la vida amorosa de su hermana no era asunto suyo, y por otro no quería que se enterara de que había metido a un policía en el apartamento, por mucho que ignorara su profesión—. De momento, estoy perfectamente bien.

—¿Perfectamente bien? Pero ¿qué coño te pasa? —Baldur frunció el ceño. Según su visión del mundo, no se podía ser feliz sin tener pareja, si bien no necesariamente a largo plazo, ya que la variedad era la chispa de la vida—. ¿Es que no sales nunca? No encontrarás a nadie si te quedas sentada en casa.

Sintió la tentación de replicar que estar en la trena no parecía haber afectado a su estilo en lo referente a conocer mujeres. ¿Cómo lo hacía? Eso se le escapaba, pero el año anterior había tenido cuatro novias. Cada vez que el puesto quedaba vacante, se materializaba una nueva. Freyja debía luchar constantemente para que le concedieran un permiso para visitarlo porque la novia de turno siempre tenía preferencia. Su hermano solo disponía de tiempo para ella cuando estaba entre dos mujeres, como en ese momento.

—No me quedo sentada en casa. Muevo el culo y salgo. Es solo que no he encontrado al hombre correcto. De todos modos, no llevo tanto tiempo soltera. Aún no he perdido la esperanza.

—Yo puedo presentarte a alguien, si quieres. Sin problema. Le escogería con cuidado.

—Ni por asomo..., pero gracias. —Intentó ocultar su ímpetu para que Baldur no se diera cuenta de lo poco que apreciaba su ayuda. Sería mejor que cambiara de tema antes de que él comenzara a interrogarla sobre su gusto con los hombres para elaborar una lista de posibles candidatos—. Ahora mismo tengo mucho trabajo.

—Oh...

Su hermano nunca había creído demasiado en su carrera. Los empleos que había desempeñado a lo largo de los años no tenían sitio en su mundo. Pensaba que su trabajo en el centro estaba bien como concepto, pero no entendía tanto escándalo cuando todo quisque sabía que se podía lidiar con los pedófilos armado con un bate de béisbol en vez de tener que molestar a los servicios sanitarios o a la profesión legal.

El sol se abrió paso entre los negros nubarrones que se habían cernido sobre Freyja mientras atravesaba las montañas en dirección este desde Reikiavik. Las barras del ventanuco proyectaron una sombra simbólica sobre el suelo. Incapaz de apartar la mirada de ellas, experimentó una punzada de culpa al pensar en la situación de su hermano y sintió que la abrumaba la ansiedad por su futuro. Habían visto a un prisionero anciano entrar en otra de las celdas de visita; una figura encorvada y escuálida, con tatuajes desleídos que sobresalían por el cuello y las mangas de su forro polar arrugado. Freyja no soportaba pensar que Baldur quizá acabaría de esa manera. No podía permitir que pasara eso. Por poco realista que fuera, tenía la sensación de que le correspondía asegurarse de que no sucediese. Y se trataba de una sensación familiar.

Desde que tenía memoria, Baldur y ella habían sido responsables el uno del otro. Él le había cubierto las espaldas; solía pegar a los chicos que se metían con ella en el patio y la ayudaba a cargar con la pesada mochila de la escuela. Era dos años mayor y, desde pequeña, Freyja le había admirado y se había sentido segura cuando él estaba cerca. A su vez, esa admiración, esa confianza inquebrantable habían potenciado la autoconfianza de Baldur y habían otorgado un propósito a su vida. Pero, a medida que crecía, Freyja fue dándose cuenta poco a poco de que su hermano no era perfecto, y su admiración comenzó a desvanecerse. La verdad era que tenía su cuota de defectos, y estos pudieron desarrollarse sin que nadie los controlara. No era de extrañar: su madre los había tenido a los dos antes de cumplir los veinte y nunca fue lo bastante madura para criarlos como debía; sin embargo, ellos la querían incondicionalmente, tal y como pasa con los niños, y ella se lo puso fácil. Igual que Baldur, era una viva la virgen que nunca dejaba de sonreír pese a las dificultades y el caos de su vida doméstica.

Aunque Freyja y Baldur no compartieran padre, nunca se consideraron medio hermanos. El cariño que marcaba su relación era completo. Sus respectivos padres eran figuras periféricas, y su madre, el centro de su mundo. Ella les proporcionaba todo lo que necesitaban —comida, techo, seguridad, compañía y refugio, aunque fuera caótico—, mientras que sus padres iban y venían sin llegar nunca a abrirse hueco en sus vidas. Los dos eran jóvenes que apenas habían tenido relación con su madre, aunque al menos hicieron un ligero esfuerzo por actuar de la manera correcta. Sus contribuciones consistían sobre todo en regalos mal envueltos para sus cumpleaños y Navidad, alguna que otra salida al cine, visitas a la bolera y comidas en hamburgueserías que se caracterizaban por sus largos silencios, durante los que no hacían más que echarle vistazos al reloj. Poco a poco fueron borrándose de las vidas de Freyja y Baldur, desaparecieron por completo cuando se casaron y tuvieron otros hijos. Su madre no había hecho nada por alentar que siguieran en contacto; mientras la pensión alimenticia llegara a tiempo, no le importaba en lo más mínimo que participaran en la vida de sus hijos. Su mente y su corazón estaban siempre ocupados en un nuevo hombre y era solo cuestión de tiempo que encontrara a uno perfecto, quien acogería a los tres con los brazos abiertos y les construiría una casa grande e independiente en Arnarnes, donde vivirían felices para siempre.

En la memoria de Freyja, esos hombres formaban una larga línea en la que a cada eslabón se le otorgaba una breve oportunidad para irrumpir en sus vidas. Solían aparecer apestando a loción de afeitado; se mostraban incómodos en presencia de los niños, ansiosos por salir de ese piso atestado lo antes posible para largarse al centro con su madre. Ninguno de ellos se quedó el tiempo suficiente para aprenderse el nombre o la edad de los hermanos. Uno le regaló a Freyja un gatito y pareció prometedor, pero no tardó en desaparecer igual que el resto.

Quizá su madre habría acabado encontrando pareja, pero cayó muerta a los treinta, cuando Freyja tenía diez años y Baldur, doce. La hermosa sonrisa de sus labios pintados, el aroma de su perfume, los ojos profusamente delineados y las uñas esmaltadas desaparecieron de sus vidas un sábado por la noche, cuando salió para ir al centro, como tantas veces antes, pero no regresó a casa. Estaba en una fiesta en Mosfellsbær cuando su corazón, que de manera excéntrica tanto había latido por sus dos hijos, decidió dar la tarea por terminada. Recibieron la noticia con los ojos aún legañosos en la casa desconocida de una vieja compañera de escuela de su madre a quien esta había engatusado para que los cuidara esa noche.

No lloraron hasta la tarde, pero cuando las lágrimas comenzaron a fluir no hubo manera de detenerlas. La aflicción se vio agravada por el miedo a lo que iba a ser de ellos. Probablemente habrían llorado con más amargura de haber sabido que los mandarían a vivir con los padres de su madre, una pareja religiosa que había renunciado a su hija y que apenas se había interesado por la familia de esta. No es que fueran mala gente, pero sí estaban atrofiados en lo emocional y, en retrospectiva, desgastados por una vida de trabajo duro; no eran los más indicados para cuidar de unos niños, en especial de uno tan desobediente y escandaloso. Al poco tiempo, Baldur se las había arreglado para romper casi todos los objetos de decoración de la casa que tenían en un barrio residencial, pero Freyja compartió las culpas la mitad de las veces para protegerle de sus reprimendas.

En realidad, su vida no cambió tanto; hubo menos momentos felices, pero los dos hermanos siguieron siendo inseparables. Freyja intentó ocuparse de Baldur y este cuidó de ella. Había muchas cosas que no comprendían y que nadie se tomó la molestia de explicarles. Sus abuelos le prodigaban todo su amor a un Dios extraño e invisible que vivía en el Cielo, sentado en su trono. Eso les pareció injusto porque a Dios lo querían millones de personas y ellos no contaban con nadie más que sus abuelos. Dios desempeñaba un papel preponderante en su nuevo hogar; ese ser celestial que apenas había tenido presencia en sus vidas hasta entonces de repente estaba por todas partes, y a la vez en ningún sitio. Ninguno de los dos entendió lo más mínimo acerca de la fe de sus abuelos, pero, temerosos de admitirlo, se las apañaron intercambiando miradas y risitas a espaldas de los ancianos.

Ninguna de las perlas de sabiduría divina que salían de los labios de sus abuelos eran consistentes con la experiencia de Freyja y Baldur; con el tiempo, estos coincidieron en que, si Dios existía y era tan viejo como la gente aseguraba, le debía de estar fallando la vista. La explicación alternativa para que un Dios que era todo bondadoso y todopoderoso permitiese que el mal y la injusticia prosperaran en el mundo era que simplemente no existía. Ambos optaron con rapidez por esa opción. Era más sencilla y les ahorraba el esfuerzo de tener que entender conceptos tan nebulosos como los del Espíritu Santo o el perdón de los pecados. A pesar de eso, aceptaron que los confirmaran; eran demasiado astutos para alertar a sus abuelos del hecho de que no eran creyentes. Ese bombazo llegaría más adelante.

Poco después de la confirmación, Freyja se vio obligada a aceptar que Baldur no estaba tan dotado para los estudios como ella. Los intereses de su hermano yacían en otra parte y sus esfuerzos por animarle a que se aplicara fueron teniendo un efecto cada vez menor a medida que él seguía el camino que conducía a la delincuencia juvenil.

Y allí estaban los dos. Freyja sintió el remordimiento habitual por no haber sido más firme, por no haberse esforzado más por animarle. Pero eso no habría cambiado nada.

—¿Has sabido algo del perdedor? —No hizo falta que Baldur dijera su nombre. Era la única manera en que se refería al ex de ella. Cualquiera podía ser «un» perdedor, pero «el» perdedor era el antiguo novio de Freyja, a quien Baldur nunca había soportado—. Sabes que me encargaré de él si intenta algo.

A Freyja le entraron ganas de reír.

—¿Como qué? No intentará nada. ¿Has olvidado que le dejé porque era un grano en el culo, no porque fuera violento? —Al recordar lo mucho que la agobiaba con los asuntos más triviales, le fascinó haberle aguantado durante tanto tiempo. «¿Qué es esta mancha en la puerta de la nevera? ¿Has golpeado el bordillo? La llanta está mellada. ¿Cuántas veces te he de decir que ordenes la bolsa al entrar? ¿Por qué tienes que cargar el lavaplatos de una manera tan estúpida?» Su situación en ese momento quizá no fuera envidiable, pero al menos no corría peligro de que alguien se quejara por el lado en que había colocado el rollo de papel higiénico—. Me deshice de él para siempre.

Baldur se quedó mirándola.

—Hay dos tipos en mi corredor que están encerrados por haber atacado y violado a sus exnovias. Estoy seguro de que ellas creían estar deshaciéndose de ellos «para siempre» cuando se fueron de casa. —Tomó un trago de café y su mirada se desvió hacia la ventana—. Cierra la puerta con llave y ten a Molly a tu lado. El perdedor no tendría la menor posibilidad ante ella.

Freyja decidió no mencionar su miedo a que, en caso de crisis, Molly mirara para otro lado. No tenía sentido. Y lo último que deseaba era que Baldur atacase en venganza a su ex. La idea resultaba más tentadora de lo que le hubiera gustado admitir, pero las posibilidades de que el plan explotara en la cara de su hermano eran del cien por cien.

—Molly duerme en el suelo, al lado de mi cama. Si intenta entrar, lo hará carne picada. —Sonrió—. Déjalo tranquilo, Baldur. No vale la pena que te arriesgues a prolongar tu sentencia. Lo único que hizo fue matarme de aburrimiento con sus quejas.

—Bueno, puesto que no dejas que te consiga novio, lo menos que puedo hacer es conseguirte alguien que te proteja. ¿Te parece bien?

—¿Alguien que me proteja? No, gracias, no necesito nada por el estilo. Molly y yo estamos bien juntas. Deja de preocuparte. —Por su expresión, se dio cuenta de que Baldur no estaba muy convencido. O no quería creerla. Sospechó que sentir que la ayudaba proporcionaba a su hermano un propósito en medio de la inutilidad de la vida carcelaria. ¿Por qué no podía consistir esa ayuda en hacerle la declaración de la renta o recortarle los anuncios de alquiler inmobiliario del periódico? ¿Por qué siempre tenía que ir tan lejos?—. En serio, no quiero a ningún tío merodeando fuera de la casa.

Baldur no contestó y se pasaron el resto de la visita charlando sobre otras cosas. El sol comenzó a ponerse y Freyja se subió al coche para volver a casa bajo un cielo cada vez más oscuro.

Estaba ante la ventanilla del *drive-in* de la hamburguesería cuando le sonó el teléfono. Intentó a la vez atenderlo, entregar la tarjeta de crédito y coger la bolsa grasienta.

—¿Sí?

—¿Freyja? —Sonó como una pregunta. Reconoció la voz; era un hombre que trabajaba en el Organismo para la Protección del Menor, pero no recordó su nombre. Se presentó diciendo que se llamaba Geir, y entonces le visualizó de inmediato; era un tipo decente al que se le daba bien su trabajo y que solo tenía una pega: la costumbre de interrumpir a la gente, un tic insoportable—. Ha surgido algo relacionado con la niña Margrét. Margrét Sigvaldadóttir.

—¿Que ha surgido algo? —Freyja afianzó el móvil bajo la mejilla, aceptó de nuevo la tarjeta con la cuenta de la comida y fue a aparcar junto al restaurante.

—Se ha producido un acontecimiento importante en la investigación policial. No sé de qué se trata, pero ha sacudido las cosas de verdad. —El hombre hizo una pausa y Freyja tuvo que escuchar su respiración. Quizá estuviera esperando a que ella hablara para poder interrumpirla. Decidió no darle esa satisfacción y esperó a que prosiguiera—. En resumidas cuentas, hemos aceptado la petición de la policía para poner a la niña temporalmente bajo custodia. Entiendo que sigue negándose a estar cerca de su padre, pero la razón principal es que consideran que le conviene ocultarse ahora que la noticia del caso está comenzando a aparecer en los medios. Si debo leer entre líneas, creo que tienen miedo a que el asesino pueda hacer algo al enterarse de que hay una testigo.

—¿Entonces? ¿Quieres mi opinión?

—Oh, no. No hace falta.

Freyja decidió no ofenderse. Lo más probable era que Geir no hubiera deseado mostrarse tan torpe.

—La razón por la que te he llamado es que esperamos que aceptes cuidar de ella. Solo durante unos días. Es posible que solo parte del día.

—¿Parte del día? —El olor a frito llenaba el coche y las ventanillas se estaban entelando.

—Por supuesto, en cuanto la policía haya solucionado el caso, la niña podrá irse a casa. Me sorprendería que no arrestasen a alguien pronto.

—Lo siento. No puedo.

—No es para tanto. Os quedaríais en el piso que usamos para este tipo de casos. En este momento no hay nadie allí.

—¿Por qué no puede ir con Bogga? —Bogga dirigía un servicio de acogida para niños que habían sido separados de sus padres y a los que todavía no se les había encontrado una solución permanente.

—Está a tope. Ya tiene a dos niños más de los que debería.

—Lo siento, no puedo... Estoy cuidando de una perra y no puedo dejarla sola en casa.

—Podríamos pagar para mandarla a una residencia canina.

—Dios, ¿no hay nadie más que pueda hacerlo? ¿Qué hay de Dísa o de Elín? —No mencionó a ninguno de los hombres, pues eso estaba fuera de toda discusión. El reglamento decía que los hombres no podían quedarse a solas con los niños bajo la protección del organismo, no porque se pensara que podían representar un riesgo para ellos, sino porque algunos de los niños se encontraban en un estado tan frágil que existía el peligro de que interpretaran demasiadas cosas si un hombre se mostraba amable con ellos. Por supuesto, lo mismo servía para las mujeres, pero ni por asomo en la misma medida—. ¿No están trabajando? ¿Y Silja? Sé que no está de baja.

Siguió un zumbido y unas carcajadas al otro lado de la línea. El hombre acabó contestando:

—Eres la única que está soltera. Todos tienen a sus propios hijos. Menos tú. Queremos que Margrét disponga de la atención absoluta de su cuidadora. Es mucho más difícil para una madre dejarlo todo y trasladarse al piso.

De modo que ella era la única mujer adecuada porque no tenía vida. Genial. Se le quitaron las ganas de comerse el contenido de la bolsa que descansaba en el asiento del copiloto.

—Y el tipo encargado de la investigación pidió específicamente que fueras tú.

—¿Huldar?

—Sí. No me preguntes por qué, pero solo confía en ti para encargarse de la niña.

Freyja frunció el ceño. Sin contar la noche que habían pasado juntos, él no la conocía en absoluto. Sin duda no habría basado su opinión profesional en una experiencia erótica personal... Si ese hubiera sido el propósito de esa aventura de una noche, los resultados de su test de personalidad la habrían situado presumiblemente en la categoría de desenfrenada e insaciable. Se sonrojó y agradeció que los videófonos no se hubieran puesto de moda.

—Lo siento. Tiene que haber otra solución.

—No. Las hemos agotado todas. —El tono de voz de Geir fue definitivo.

Aunque siguió presentando objeciones, Freyja sabía cómo iba a terminar la conversación. Antes de que anocheciera, la niña estaría bajo su cuidado casi con total seguridad. Esperó que al menos Margrét ya hubiese cenado. No había comida suficiente en la bolsa para las dos.

17

Karl no sentía ninguna culpa por perderse las clases. Nadie controlaba la asistencia, así que presentarse o no dependía por completo de él. Ya sin una madre que le atosigara, a nadie le importaba su educación, ni siquiera a él... la mayor parte del tiempo. Era una idea deprimente, pero se aprovechaba de esa libertad y se dedicaba todo lo que quería al ocio. Si nadie se fijaba en sus resultados, ¿importaba algo que estos fueran buenos o malos? Pero en realidad no era tan sencillo. Para cumplir con los requisitos del Organismo de Préstamos Estudiantiles, tenía que seguir adelante. De no haber sido por eso, dudaba que hubiera asistido a alguna clase, o que hubiera presentado un solo trabajo. Pero, si quería un préstamo de estudios con el que vivir, tenía que aprobar los exámenes. Y, si quería aprobar los exámenes, tenía que aplicarse.

Ese día, no obstante, pensaba ignorar la débil punzada de la conciencia. Se merecía un poco de tiempo libre. Tenía muchísimas cosas en la cabeza y al fin había encontrado la energía para poner orden en las posesiones de su madre. La visita de Halli y Börkur había sido el catalizador y se disponía a adueñarse de la casa, que llevaba demasiado tiempo convertida en un enorme monumento fúnebre dedicado a su madre..., como el mausoleo de una faraona muerta.

Se había hecho a la idea de que tendría que buscarse amigos nuevos, pero de ninguna manera podía llevar a nadie a esa casa de abuela, siempre desde la suposición de que encontrara alguien a quien invitar. Sin embargo, había tenido una idea que iba a hacerle popular. Sus compañeros de estudios siempre tenían problemas para encontrar locales en los que celebrar sus fiestas. Ofrecerles una casa, una caja de cerveza y unas bolsas de patatas chips podría ayudar a que reparasen en él.

Transformar el lugar no tenía por qué costar demasiado. Esos muebles tan feos podían quedarse siempre que se deshiciera de las baratijas que tenían encima y descolgara los cuadros de las paredes. Quitaría la decoración de las ventanas y tiraría hasta la última cortina de visillo a la basura. Había llegado el momento de dejar su huella en la casa, aunque solo fuera desprendiéndose de todos los rastros de su madre.

Comenzó por descolgar el Che Guevara del vestíbulo y meterlo en el cubo negro de debajo del fregadero. Cuando cerró el armarito, uno de los ojos del líder revolucionario y la mitad de su gorra militar sobresalían entre la basura. A continuación decidió enfrentarse a la habitación de su madre con vistas a mudarse a ella. Era absurdo no utilizarla siendo mucho más grande que la suya. En ese momento estaba casi igual que como ella la había dejado, y eso, por sí mismo, resultaba un poco siniestro, como si fuera a volver a casa en cualquier momento.

Había cerrado la puerta hacía un tiempo, para no tener que ver su interior cada vez que iba al baño. La visión del viejo tocador de su madre, cubierto de cremas para la cara y de productos cosméticos, era especialmente perturbadora en su combinación con el olorcillo a perfume que solía seguirla como una nube. Por supuesto, era imposible que el olor de los frascos cerrados llegara hasta el pasillo, pero eso no le impedía imaginárselo. Era extraño que el aroma de su madre permaneciera en su memoria cuando a duras penas podía ya visualizar su cara.

Al abrir la puerta, el aire rancio del dormitorio le produjo un cosquilleo en la nariz. Cogió un poco de papel higiénico y se sonó. Consideró por un instante la posibilidad de meterse algodón en las fosas nasales, pero desechó la idea y decidió en su lugar comenzar por el baño. Fue a buscar una bolsa de basura, barrió con todos los productos cosméticos y salió a llevarlos al contenedor. Entre los objetos que tiró se encontraba la horrible jabonera blanca con patas doradas a la que su madre tenía tanto cariño. Karl siempre había pensado que era de mal gusto, pues implicaba que ellos soñaban con una bañera de patas de garra y habían tenido que arreglárselas con esa jabonera. También había acabado en la bolsa un caro cepillo de dientes eléctrico que estaba como nuevo —había sido el regalo de Navidad de Arnar para su madre—, junto con un cepillo de nácar, un viejo regalo de confirmación que había conservado para las ocasiones especiales. Karl tendría que haberlo llevado todo a la tienda de caridad del Buen Pastor, pero le aterraba la idea de perder empuje si se ponía a clasificar todas esas cosas. A la basura con ello. Todo iba a acabar en el vertedero tarde o temprano, así que ¿qué importancia tenía un breve interludio con un nuevo dueño?

La pesada bolsa se estrelló con estrépito contra la base del contenedor vacío. Fue un tañido último e incómodo; lo que acababa allí dentro ya no podía recuperarse nunca. Eso atenuó el celo de Karl, que cerró la tapa con menos ostentación que cuando la había abierto. Era un insulto al recuerdo de su madre que tirara sus posesiones como si fueran basura vieja.

Volvió a entrar. El dormitorio estaba repleto de los bienes terrenales a los que su madre había prodigado tanto afecto. Karl tuvo la extraña sensación de que estos le daban la bienvenida, como si hubieran estado esperando a que alguien los admirara de nuevo. Pero esa no era la idea.

Algunos objetos solo tienen valor a ojos de sus dueños; para el resto de la gente son cachivaches. Con una curiosa sensación de patetismo, Karl se dio cuenta de que esa idea se podía aplicar a todas las posesiones de su madre. Nunca les había sobrado el dinero para comprar cosas bonitas; los gastos derivados de criar a dos niños se habían encargado de ello. Todos los manuales extranjeros de Arnar habían costado un pastizal; todos esos libros de texto que había acumulado mientras decidía qué iba a estudiar en la universidad. No como Karl, que escogió la disciplina que odiaba menos. Oh, no. En vez de hacer lo mínimo imprescindible para aprobar la selectividad, Arnar había dedicado el último año de instituto a investigar metódicamente el programa de todas las asignaturas que según él podían satisfacer sus necesidades.

El sueldo había sido su elemento motivador. Pretendía escoger el campo en el que tuviera más posibilidades de destacar. No quería saber nada de la mediocridad; deseaba brillar en una profesión que estuviera bien remunerada. Arnar había demostrado una petulancia insufrible con ese objetivo a largo plazo, mientras que lo único que Karl quería en esa época de su vida eran cómics, que su madre le compraba solo en esos meses en los que Arnar no necesitaba manuales nuevos y caros.

Reprimió una oleada súbita de aflicción hacia su madre; de nostalgia hacia un pasado que en realidad no le había procurado demasiada felicidad. Al menos, en ese momento no estaba solo. Pero tenía que mirar hacia delante, no hacia atrás. Quizá comenzar por el dormitorio de su madre había sido un error. Era como si sus cosas hubieran reparado en la bolsa de basura y estuvieran lamentando su destino. Vaciar la casa estaba resultando mucho más difícil de lo que había esperado.

Karl intentó calmarse, ansioso por conservar la ilusión, como mínimo dentro de su propia mente, de que la muerte de su madre le había afectado menos que a Arnar. Por una vez en la vida quería superar a su hermano de alguna manera, sobre todo en ese momento, cuando había decidido cortar todos los hilos con él. A partir de ese mismo día la relación entre ambos se había acabado..., al margen de las conversaciones que debieran mantener sobre la herencia. Arnar le había demostrado que solo eran hermanos por su apellido. Se lo había dejado clarísimo durante la conversación telefónica del día anterior.

El recuerdo aún le escocía. Karl se había tragado el orgullo y había llamado a Arnar pese a saber que no debía hacerlo. Lo había hecho motivado por una idea que no podía quitarse de encima, una idea que ya se le había ocurrido otras veces y que siempre había descartado. Pero la creciente sensación de desasosiego provocada por las emisiones de onda corta había hecho que la idea no le abandonara y, sin detenerse a pensarlo, se la había jugado llamando. Para no tener que hablar con la espantosa de Alison, marcó el móvil de Arnar y, por una vez, la conexión fue desconcertante por buena, como si su hermano estuviera en la habitación de al lado. Eso solo llevó a que la conversación se volviera más difícil, pues no pudo esconderse detrás de las interferencias, los retrasos y los ecos habituales.

Había soltado su petición con timidez; cada palabra le había acercado más al rechazo que tanto temía..., el rechazo que acabó recibiendo. Ni siquiera tuvo la oportunidad de acabar. En cuanto Arnar se dio cuenta de que Karl estaba tanteando el terreno para trasladarse con él a Estados Unidos e ir a la universidad allí, le detuvo en seco. Quizá más adelante. No entonces. Alison quería quedarse embarazada y no era un buen momento. Además, tendría mucho más sentido que enviara su solicitud a las universidades famosas y renombradas de la Costa Este, que quedaban mucho más cerca de casa.

Como si Karl tuviera alguna razón para volver a Islandia.

No hacía falta decir que siempre podía ir a visitarlos en vacaciones. Bueno, no las navidades siguientes, ya que se iban a Hawái, y a ser posible tampoco en verano porque querían tener la posibilidad de abandonarlo todo y escaparse en cualquier momento. A esas alturas, ni siquiera Karl pudo dejar de darse cuenta de que las palabras de su hermano equivalían a un no rotundo. No, gracias. No vengas. Ni a estudiar ni de vacaciones. No vengas. Jamás.

Con las mejillas ardiendo, Karl apenas había logrado despedirse y colgar antes de echarse a llorar de rabia. La humillación era absoluta.

Bueno, por él, Arnar podía irse a la mierda. Esperaba que Alison le abandonara y que se muriera solo en una habitación de hotel de Hawái. Si llamaba para pedirle que fuera, él le colgaría de golpe. Riéndose.

Era una lástima que su madre hubiera vaciado ya la habitación de su hermano. De no haberlo hecho, Karl habría comenzado llevándose toda su basura al contenedor. O haciendo con ella una hoguera en el jardín.

La alacena estaba repleta de tés de todo tipo —su madre había sido más concienzuda comprándolos que tomándoselos—, pero no había café en la casa. Karl cogió la bolsa de plástico y tiró el té en ella. Fue una pequeña victoria; volvía a estar en marcha y esa vez nada iba a detenerle. A falta de café, se bebió un vaso de agua y de inmediato sintió que perdía fuelle. Su cuerpo ansiaba la cafeína, pero no podía hacer gran cosa al margen de engullir algunas de las vitaminas que su madre había acumulado, igual que con el té, aunque luego no le sirvieran de nada. De todos modos, era poco probable que le produjeran el subidón que necesitaba, así que añadió los frascos de suplementos para la salud a la bolsa y le hizo un nudo.

En el momento de cerrar la alacena, sintiéndose satisfecho consigo mismo, su mirada se enfrentó a dos estantes vacíos. Le iba bien estar ocupado para no pensar en Arnar. Ni en las siniestras emisiones de onda corta. Se sintió preparado para encargarse del dormitorio.

La resolución le abandonó en la puerta. La última vez había entrado allí acompañado por la prima de su madre, para buscar la ropa con que la enterrarían. La prima había examinado las prendas una a una, sosteniendo un vestido tras otro contra su cuerpo para ayudar a que Karl escogiera uno. Él había fingido interés y había resistido la tentación de pedirle que se tumbara en la cama y se probara los vestidos en esa posición. Al fin y al cabo, su madre no iba a estar de pie en el ataúd.

Al final, la prima eligió el vestido favorito de su madre.

Durante el velatorio solo quedó a la vista el cuello y los hombros de la prenda, así que en realidad podrían haberle puesto cualquier cosa. Y a Karl le hubiera ido mejor dedicar un poco más de tiempo a su propio vestuario. Los tejanos no causaron muy buena impresión entre el puñado de dolientes que se molestaron en hacer acto de presencia.

Notó el suave grosor de la alfombra entre los dedos de los pies. Llevaba allí desde que él tenía memoria, pero su madre la había cuidado tanto que estaba como nueva. No permitía que entrara en su habitación nada que pudiera mancharla. La única bebida admitida era el agua, y él no la vio nunca llevarse un tentempié a la cama. Se fustigó otra vez por haberse olvidado de comprar café. Bebérselo sobre la alfombra habría sido la manera perfecta de señalar el inicio de esa nueva era. Un gesto mucho más simbólico que el de vaciar la habitación. O el funeral. Los dolientes que acudieron fueron en su mayoría personas que a su madre no le importaban demasiado; de hecho, nunca había visto ni oído hablar de la mitad de la congregación... y nunca más volvió a hacerlo.

Solo necesitó de dos movimientos de barrido con el brazo para limpiar la mesa de productos cosméticos —frascos, tubos y botellines— y meterlos en la bolsa de basura. No tuvo el menor reparo. Todo ello pertenecía al contenedor. ¿Quién en su sano juicio querría usar los restos de las cremas y los perfumes de una persona muerta? Después de hacerle un nudo a la bolsa y abrir la ventana, la habitación comenzó a oler menos a rancio. Aspiró el aire fresco y notó que el dolor sordo que sentía en la cabeza comenzaba a desaparecer. Su madre debió de vivir en una migraña constante, paseándose por el mundo cubierta por esa bazofia cuyos gases sin duda serían tóxicos; quizá le provocaron el cáncer que había acabado con ella... en un tiempo récord. Empujó la ventana para abrirla al máximo y tiró la bolsa al vestíbulo.

Al principio avanzó bastante. Con los mismos movimientos certeros, vació una cajonera llena de calcetines, ropa interior y pañuelos coloridos que no recordaba haberle visto nunca a su madre. A la basura con todo. A continuación, el cajón de abajo estaba repleto de ropa de niño que debió de pertenecerles a su hermano y a él. La razón por la que la había conservado era un misterio para Karl; la tela estaba rígida, tenía un tacto extraño, así que difícilmente sería útil para la generación siguiente. Además, era poco probable que él fuera a traer a alguien más al planeta en un futuro cercano y, si Arnar y Alison tenían niños, su cuñada los vestiría antes con bolsas de basura que con la ropa vieja y polvorienta del hogar donde había transcurrido la infancia de su marido.

Alison había visitado Islandia una vez, pero, en lugar de quedarse con su futura suegra, Arnar y ella hicieron las maletas después de dos noches y se fueron a un hotel. Karl se alegró de perderlos de vista; sobre todo, la expresión siempre desaprobadora de su cuñada, que era incapaz de beber siquiera un sorbo de agua sin inspeccionar antes el vaso. Su madre, que no había hablado de otra cosa cuando Arnar anunció su plan de visitarla, se sintió dolida, pero intentó ocultarlo. Después de que se alojaran en el hotel siguió intentando buscar excusas para su súbita marcha, y la más patética de todas fue la de que Arnar no había querido molestarla. Sí, claro.

Perdió el hilo al ver dos bolsas de plástico transparente con ropa al fondo del cajón. Ambas contenían conjuntos de prendas infantiles y reconoció uno de ellos. Su madre lo sacaba a veces y le había contado que era lo que llevaba el día que le conoció. Un pequeño pantalón con peto y una camiseta. La primera vez que se lo mostró, a Karl se le desbloqueó el recuerdo de una mujer morena bajo las mantas de una cama de hospital.

Esa vez no experimentó nada. Su anterior vida se había perdido por completo. La ropa fue a parar a la bolsa de basura. No se molestó ni en sacarla antes de la bolsa de plástico.

La otra contenía unos pantalones, una camiseta y una chaqueta de punto, y todo estaba manchado. Karl no los había visto nunca. Hizo una mueca, perplejo, porque no era propio de su madre dejar la ropa sucia en un cajón. Le dio la vuelta a la bolsa entre las manos, intentando averiguar si era suya o de Arnar. Sería de Arnar, probablemente. No la reconoció, pero es que guardaba muy pocos recuerdos de su primera infancia. Supuso que sería la ropa de un niño de cuatro o cinco años, pero qué sabía él de tallas infantiles... Llevado por la curiosidad, sacó las prendas de la bolsa en vez de tirarla directamente a la basura. Estas soltaron un polvillo fino que le hizo cosquillas en la nariz.

Sentado allí, contemplando esa ropa, Karl se preguntó por qué demonios su madre se había aferrado a ella. Debía de ser el vestuario que Arnar llevaba puesto el día de su llegada o la primera vez que le vio. Esa era la única explicación posible. Al margen de su propio pantalón de mono, el resto de la ropa del cajón estaba tejida a mano o era para ocasiones especiales. No así esas prendas. Una chaqueta de punto, una camiseta y unos pantalones, de tela gastada y con bolitas. Karl les pasó los dedos por encima, los retiró al encontrarse con una mancha dura. Cogió la camiseta y la examinó por todas partes. También había una sustancia incrustada en las otras piezas, pero la chaqueta de punto tenía un estampado demasiado fuerte y los pantalones eran demasiado oscuros para poder ver las señales. El algodón blanco, en cambio, lo revelaba todo. La camiseta estaba limpia por detrás, pero lucía manchas al frente. Estas, de un tamaño variable, eran todas circulares. Como si alguien hubiera salpicado al niño con un líquido marrón. Karl las olió, pero el único aroma que pudo captar fue el del interior del cajón.

Mientras las contemplaba, fascinado, se le ocurrió que quizá fueran de sangre. Sangre seca y vieja. ¿Cómo se habían llenado de sangre él o su hermano? ¿Y por qué su madre había guardado esa ropa a modo de recordatorio? Se estremeció sin soltar la tela manchada. Debía de tratarse de otra cosa, pero ¿de qué? Lo único que se le ocurrió fue alguna forma de bautismo en una secta extraña. Pero ¿cómo iban a rociar al niño con una sustancia tan repugnante?

Metió la ropa en la bolsa de la basura. Si era suya, no tenía memoria de ello. Si era de Arnar, no podría haberle importado menos. Todo fue a parar a la bolsa y acabó así de vaciar la cajonera. Karl se desperezó, satisfecho de ese logro. Lo estaba haciendo de fábula.

Encima de la cómoda había retratos de los dos hermanos a edades diversas. Karl separó los suyos, pero tiró los de Arnar. Se regodeó al ver las fotos más tempranas de su hermano desaparecer dentro de la bolsa. Las habían tomado con una cámara analógica y el negativo se había perdido hacía mucho tiempo. Mientras cerraba la bolsa, su hermano le dirigió una sonrisa desdentada desde la época en que tenía seis años y Karl sintió una punzada de culpa, pero se le pasó rápido. Ninguno de los dos llevaba la ropa manchada en esas imágenes. Se encogió de hombros, descartando el problema. ¿Por qué darle vueltas a un misterio que no iba a solucionarse nunca? La única persona que podía proporcionarle una respuesta estaba muerta y de ninguna manera pensaba preguntárselo a Arnar. Su hermano estaba tan muerto como su madre. En todo caso, supo de manera instintiva que ella le habría convencido para que no removiera el pasado. A Karl, lo que les hubiera sucedido de pequeños no le importaba..., pero a Arnar sí.

El armario iba a representar un esfuerzo tremendo, pues contenía el grueso de la ropa de su madre junto con numerosas cajas de todos los tamaños, repletas de bártulos que a su juicio había valido la pena conservar. La ropa no sería un gran problema; la única duda era si debía desecharla o donarla a la caridad.

Decidió tirarla y mitigó la culpa pensando que era poco probable que hubiera mujeres lo bastante pobres para querer esas prendas sin gracia, amorfas, que apestaban a naftalina y a perfume rancio. Una tras otra, las piezas fueron pasando a la cama, hasta que en el armario solo quedaron las perchas desnudas.

De repente, en la ausencia de ropa, Karl reparó en que al fondo del mueble había un sobre de color amarillo y tamaño grande. Al sacarlo descubrió que era bastante grueso. Debatió consigo mismo la posibilidad de tirarlo sin llegar a abrirlo. Pero, en vez de recetas de cocina o recortes de periódicos antiguos, existía la posibilidad de que contuviera un testamento, escrituras de propiedad u otros documentos importantes. No tardaría nada en ojear lo que había en su interior.

Karl apartó la montaña de ropa para hacerse hueco

sobre la cama. Algunas prendas cayeron deslizándose al suelo, pero las ignoró. De todos modos estaban destinadas a acabar en el contenedor. Sacó un fajo de hojas del sobre. Bingo. Se trataba de los documentos de adopción, unos papeles que a ojos de su hermano eran como reliquias sagradas, mientras que para Karl no eran más que unos papeles que habían transformado la vida de los hermanos, apartándolos de sus padres biológicos para dejarlos con la mujer a la que desde ese momento habían considerado su madre.

Como era natural, los documentos tenían fechas distintas; Arnar había sido adoptado nueve años antes que Karl. Parecía tratarse de los originales, con sus firmas en tinta azul y los sellos de color rojo en las esquinas. Y pensar en lo que se había esforzado Arnar por encontrar esa información en el Padrón Nacional y varias instituciones más... Todo ello en vano.

Le dijeron que su situación no era única, que en casos excepcionales los registros se destruían. El hecho de que su madre hubiera sido asistente social y trabajara en casos de protección de la infancia podría haber resultado significativo. Su labor incluía evaluar si debía separarse al niño de sus padres. Karl dudó que hubiera tenido que mover montañas para sacar adelante la adopción de Arnar, a diferencia de quienes se movían fuera del sistema. Y lo mismo se podía aplicar a su propio caso.

Aunque el interés que pudiera sentir por sus orígenes se había enfriado mucho tiempo atrás, Karl experimentó una débil sensación de azaramiento. La identidad de los padres reales de los dos hermanos había sido un tema tabú. Probablemente, su madre nunca les habría contado que eran adoptados —quizá se habría inventado alguna historia para justificar la ausencia de un padre— de no ser porque Arnar había conservado algunas memorias borrosas que le llevaron a interrogarla sin parar, cada vez con mayor urgencia. Al final, ella había cedido y había admitido que eran adoptados, pero acabó añadiendo que no diría una sola palabra más sobre ese tema.

Un día, sentados a la mesa para desayunar, cuando Karl ya había comenzado a ir a la escuela, Arnar le informó en voz alta de que era adoptado. En un primer momento no entendió lo que le había dicho, pero cuando al fin lo hizo se alegró, porque eso significaba que al fin y al cabo tenía padre. Podría comunicar la noticia a sus compañeros de clase y acabar con sus especulaciones. Pero, acto seguido, Arnar añadió con desdén que sus padres no le habían querido, que esa era la razón por la que había acabado allí. Así que no tenía sentido que soñara con conocerlos alguna vez. Sus padres de verdad habían tenido otros planes y lo más probable era que para entonces ya contaran con otros hijos, nuevos y mejores. Por una vez, su madre perdió la paciencia con Arnar y le aseguró que no era verdad: sus padres estaban muertos. A los seis años, no supo qué opción era peor.

Ella nunca les reveló nada más, salvo que no compartían ni padre ni madre, lo que satisfizo muchísimo a Karl.

A diferencia de Arnar, Karl no había presionado a su madre para que le proporcionara más información. Había aceptado su palabra de que era mejor olvidar la historia de sus padres, interpretando esa idea como que no pertenecían al tipo de gente que uno querría conocer y con la que desearía relacionarse.

A veces era mejor saber lo menos posible.

Otra de las razones por las que no había insistido

tanto como Arnar era la cobardía. Le tenía miedo a la verdad. Ya era bastante malo sentir que no servía para nada, pero peor aún era saber que había sido un inútil desde el día que nació.

La de Arnar era otra historia. Era un alumno sobresaliente y, aunque también podía ser un poco solitario, como Karl, y tenía pocos amigos, las cosas siempre le salían bien. Consiguió una beca para estudiar en el extranjero, se licenció *summa cum laude* en una respetada universidad norteamericana y pudo elegir entre diversos puestos de trabajo muy bien pagados tanto en Islandia como en Estados Unidos. El tiempo que había dedicado en el instituto a elegir la carrera adecuada se vio más que amortizado.

Se daba la gran vida y sus orígenes no podrían hacer nada para alterar esa situación. Había demostrado su valía.

De hecho, la única derrota que había sufrido Arnar en su vida se debía a su incapacidad para convencer a su madre de que le hablara sobre su familia. Ella ni siquiera le había prometido que se lo contaría más adelante, o que al menos se lo pensaría. Su respuesta siempre había sido la misma: «No, es imposible». No importó que Arnar citara a menudo la ley, el derecho del niño a conocer sus orígenes; su madre no cambió de opinión. Y, puesto que esa información parecía haberse perdido en el sistema, Arnar se vio obligado a aceptar ese fracaso continuado.

Karl sonrió. Tenía entre manos el documento mismo que su hermano había estado buscando durante todos esos años. Tenía el poder de proporcionarle la información que tanto había deseado. La sonrisa se volvió más amplia.

¿Le daría a Arnar los papeles?

¡Y una mierda! Arnar debería haberle tratado con un poco más de generosidad la noche anterior.

Karl volvió a meter los documentos en el sobre. No tenía ganas de conocer su contenido de inmediato. Los dejaría allí hasta que su ánimo mejorara un poco. Había visto los nombres de sus padres biológicos, pero no sentía ninguna urgencia por buscarlos en internet. Eso podía esperar. No necesitaba más malas noticias. Aunque de ninguna manera iba a tirar esos papeles. Saber que obraban en su posesión y que le estaba negando su contenido a Arnar le otorgaba una sensación de triunfo. Pasó unos dedos vacilantes por la fría superficie del sobre; acto seguido, se puso en pie, sintiendo una satisfacción inédita consigo mismo. El colchón, viejo y de mala calidad, cedió ante el impulso que hizo para levantarse y más prendas cayeron al suelo. Ya las recogería más tarde, no había prisa. Había decidido que también iba a saltarse las clases del día siguiente; eso daría a sus profesores la impresión de que había estado enfermo, sobre todo si se presentaba con una bufanda alrededor del cuello. Nadie se enfermaba durante un único día. Por mucho que la asistencia no fuera obligatoria, los profesores podrían mostrarse más indulgentes con él en los exámenes si pensaban que había sido diligente con sus estudios.

Oyó un ruido sordo procedente del sótano. Se le revolvió el estómago y toda la confianza en sí mismo desapareció al instante. Dejó el sobre y aguzó los oídos. Nada. En el momento en que se dirigía hacia la puerta, oyó otra vez el mismo ruido, esa vez algo más intenso pero no mucho más identificable. Había alguien en el sótano, aunque solo se podía llegar a él entrando en la casa. A menos que los ruidos procedieran del receptor de onda corta... Pero sin duda lo habría apagado la última vez que estuvo ahí abajo... Aunque quizá se lo había dejado encendido, con la intención de volver luego a escuchar un rato más. Lo único que tenía que hacer era apagarlo.

El sótano estaba a oscuras. Karl intentó ignorar lo que ese hecho implicaba: que el día anterior había subido a la casa sin la menor intención de volver a bajar. Pero él no era ningún triste jubilado, atrapado siempre en la misma rutina. Debía de haber apagado las luces, pero no la radio. Eso era todo. Mientras bajaba la escalera, comenzó una emisión. Nada más oír esa voz familiar e impersonal, se dio cuenta de que el aparato estaba sintonizado en la estación de números islandesa. Algo iba mal. Recordaba con claridad que se había obligado a dejar de escucharla por miedo a que le quitara el sueño. Lo último que había sintonizado fue la melancólica emisión de un radioperador aficionado de Australia, bien entrada la noche anterior. Aminoró el paso.

—¿Hola? —Su voz sonó humana y vulnerable, a diferencia del tono robótico de la transmisión de onda corta—. ¿Hola?

No hubo respuesta. Era absurdo dar voces de esa manera. Si un ladrón había entrado en la casa, era poco probable que le contestara. Y, de todos modos, no se veía a nadie y no había donde esconderse. Bueno, era concebible que el intruso se hubiera apretujado detrás del sofá, pero tendría que ser un tipo más bien delgaducho. Y era igual de ridículo imaginar que un adulto pudiera caber en el armario que había al fondo de la habitación.

—¿Hola?

No contestó nadie. El amplificador siguió lanzando una profusión de números.

Cuando al fin se armó de valor para entrar al sótano, su pulso se había estabilizado. Debía de estar volviéndose loco. Sin duda, el ladrón del año anterior no habría irrumpido en la casa una segunda vez. Había muchas otras entre las que elegir con cosas en su interior que de verdad valdrían algo. Los ladrones no debían de tener ni idea del coste del equipo de radio y, aunque la tuvieran, les sería imposible deshacerse de él porque los únicos compradores que había en el mercado para ese tipo de productos lo identificarían de inmediato como una mercancía robada. El grupo que practicaba esa afición era tan pequeño que un simple correo electrónico al club bastaría para que todos se pusieran en alerta. Karl era un idiota por imaginarse lo peor. Quizá su conciencia le estaba castigando por haber tirado las fotos de Arnar. Tendría que curtirse si de verdad pretendía extirpar a su hermano de su vida como si fuera un tumor. La siguiente vez que Arnar llamara por obligación o para pedirle un favor, no debía contestar. Tenía que ser fuerte.

Karl se acercó al receptor de onda corta. Sobre la mesa que tenía ante sí yacía una pulsera que no reconoció: una cinta de cuentas de colores con un elefante plateado que colgaba del broche. Era imposible que fuera de su madre, quien prefería las joyas hechas con grandes cuentas de madera pintadas con tonos terrosos, las típicas mierdas hippies que le hacían pensar en recitales de poesía y en las protestas setenteras contra la base de la OTAN en Keflavík. Era una pulsera demasiado alegre, pero llegar a esa conclusión no le provocó ninguna alegría. Alguien había estado en el sótano. Alguien que no tenía por qué entrar en esa casa. El miedo regresó con creces y el flujo implacable de los números hizo que le dolieran los oídos: «Veinticinco menos siete, noventa y nueve menos dieciséis punto, uno, treinta y tres punto, treinta y cinco menos cinco, ocho, cincuenta y seis, ciento diez menos dieciséis, ocho, veinticinco menos siete, noventa y nueve menos dieciséis punto, uno, treinta y tres punto, treinta y cinco menos cinco, ocho, cincuenta y seis, ciento diez menos dieciséis, ocho».

Karl cogió papel y lápiz. Absorto en los números, no oyó que el mismo ruido sordo que le había hecho bajar hasta allí sonaba de nuevo a su espalda.

18

Sigvaldi observaba sentado a sus hijos, que jugaban en el suelo del salón con los viejos coches que en su día tanto habían cautivado a su hermano y a él. Los coches mostraban señales de maltrato; la pintura brillante se había descascarillado en algunas partes y el metal asomaba tras ella. Esas manchas le llevaron a recordar los choques violentos que solía escenificar con su hermano cuando se aburrían de hacer rodar los coches por el parqué. El estrépito que con frecuencia le llegaba indicaba que algunas cosas no iban a cambiar nunca.

Stefán, su hijo pequeño, levantó la vista.

—¿Cuándo vendrá mami?

Solo tenía cuatro años y parecía incapaz de comprender lo que había pasado. Probablemente era demasiado pequeño. Parecía pensar que, si preguntaba algo un número suficiente de veces, la respuesta acabaría siendo diferente. Pero no por repetida la pregunta dejaba de resultar dolorosa.

—No vendrá, cariño. ¿Recuerdas lo que te he contado? —La respuesta brotó de manera automática.

Stefán miró a los ojos de su padre, pero fue como si no le viera; asintió poco a poco con expresión ansiosa.

—Cuando vuelva, le enseñaré lo que sé hacer. —Cogió un coche entre sus deditos y lo levantó en el aire—. Mira.

Imitó un ruido que Sigvaldi reconoció como el que hacen las ruedas al girar..., el niño le había hecho esa demostración una y otra vez. Acto seguido, Stefán arrojó el coche para estrellarlo contra la pared del otro extremo de la sala, al lado de un cuadro. Por lo general, Sigvaldi se hubiera puesto serio y le habría regañado, pero ¿qué importancia tenía eso ahora?

Bárdur, que casi tenía seis años, dirigió una mirada temerosa a su padre. En ese momento estaba mucho más sensible de lo normal, pues había comprendido la situación mejor que su hermano pequeño. También sabía que, cuando arrojabas un coche contra la pared, los adultos se ponían de los nervios. De no ser así, algo iba muy pero que muy mal. Sigvaldi hizo un esfuerzo por cumplir con su deber paterno, pero no logró más que decir:

—Stefán. No.

Esperó que el niño lo comprendiera.

—Ven, Stebbi, vamos a buscar a la abuela. —Bárdur se puso en pie y salió con su hermano de la habitación; Sigvaldi se quedó solo.

Mientras los veía irse, una idea no dejaba de darle vueltas a la cabeza: ¿cómo demonios se las iba a arreglar sin Elísa? Los niños tenían el pelo demasiado largo y sería él quien debería haberlos llevado a la cita que su madre había concertado con el peluquero. Ese mismo día. Ella quería llevarlos a cortarse el pelo ese día.

Recordó otras cosas que Elísa había planeado mientras él estuviera de viaje. Todo lo que le había comentado no había hecho más que exacerbar su alegría por marcharse. Mientras ella fuera arriba y abajo con los niños, él estaría en Estados Unidos, relajándose mientras atendía a los discursos de la conferencia. Bebiendo whisky en el bar del hotel, probando la sauna del sótano con sus colegas, regodeándose en la ausencia de nieve y por no tener que comenzar el día rascando el parabrisas.

Eso se había acabado y lo más probable era que tampoco volviera a darse en un futuro cercano. Era un padre que se había quedado solo con tres niños a los que ni siquiera conocía demasiado bien. Elísa se había ocupado de la mayor parte de sus necesidades. Por alguna razón, él había acabado al margen, como proveedor a tiempo completo y responsable de las regañinas a tiempo parcial. La persona que impartía disciplina en casa.

—¿Ha pasado algo? —oyó Sigvaldi que preguntaba su madre detrás de él. Se volvió por cortesía, pero lo que de verdad deseaba era quedarse mirando el punto de la pared contra el que su hijo había golpeado el coche. Experimentaba una especie de empatía hacia ese fragmento de revoque que de repente había recibido un impacto letal.

—No. Nada.

Sigvaldi examinó a su madre. Siempre había sido una mujer impresionante, esbelta y alta, con rasgos marcados que no habrían parecido fuera de lugar en una moneda helénica, por morena y sonrojada que apareciera en sus recuerdos, o pálida bajo la melena canosa que tenía en ese momento. Pero la conmoción había hecho mella en su apariencia, y parecía estar a punto de ceder bajo el peso de la pena. Sigvaldi era consciente de que él mismo no tenía mucho mejor aspecto.

—Los niños están un poco apagados. —Se recostó sobre la jamba de la puerta con los brazos cruzados—.

Si quieres saber mi opinión, creo que deberías levantarte de ese sofá y dedicarles un poco de tiempo. Ir al centro, ver una película, visitar el zoo, comprarles un helado. Lo que sea. Necesitan aire fresco y un respiro dentro de su aflicción. Aunque sea evidente que van a cargar con ella allí donde vayan.

Se quedaron mirándose a los ojos sin hablar, y Sigvaldi se dio cuenta por primera vez de lo mucho que se parecían. Era casi como estar mirándose a sí mismo. Desde que tenía memoria, todo el mundo le había dicho que había heredado los ojos de su madre. Hasta ese momento no había sido capaz de verlo. Quizá fuera el dolor que compartían, que tiraba de sus pestañas hacia abajo de la misma manera exacta.

—También a ti te iría bien salir un poco. Todos tenemos que levantarnos y seguir adelante. Pase lo que pase.

Su madre siempre le había espoleado; a veces, quizá, con unos objetivos demasiado elevados. Se le había ido la mano de verdad cuando él se dejaba la piel para obtener el título de Medicina; cualquiera habría dicho que, al salir de casa por la mañana camino de uno de sus exámenes, era un joven soldado que se dirigía al frente. Como si ella pensase que no iba a regresar. Pero esa vez tenía razón. Sigvaldi se obligó a sonreír.

—Me los llevaré a dar una vuelta en coche. No tengo fuerzas para ir a la tienda de golosinas o a la heladería e interactuar con gente. —Y se apresuró a añadir, antes de que ella pudiera replicar con alguna chorrada del tipo «el hombre es un animal social»—: Mañana irá mejor. Un poquito mejor. Y al día siguiente, también. Y al otro. Y al final se volverá soportable. Tendrá que bastar con eso. —Le dolía la espalda después de pasar tanto rato encorvado en el sofá—. Gracias por dejar que nos quedemos aquí. Sé que en este momento no somos la mejor compañía.

Su madre descartó esas palabras con un gesto de la mano.

—No digas tonterías. Sabes que os podéis quedar aquí todo el tiempo que quieras. —Su expresión se endureció—. Tu padre dice que están hablando de llevarse a Margrét bajo custodia. Sinceramente, espero que no lo hayas aceptado.

Había un coche tirado junto a sus pies y Sigvaldi clavó la vista en él.

—Yo no lo diría de esa manera. La policía está preocupada por su seguridad. Temen que pueda filtrarse a la prensa que estuvo allí esa noche. Que podría haber visto algo.

—¿Y qué pasa si es así? ¿Creen que es lo peor a lo que tendrá que hacer frente esa niña? ¿Que la gente comience a propagar rumores sobre ella?

Era el coche rojo, aquel por el que su hermano y él solían pelearse. Ambos lo querían porque era descapotable y tenía dos relámpagos pintados a lado y lado. Recordaba que, por chulo que fuera su aspecto, en realidad el coche no se desplazaba bien, pues tenía torcida una de las ruedas traseras y había que empujarlo con la mano. Existía una moraleja en eso que los hermanos nunca llegaron a entender: las cosas que más deseas no siempre están a la altura de tus expectativas.

—No son los cotilleos lo que preocupa a la policía, mamá. Temen que el asesino pueda venir a por ella. Que piense que ella podría identificarlo e intente silenciarla. Si se queda aquí o en casa será más sencillo seguir su rastro, pero le costará mucho más si está en un lugar seguro.

Su madre lanzó un grito ahogado y su rostro glamuroso se arrugó.

—¿Qué me dices?

—Lo que me han contado, nada más. En este momento, soy incapaz de inventar nada, ni de adornar lo que me digan. Quieren llevarse a Margrét a un lugar seguro. De manera temporal, solo hasta que atrapen a ese enfermo hijo de puta. —Espetó esas últimas palabras.

Su madre abrió y cerró la boca como un pez en seco. Acto seguido se estremeció e intentó recobrar la compostura.

—¿Quién piensas que lo hizo? ¿Algún psicópata?

Sigvaldi no pudo contestar a eso. Durante el viaje de vuelta a casa desde Estados Unidos se había estrujado el cerebro en busca de alguien que pudiera haber querido hacerle daño a Elísa. Pero no llegó a nada. Ni entre sus amigos, ni entre su familia. No estaban involucrados en ninguna disputa, ni con sus vecinos ni en el trabajo. Cierto era que sabía poco acerca del trabajo de ella, pero, de haber existido algún problema, Elísa se lo habría contado. Ese era el tipo de relación que tenían. Recordó que la policía le había preguntado si uno de los dos, o ambos, habían tenido alguna aventura, pero no logró recordar lo que había contestado.

Le resultaba más sencillo acordarse de la primera entrevista; la segunda estaba desdibujada en su memoria.

Cualquiera hubiera pensado que la habían hecho coincidir precisamente con el momento en que al fin fue consciente del carácter definitivo del asunto. A duras penas había logrado no desplomarse sobre la mesa, gritando, sollozando y arrancándose el pelo. La tensión había sido tan inmensa que le parecía un milagro haber contestado a una sola pregunta, y más tarde temió haber proyectado una imagen de frialdad y desapego. Eso no podría haber estado más lejos de la realidad. Sabía que, si dejaba pasar la más mínima emoción, la presa acabaría por romperse.

Solo guardaba una imagen vaga del mensaje del asesino que le habían hecho leer. No era ninguna sorpresa porque, según recordaba, no era más que un revoltijo de números sin sentido. Algo igual de incomprensible que el resto de los actos de la persona que había recortado esos números y los había pegado en una hoja de papel.

—No tengo la más remota idea de quién pudo haber sido. Solo sé que tuvo que tratarse de un desconocido. Nadie que conociera a Elísa podría haberle hecho algo semejante.

—Entonces, ¿cómo se supone que la policía lo ha de atrapar?

Le tocó entonces a Sigvaldi abrir la boca inútilmente mientras paseaba la mirada a su alrededor en busca de una respuesta que no llegaba. Acabó por rendirse.

—No lo sé.

—Margrét tiene que estar con nosotros, no con desconocidos.

—No sé si papá te lo ha dicho, pero ella quiere ir. —Le costó muchísimo decirlo en voz alta. De repente, se sintió furioso con su madre por haberle obligado a hacerlo—. Quizá la ayude a reconciliarse conmigo.

—¿A reconciliarse contigo? ¿Tú qué le has hecho?

Sus padres se comportaban como si no hubiera nada raro en la manera en que Margrét reaccionaba cuando lo veía. No habían dicho una palabra ante el hecho de que ella se pasara todo el día leyendo en la habitación que había sido de su hermano, y que casi nunca saliera de ella. Incluso cuando la obligaban a sentarse a la mesa para comer, ella se aseguraba de no mirar nunca en la dirección de Sigvaldi, y sus abuelos hacían un esfuerzo equivalente por no darse cuenta. Para compensar, hablaban a un volumen y con una alegría poco habituales. Los únicos que se comportaban con normalidad eran Stefán y Bárdur, salvo cuando el primero preguntaba si su madre no tenía hambre y si vendría a comer con ellos. Entonces, Bárdur pasaba a comportarse como los demás. Esos eran los momentos más difíciles para Sigvaldi.

—Parece que me eche la culpa. Solo es una niña. Lo más probable es que piense que debería haber estado allí para salvar a su madre.

—¿Has intentado preguntarle por qué lo hace? ¿Quieres que hable con ella?

—Sí, he intentado preguntárselo y no, se niega a hablar conmigo. Creo que solo necesita un tiempo para recuperarse. Las mujeres del centro han recomendado que haga terapia como ayuda para superarlo.

—¿Terapia? —Su madre pareció escandalizarse tanto que cualquiera habría pensado que él quería mandar a Margrét a rehabilitación.

—Citas con un psicólogo. Un psicólogo infantil especializado en asesoramiento postraumático. No hay nada malo en ello. ¿Qué te preocupa? ¿Que pueda hacerle daño?

Su madre no contestó. Era su reacción habitual cuando no estaba de acuerdo con su interlocutor, pero tampoco quería discutir. Aunque no pudo ocultar la rabia al hablar de nuevo:

—Si la alejan de nosotros, seguro que necesitará asesoramiento postraumático. Nunca había oído una tontería semejante. ¡Arrancar a una cría de su familia justo cuando acaba de perder a su madre! Te juro que algunos de esos supuestos especialistas no están bien de la cabeza.

—En realidad, ha sido sugerencia de la policía. Y aún no hay nada decidido.

En ese momento le sonó el teléfono. Sigvaldi no reconoció el número y se preguntó si debía contestar. ¿Y si una de sus pacientes estaba de parto? No sería la primera vez que una mujer le llamaba a él directamente. Vaciló y acabó por atender. Si se trataba de una embarazada, le diría que llamara al médico de guardia de la maternidad, que él estaba de baja. Estuvo a punto de soltar una carcajada ante lo inadecuado de la expresión.

Era un policía, el detective que le había entrevistado la segunda vez, Huldar. No se presentó con su nombre completo y Sigvaldi no recordaba su patronímico, pero tampoco era importante. Le escuchó, dijo que sí una vez y se despidió. Se recostó de nuevo contra el sofá y volvió a dirigir una mirada inexpresiva a la pared.

—Era de la policía, vendrán a buscar a Margrét más tarde.

—Ni siquiera has intentado oponerte. —Su madre fue a pararse frente a él y le tapó la pintura blanca texturizada.

—No. Es lo que hay que hacer. —Sigvaldi dejó caer el brazo sobre el suave almohadón del sofá y soltó el móvil.

La llamada había acabado con las últimas fuerzas que le quedaban.

—Ha habido otro asesinato. Del mismo tipo.

Haciendo un esfuerzo, se las arregló para enderezar la espalda. Tenía que ponerse las pilas. No había mucho tiempo: la policía y una asistente social llegarían al cabo de dos horas. Quería hablar con Margrét, explicarle la situación y averiguar si de verdad deseaba hacer eso. En caso afirmativo, la ayudaría a escoger la ropa y los juguetes que se llevaría. En caso negativo, llamaría a la policía y revocaría su consentimiento. Y a continuación él mismo tendría que llevarse a los niños y esconderlos. En una cabaña de pastores perdida en medio de las montañas, si era necesario.

Quizá Margrét le diese la oportunidad de explicar lo terriblemente duro que era para él no haber estado en casa cuando pasó lo que pasó. Quizá pudiese convencerla de que no era responsable de ninguna manera por el horroroso final de su madre..., de la mujer a la que quería tanto como ella.

Sigvaldi enderezó los hombros.

—Si esto significa que Margrét está a salvo, tendremos que aceptarlo. No pienso perderla a ella también.

La cabeza despeinada de Stefán apareció en el umbral y Sigvaldi estuvo a punto de quebrarse cuando el niño repitió la pregunta con la que le venía atormentando:

—Papi, ¿cuándo vendrá mami a casa? —Los labios rosados e infantiles se torcieron hacia abajo—. No me dio un beso de despedida.

19

A medida que avanzaba la tarde, el olor vomitivo a carne chamuscada se fue intensificando. Era imposible acostumbrarse a él. Con el fulgor de los reflectores portátiles, nadie se dio cuenta de que la efímera ración de luz diurna llevaba bastante rato sin filtrarse a través de las cortinas. Su brillo blancoazulado hacía que los ojos de la gente parecieran negros y que sus rostros cobraran una palidez poco natural; exageraba la conmoción de su apariencia. Hablaban con mayor lentitud de lo habitual, en voz baja, tapándose la boca con la mano en un intento inútil por evitar que el olor entrara en contacto con sus lenguas.

La policía científica no tardaría en recoger los bártulos y se podría trasladar el cuerpo; solo entonces estaría permitido abrir una ventana. Pero haría falta algo más que un soplo de aire fresco para purgar sus mentes de lo que habían visto.

Al haber acompañado al forense y a la policía científica hasta la escena, Huldar se encontraba entre quienes llevaban más rato allí, pero dudó que fuera el único que sufría en ese momento de claustrofobia. Erla parecía haber bajado la guardia y se había olvidado de interpretar el papel de la detective curtida. Apenas había dicho nada y su rostro expresaba el agotamiento y la desesperación que compartía con el resto del equipo. Ríkhardur tampoco había abierto la boca desde que llegó.

Huldar se arrepintió de haberlos convocado allí. Los dos se habían pasado todo el fin de semana trabajando y tenían derecho a irse a dormir pronto, así como la necesidad de hacerlo. Sin embargo, ninguno de ellos había protestado, ni había intentado poner excusas. Erla estaba en el vestuario del gimnasio, donde se acababa de quitar un calcetín. Y Ríkhardur iba camino de Mosfellsbær, el pueblecito al norte de Reikiavik, para visitar a sus padres, pero había dado media vuelta de inmediato.

No mostraban la menor señal de estar resentidos por el hecho de que los hubiera arrastrado de vuelta al trabajo. Erla había llegado antes y, por ello, había podido elegir sus tareas. Cuando Ríkhardur acabó apareciendo, no hizo falta que le diera ninguna orden. Percibió dónde era más necesario y se puso manos a la obra sin decir nada en los raros momentos en que sus colegas se consultaban algo con voz queda. Nadie puso reparos a su silencio; todos estaban bastante desanimados.

Ya no podían hacer nada por alterar el destino de Ástrós Einarsdóttir. En su lugar, todos sus esfuerzos debían apuntar al culpable, a asegurarse de que se le llevara ante la justicia. Su rabia había dejado de inflamarse cada vez que veían el cadáver desfigurado de la mujer en el suelo de la cocina, pero la indignación era palpable. Huldar tenía la sensación de que la furia se enroscaba en torno a su cabeza y se la apretaba con fuerza.

—¿No podríamos taparla? —le preguntó Erla al forense, que llevaba casi una hora encorvado sobre el cuerpo—. No puedo seguir mirando esa cara.

—Ya casi estoy. —El forense continuó registrando información sobre la víctima sin levantar la vista. Acto seguido dejó la libreta de lado y se puso a tomar más fotos—. Tampoco es que puedas ver demasiado.

Como en una pesadilla, el asesinato de Elísa se había repetido: a la mujer le habían vendado los ojos con cinta americana de color gris claro brillante; se la habían pasado varias veces por la parte superior de la cabeza. Quizá había sido una bendición que no pudiera ver. Era la misma cinta que habían usado para afianzar el aparato eléctrico en su boca, el aparato que le había provocado la muerte y que en principio había evitado que pudiera gritar. Había quedado muy poca piel al aire: la parte alta de la frente, la nariz y las orejas, y algún fragmento de mejilla que asomaba entre las tiras de cinta. Que tuviera el cabello corto e hirsuto de punta transmitía la impresión de que podía haber muerto por una descarga eléctrica. Ojalá, pues habría sido un final mucho más compasivo.

El forense sacó una última foto y se puso en pie.

—Ya os podéis llevar el cuerpo. ¿La ambulancia está aquí?

Huldar contestó que sí y el alivio general fue palpable. Lo peor había pasado y no tardarían en dejar de enfrentarse a esa espantosa escena.

Por alguna razón, lo que más había afectado a Huldar eran los dedos de la mujer, que estaban en tensión, como si hubiera manoteado en busca de una manera de evitar lo inevitable, de sacarse el aparato de la garganta y detener la agonía inefable que debía de haber acompañado sus últimos estertores. Según las señales, el forense había deducido que el asesino debía de haberle inmovilizado las manos con los pies. Había varios utensilios de cocina encima de la mesa, incluyendo un cuchillo de gran tamaño y unas tijeras que probablemente había usado para cortar la cinta. No estaba claro si había pretendido usar los demás, ni con qué propósito. Quizá buscó asustar a la mujer, pero el arma del crimen ya era bastante horrible de por sí.

Huldar había intentado interpretar la escena a partir de lo que contenía. Además de los utensilios de cocina había una silla tirada y, a su lado, en el suelo, una hoja de papel cubierta de extrañas anotaciones: números al azar y cálculos de lógica poco claros. No se parecían al mensaje cifrado que había aparecido en casa de Elísa; para comenzar, estaban escritos a lápiz, no con recortes de periódico. El lápiz había aparecido en el suelo, al lado del mueble de la cocina.

Lo más probable era que la víctima hubiera estado sentada antes de morir. No resultaba obvio de inmediato si los cálculos los había escrito la mujer o el asesino, pero, a juzgar por la torpeza de las líneas, seguramente había sido ella. Parecía el escrito de una persona que no pudiera ver lo que hacía. Cuando comenzó a enfrentarse a la muerte, Ástrós se había tirado hacia un lado y había caído al suelo. Según el forense, el dolor de esa caída sin protección se habría visto completamente eclipsado por la agonía en su boca y su garganta. Existía la posibilidad de que ni siquiera hubiera reparado en el golpe.

—Podéis coger la hoja, el lápiz y los utensilios de cocina. Y desenchufar esa maldita cosa. También quiero el alargador. No lo separéis, enrolladlo con cuidado y ponedlo encima de eso. —El forense señaló el mango negro que sobresalía de la boca de Ástrós, medio oculto por la cinta—. Aseguraos de usar guantes..., también cuando lo desenchuféis. Y embolsad cualquier cosa suelta que encontréis. —Sacó del maletín una bolsa grande hecha de plástico transparente y resistente—. Sabéis etiquetarlas, ¿verdad?

Huldar tuvo que contestar por su equipo de nuevo. Los demás apenas habían hablado, y solo cuando les dirigían una pregunta directa. Incluso sin la presencia en general ceniza de Ríkhardur, la atmósfera habría sido más sombría que la de cualquier funeral. Aunque nadie conocía a la fallecida, todos estaban afectados. A Huldar le agradaba esa reacción: no le habría gustado tener que trabajar con gente que se limitara a encogerse de hombros ante un asesinato, sobre todo ante uno tan horripilante como ese.

—¿Qué has descubierto? —Observó al forense quitarse la máscara y tirar de la punta de los guantes, que parecían haberse adherido a sus manos.

—Bueno, no puedo aseverar nada de manera categórica, pero la temperatura corporal nos da la hora de defunción en torno a la medianoche. Todo indica que la causa fueron las quemaduras en su garganta, aunque tendré que esperar a la autopsia completa para establecer lo que pasó y qué la mató en realidad. Quizá se asfixiara por la obstrucción de las vías superiores como resultado de las quemaduras. O sufriera una hemorragia y se ahogara en su propia sangre. Hay varios escenarios posibles, pero no tengo casos con los que compararlos para establecer un veredicto. No pasa cada día que despachen a alguien con unas pinzas para rizarse el pelo, si eso es lo que son.

Huldar y Erla se quedaron mirando el mango negro, subyugados. El hedor a carne chamuscada volvió a ganar intensidad y Erla se frotó la nariz en un frágil esfuerzo por bloquearlo.

El forense sacudió la cabeza con expresión sombría.

—Me temo que su muerte no fue ni indolora ni rápida. Ay.

Tanto Huldar como Erla hicieron una mueca. Ríkhardur apartó la vista de los estantes del mueble de la cocina que estaba espolvoreando para encontrar huellas dactilares y les dirigió una expresión igual de compungida. El forense prosiguió, imperturbable:

—Pero, como ya he dicho, la autopsia aclarará las cosas y quizá nos proporcione una hora de defunción más precisa, aunque eso representará un pequeño desafío. Sería de ayuda que averiguarais cuándo comió por última vez, pero quizá sea complicado: vivía sola, ¿verdad? Si es que este era su apartamento.

—Sí, eso me han dicho. —Huldar había hablado con la hermana de la fallecida, quien había informado del asesinato. La mujer estaba conmocionada, pero él se las había arreglado para recopilar algunos datos básicos, como que se había presentado allí porque Ástrós no le cogía el teléfono. Entre sollozos le había explicado que temía que su hermana hubiera sufrido un ataque al corazón y estuviera tirada inconsciente en el suelo. Sufría de presión alta—. Según la hermana, Ástrós enviudó hace dos años, así que podemos estar seguros de que no cenó con su marido. No tenían hijos. En la nevera hay una tarta a la que solo le falta un trozo, así que no parece que hubiera recibido visitas. En el fregadero hay una olla, un plato, un cuchillo y un tenedor, lo que también indica que cenó sola. Pero hay dos vasos. Supongo que pudo usar uno antes, a lo largo del día, pero, por lo limpio y ordenado que está el lugar, no me parece del tipo de persona que dejaría que los platos sucios se apilaran.

—¿Lo has recogido todo? ¿La tarta también? —El forense tenía reputación de ser exhaustivo. Por experiencia, Huldar sabía que no se iría de la escena hasta saber que todas las pruebas estaban embolsadas y que no se habían dejado nada.

—Sí. Espero que haya huellas en los vasos, pero casi con total seguridad serán de ella. Tengo la impresión de que el asesino es demasiado cuidadoso para que lo atrapemos de esa manera. ¿Has encontrado alguna huella en el cuerpo? —Huldar ya conocía la respuesta. Había estado observando al forense con atención y no se le habría escapado un descubrimiento tan significativo.

—Durante el examen provisional no he encontrado nada en la parte frontal del cuerpo. Como es natural, existe la posibilidad de que se me haya pasado algo por alto, pero, por la manera en que está vestida, no soy optimista sobre la presencia de huellas en su ropa. —La mujer había abandonado este mundo ataviada con un albornoz grueso, una camiseta gastada y unos pantalones de pijama a cuadros. Mientras luchaba por su vida se le había levantado la camiseta, que revelaba un vientre flácido y pálido. El albornoz estaba abierto y sus solapas se extendían a los lados como alas deformes—. Sabremos más cosas cuando haya realizado un examen exhaustivo en el laboratorio. La nuca podría estar cubierta de huellas, pero lo dudo. La cinta es nuestra mejor opción, pero tampoco me haría muchas ilusiones. La última vez no encontramos nada y, sea quien sea, el asesino parece tener un cuidado increíble. Si es que se trata del mismo hombre.

Huldar no hizo ningún comentario, aunque pensaba que lo era. Existían demasiados parecidos para que se tratara de una coincidencia. Dos mujeres asesinadas en pocos días y casi de la misma grotesca manera. La cinta sola ya bastaba para que Huldar estuviera convencido de que era el mismo criminal. Por lo demás, los casos tenían poco en común, a excepción del detalle de que al parecer ninguna de las víctimas había sido violada y las circunstancias no apuntaban a una motivación sexual. Hasta donde sabía, no había nada en la vida de ambas mujeres que hiciera suponer que alguien podría quererlas muertas: Elísa, una treintañera madre de tres hijos que trabajaba en la agencia tributaria, y Ástrós, una viuda sesentona que solía dar clases de biología en un instituto y tenía pocos intereses además de ver la televisión, si debía creer en la descripción de su hermana. El apartamento daba fe de la rutinaria existencia de la mujer. Había fotos en las que aparecía con su marido posando en situaciones diversas: vacaciones en la playa, pícnics en los páramos islandeses, cenas de celebración. Aunque hubiera largos intervalos entre los retratos, la pareja había cambiado poco; ella siempre llevaba el pelo corto y ralo, peinado hacia atrás para que no cayera sobre su rostro tirando a incoloro, mientras que él tenía las mejillas más sonrojadas y su pelo iba retrocediendo en cada nueva imagen. Gente común y corriente. Ni Ástrós ni Elísa parecían el tipo de personas que llamarían la atención de un asesino trastornado. Y, sin embargo, así había sido.

Huldar necesitaba mantener todos los sentidos alerta para no pasar por alto ningún detalle importante, pero le estaba costando porque el hedor a carne chamuscada le hacía pensar una y otra vez en la macabra escena de la cocina. A partir de ese momento, la visión de la cinta americana le provocaría para siempre un sabor ácido en la boca, y supuso que lo mismo podría aplicarse a todas las personas que habían pisado el apartamento ese día.

Se agachó hacia la toma de corriente y desenchufó

con cuidado el alargador. Enrolló con las manos enguantadas el cable y lo colocó con suavidad sobre el cuerpo. La cabeza comenzó a darle vueltas y se cuidó de levantarse poco a poco por miedo a desmayarse y caer encima de la pobre mujer, que ya había sufrido bastante en vida; no había razón para provocarle nuevas vejaciones a su cuerpo.

Mientras esperaba a que se le pasara el mareo, intentó controlar las ideas, algo que no había conseguido hacer desde su llegada. Era muy fácil caer en la trampa de concentrarse exclusivamente en la cinta y los instrumentos eléctricos. Pero, pese a sus similitudes, los dos asesinatos exhibían también varias diferencias. Huldar era consciente de que debía tener la mente abierta a la posibilidad de que no se tratara del mismo responsable. Hombres mejores que él habían acabado muy mal por dar esas cosas por sentadas y, con ello, omitir aspectos evidentes que no encajaban en su teoría.

Elísa había aparecido en la cama; no en el suelo, como Ástrós. En el primer caso, el asesino había esperado a que la víctima se fuera a dormir; en el segundo, había arremetido contra la mujer mientras esta se encontraba despierta. Huldar tenía la sensación de que eso podía indicar que iba ganando confianza, pero no era más que una corazonada. También existía la posibilidad de que no fuese el mismo hombre. Aunque el detalle de la cinta americana no había aparecido en las noticias, era concebible que se hubiera filtrado. Había numerosas personas, no solo en la policía, que sabían del uso de la cinta americana en el asesinato de Elísa, y era bastante posible que más de una de ellas le hubiera confiado ese detalle a una pareja, un familiar o un amigo. En circunstancias normales, una información de ese tipo no tardaba mucho en difundirse.

Huldar tenía que hacer algo con las manos, de modo que se frotó la cara con fuerza, pero, al bajarlas de nuevo, no notó ninguna diferencia. Echaba de menos los tiempos en los que le correspondía a otra persona preocuparse por los avances de una investigación. Cuando algún cargo por encima del suyo tenía que pelearse con el interrogante sobre quién podría recurrir a un acto de ese tipo y de si el método utilizado ofrecía alguna pista sobre los motivos del asesino. Ya no había manera de escapar a esa responsabilidad. Examinó el grotesco espectáculo de la cabeza de Ástrós, exhalando poco a poco. Tenía que ser el mismo hombre. Era inconcebible que dos psicópatas con un *modus operandi* casi idéntico pudieran coexistir en un lugar tan pequeño como Islandia.

El forense cerró de golpe el maletín y Erla, que había permanecido aturdida junto a la pared, pegó un salto del susto. Había sido un día muy largo. Demasiado. Huldar no solo tenía que enfrentarse a la fatiga, sino a un dolor de cabeza terrible. Esa iluminación tan agresiva hacía que viera puntitos ante los ojos y le obligó a desistir de su intento de concentrarse en algo. Le sonó el móvil en el bolsillo, pero no contestó, igual que con la llamada anterior. Ni siquiera se había molestado en ver quién intentaba ponerse en contacto con él; la escena del crimen requería de una atención completa. Gracias a Dios, los asesinatos eran raros en Islandia, pero tenían prioridad sobre cualquier otra cosa. La primera vez que le sonó el teléfono, todo el mundo dejó lo que estaba haciendo y le miró sobresaltado. Esa vez, en cambio, nadie prestó atención al hecho de que no contestara.

—¿Has cogido las ventosas y el cortador de vidrios? —La voz del forense indicaba que él tampoco estaba teniendo su mejor día. Se masajeó la cara, allí donde la mascarilla le había dejado marca.

—Sí. —El teléfono enmudeció mientras contestaba y el dolor de cabeza menguó un poco.

El agresor había entrado por la puerta del balcón. Lo sabían por la marca de pie que había en la pared contigua, por las huellas que había dejado en la nieve del balcón y por los rastros que iban de la puerta al vestíbulo. Esas huellas correspondían a unos zapatos de número normal en un hombre, pero el diseño de la suela era demasiado confuso para analizarlo.

Había abierto la puerta del balcón haciendo un agujero en el cristal. Para ello había usado una ventosa, pero al parecer no estaba del todo familiarizado con ese método, ya que la ventosa cayó hacia el interior del apartamento cuando intentó quitar el círculo de vidrio y este se rompió. A continuación, no le costó nada pasar el brazo y abrir la puerta desde dentro. Aparentemente, había atacado a la mujer en el pasillo que conducía al dormitorio. Así lo indicaban las líneas negras en el suelo, que comenzaban junto al baño y conducían a la cocina, donde se había descubierto el cadáver. Se suponía que esas líneas eran las marcas que habían dejado las zapatillas de goma de la mujer cuando el asesino la arrastró tras de sí. Después de esa secuencia, los hechos ya no estaban tan claros.

El forense se estaba quitando el mono de protección.

—Hay algo que no debes olvidar. Si se trata del mismo hombre, no dudará en matar otra vez. Por supuesto, es posible que se dé por satisfecho con estas dos muertes, pero en adelante el número de vidas que arrebate ya no afectará demasiado a su sentencia, que como mucho pasaría de dieciséis a veinte años. Es algo que da que pensar.

La atmósfera se volvió opresiva de nuevo.

—Esperemos que el asesino se preocupe por su propio bienestar. En principio no deseará que lo atrapen, pero cada nuevo asesinato hace crecer las posibilidades de que así sea. Suponiendo siempre que se trate del mismo hombre. —Huldar esperaba que esa lógica sirviera para animar al equipo: tenían que creer que ya había pasado lo peor.

Personalmente, no obstante, dudaba que así fuera, y sus colegas parecían ser de la misma opinión. Ríkhardur devolvió la atención al estante que estaba espolvoreando y Erla bajó la vista y cruzó los brazos. Decidió mandarlos a casa: habían hecho un buen trabajo. Él podría cerrarlo todo con la policía científica. El alivio que sintieron fue evidente, pero intentaron no mostrarlo. Aunque, cuando Huldar le pidió a Ríkhardur que pasara por casa de Freyja en el trayecto de vuelta, la máscara impasible del hombre se descolocó un poco y reveló lo exhausto que estaba. Pareció agradecer que Huldar le explicara que ella vivía en Grandi, no muy lejos de su casa, en el lado oeste de la ciudad. Y se sintió más agradecido incluso cuando Huldar remarcó que no hacía falta que entrara, sino que simplemente debía echar un vistazo desde el coche y asegurarse de que todo estuviera en calma. Puesto que Margrét se había trasladado al apartamento de Freyja, era mejor tenerlo un poco controlado. Y no había mucha gente a la que pudiera pedírselo; al margen de los cargos superiores que lo habían organizado, Ríkhardur y Erla eran los únicos miembros del Departamento de Investigación Criminal que conocían el plan de mandar allí a la niña.

Erla frunció el ceño, era evidente que se sentía desairada, pero Huldar estaba demasiado cansado para pensar en encargarle algo camino de casa. A menos que pudiera pasarse por la farmacia a comprarle unos analgésicos, pero dudó que eso bastara para calmar sus ánimos y no dispuso de la energía necesaria para señalar que no tenía sentido mandarla a ella puesto que vivía en Breidholt, en el otro extremo de la ciudad. Debería limitarse a agradecer la oportunidad de volver a casa y quizá incluso pillar el telediario de la noche. Así que guardó silencio y simplemente deseó que Erla se diera cuenta de lo ridículo que era pensar que él prefería a Ríkhardur antes que a ella. Tal situación nunca se habría presentado si hubiera rechazado el ascenso. Lamentó con amargura esa decisión una vez más, pero con ello solo consiguió que la jaqueca empeorara.

Fuera hacía frío y, aunque agradeció salir al aire fresco, Huldar medio deseó regresar a la calidez de la casa. Aún tenía que hablar con los vecinos de abajo, pero solo podía pensar en lo mucho que necesitaba un cigarrillo. Llamó al timbre y lo mantuvo apretado, aunque era consciente de que eso no tendría ningún efecto sobre el modo en que sonara en el interior. Volvió a llamar. Estaban en casa, había otro coche en la zona de aparcamiento. Llamó por tercera vez.

Un piti. Eso liberaría a su nariz del olor nauseabundo. Vale, dos. Se las había apañado para seguir alejado del tabaco, se había obligado a pasar por delante de dos quioscos antes de llegar a la farmacia. Desde ese momento, había estado masticando chicles de nicotina sin parar. Escupió el chicle gastado y lo reemplazó por uno nuevo. Cuando abrieron la puerta, se presentó con voz pastosa y pidió hablar con los inquilinos.

—Hola. ¿Ha pasado algo? —La mujer se arrebujó la chaqueta de punto, como si quisiera protegerse de la mala noticia.

—Tengo que hacerles a usted y al resto de las personas que viven aquí unas preguntas sobre los sucesos de ayer por la noche. —Huldar se pegó la goma de mascar a la mejilla.

—¿De ayer por la noche?

—Así es. ¿Estaban en casa? —Sin la intromisión del chicle, las palabras surgieron con mayor claridad.

—Sí, mi marido y yo estuvimos aquí desde eso de las cinco. Nuestros hijos ya han abandonado el nido. —La mujer volvió la cabeza y gritó por encima del hombro—: ¡Gunni! Es la policía. —Se centró de nuevo en Huldar—. Estuvimos viendo la televisión. Las noticias de las diez. —Su actitud transmitía el mensaje de que esa visita era extremadamente inconveniente. Era evidente que prefería ver las noticias antes que estar relacionada con ellas.

La puerta se abrió un poco más y mostró al marido, que no pareció más contento con la interrupción que su esposa.

—¿Qué pasa? —El hombre asomó la cabeza y miró a su alrededor, como si esperara encontrar la explicación en la calle.

—Tengo que saber si oyeron algún ruido extraño procedente del piso de arriba ayer por la noche, o si repararon en alguien que entrara o saliera de la casa o que pasara por el jardín.

La pareja pareció indiferente. No mostraron ninguna preocupación ni curiosidad por conocer la razón de la pregunta.

—¿Ayer por la noche, dice? —La mujer frunció el ceño y miró a su marido—. ¿Fue ayer o anteayer cuando oí ese ruido?

—Anoche, creo.

—¿Ruido? ¿A qué hora fue eso?

—Bueno, me quedé dormida sobre las diez y media, así que fue después. Hacia las dos, quizá. Me desperté y miré por la ventana, pero no vi nada. ¿Alguien entró en casa de Ástrós?

Huldar no contestó.

—¿Está segura de que el ruido provino de allí?

Eso no coincidía con la hora de defunción que habían estimado; a las dos de la mañana, Ástrós debía de llevar un par de horas muerta. Y la mujer no podía haber oído el cristal de la puerta del balcón porque el asesino tuvo que entrar en la casa bastante antes. Quizá se había quedado un rato a admirar su trabajo, o para borrar cualquier posible rastro. Quizá había hecho caer un jarrón o algún otro objeto, aunque no habían encontrado ninguna señal de que hubiera habido algún destrozo.

—No estoy segura. Me despertó un ruido y me quedé confundida. No miré la hora porque no se me ocurrió que pudiera estar relacionado con un robo. De ser así, habría hecho un esfuerzo mayor para recordarlo.

Aun así, la mujer se había preocupado lo suficiente para mirar por la ventana, pero Huldar lo dejó pasar. Sintió alivio por el hecho de que la pareja se hubiera quedado con la idea fija del robo. Era evidente que no se habían enterado del traslado del cadáver hasta la ambulancia.

—Y antes de acostarse, ¿repararon en algo?

La pareja contestó que no, pero se corrigieron después de un breve diálogo y concluyeron que sobre las diez habían oído voces procedentes del piso de Ástrós y que sonaban como gemidos o un llanto, pero que también podría haberse tratado de risas. No les prestaron atención, porque Ástrós siempre tenía invitados en casa. Eso último lo dijeron con tono reprobador. Cuando Huldar les preguntó por el sexo y el número posible de esas visitas, se retractaron y dijeron que quizá había sido solo la televisión o la radio.

Después de discrepar entre sí durante un rato, acabaron coincidiendo en que debió de ser un programa de radio o una obra teatral, porque no había banda sonora ni anuncios. La mujer añadió que el sonido se propagaba con facilidad de un piso al otro. Su expresión resentida implicó que eso era motivo de tensión, pero se calló de golpe al recibir un golpecito discreto del marido y dejó que este tomara la iniciativa. El hombre se rascó la cabeza, escasamente cubierta de pelo, y se devanó los sesos hasta recordar que él también había oído ruidos extraños, como de llanto o gemidos, procedentes del piso de arriba cuando se levantó para ir al baño en algún momento posterior a la medianoche. Pero no pensó que Ástrós pudiera estar enferma o tener problemas, sino que se sentiría triste. Había perdido a su marido dos años antes y la relación con ellos se había vuelto tirante desde entonces, de modo que ni se le pasó por la cabeza la idea de llamarla por teléfono para ver si se encontraba bien. Según el hombre, desde que enviudó Ástrós había intentado zafarse de cumplir con su parte del mantenimiento de la propiedad. La elección del color para pintar la fachada había sido la gota que colmó el vaso; su vecina insistió en el amarillo, mientras que ellos querían que fuera gris. Huldar supuso que, en cuanto se enteraran de su fallecimiento, aprovecharían la oportunidad para pintar la casa antes de que un nuevo dueño pudiera involucrarse en la decisión.

Le sonó el móvil dos veces mientras la pareja estaba

ocupada menospreciando a su vecina fallecida. Lo ignoró. Al cabo de unos minutos volvería a estar en el coche y podría contestar las llamadas urgentes a su antojo. Mientras tanto escuchó su perorata, los turnos que hicieron para desempolvar todos los supuestos defectos de Ástrós como vecina. El relato se fue volviendo cada vez más mezquino, hasta que al fin perdió fuerza y desembocó en un silencio incómodo.

Huldar decidió que no iba a obtener nada más de ellos, así que comenzó a despedirse explicándoles que al cabo de un día o dos se les iba a pedir que realizaran una declaración oficial. Estaba a punto de introducir sus números de teléfono en el móvil cuando vio que la llamada más reciente era de Freyja. Se apresuró a anotar los números y les dijo adiós. La molestia que le provocaba el chicle frío en la mejilla quedó olvidada, reemplazada por una preocupación mucho más seria. Era poco probable que Freyja le hubiera llamado solo para charlar, y él le había prometido que estaría disponible día y noche.

—¡Eh! —El marido seguía en la puerta—. Hay algo que quizá quiera ver.

Desapareció y regresó tras unos instantes que a Huldar se le hicieron eternos en su impaciencia por llamar a Freyja. Nunca se perdonaría a sí mismo que le hubiera pasado algo a Margrét porque él no había atendido el teléfono. Probablemente sería una cuestión menor; no había tenido noticias de Ríkhardur, así que no podía ser importante. A la vez, debía de haber transcurrido media hora desde que él pasó con el coche por delante de la casa, y en ese periodo podrían haber sucedido todo tipo de cosas.

No le quedó más remedio que dejar el miedo de lado y esperar. El marido volvió a aparecer con expresión avergonzada y le entregó un sobre cubierto con lo que parecía salsa de tomate.

—Lo siento, pero lo tiré a la basura. El sobre apareció encajado bajo mi limpiaparabrisas esta mañana. Al abrirlo pensé que era una especie de disparate. Puede tirarlo si no tiene nada que ver con el robo. No tengo ni idea de quién demonios lo habrá dejado ahí.

Huldar se puso los guantes de látex y cogió el sobre con cuidado. El hombre y su esposa, que también había regresado a la puerta, observaron sus precauciones con expresión de sorpresa. Huldar los ignoró. Si era lo que él pensaba, no harían falta más pruebas: Elísa y Ástrós habrían sido asesinadas por el mismo hombre.

Dando la espalda a la pareja, extrajo la nota del sobre, examinó su contenido y volvió a meterla con cuidado. Allí tenía la prueba: dos víctimas, un asesino. Huldar levantó la vista hacia el hombre.

—Tendré que tomarle las huellas dactilares. —Acto seguido, se volvió hacia la mujer—. Y las suyas también, si ha tocado el sobre o la nota.

Los rostros de la pareja fueron la viva estampa de la perplejidad.

20

Margrét se llevaba mucho mejor con Molly que Freyja. El perro seguía a la niña a todas partes, se negaba a dejarla sola; cuando Margrét se sentaba, Molly se tumbaba a sus pies y yacía con las orejas enhiestas, aunque tuviera los ojos cerrados y pareciera estar dormida. Era como si la perra supiera por instinto que la niña necesitaba que la protegieran. Y acertaba. Por supuesto, todo el mundo esperaba que los temores por la seguridad de Margrét se revelaran infundados, pero nadie se atrevía a correr ningún riesgo.

Geir, del Organismo para la Protección del Menor, se lo había remarcado cuando la llamó para informarla de la decisión final sobre la colocación de Margrét. Le dejó muy claro que esperaban que Freyja aceptara esa responsabilidad, y pareció más ansioso por mantener una buena relación con la policía que por escuchar la opinión de ella sobre el tema. Y, puesto que la policía y los servicios sociales habían acordado optar por esa solución, Freyja no tuvo más remedio que acatarla.

Si bien opuso resistencia antes de rendirse, alegando que Molly podría ser un problema, resultó que, a ojos del organismo, la seguridad que procuraba el perro era una gran ventaja. La descripción que Freyja llevó a cabo del apartamento tampoco la ayudó; por el contrario, supusieron que a nadie se le ocurriría ni en sueños buscar allí a la niña. Estaba claro que no podía hacer nada más que plegarse ante lo inevitable.

Enviaron a dos inspectores a evaluar tanto el apartamento como a la perra. Aparecieron nada más acabar la llamada, y Freyja sospechó que habían estado esperando fuera, en el coche, a que ella se rindiera. Inspeccionaron cada centímetro del lugar bajo la mirada vigilante de Molly. La perra se portó de manera impecable y, curiosamente, dictaminaron que el apartamento era del todo aceptable. Sin duda ayudó a ello que Freyja se hubiera apresurado a retirar todos los objetos incriminatorios que podrían haber metido a su hermano en un embrollo. Por suerte, ya había sacado las lámparas de calor de la habitación de invitados varias semanas atrás, cuando le llegó el turno de invitar a las chicas del club de costura. Era poco probable que hubieran recibido la aprobación de los inspectores, e incluso la de varias de sus amigas, aunque la mayoría seguramente habría sonreído y una o dos quizá hasta habrían mostrado interés por la cosecha.

Como resultado, el almacén del sótano estaba a reventar y el armario del dormitorio se encontraba abarrotado de parafernalia decorada con hojas de cánnabis y otros diseños relacionados con las drogas.

Freyja se sorprendió al ver lo vacío y deprimente que quedaba el apartamento después de esa limpieza, a juego con la mirada apagada de Margrét cuando los hombres la acompañaron hasta la puerta y la niña se quedó allí parada, con la vista baja. No pronunció una sola palabra; se limitó a quitarse el abrigo y solo reaccionó cuando Freyja le dijo que no se molestara en descalzarse, que el suelo siempre estaba bastante sucio por culpa del perro y que sus calcetines se quedarían negros muy pronto si caminaba con ellos. En ese momento, la niña levantó la mirada y, por su expresión ansiosa, debió de pensar que Freyja le estaba poniendo un examen o tendiendo una trampa. Ella sonrió y se señaló sus propios zapatos. Los hombres aprovecharon la oportunidad para darle dos bolsas de ropa y una copia en DVD de la película *Frozen*; a continuación, se marcharon sin escoltar a la niña hacia el interior. Los vio alejarse por el pasillo hasta la escalera.

Un rato después, Freyja estaba parada en la puerta del dormitorio, que había vaciado para que lo usara Margrét. Ella planeaba apañarse con el sofá del salón en vez de dormir en la habitacioncita que había albergado las lámparas de calor. Eso hubiera implicado quitar la contraventana que su hermano había colocado allí, por no mencionar los otros objetos que no pertenecían a un dormitorio, como el juego de mancuernas y demás equipo para levantar pesas. Eso era lo que había disuadido a los inspectores de insistir en que la niña durmiera allí; ninguno tenía ganas de sacar las pesas a rastras para dejarle espacio.

—¿Quieres que prepare un chocolate caliente? —preguntó Freyja—. Lo hago muy bueno. —Le sonrió a la niña—. ¿O prefieres un café?

Margrét levantó la vista del libro. Estaba sentada en la cama con una rectitud poco natural, como si tuviera la espalda apoyada contra una pared invisible. Sus piernecitas colgaban sobre el borde y revelaban unos calcetines ligeramente demasiado grandes por debajo de los tejanos. Los zapatos yacían tirados en el suelo. Su rostro estaba marcado por la pena.

—No, gracias.

—¿Estás segura? —De repente, Freyja temió que

la niña no estuviera comiendo o bebiendo lo suficiente. Desde su llegada lo venía rechazando todo, y ya eran las ocho de la tarde—. También tengo refrescos, si quieres. Y hay agua del grifo.

—No, gracias. —Margrét apenas movió los labios. Parecía una muñeca y su rostro de porcelana no hacía más que realzar esa impresión.

—Entonces, ¿te importaría ayudarme a darle de comer a Molly? —Freyja miró a la perra, que estaba hecha un ovillo a los pies de Margrét—. Me temo que sin ti no querrá venir a la cocina. Está tan fascinada contigo que se niega a dejarte sola. —Freyja sonrió de nuevo—. Es muy raro que haga eso, ¿sabes? A mí desde luego no me tiene tanto cariño.

—¿No es tuya?

Era la primera vez que la niña le ofrecía un tema de conversación.

—No, es de mi hermano. El apartamento es suyo. Yo solo se lo vigilo y cuido de la perra.

—¿Él dónde está? —Margrét seguía sentada como una bailarina, con los brazos a los lados, la espalda completamente recta.

—¿Mi hermano? —Freyja se estrujó el cerebro en busca de una respuesta adecuada. No podía contarle la verdad a la niña—. En este momento está viviendo en el campo, pero no tardará en volver a la ciudad, así que debo encontrar un piso antes de que lo haga. No quiero tener que compartir este con él.

Margrét movió la cabeza por primera vez. Asintió con ganas. Luego se bajó al suelo y metió los pies en los zapatos.

—Te ayudaré. Molly tiene hambre.

Nada más oír su nombre, la perra se puso en pie y se paró al lado de Margrét. La niña le dio unos golpecitos en la cabeza y le rascó detrás de las orejas, y el animal cerró los ojos como si fuera un gato grandullón. Pese a que se esforzaba en acariciarla con frecuencia, Freyja nunca había obtenido ese tipo de respuesta. Con ella, Molly se limitaba a sacudir la cabeza como para librarse de una alimaña molesta. Quién lo iba a decir... Quizá podrían persuadir a la familia de Margrét para que cuidara de la perra. Absorta en esas ideas, apenas se dio cuenta de que la niña soltaba un suspiro. Un suspiro leve y triste.

—¿Estás bien, Margrét, querida? ¿Puedo hacer algo por ti?

—No. —La voz de la niña sonó dura e intransigente, pero prosiguió con más suavidad—: Me siento mal por dentro. En la cabeza. —Manifestó sin emoción, como si informar de ese hecho fuera su deber—. Es como si todo se hubiera roto.

—¿Tienes jaqueca? —tuvo que preguntar Freyja, pese a ser del todo consciente de que lo que afligía a la niña no se podría curar con analgésicos.

—No es como una jaqueca. Es más bien como que me he hecho daño pero dentro de la cabeza, así que no me puedo poner una tirita.

—Sé a lo que te refieres.

—No, no lo sabes. Nadie lo sabe más que yo. Es mi cabeza, no la tuya.

Freyja no se ofendió con esas palabras; conocía demasiado bien esa sensación, procedente de su propia infancia. Había sentido lo mismo tras la muerte de su madre, cuando los adultos se dirigían a ella con expresión compasiva y fingían comprenderla con el tono de voz. Pero no tenían ni idea de lo que estaba viviendo. Ni idea.

—¿Te cuento un secreto, Margrét?

La niña levantó la vista. Por complicada que fuera la situación, los secretos siempre resultaban atractivos.

—Mi mamá murió cuando yo era solo un poquito mayor que tú ahora. Así que quizá no sepa exactamente cómo te sientes, pero sí me hago una idea.

Margrét examinó su cara para convencerse de que le estuviera contando la verdad.

—¿La asesinaron?

—No. No directamente. Murió porque no se cuidaba como hubiera debido. —Freyja se moría de ganas de acariciar esos rizos pelirrojos, pero no se atrevió por miedo a que la niña se molestara. Como Molly. Tuvo que conformarse con una sonrisa irónica—. Tu mamá era mucho mejor que la mía, pero yo la sigo echando de menos terriblemente. Así que no sé con exactitud cómo te sientes, porque seguro que te sientes peor que yo..., pero lo sé un poquito. —Hizo una pausa; había percibido que estaba conectando con Margrét y no quiso romper el fino hilo que las unía—. Vamos, no queremos que Molly se muera de hambre.

La cocina era pequeña, pues el edificio se remontaba a la época en que se daba poca importancia a la comida y a su preparación. Pese a todo, su hermano se las había arreglado para encajar una mesa y dos sillas junto a la ventana, y también había encontrado sitio para el juego de cuencos inmensos de la perra. Las tres juntas estaban bastante apretujadas.

—Tendría que estar completamente muerta de hambre para comerme eso. ¿Y tú? —Freyja observaba a la niña servir con cuidado la comida seca de la bolsa medio llena en el cuenco.

—Quizá me apetecería si fuera un perro. Pero no lo soy.

Margrét hizo un esfuerzo para dejar la pesada bolsa encima de la mesa. Su voz era desconcertante, carecía de la menor emoción, pero al menos había comenzado a contestar a sus preguntas.

Era lo que cabía esperar. Freyja no podía decir nada para acabar con su dolor. Eso solo estaba en manos del tiempo. Se obligó a soltar una risita.

—Por suerte. Es mucho más divertido ser una niña. —Consiguió sujetar la bolsa justo antes de que cayera al suelo—. Ya sabes lo que dicen sobre la vida de los perros, que puede ser bastante miserable.

—Preferiría ser un perro. Ahora al menos. —Margrét se quedó con la vista fija en el linóleo, evitando mirarla a los ojos—. A los perros no les importan sus mamás y sus papás.

—Sí, supongo que tienes razón.

Lo cierto era que Molly no daba señales de echar de menos a sus padres. Freyja le pasó a Margrét el cuenco que había llenado. Molly lo siguió con la mirada y, cuando lo tuvo en el suelo, comenzó a engullir su contenido acompañada de un traqueteo: el que producía su collar al golpear contra el recipiente. Carecía de sentido intentar hablar por encima de ese estruendo y era una suerte, porque Freyja debía vigilar los temas que tocaba. No solo porque la niña estuviera sensible y desesperada, sino porque no quería influir sin darse cuenta en su declaración.

Cuando Molly acabó de comer las envolvió el silencio. Freyja se hizo la sorprendida.

—Ostras, debía de tener hambre. ¿Quieres que te cuente una cosa? —Margrét no contestó, pero pareció que asentía con la cabeza—. Molly siempre está hambrienta. En cuanto le quitemos el cuenco, volverá a querer comida. —La perra las miró a las dos por turnos mientras se relamía el hocico. Emitió un quejido grave, como si fuera consciente de que no le iban a servir más pero valiera la pena intentarlo.

—Ahora tenemos que sacarla a dar un pequeño paseo. ¿Te apuntas?

—Vale. —Sus palabras sonaron como si un paseo no fuera ni mejor ni peor que todo lo demás.

Freyja abrió la cortina de la cocina, pasada de moda con sus volantes incongruentes. Al otro lado caían gruesos copos de nieve. Un coche de policía cruzó a poca velocidad; era de suponer que sería una de las patrullas que les habían prometido. Aunque avanzó a paso de caracol, a Freyja le costó ver que eso pudiera desalentar a cualquier agresor en potencia, ya que el elemento disuasorio solo existiría mientras el coche permaneciera en la calle. La idea la perturbó y deseó que no se le notara.

—Será mejor que nos abriguemos bien. Está nevando.

Freyja tenía poca experiencia vistiendo a niños y, paradas junto a la puerta, se preguntó si no se habría pasado. Margrét estaba completamente tapada, salvo por esos ojos verdes que se vislumbraban entre la bufanda y el gorro de lana.

—¿No tendrás demasiado calor?

—Me da igual. —La voz brotó amortiguada por la bufanda.

Molly no pudo contener la alegría y se dedicó a golpear la cola ruidosamente contra la pared mientras bajaban la escalera. Se puso a brincar a su alrededor, tirando con fuerza de la correa, cuando Freyja abrió la puerta de entrada. Ella había pensado en dejar que la niña controlara a la perra, pero se dio cuenta de que resultaba demasiado arriesgado. No quería devolverla con alguna herida, aunque parecía difícil que pudiese llevarse un golpe o rasguño debajo de toda esa ropa. A pesar de todo, Freyja se cuidó de no caminar demasiado rápido por la acera resbaladiza, y eso que Molly tenía prisa y la medio arrastraba. No había señal del coche patrulla, ni de cualquier otro vehículo o transeúnte.

Los copos de nieve caían con lentitud hacia la tierra, parecían absorber todo el sonido, y las escasas palabras que Margrét y Freyja se dijeron sonaron extrañamente sordas, como si estuvieran envueltas en algodón.

Al llegar al mar, Freyja liberó la correa de Molly, que salió disparada y desapareció en el espesor blanco. Por una vez no temió que la perra se perdiera, o que se abalanzara sobre un desconocido. Esa tarde, la gente parecía haberse puesto de acuerdo para quedarse en casa. Margrét y ella se quedaron allí paradas, observando la nube de copos que se había tragado a Molly.

—¿Crees en Dios?

Freyja celebró que la niña no la mirara a la cara cuando contestó. No quería contarle lo que pensaba de verdad por si esa creencia en el cielo y la vida después de la muerte era lo único que la mantenía en pie en ese momento. Pero tampoco quiso mentirle descaradamente.

—A veces sí. A veces no. —Sintiendo que se trataba de una respuesta pobre, añadió—: ¿Y tú?

—A veces sí. A veces no.

Volvieron a quedarse en silencio y, cuando el móvil pitó en el bolsillo de su abrigo, Freyja sintió que se trataba de un insulto a esa placidez. Sacó el aparato llevada por la costumbre y este refulgió en la oscuridad. El mensaje de texto procedía de un número que no reconoció, por lo que en un primer momento supuso que era de la policía... En concreto, de Huldar, quien le había prometido que estarían en contacto. Pero no había sabido nada de él. Típico. Había captado bien su personalidad esa primera mañana, cuando salió huyendo de su casa. Por debajo de su atractiva fachada había una cáscara vacía.

Pero el mensaje difícilmente podía ser de él.

¿CREES QUE NO PODRÉ
CON EL PERRO?

A Freyja se le aceleró el corazón mientras giraba sobre sí misma, esperando encontrarse con alguien parado a su espalda. No pudo ocultar su agitación, la niña iba a asustarse. Pero allí no había nada más que la nieve, que caía con más intensidad que nunca. Cogió a Margrét de la mano.

—¡Molly! ¡Molly!

Margrét se había dado cuenta de que tenía miedo.

—¿Qué pasa? —La niña le apretó la mano con los deditos enguantados.

—Nada, pero tendríamos que volver antes de que nos llegue la nieve por las rodillas o a Molly se le enfriará la barriga. —Contestó con un sinsentido, como solía hacer cuando intentaba ocultar la consternación—. ¡Molly! ¡Vuelve! —Freyja movió el teléfono entre los dedos mientras se preguntaba si debía soltar la mano de Margrét y llamar a la policía. Antes de que pudiera tomar una decisión oyó un ladrido, seguido de un gemido patético—. ¡Molly! ¡Molly!

La perra reapareció tan repentinamente como había desaparecido y Freyja soltó un suspiro de alivio.

—¡Molly! ¡Ven aquí!

El animal se les acercó cojeando y Freyja reparó en

el rastro de color rojo brillante que iba dejando sobre la nieve blanca. Cuando llegó junto a ellas no le quedó ninguna duda acerca de la procedencia de la sangre: tenía un feo tajo en la parte posterior del muslo. Puesto que poco podría hacer por la perra en aquel sendero dejado de la mano de Dios, Freyja le puso la correa y echó a caminar tan deprisa como se atrevió.

La cojera de Molly fue una bendición encubierta, porque de otro modo Freyja hubiera vuelto corriendo a casa, tirando de la niña junto a ella y mostrándole el terror que intentaba esconder.

Le pareció oír el eco de unos pasos en el espeso silencio que dejaba a su espalda.

21

Molly abrió los ojos con expresión soñolienta, pero al parecer no le gustó lo que veía, pues volvió a cerrarlos de inmediato.

—Si quiere, puede dejarla aquí y que duerma la mona en la trastienda. —La doctora veterinaria, una mujer sobre los cuarenta que no parecía intimidarse con facilidad, se quedó mirando a Freyja, a la espera de su respuesta. La bata de blanco inmaculado que se había puesto para recibirlas estaba en ese momento decorada con numerosos puntitos de color rojo.

Freyja evitó mirarse la ropa, consciente de que no estaría en unas condiciones mucho mejores. Por seductora que fuese la idea de pasar la noche sin Molly, rechazó la oferta. Se conocía lo bastante bien para saber que a mitad de camino de casa ya estaría abrumada por los remordimientos. Su hermano mimaba a la perra como si fuera un niño y ella nunca abandonaría a uno de sus sobrinos en el hospital para irse a casa a descansar. Ya temía el momento en que tuviera que llamar y explicarle lo sucedido, y solo rogaba porque eso no desatara una serie de delirantes represalias contra la persona que había herido a Molly. El problema radicaba en que no existía la menor certeza de que fuera a tomarse el mismo trabajo contrastando la culpa del supuesto responsable que organizando el castigo adecuado.

—No, gracias. Me la llevo a casa. Aunque quizá podría echarme una mano para trasladarla hasta el coche.

Freyja podía estar en buena forma, pero Molly pesaba tanto que no tenía la seguridad de poder cargarla ella sola. Y tampoco quiso pensar en el estado en que acabaría su ropa después de hacerlo. El pelaje de Molly en el costado de la herida se veía opaco y pegajoso por la sangre medio coagulada y los demás fluidos misteriosos que habían brotado de ella cuando la doctora veterinaria se puso manos a la obra con el bisturí y la aguja.

—¿Hay alguien en casa que pueda ayudarla a entrar al animal?

—No. —Freyja sintió que se sonrojaba. Pero ¿qué le pasaba? No había nada de lo que avergonzarse por vivir sola a su edad. Había muchísimas mujeres de más de treinta años divorciadas o que aún no se habían casado. La doctora no había demostrado ninguna curiosidad por los pantalones manchados de sangre de Freyja, ni por su cabello alborotado, ni por la niña traumatizada a la que había arrastrado hasta allí, de modo que difícilmente iba a enarcar las cejas por su estado civil. Además, ¿desde cuándo le importaba un pimiento lo que pudiera pensar una desconocida? Debía de ser la llegada tardía de la conmoción. Se moría de ganas de relajarse con un baño caliente, pero tendría que apañárselas con una ducha porque había una niña a su cuidado..., una niña y una perra herida. Por primera vez desde que dejó a su ex, le echó de menos. Habían tenido sus buenos momentos. Más de los que le habría gustado recordar—. ¿Es imposible que se recupere por el camino?

—Le recomiendo que espere un poco. Ahora que ha comenzado a abrir los ojos, no tardará en despertarse. Y no quiere arriesgarse a que recupere la consciencia en el asiento trasero del coche mientras usted conduce. Le daré un collar de recuperación, unos analgésicos y antibióticos, y resolveremos el tema de la factura. Si la perra se despierta en el ínterin, puede llevársela con usted; en caso contrario, se queda a pasar la noche aquí.

Freyja no pudo más que mostrarse de acuerdo. No le hacía mucha ilusión lo de la factura. Además del coste habitual, habría un cargo extra por haber llamado tan tarde. Cuando la doctora le preguntó si Molly tenía seguro, estuvo a punto de echarse a reír ante lo improbable que era que su hermano hubiera organizado algo así. Él solo se sacaría un seguro si encontrara alguna manera de estafar al sistema, pero le costaba ver que pudiera hacer eso con una póliza para animales. Sin duda, iban a endilgarle un precio exorbitante. A la vez, no tenía sentido preocuparse por eso: la herida nunca se habría curado sola y ella misma no podría haberla cosido. Por un instante se había planteado la posibilidad de pedírselo a la doctora del centro, pero decidió que no. Si algo le desagradaba más que las facturas por las nubes era sentirse en deuda con la gente.

Molly se removió, abrió un ojo y sacudió la pata trasera. Acto seguido pareció dormirse de nuevo, aunque movía los ojos por debajo de las pestañas. Había diez puntos de sutura relucientes en la zona afeitada de la parte alta del muslo. Según la doctora, la habían acuchillado con un arma muy afilada, al parecer aposta. La herida no habría sido ni tan profunda ni tan limpia en caso de que la perra se hubiera golpeado con algo. Se lo había explicado mientras limpiaba y cosía el tajo. Freyja hubiera preferido quedarse esperando en la recepción, pero fuera de las horas de apertura habituales se pedía a los dueños de las mascotas que ayudaran durante las operaciones. Al parecer, la doctora tenía que dedicar la mayor parte del tiempo a colocar a los dueños en posición lateral después de que se desmayaran en mitad del procedimiento. Freyja había evitado esa humillación por poco; sobre todo, apartando la mirada cada vez que el mundo comenzaba a girar ante sus ojos. Se había descubierto pensando en la madre de Margrét, preguntándose cómo era posible que el asesino se hubiera animado a matar a otro ser humano de una manera tan salvaje. Eso solo hizo que el mareo empeorara, y tuvo que alejarse de la mesa de operaciones y apoyarse contra un armario hasta recuperarse.

Decidió aprovechar la oportunidad, ya que Molly no se despertaba aún, y abrió la puerta de la sala de espera, donde Margrét estaba sentada mirando las fotos de una revista de perros.

—¿Quieres entrar a verla? La operación ya ha terminado. La pobre Molly sigue dormida, pero se despertará en cualquier momento. Estoy segura de que preferirá verte a ti antes que a mí cuando abra los ojos. Pero no te marees al ver los puntos.

Margrét dejó la revista con cuidado. La alisó como si quisiera anular cualquier señal de que había estado sentada allí. Freyja intentó interpretar su expresión para saber si sufría algún efecto negativo por la aventura de esa noche, pero le pareció que no. A menos que su rostro imperturbable indicara que seguía conmocionada. Habían llegado a casa sin que nadie les bloqueara el paso o las persiguiera. Mientras Molly yacía en el suelo, la sangre brotando de su herida, Freyja había intentado localizar a Huldar varias veces. Debía de haberse producido un incidente grave, porque en la comisaría se negaron a pasarle la comunicación y contarle dónde estaba. No pudo evitar sentirse molesta, sobre todo porque se le había prohibido que hablara con la policía por los conductos habituales. Supuso que era para garantizar que la menor cantidad posible de gente conociera el paradero de Margrét.

—Mírala, a la pobre. —Freyja condujo a Margrét al quirófano—. Le han puesto diez puntos. —Vio que la niña acariciaba con suavidad a la perra y le pareció que relajaba la rigidez de la mandíbula hasta formar una pequeña sonrisa—. Con suerte, cuando se despierte no le dolerá.

—¿La mujer sabe lo que le ha pasado? —Margrét desplazó los deditos hacia la herida. Freyja se preparó para cogerle las manos, pero no fue necesario. La niña acarició con ternura y cuidado los alrededores de la zona afeitada, pero no llegó a tocar los puntos—. ¿Ha dicho algo sobre eso?

—No, no estaba segura. Quizá Molly se cortó con algo afilado que estaba escondido bajo la nieve, o la golpeó un ciclista. Es difícil de decir.

—¿Qué harías si alguien pudiera contarte cómo se ha hecho daño?

Freyja respiró hondo. Existía la posibilidad de que Margrét estuviera tanteando su opinión, así que lo mejor sería contestar con cautela.

—Eso dependería de que hubiera sido algo intencionado o accidental. En caso de ser fruto de un accidente, le pediría a la persona que le ha hecho daño que se disculpase. Con eso bastaría. Pero, si ha sido intencionado, con pedir perdón no sería suficiente. La cuestión sería mucho más seria, así que hablaría con la policía y lo dejaría en sus manos para que hablasen con el culpable y que este recibiera su escarmiento.

—¿Qué es «escarmiento»? —La niña entornó los ojos verdes con expresión de duda, como si sospechara que Freyja se había inventado esa palabra.

—Un escarmiento es cuando alguien recibe el castigo o la reprimenda que se merece por algo que ha hecho mal. Es muy importante a fin de impedir que vuelva a hacerlo, y también de evitar que otros le imiten.

Freyja esperaba que ese corto discurso subrayara ante Margrét lo importante que era que les contara todo lo que había testimoniado la noche del asesinato de su madre. Al día siguiente iba a tener lugar una nueva entrevista y se ahorrarían un montón de tiempo y esfuerzos (además de la angustia de la niña) si podían persuadirla para que se sincerara. A menos, claro, que ella no tuviera nada más que contar.

—Si alguien le ha hecho daño a Molly, creo que se merece que le hagan daño también a él. Pero aún más.

—Así solía ser en los viejos tiempos, Margrét. Y así sigue siendo en algunas partes del mundo. —Freyja acarició la oreja del animal, que había comenzado a crisparse como si le estuvieran haciendo cosquillas con una hoja de hierba en un día de verano—. Pero se ha demostrado que ese tipo de castigos no es bueno. La gente normal se va volviendo mala por dentro poco a poco al actuar igual que quienes hacen daño aposta.

—No si solo lo hacen una vez.

—No, quizá no. Pero hay mejores maneras de castigar a la gente que hace cosas malas a otras personas.

—¿Como cuáles?

Freyja se preguntó por qué demonios tardaba tanto la doctora en volver. No sentía ningún deseo de seguir hablando sobre crímenes y castigos con una niña cuya madre había muerto en circunstancias tan traumáticas. Se acordó de su hermano y se preguntó lo que Margrét pensaría sobre alguien como él.

—La cárcel. Nadie quiere ir a la cárcel, Margrét.

—No es cierto. Las personas que están muertas. A las que han asesinado los malos. Ellas preferirían estar en la cárcel antes que muertas. —La niña se quedó en silencio y paseó la mirada sobre la perra dormida—. Al menos eso pienso yo.

Margrét tenía un punto de razón. Había quedado claro adónde quería llegar con esa línea de pensamiento.

—Estoy segura de que así es. Aunque, por desgracia, no es posible. —Una vez más, Freyja tuvo que reprimir un deseo urgente por acariciar la nube de rizos pelirrojos, que había cobrado vida por la electricidad estática del gorro de la niña—. Pero puedes creerme: es mejor encerrar a la gente que comete esos crímenes terribles en vez de matarla. Mucho mucho mejor. —Se dio cuenta de lo pobre que había sonado su argumento. Si tenía que ser sincera, el mundo sería un lugar más seguro sin algunos individuos. Pero no era una decisión que le correspondiera tomar a ella... ni a nadie, probablemente. Se preguntó si debía explicarle a Margrét que el problema de la pena de muerte radicaba en que era imposible revertirla en caso de que la persona acabara siendo inocente, pero no tuvo la oportunidad de hacerlo. La puerta se abrió y apareció la doctora.

La mujer tenía en la mano dos hojas de papel. Freyja supuso que sería la factura. Se alarmó al ver que una sola hoja no había sido suficiente. La veterinaria le pidió que saliera con ella un momento y le dijo a Margrét que mientras tanto vigilara a Molly. Nada más cerrarse la puerta del quirófano, la mujer sacudió las hojas delante de Freyja.

—Esto estaba en el escritorio de la recepción. Es el informe médico de un perro al que han traído antes, y la descripción del incidente es sospechosamente parecida a lo que le ha pasado al suyo. —La doctora le dirigió una mirada penetrante—. ¿Vive usted en Grafarvogur? Según su número de DNI, vive al lado del perro al que han acuchillado allí.

—No, vivo en el centro, ya se lo he dicho. En Grandi. —Por otro lado, su ex seguía viviendo en el apartamento que habían compartido en Grafarvogur. Si los vecinos no se habían mudado, pensó que conocía al perro en cuestión, un animal exasperantemente ruidoso que solía armar un escándalo terrible en el jardín comunitario, donde pasaba sus días atado a un poste. Era igual de grande que Molly, pero parecía en esencia inofensivo. De repente, a Freyja la asaltó la sospecha de que su ex pudiera estar detrás de ambos incidentes y se sonrojó. Los comentarios de su hermano debían de haberle dado esa idea. Su ex se había tomado la ruptura bastante mal y había dicho algunas cosas desagradables, pero ¿de verdad podía estar tan enojado para hacerle daño a Molly con el único objetivo de asustarla? ¿Habiendo practicado con el perro de los vecinos antes? La mera idea hizo que le hirviera la sangre y, por el calor que notó en la cara, supuso que se había sonrojado de nuevo. Lo peor era que la mujer no parecía creer una sola palabra de lo que le decía—. Me mudé hace siglos, pero no he encontrado el momento de cambiar mi dirección en el Padrón Nacional. Mi exnovio sigue viviendo allí.

—Ya veo. —A juzgar por la expresión de sus ojos, lo que había «visto» no ayudó en absoluto a que tuviera una mejor opinión sobre Freyja—. ¿El perro es de él, por casualidad?

—No. No guarda ninguna relación con él. Esto no tiene nada que ver con una disputa por la custodia del animal.

—¿Y con qué tiene que ver, entonces? No sucede todos los días que dos perros sean víctimas de un ataque así en Reikiavik. Dos incidentes similares y tan seguidos invitan a ir más allá de la simple sospecha. Las heridas son casi idénticas, y no me extrañaría que una misma persona hubiera sido responsable de ambos. Cualquier otra opción sería demasiada coincidencia. —La veterinaria puso los brazos en jarra—. Estoy pensando en denunciarlo a la policía. Si su ex se encuentra detrás de los incidentes y planea seguir así, tenemos que detenerle ahora mismo. ¿Está segura de que no le vio en el lugar?

—No, no le vi. Por favor, créame cuando le digo que no le protegería si estuviera haciendo daño a animales. Por supuesto, llame a la policía. Me ahorrará ese trabajo a mí. —La conversación se vio interrumpida por el débil ladrido que sonó en el quirófano, aunque era evidente que la veterinaria no había dicho la última palabra sobre ese tema.

—No podía contestar, pero he venido en cuanto he visto tus mensajes. Tan pronto como me ha sido posible, en cualquier caso.

Huldar estaba parado ante la puerta del apartamento. Parecía estar a punto de desplomarse, pero no mostraba ninguna señal de vergüenza, lo cual, para disgusto de Freyja, implicaba que había tenido una excusa perfectamente razonable. Le costaba soportar que una ira en apariencia justificada resultara no tener fundamentos. Al lado del detective había una joven que se presentó como Erla. Parecía igual de cansada que él, pero sus ojos estaban más alerta y eso le daba un aspecto menos exhausto. Aunque Freyja reconoció en ella a la agente de policía que había acompañado a Huldar a la segunda entrevista en el centro, iba vestida de civil. En consecuencia, parecía más pequeña y había perdido el aire de autoridad que acompañaba al uniforme. Daba la impresión de que hubiera acudido directamente desde su casa; el cabello húmedo sugería que había salido hacía poco de la ducha. Freyja percibió la aversión de la mujer pese a que no habían intercambiado una sola palabra desde el momento en que las presentaron en la oficina. A saber lo que tendría contra ella. Para evitar que esa hostilidad inexplicable la pusiera nerviosa, decidió ignorarla y centró su atención solo en Huldar.

Este seguía presentándole sus excusas.

—Ha habido novedades.

Freyja no sabía qué esperaba él que dijera. Le había llamado dos veces al móvil, le había mandado un mensaje de texto y había telefoneado también a la comisaría, así que no tenía sentido fingir que eso no importaba y que todo estaba bien con Margrét y con ella. Pero la cortesía hizo acto de presencia y, en vez de espetarle que no era el único que se había encontrado con problemas inesperados, contestó de manera seca:

—No te preocupes. Al final nos las hemos arreglado.

Antes de que Huldar pudiera contestar, Erla metió baza:

—¿Puedo preguntarte algo? —dijo mientras examinaba el corredor con gesto crítico. Se suponía que los residentes debían repartirse la tarea de limpiar las zonas comunitarias, pero, hasta donde Freyja sabía, ella era la única que había cogido un trapo y la aspiradora en el tiempo que llevaba allí. Habían transcurrido tres semanas desde la última vez que le tocó limpiar. Para hacerle justicia a Huldar, tuvo que reconocer que él no había puesto cara de asco al ver el lugar, igual que en esa otra ocasión anterior y más feliz. Pero Erla era otra historia—. ¿Cómo es posible que vivas en un estercolero como este? ¿Tan mal pagan en el centro?

Freyja se puso furiosa.

—¿Por qué? ¿Estás pensando en organizar una colecta?

No pensaba hablarles de su hermano, ni explicarles que estaba allí de manera temporal. No era asunto suyo. Lo cierto era que no se avergonzaba de Baldur, y no tenía la menor intención de traicionarle hablando de él con dos agentes de la policía. En lo que se refería a su hermano, ellos eran el enemigo; su visita era sacrílega de por sí. Freyja solo esperaba que nunca llegara a enterarse de que se había producido.

El rostro de Erla se ensombreció, pero una mirada asesina de Huldar evitó que replicara; apretó los labios con fuerza. Huldar se volvió hacia Freyja y le dijo con tono más conciliador:

—Lo siento. El lugar en el que hayas elegido vivir no es asunto nuestro, eso está claro. Los dos estamos reventados. Igual que tú, supongo.

Le aguantó la mirada más tiempo de lo que era estrictamente necesario y ella leyó en sus ojos una súplica para que no comentara delante de Erla que ya se conocían de antes. Quizá fueran pareja. Quizá él había usado un nombre falso porque la estaba engañando. Menudo tópico.

La actitud de Freyja se volvió más seca.

—No pasa nada.

No sabía con cuál de los dos estaba más enojada, con él o con esa joven tan grosera. Probablemente con él. En cualquier caso, evitó mirar a Erla y se recordó a sí misma que debía actuar como si la agente no estuviera allí. La siguiente vez que abriera la boca, no se dignaría a contestarle.

Había una calma inusual en el corredor. Sus vecinos debían de haber visto el coche de policía y habían decidido mantener un perfil bajo, o quizá habían percibido el peligro en el aire. Una visita de la policía representaba una amenaza muy real para ellos. A Freyja no le habría sorprendido que una señal de alarma hubiera sonado en los pasillos mientras el coche aparcaba delante del edificio.

—¿Podemos entrar? Tengo que comprobar por mí mismo que todo esté bien. Además, queremos hablar contigo y preferiría no hacerlo aquí.

Cuando Huldar comenzó a mover los pies Freyja comprendió que llevaba un rato demasiado largo e incómodo considerando esa petición. Erla, en cambio, seguía parada con las piernas separadas y los brazos en jarra, como si le hubieran ordenado que adoptara una postura formal. Con el uniforme, el efecto podría haber sido impresionante, pero en ropa de calle se la veía un poco ridícula.

—Entrad, por favor.

Freyja se apartó para dejarlos pasar, molesta consigo misma por haber cedido. Erla examinó el vestíbulo y lo que se veía del apartamento con aire desdeñoso, mientras que Huldar ignoró deliberadamente lo que le rodeaba. No se le dio demasiado bien interpretar el papel del hombre que llega a un lugar por primera vez. Se limpió los zapatos en la alfombrilla con meticulosidad, y acto seguido se los quitó en señal de que iba a adentrarse en la casa. Erla le imitó con expresión furiosa. Freyja decidió dejar que se mancharan los calcetines.

—¿Cómo está el perro? —Huldar bajó la vista hacia las manchas de sangre en el piso, que Freyja aún no había limpiado—. ¿Se recuperará?

—Aún está un poco grogui por la anestesia y no le gusta el collar de recuperación, pero supongo que se pondrá bien. —Como si hubiera notado que hablaban de ella, Molly apareció en la puerta del dormitorio, donde había estado durmiendo bajo la mirada vigilante de Margrét. La perra mostró los dientes y emitió un gruñido grave, cuyo efecto amenazador se vio un tanto reducido por el collar de plástico en forma de cono—. Shh, Molly... —Freyja empujó al animal de vuelta a la habitación. Margrét estaba sentada en la cama con su libro, igual que la última vez que Freyja le había echado un vistazo. No había manera de convencerla para que viera la película que había traído consigo—. La policía ha venido por lo de Molly. Voy a cerrar la puerta para que no les muerda. Ella no entiende que están intentando ayudarla. —Sonrió a la niña, que no contestó. Cerró la puerta bajo la mirada de Margrét y de la perra, como si ambas estuvieran ocultando algo y no pudieran creer que se hubiesen salido con la suya. Freyja sintió la tentación de abrir la puerta de golpe y pillarlas con las manos en la masa. En su lugar, se volvió hacia Huldar y Erla—. Ahora deberíais estar a salvo.

Huldar bajó la vista del póster del vestíbulo, que había estado examinando para no posar la mirada sin querer en la cama. El póster se había librado por los pelos de la purga que había precedido a la llegada de

Margrét. Era la publicidad del concierto de una banda de heavy metal a la que ella no habría escuchado ni loca; antes habría preferido pararse al lado de un martillo neumático. Huldar parecía sorprendido de verlo allí. Freyja no recordaba haber mencionado quién era el dueño del piso durante la noche que pasaron juntos. Habían estado ocupados con otras cosas. Decidió no corregir la idea equivocada de que era fan del heavy metal.

—¿Podríamos sentarnos, quizá? —preguntó él, inseguro.

—Por supuesto.

Los condujo al salón y ocupó el único sillón, obligando a Huldar y Erla a sentarse juntos en el sofá como niños en un banco de la escuela, con las manos en las rodillas, dispuestos a levantarse de un salto en cualquier momento.

—He recibido una llamada de la clínica veterinaria. Me la pasaron al surgir tu nombre. —Huldar no se anduvo con rodeos—. Entiendo que sospechan que tu ex acuchilló al perro. La doctora mencionó que había otro animal herido cuyo dueño al parecer vive en el mismo edificio que él.

Freyja agradeció en silencio al cielo que Margrét no estuviera en la habitación. La niña seguía creyendo que Molly se había hecho daño en un arranque de entusiasmo.

—Me sorprendería muchísimo que hubiera tenido alguna relación con esto.

—No mencionaste a ningún ex cuando se habló de colocar a Margrét contigo. —Huldar tuvo la presencia de ánimo necesaria para no añadir que tampoco le había contado nada la otra vez. Al fin y al cabo, no estaba en posición de quejarse porque ella hubiera dejado de revelar ciertos detalles de su vida íntima—. Si es un hombre violento, tendremos que reconsiderar esta decisión, que genera dudas sobre la conveniencia de que Margrét se quede aquí. Creo que lo más seguro será dejar un coche patrulla fuera hasta que se demuestre lo contrario.

A Freyja no se le ocurrió rechazar la oferta de protección. Si tal cosa le sorprendió, Huldar no ofreció señales de ello.

—Vale. —Por improbable que fuera la posibilidad de que su exnovio hubiera atacado a Molly, era evidente que el culpable la conocía. Después de todo, tenía su número. A la vez, ella aparecía en el listín de teléfonos, así que para conseguirlo le habría bastado con saber su nombre—. Aunque dudo mucho que mi ex represente alguna amenaza para Margrét, no cabe duda de que está en peligro. En el momento en que alguien acuchillaba a Molly recibí un mensaje de texto. Mira. Esta mañana habría dicho que Margrét estaba segura conmigo, pero ahora no lo tengo tan claro.

Huldar leyó el mensaje, se lo mostró a Erla y a continuación le devolvió el móvil.

—No se puede negar que este tema con el perro tiene mala pinta. El único motivo para hacer algo así sería el de sacarse al animal de encima para que fuera más sencillo atacaros a alguna de las dos. Supongo que el perro saltaría a defenderos...

—Sí, eso espero. —Freyja no pensaba confiarle sus dudas acerca de la lealtad de Molly.

—¿El perro era de los dos o lo adquiriste después del divorcio?

—Después. —Freyja no se extendió—. Y no estuvimos casados.

—Ya veo. —El suspiro de Huldar fue difícil de

interpretar—. Es justo que te diga que vamos a pedirle que venga a responder a unas preguntas..., lo más probable es que sea mañana por la mañana. No espero sacar nada de ello, a menos que nos ofrezca una confesión completa, pero creo que será mejor que sepa que le estamos echando un ojo.

—Desde luego. Sometedlo a un tercer grado. Mal no irá. —Freyja se recostó contra el sillón—. Pero es muy poco probable que esté relacionado con esto. Al menos, me dejaría alucinada que así fuera. No tendría valor para enfrentarse a un perro de gran tamaño, y mucho menos a dos.

—Bueno, veremos lo que surge. Haremos que rastreen el mensaje de texto y, si resulta que se envió desde su móvil, el asunto quedará aclarado. Aunque dudo que sea tan idiota. Lo habrán mandado desde una tarjeta SIM desechable, en cuyo caso tardaremos más tiempo en rastrearla. Pero ese es nuestro problema. En este momento, la suposición más evidente es que lo mandó tu ex y, si es así, la situación podría deteriorarse. —Erla no pudo reprimir una sonrisa mientras Huldar decía eso. Freyja tuvo que hacer uso de todo su autocontrol para ignorarla—. El acosador podría entender cualquier intervención por nuestra parte como una provocación. Suele pasar que estos se enfaden más con su víctima porque tienden a culparla de la humillación de que los haya interrogado la policía.

Freyja siempre había pensado que la palabra «acosador» era apropiada en sus dos variantes, de hostigamiento de una persona o de un animal. Su labor con los hijos de mujeres perseguidas le había enseñado que los exmaridos a menudo las trataban como si no fuesen seres humanos. Se mordió el labio y contestó con calma:

—Tendremos que limitarnos a esperar y ver lo que pasa.

—Bueno, puedes estar segura de que no pasará nada mientras haya un coche patrulla aparcado fuera.

En otras palabras, a la que encontraran otro piso franco para Margrét, el coche desaparecería y ella se quedaría sola con Molly, que no podría morder a nadie por culpa del collar de recuperación. Quizá la persona que había atacado al perro iba detrás de ella, no de Margrét. Sintió que le sudaban las manos.

—¿Hay algo más?

—La verdad es que sí. —Huldar clavó la vista en la mesa de café—. El caso ha dado un giro inesperado. Es mejor que te enteres a través de mí y no leyendo las noticias de mañana. —La miró a los ojos—. Otra mujer ha sido asesinada. Con el mismo *modus operandi*. Por supuesto, eso altera la situación. Margrét acertó al decir que habría otra víctima, así que no hará falta que te diga que mañana tendrá una importancia increíble que podamos sonsacarle la historia al completo.

Freyja tardó unos instantes en recuperarse. ¿Qué significaba eso? ¿Que la persona que había herido a Molly podía ser el mismo hombre que había asesinado a la madre de Margrét? Exactamente, ¿qué peligro corría la niña? ¿Y ella misma?

—¿Estás seguro de que se trata del mismo hombre?

—Sin duda. Hemos encontrado un mensaje similar al que apareció en la escena del primer asesinato.

—¿Mensaje? ¿Qué tipo de mensaje? —Fue una pregunta involuntaria. En realidad no quería conocer el mensaje del asesino. Solo quería que los dos se fueran de su apartamento y poder hacer que las cosas volvieran a ser como antes. Por encima de todo ansiaba algo común y corriente, como una llamada de su amiga Nanna para quejarse de la otitis de sus hijos. En ese momento le pareció inconcebible que alguna vez se hubiera aburrido escuchando sus quejas—. ¿Qué decía?

—Eso no es de tu incumbencia. —Erla había recuperado la voz, pero no los buenos modales.

Huldar hizo rechinar los dientes en un esfuerzo por controlarse.

—Te pondré al corriente antes de la entrevista de mañana —le dijo a Freyja—. Quizá tengamos que preguntarle a Margrét por los mensajes; tal vez oyó algo que podría arrojar luz sobre ellos. Aún no hemos sacado nada en limpio, ni del que encontramos en su casa, ni de este último. Suponiendo que haya algo que entender...

El placer de haber atacado a Freyja se borró de la cara de Erla, que resopló con fuerza, como un toro antes de embestir.

—De acuerdo. Si eso es todo, me gustaría acostar a Margrét. —Freyja tenía tantas ganas de echarlos de su casa que cerró los puños. Ellos captaron el mensaje.

Con Margrét ya en la cama y el apartamento en silencio, Freyja fue a pararse junto a la ventana del salón. Había dejado de nevar. El barrio parecía estar en una paz absoluta bajo ese manto de blanco inmaculado. Resultaba imposible pensar que ahí fuera acechase un hombre que quisiera hacerle daño a Margrét o a ella. Un policía había salido del coche aparcado en la calle y estaba apoyado contra la puerta del conductor, fumando. Al levantar la vista vio a Freyja y la saludó con la mano. Avergonzada, ella dejó caer la cortina sin devolverle el saludo.

Ninguno de los dos reparó en que algo se movía en el jardín que había al otro lado de la calle. La figura que llevaba un rato allí parada fue retrocediendo hasta fundirse con la oscuridad.

22

Martes

Le incomodó la estridencia del timbrazo en el silencio de la casa. Karl se quedó mirando el teléfono, su sonido agudo llenándole los oídos mientras intentaba tomar una decisión. ¿Debía contestar o dejar que sonara? Sabía quién le llamaba y dejó la mano flotando encima del aparato mientras vacilaba. Se había prometido no volver a hablar nunca más con su hermano. «No contestes.» Y, sin embargo, estaba desesperado por hablar con alguien, aunque fuera Arnar. «Vamos, contesta.» Las dos opciones eran igual de tentadoras.

Desde el momento en que se despertó, había estado rodeado de silencio y de una escalofriante sensación de soledad. Después de librarse de todo el barullo de su madre, la casa parecía lóbrega y deprimente, como un escenario teatral que aún estuviera por decorar. Al haber quitado las cortinas, las ventanas parecían más grandes y, sin los visillos, el mundo exterior se veía monótono y desolador.

Por encima de todo echaba de menos las plantas de las macetas, que habían ido marchitándose y muriendo una tras otra desde que dejó de regarlas. Sin ellas, no había nada que aliviara la fealdad de los muebles. Y las manchas pálidas de las paredes, allí donde antes colgaban pósteres y objetos decorativos, parecían sombras del pasado.

Era demasiado tarde para arrepentirse: tendría que vivir con esa versión inhóspita de su casa. La mayor parte de los adornos, las cortinas, los cuadros, las fotos, los electrodomésticos viejos, las macetas, la porcelana decorativa y demás objetos superfluos habían ido a parar al vertedero. Al final había tenido que hacer tres viajes con el coche lleno hasta los topes cada vez. Los empleados del lugar le habían observado atónitos tirar un objeto en perfecto estado detrás del otro, y en la segunda visita le habían indicado educadamente que disponía de un contenedor de caridad facilitado por el Buen Pastor. Sonrojado, Karl se había trasladado a otro punto del vertedero para deshacerse allí de las cosas. En su último viaje, el empleado en cuestión ya no estaba, así que Karl había tirado lo que faltaba en el contenedor general, lo que le proporcionó una sensación mucho más definitiva.

Desde que estaba vacío, el apartamento tenía eco; las paredes desnudas le daban la sensación, al moverse, de estar traqueteando contra el interior de un contenedor de metales. Tampoco es que hiciera mucho ruido; al haberse deshecho de la radio de su madre y del burdo televisor, y al no tener a nadie con quien hablar, su existencia discurría en un silencio casi absoluto. Aunque a esas alturas ya debería haberse acostumbrado a ella, no le gustaba la soledad y sus esfuerzos por localizar a Börkur y a Halli habían sido infructuosos: el móvil del primero sonaba y sonaba sin que él contestara, y el del segundo parecía estar muerto. De tanto en tanto se llevaba un susto tremendo al oír golpes procedentes del sótano, pero, cuando bajaba a ver, allí no había nada. Al final se convenció a sí mismo de que los ruidos provenían de fuera y dejó de atemorizarse cada vez que los oía. Aunque en realidad no había salido a ver si alguien estaba golpeando la pared; la posibilidad de no encontrar nada le daba demasiado miedo.

Los timbrazos continuaban; el último había sonado más perentorio, si eso era posible. Quizá fuera una señal de que Arnar estaba a punto de rendirse. Karl tenía las manos sudadas. Anhelaba oír una voz, una voz humana, la voz de alguien que de verdad quisiera hablar con él. Si hubiera deseado comunicarse con un desconocido, no habría tenido más que bajar al sótano y buscar a algún otro radioaficionado solitario. Sin duda estaría sentado en ese momento delante de su equipo si este no le hiciera pensar constantemente en la siniestra emisión de números. Luego estaban los malditos golpes. Ya era bastante malo tener que oírlos desde el piso de arriba, pero en el sótano, de cerca, se volvían insoportables.

Los timbrazos parecían estar desvaneciéndose. Karl no pudo permitirse más vacilaciones y cogió el aparato de golpe.

Le dio la sensación de que su hermano se sorprendía, como si hubiera estado esperando a otra persona.

—Hola, ¿Karl?

—Sí. —Hizo todo lo posible por sonar indiferente, ni enojado, ni satisfecho. Tenía que transmitir el mensaje de que su interlocutor no podía importarle menos.

—Estaba a punto de colgar. Soy Arnar. ¿Acabas de entrar en casa?

—¿Qué? No. No he oído el teléfono. —Karl se arrepintió de inmediato de no haber usado la excusa que le había ofrecido y mentir afirmando que acababa de llegar. Era imposible no oír el teléfono desde cualquier parte de la casa, como bien sabía su hermano.

—Entiendo. —Arnar dejó pasar unos instantes y Karl se pegó el auricular a la oreja. El silencio de Estados Unidos sonaba igual que el de Islandia. Opresivo. Pero no duró mucho—. Solo quería asegurarme de que estuvieras bien, después de nuestra última charla. Ya sabes. —No hizo falta que se extendiera.

—¿A qué te refieres?

—Oh, solo quería asegurarme de que no me hubieras malinterpretado. Pudo dar la impresión de que no quiero que vengas. —Arnar titubeaba, algo poco habitual en él, y su tono de voz no dejaba de cambiar, como si no supiera mostrarse agradable y tuviera que esforzarse por dar con la tecla adecuada—. En todo caso, no fue esa mi intención.

—Nunca he pensado que lo fuera. Como te dije, fuiste tú el que me malinterpretó a mí. No tengo ningún interés en patearme todo el país para llegar a la Costa Oeste. —La mentira no sonó más creíble en ese momento que cuando había recurrido a ella durante su última conversación—. No te preocupes.

—De acuerdo. —El alivio de Arnar, por evidente, le dio casi vergüenza—. Por cierto, una pregunta.

—¿Qué?

Karl consideró la posibilidad de colgar. Le molestaba la presión del auricular contra la oreja. Se había sonrojado al darse cuenta de que Arnar ni siquiera había intentado animarle a que fuera a verle. Si no hubiera tirado el espejo de marco dorado que solía estar colgado encima del teléfono, habría podido ver su rostro teñido de color escarlata. Clavó la mirada en el rectángulo blanco que el espejo había dejado tras de sí.

—¿Has revisado las cosas de mamá?

—Sí. —Era mejor que se limitara a los monosílabos, para no revelar su rabia y su dolor.

—¿Encontraste algún documento?

Karl vaciló. Por primera vez en su relación tenía el control y quería usarlo en su favor.

—Sí, un montón.

—¿Un montón?

—Sí, una montaña entera de papeles viejos.

—¿Los has revisado?

—Sí.

—¿Todos? —Era evidente que Arnar no se atrevía a hacer la pregunta del millón. Había tanto en juego que deseaba posponer la posibilidad de una decepción.

—Sí, todos. —Karl no tenía la menor intención de ponérselo fácil.

—Y...

—¿Y qué?

—Y... ¿has encontrado algún documento de adopción? ¿Los documentos de mi adopción? —Arnar había revelado una vez más su egoísmo; no le importaba nada el origen de Karl. Él era el único que contaba.

Karl respiró hondo y, sonriendo para sí mismo, contestó:

—No.

—¿No? —Arnar no pudo ocultar la decepción. Ni el vergonzoso pensamiento ilusorio que contuvieron sus siguientes preguntas—: ¿Nada más? ¿Ni cartas, ni certificados, ese tipo de cosas? No tienen por qué ser los registros oficiales de la adopción.

—No, nada. —Karl volvió a sonreír para sí—. *Nothing.*

—Entiendo. —Arnar se quedó callado, como si necesitara tiempo para digerir la decepción... y la derrota definitiva—. Mándamelo todo, en cualquier caso. Quiero repasarlo yo mismo por si acaso.

Karl echó la espalda hacia atrás y levantó la vista al techo. Menuda suerte había tenido al contestar la llamada. No podría haber puesto mejor punto final a la relación con su hermano.

—Oh, lo tiré todo —dijo, indiferente—. Ayer mismo. Tendrías que haber llamado antes.

—¿Lo tiraste? ¿Adónde? ¿Al cubo de la basura?

—No, lo llevé todo al vertedero. Los papeles también. —Karl cerró los ojos—. Ya no habrá posibilidad de encontrarlos. Estarán mezclados con el resto de la basura. Aunque podrías preguntar dónde tiran las cosas del día e intentar buscarlos tú mismo... si estuvieras en el país. Pero dudo que te sirviera de algo.

—Entiendo. —Arnar parecía una persona completamente diferente. El tono petulante y acosador había abandonado su voz, que se había derrumbado hasta convertirse en poco más que un susurro.

—¿Necesitas algo más? Tengo que hacer cosas.

—¿Qué? Oh. No.

—Bueno, hasta la próxima.

Karl colgó. Ya no se sentía solo, ni intranquilo. Todo lo contrario: estaba de puta madre. Era como hundirse en un sofá cómodo después de dar una calada a un porro enorme. Así que eso era lo que experimentaban los triunfadores... Karl pensó que podría acostumbrarse a esa sensación.

El sobre descansaba encima de la mesa de la cocina; los documentos estaban dispuestos a su alrededor. Karl los había ido colocando con cuidado, uno detrás de otro, después de leer su contenido. Aunque algunos omitían los nombres, había recopilado la información suficiente para saber quiénes eran sus padres biológicos y los de Arnar.

Los nombres de sus padres no le dijeron nada: Gudrún María Gudjónsdóttir y Helgi Jónsson. Como todo lo que tenía relación con él, eran nombres que no impactaban, comunes y corrientes, nada memorables. Se arrepintió de haber cedido a la curiosidad, pero la tentación de descubrir por su cuenta el tipo de información sobre su familia biológica que tan desesperado tenía a Arnar había sido demasiado grande. Al sacar los papeles del sobre de color mostaza, había imaginado que iba a pasarse el resto de su vida caminando un poco más erguido, sintiéndose un poco más reconciliado con su suerte, al saber que solo él disponía de esa información. En ese momento, no obstante, hubiera deseado poder borrar ese conocimiento de su memoria. Pero las cosas no funcionaban así.

El ventilador del portátil, que había comprado a muy buen precio, despertó con un zumbido como si quisiera espolearle, recordarle que tenía que acabar con ese tema, ya que lo había puesto en marcha. Karl se pasó las manos por el pelo y le quedaron brillantes por la gomina. Mientras se las miraba, se le ocurrió que o bien Gudrún María o Helgi debían de haberse encontrado con las mismas manos cada día. Anchas, de uñas planas, con unos dedos anulares innecesariamente largos, los pulgares gruesos. Las suyas tenían que haber salido de algún sitio.

Apartó los papeles y tiró del portátil hacia sí; mantuvo los ojos puestos en el teclado de color negro en vez de mirar la pantalla, como solía hacer. Por alguna razón, no deseaba ver los nombres materializarse letra tras letra. Como por lo general nunca miraba el teclado, no se había dado cuenta de lo borradas que estaban las teclas. La M había desaparecido por completo, como la mitad de la S. De la A y de la R solo quedaban unas pequeñas líneas blancas. Era un poco como el recuerdo de su madre adoptiva, cuyos rasgos se iban difuminando cada vez más, cuya voz no lograba ya recordar. Puesto que no tenía ninguna grabación de ella hablando, su voz había desaparecido literalmente del universo.

Karl levantó la mirada hacia la pantalla e inició la búsqueda. Lo mismo que Arnar durante la llamada, había decidido demorarse un poco. Primero buscaría a los padres de su hermano. De esa manera podría mantener durante algunos minutos más una ignorancia dichosa sobre su propio y deprimente origen, y a la vez aferrarse a la esperanza —contraria a cualquier sentido común— de que quizá no acabaría siendo tan malo. A la vez, se suponía que su madre lo había mantenido en secreto para protegerle de la fea realidad.

Eso sí, por lo que recordaba, su madre se había concentrado en ocultarle esa información sobre todo a Arnar. Quizá se debiera a que este había insistido más que Karl, pero tenía la corazonada de que no sería el único motivo. El origen de Arnar debió de ser peor que el suyo, así que parecía lógico que primero escarbara en la familia de él. El dolor de Karl sería menor sabiendo que otras personas habían tenido que enfrentarse a cosas más negativas. Solo debería mostrarse disciplinado para no desembuchar el secreto, por terrible que fuera. Era mucho mejor aferrarse a ese conocimiento en un futuro cercano antes que restregárselo por la cara a Arnar a fin de saborear su conmoción. Su hermano no era el tipo de persona que se regodeara en la decepción y, antes de que él pudiera darse cuenta, ya estaría otra vez en pie, caminando erguido, cerniéndose sobre

Karl, más inteligente, más engreído y satisfecho de sí mismo de lo que se merecía. No había prehistoria lo bastante devastadora para mantener a Arnar aplastado durante mucho rato, y eso Karl no debía olvidarlo.

Pero había otra razón por la que el pasado de Arnar le parecía más interesante que su propia penosa historia. Según el certificado de nacimiento de su hermano, su madre se llamaba Jóhanna Hákonardóttir. La caja contigua a su nombre contenía un número de ocho dígitos; no había números de DNI con diez dígitos en el documento porque en 1983, cuando Arnar nació, aún no se habían introducido, pero a Karl le sonó ese número. Estaba convencido de que, la tarde anterior, la radio había emitido esa misma secuencia. Recordaba haberse estrujado el cerebro con ella durante muchísimo rato porque no se parecía a nada que la estación hubiera emitido hasta entonces. Al acabar la transmisión, había buscado la secuencia de ocho dígitos, pero no había encontrado nada. Y en ese momento tenía casi la total seguridad de que era el mismo número; para asegurarse, se tomó la molestia de bajar al sótano en busca de sus anotaciones. Tenía razón: en efecto, lo que se había leído en voz alta era el viejo número de la seguridad social de la madre de Arnar.

No tenía sentido intentar convencerse de que se trataba de una coincidencia. La posibilidad de que una serie de ocho dígitos al azar coincidiera exactamente con el número de la mujer ya era bastante remota sin considerar el hecho adicional de que la serie de diez dígitos de la emisión anterior se había correspondido con el de su propio DNI.

No había manera de escapar a la conclusión de que la persona responsable de las emisiones los había metido a él y a Arnar en sus oscuras maquinaciones de manera voluntaria. Karl no podía ni comenzar a entender el significado de todo eso. Quizá lograra desentrañar el misterio si encontraba algo acerca de esa mujer.

Hasta el momento, ninguno de los números de la emisión había estado relacionado con el padre de Arnar, cuyo nombre, según el certificado de nacimiento, era Thorgeir Bragi Pétursson, así que Karl estaba menos interesado en él.

La búsqueda arrojó poca luz. Aparecieron 30.000 resultados, pero las mujeres con el mismo nombre de las primeras entradas seguían vivas. Volvió a buscar con la fecha de nacimiento de Jóhanna y los resultados se redujeron mucho. Entre ellos se encontraba la noticia de su fallecimiento. Había muerto el 12 de febrero de 1987, en su casa en la granja de Gráhamrar, en la zona de Hvalfjördur, a los veintitrés años de edad. La describían como un ama de casa, y ahí se acababa todo. No se mencionaba a ningún marido o hijo, ni a ningún pariente de sangre o político que la hubiera sobrevivido. La necrológica que le ofreció el motor de búsqueda no añadía ningún detalle. El nombre al pie era el del padre de Arnar, Thorgeir Bragi Pétursson, que no había hecho más que enviar un poema que a Karl no le pareció relevante en ese momento.

> Te ruego que veles, oh, Señor,
> por mi pobre hijo, mi amor;
> haz que siempre duerma en paz,
> haz que nunca haya de llorar.
>
> Benedikt Th. Gröndal

Dado lo que decía el poema, Karl habría esperado ver alguna referencia a su hijo Arnar, pero no. Ya debían de haber decidido darlo en adopción y la única interpretación posible era que Thorgeir Bragi había rechazado acogerle.

¿Dónde estaba el escándalo? La foto de la madre de Arnar que acompañaba la necrológica mostraba a una joven de aspecto completamente normal. Era una foto para pasaporte bastante mala, que parecía haber sido tomada en su adolescencia; su rostro infantil hizo que Karl se pusiera a calcular la edad que tenía cuando dio a luz a Arnar: diecinueve años. ¿Sería ese el terrible secreto? ¿Que lo había tenido tan joven? Menuda decepción. Eso no era ni por asomo escandaloso. Decepcionado, cerró la necrológica.

Volvió a aparecer la ventana que contenía la noticia de su muerte. Karl se disponía a cerrarla también cuando, al pie de la pantalla, otro aviso fúnebre llamó su atención. Hákon Hákonarson había muerto el mismo día que Jóhanna, el 12 de febrero de 1987, también en una casa de Gráhamrar, en la zona de Hvalfjördur.

Karl se recostó contra la silla, frunciéndole el ceño a la pantalla. Hákon debió de ser el padre de Jóhanna, el abuelo de Arnar.* Pero, lo mismo que en el aviso fúnebre de su hija, no se mencionaba a ningún familiar que le hubiera sobrevivido. Parecía haber muerto solo y sin amigos, igual que ella. El mismo día exacto.

Karl pasó a buscar en los archivos del periódico, para ver si había alguna información sobre un incidente que hubiera podido provocar la muerte de ambos. Lo primero en lo que pensó fue en un incendio doméstico o un accidente de coche, aunque esa segunda explicación no

* La gran mayoría de islandeses no tienen apellidos propiamente dichos, sino patronímicos (o en ocasiones matronímicos) formados por el genitivo del nombre del padre (o de la madre), al que se agrega *-son* («hijo») o *-dóttir* («hija»). *(N. de la e.)*

concordara con el dato de que los dos habían muerto en su casa. ¿Una avalancha? No se informaba sobre ninguna, y eso que rastreó los periódicos de varias semanas antes y después del 12 de febrero. Un velo de secretismo parecía pender sobre la muerte de ese padre y esa hija.

Antes de rendirse por completo, Karl decidió averiguar más cosas sobre Thorgeir Bragi Pétursson, el padre de Arnar. Quizá podría llamarle y preguntarle por la muerte de Hákon y de Jóhanna, aunque sería arriesgado. ¿Y si el hombre se arrepentía de haber rechazado a su hijo y quería ponerse en contacto con Arnar? Ese miedo se reveló inútil, no obstante, pues resultaba que Thorgeir había muerto dos años antes. A diferencia de la madre de su hijo, había dejado atrás a una gran familia: una esposa, una hermana, padres, cuatro hijos y varios nietos. En consecuencia, había numerosas necrológicas, y gracias a ellas pudo descubrir que había nacido, se había criado y había vivido el resto de su existencia en Akranes, un pueblo al otro lado de la bahía de Faxaflói, delante de Reikiavik. Aunque no se señalaba la causa de su fallecimiento, los autores de las notas hacían frecuentes referencias a una enfermedad dura y a una batalla extenuante. No se decía una sola palabra sobre Jóhanna o Arnar.

Karl apagó el ordenador. No iba a encontrar respuestas en la red. La fuente en la que con mayor probabilidad iba a encontrar nuevos indicios era la estación de números. Eran las cinco menos diez. Se puso en pie y bajó las escaleras con rapidez. A las cinco en punto, cuando comenzara la emisión, quería estar preparado y a la espera, armado con papel y lápiz. Su propio pasado tendría que esperar.

En el sótano, el débil golpeteo comenzó a sonar otra vez.

23

La comisaría bullía con una actividad poco habitual. El foco de atención del caso se había trasladado de la escena del crimen a la sala de investigaciones, puesto que el grueso de los datos recolectados durante las pesquisas se encontraba ya allí. En consecuencia, la casi totalidad del equipo estaba presente; la mayor parte de los escritorios se encontraban ocupados y la gente escribía al ordenador a diestro y siniestro. El traqueteo de los teclados no acababa de ahogar el resto de los sonidos, pero conformaba un telón de fondo constante y cargado de propósito cada vez que cesaban las conversaciones. La atmósfera se parecía más a la de una redacción de periódico que al Departamento de Investigación Criminal de una comisaría y el olor de café que flotaba sobre el lugar no hacía más que potenciar esa sensación.

El sol del mediodía se arrastraba por encima del horizonte y sus rayos atravesaban de lleno los enormes ventanales; imposibilitaban casi por completo que la gente pudiera ver la pantalla del ordenador. Por ello habían bajado muchas de las persianas y la penumbra resultante transmitía la impresión de que fuera mucho más tarde. La mayoría de los presentes ya iba por la mitad de su jornada laboral, pero en el caso de Huldar esta no tenía visos de que fuera a terminar. El responsable de la investigación debía llegar el primero y marcharse el último. Era una norma no escrita. Si se fuera a casa a las cuatro, transmitiría el mensaje de que no pasaba nada si se sacudían la presión, y al día siguiente el equipo comenzaría a dejarse llevar a las tres de la tarde. Incluso había cancelado una cita con el dentista, pactada seis meses antes, por miedo a que distrajera a sus colegas. El corte de pelo que necesitaba desde hacía tantos días también tendría que esperar.

Estaban en proceso de revisar y analizar todo lo que habían reunido en relación con los dos asesinatos, intentando extraer un sentido a esa cantidad ingente de información y buscando el hilo que acabaría por conducirlos hasta el culpable. En las sociedades contemporáneas, todos los individuos dejan una huella digital, un rastro de transacciones electrónicas y demás datos generados por sus actividades cotidianas. Después de ponerlas en orden y de compararlas sistemáticamente con las declaraciones de los testigos, esas pruebas podían revelar los últimos días de la vida de una persona con extraordinario detalle. La mayor parte se obtenían con un esfuerzo mínimo: por ejemplo, examinando el uso de las tarjetas de crédito, las llamadas telefónicas, los correos electrónicos y la actividad en redes sociales. El principal problema radicaba en aislar los detalles de importancia entre la vasta marea de información disponible.

Después de echarles una ojeada a los datos que Almar había encontrado en el portátil de Elísa, Huldar había delegado la tarea de revisar a conciencia los archivos del ordenador de su trabajo. Había muchas otras cosas que hacer, y además tenía miedo de quedarse dormido encima del teclado. El grupo había acabado de ensamblar la mayor parte de los movimientos que habían culminado con la muerte de Elísa y estaba ocupado intentando construir una imagen clara de las horas finales de Ástrós.

Elísa se había despertado temprano y había sacado a los niños de la cama con la ayuda de su marido. Les había echado un ojo a los titulares del día en el portátil mientras los pequeños se tomaban el desayuno y había enviado un correo electrónico a la escuela para solicitar que Margrét no saliera al exterior a la hora del patio porque pensaba que estaba a punto de caer resfriada. A continuación, la pareja se había dividido a los hijos; Sigvaldi había acompañado a Margrét a clase mientras Elísa llevaba a los niños a la guardería. Ella había llegado con diez minutos de retraso a la agencia tributaria y se había apresurado a entrar a una reunión interna sobre los cambios en las leyes impositivas. Esa reunión había durado dos horas, a las que siguieron varias tareas rutinarias hasta el mediodía; había redactado un párrafo para un informe sobre los vacíos en la legalidad impositiva de la industria del turismo y había repasado la parte que había recopilado un colega. A la hora de comer se había escapado con dos compañeras de trabajo a un restaurante del centro, donde pidió una ensalada César que bajó con una Pepsi Max. Había colgado una foto del plato en sus redes sociales. Habida cuenta del triste destino que le esperaba, Huldar se preguntó si no habría elegido algo más pecaminoso en caso de haber sabido que las calorías que ingiriera no llegarían a transformarse nunca en grasa.

Después de pasar esa hora fuera, Elísa había vuelto a la oficina para trabajar en el informe. No obstante, no se la podría calificar exactamente como laboriosa. Su ordenador revelaba que había pasado una cantidad de tiempo desproporcionada en internet; los datos de navegación incluían una visita a Amazon para ver zapatos y otra a una web de chollos para conseguir descuentos. En esta última había adquirido una oferta familiar para una hamburguesería, que habría representado una buena ganga, pero de la que era improbable que fueran ya a sacar provecho. Almar se había tomado la molestia de imprimir la confirmación y dársela a Huldar con la petición de que se la entregara a la familia. Esta seguía sobre su escritorio, desde donde acabaría dando un salto a la papelera.

A las dos, Elísa había registrado en el sistema Lync de la oficina que tenía que salir un momento pero que volvería antes de las tres. Poco después había comprado un billete para el autobús del aeropuerto, lo que coincidía con la declaración de su marido según la cual le había recogido en casa para llevarle a la estación central de autobuses, tal y como habían acordado esa mañana. Mientras ella compraba el billete en la taquilla de la estación, él llevó su equipaje al autobús. Se dieron un beso de despedida y Elísa se apresuró a volver frente a su ordenador del trabajo.

Había salido de la oficina justo antes de las cuatro, y recogió a los niños de la guardería y la escuela. De camino a casa se había detenido en un supermercado para hacer una compra bastante grande, al menos según los parámetros de Huldar. A continuación, con una breve parada en la gasolinera, donde Elísa llenó el tanque y compró tres polos, se fueron rápidamente a casa. El cajero había dicho que se acordaba de Elísa porque los niños se impacientaron y al parecer hubo un montón de peleas en el coche. Los polos fueron un intento para apaciguarlos. Pero había un detalle en el recuento del empleado que no concordaba con la secuencia de los hechos que conocían: había asegurado que el marido de Elísa estaba con ellos y que él se había encargado de llenar el depósito.

Eran muchísimos los clientes que pasaban por el lugar a diario, así que la explicación más evidente apuntaba a que hubiera confundido a dos grupos diferentes de personas. La gasolina se había pagado casi en el mismo momento en que Sigvaldi se subía al avión. Al principio, los hijos de Elísa se habían encogido de hombros cuando se les preguntó si recordaban el viaje a la gasolinera y si hubo otra persona en el coche con ellos, pero entonces Bárdur, el mayor de los niños, había recordado vagamente que un empleado les llenó el depósito. Se había considerado que eso era más probable que la idea de que el asesino de Elísa hubiera estado en el coche y hubiera regresado con ellos a casa. Védís, la vecina de al lado, había visto llegar a la familia y en ese momento estaban solos los cuatro: Elísa y los tres niños, nadie más. Existía la posibilidad de que Margrét arrojara más luz sobre la cuestión cuando hablaran con ella, más tarde.

La siguiente transacción electrónica en la tarjeta de crédito de Elísa fue el pago a un cerrajero para que le abriera la puerta de casa. Según el hombre, ella había perdido la llave, su marido estaba en el extranjero y la copia de repuesto se había quedado dentro. Huldar y los demás miembros del equipo de investigación habían puesto un interrogante al lado de ese incidente para sugerir que quizá el asesino se había hecho con la llave durante el día. No habían hallado señales de que forzara la entrada, así que por lógica o había usado la llave o Elísa se había olvidado de echarla. Que a la mañana siguiente se hubieran encontrado la puerta de entrada cerrada con llave no tenía por qué ser significativo. Hasta donde sabían, el asesino podría haberla cerrado al marcharse, por mucho que estuviera abierta cuando llegó.

Elísa no había querido que el cerrajero cambiara la cerradura, le había asegurado que eso mismo les había pasado ya otras veces y que no había razones para preocuparse. Tenía una llave de repuesto dentro; el llavero era viejo y la suya se debía de haber caído en alguna parte: en el trabajo, en la escuela, en la guardería o en la gasolinera. La policía había registrado todos esos lugares sin éxito.

Una vez dentro, Elísa había entrado en Facebook y le había dado «me gusta» a varias actualizaciones de estado de sus amigos. Había colgado una diciendo que Sigvaldi estaba en Estados Unidos, para que su círculo de amistades supiera que se encontraba sola en casa con los niños. También había informado al mundo de que iba a preparar unos espaguetis y recibió numerosos «me gusta» por ello. Huldar no supo identificar si a la gente le gustaban los espaguetis o el hecho de que estuviera sola. La policía había tenido la precaución de comprobar que no se hubieran infiltrado tipos raros entre quienes habían celebrado ese estado, pero todos los comentarios habían sido de amigos con los que Elísa llevaba mucho tiempo en contacto. Dejando eso de lado, la tarde no había quedado registrada con el mismo detalle que el resto del día. Sin embargo, entre las siete de la tarde y las once de la noche, Elísa había entrado en Facebook y Twitter varias veces. La última actualización de su vida se podía leer en Facebook: «Buenas noches... Mañana será un nuevo día y, para variar, ¡esta vez lo haré todo bien!». Pero, por supuesto, no había tenido la oportunidad de demostrarlo.

Considerando las múltiples actualizaciones de estado que Elísa había introducido en esos sitios web a lo largo de su vida, Huldar no había podido dejar de preguntarse por lo que habría escrito si el asesino le hubiera dado un ordenador durante sus últimos estertores. «No os lo vais a creer, pero un hombre está intentando aspirarme los espaguetis del estómago. Por cierto, que estaban deliciosos.» O simplemente: «¡Socorro! ¡Que alguien me ayude!».

Se sabía mucho menos sobre los últimos movimientos de Ástrós, que no se había mostrado tan activa en las redes sociales como Elísa y que en general parecía haber sido menos extrovertida. Además, se había jubilado dos años antes, así que sus compañeros de trabajo estaban fuera del panorama. Hasta donde sabían, se había quedado todo el día en casa, a menos que en algún momento hubiera salido a dar un paseo. Su coche, un Toyota pequeño, estaba aparcado en el garaje y ella había anotado el kilometraje el día anterior, después de ponerle gasolina. Teniendo en cuenta la distancia entre la gasolinera y su piso, habían concluido que fue directa a casa y que después no había vuelto a subirse al coche. Su tarjeta de crédito mostraba una sola transacción el día de su muerte, y se trataba del cargo de débito de una organización benéfica. Durante la tarde había hecho tres llamadas desde casa, una a la compañía telefónica, otra a su hermana y la tercera a una amiga. La primera no había sido por nada importante, según el representante del servicio de atención al cliente que había hablado con ella. Este no recordaba los detalles de la charla, solo que había tratado sobre la existencia de un problema o virus en su móvil. Nada parecía indicar que la conversación hubiera tenido alguna relación con el asesinato. La amiga dijo que habían hablado sobre un libro que Ástrós le había dejado y sobre el crucero por el Mediterráneo que planeaba hacer. Esa llamada había durado diecisiete minutos y el agente de policía había tardado otros siete hasta que consiguió colgar el teléfono. Para entonces sabía todo lo posible y más acerca del inminente crucero.

La llamada de Ástrós a su hermana había tenido una duración similar, en torno a los diecinueve minutos. La hermana dijo que habían hablado de la confirmación de los hijos de unos parientes, que debía tener lugar en primavera; sobre una nueva tienda en el centro comercial de Smáralind que tenían muchas ganas de conocer, y también sobre una visita que Ástrós había estado esperando y que se había quedado en nada. No había podido darles el nombre del invitado y su explicación había sido bastante embarullada. Por lo que recordaba, Ástrós había recibido un mensaje de texto en el que alguien anunciaba que iba a pasar por su casa, pero al parecer lo había mezclado con otros mensajes que había recibido y que ella pensaba que eran para otra persona o que resultaban sospechosos por alguna razón. No le explicó el contenido de esos mensajes y su hermana no mostró mucho interés porque llegaba tarde al teatro. Sollozando, le había dicho a Huldar que la obra había sido una decepción y que en su lugar debería haber pasado más rato hablando con su hermana.

El móvil de Ástrós se había encontrado en la escena. Esa vez, la policía se cuidó de verificar que fuera el que ella usaba para no meter la pata igual que con el de Elísa, que seguía sin aparecer. Quien lo tuviera aún no lo había encendido y parecía poco probable que fuera a hacerlo. La compañía telefónica les había entregado una lista con las llamadas y mensajes que Elísa había recibido en los días previos a su muerte, pero ninguno guardaba relación con los que habían encontrado en el móvil de Ástrós.

Los estaban analizando. Eran cuatro, de un remitente desconocido, tres de ellos incomprensibles:

«95 al revés, 17–6, 110–16, 53, 73 · 30–7, 8, 35–5, 88»,

«68, 99 · 57 · 14, 106–16, 92, 53, 99–16, 7, 52»,

«1, 33–16, 30–7 · 57, 16 · 29, 99–16, 7, 73, 16».

La persona que trabajaba en el mensaje codificado que habían dejado en casa de Elísa se estaba peleando ya con ellos, pero Huldar no albergaba ninguna esperanza de que fuera a encontrar la solución. El hombre también estaba intentando descifrar el mensaje que había aparecido en un sobre encima del coche del vecino de Ástrós: «110–16, 53, 10 al revés, 52 · 84, 35–5 · 110–16, 53, 10 al revés, 52». Huldar había pensado que la secuencia regular que mostraban dos de los mensajes facilitaría que los descifraran, pero no parecía haber servido de nada.

La gran esperanza de Huldar consistía en que la Interpol pudiera desentrañar el código, pero hasta ese momento la petición solo había representado que tuviera que rellenar algunos documentos. Más valía que no hubiera sido una pérdida de tiempo.

El cuarto texto en el móvil de Ástrós anunciaba la llegada inminente de un individuo desconocido. La policía no tenía ni idea de la identidad de esa persona, igual que Ástrós, a juzgar por la conversación que había mantenido con su hermana.

«No falta mucho para mi visita... ¿Emocionada?»

Huldar no era el único que creía que los mensajes habían sido enviados por el asesino. Había otorgado prioridad absoluta al rastreo del número del que habían salido; con un poco de suerte, lo tendría hacia el final de la jornada. El asesino parecía haber cometido un error al fin. Había usado una tarjeta SIM desechable, como las que compraban sobre todo los turistas extranjeros o los nativos que tuvieran propósitos dudosos. Se suponía que los minoristas debían anotar el nombre del comprador, pero los registros de las que se vendían en los hoteles solían ser inconsistentes en el mejor de los casos. Sin embargo, debía existir la posibilidad de rastrear la tarjeta hasta un punto de venta concreto para revisar sus archivos. Sería mucho pedir que el hombre hubiera dado su nombre de verdad, pero quizá la tarjeta se hubiera comprado en tiempos recientes, en cuyo caso cabía la posibilidad de que el dependiente recordara al comprador o de que este hubiera sido captado por las cámaras de videovigilancia. Esa tarjeta SIM ofrecía al menos una débil posibilidad de que el caso fuera a solucionarse de manera inminente.

Ante la ausencia de sospechosos, y en especial de alguien que tuviera relación con ambas mujeres, estaban necesitados de algo que los animara. La mayor parte del equipo —incluyendo a Huldar— se inclinaba por la opinión de que las víctimas habían sido seleccionadas al azar, pero evitaban comentarla porque se trataba del peor escenario posible. ¿Cómo iban a encontrar al asesino si sus crímenes carecían de lógica? Sobre todo si además se conducía con ese cuidado tan metódico. Para colmo, ni Elísa ni Ástrós parecían haber destacado en ningún sentido, y eso las convertía en objetivos improbables para ese individuo tan cargado de odio que se había dado a matar a completas desconocidas.

No había nada en las vidas y las muertes de Elísa y Ástrós que pareciera esconder la clave del misterio.

Las pruebas que habían recogido en las escenas tampoco habían arrojado nada útil. Hasta el momento no habían encontrado, ni en la casa de Elísa ni en el apartamento de Ástrós, huellas dactilares o rastros que pudieran proporcionarles alguna pista. No obstante, eso no tenía por qué resultar significativo, ya que ambos lugares estaban repletos de muestras biológicas y solo habían analizado un pequeño porcentaje de estas. En cualquier momento podía descubrirse la huella o el cabello humano adecuados. Pero cada muestra que resultaba tener una explicación inocente reducía las posibilidades de que las pistas de la escena del crimen ayudaran a resolver el caso. No resultaba tan sorprendente, ya que cualquier espectador de televisión conocía las trampas que había que evitar. Un adolescente lo bastante bien informado debería ser capaz de cometer un crimen sin dejar rastro.

Huldar suspiró. Era consciente de que, tarde o temprano, la ausencia de avances acabaría teniendo un efecto depresivo sobre el equipo, con la excepción de uno o dos individuos cuya respuesta a cada decepción consistía en redoblar sus esfuerzos. Si había que fiarse de la vivaz energía de su voz, Ríkhardur pertenecía a ese grupo selecto. Y, a juzgar por su productividad durante los días anteriores, debía de ser uno de los más efectivos. Pero la tensión se hacía evidente a través de las nuevas imperfecciones que iban apareciendo en su apariencia, por otro lado siempre tan pulcra, como el botón desabrochado en la camisa o la minúscula pero inconfundible mancha de café en una de sus mangas.

Incluso su pelo moreno parecía un poco despeinado, aunque lo llevara arreglado para los parámetros de Huldar. Como si le hubiera leído la mente, Ríkhardur se pasó una mano por la cabeza y todos sus mechones regresaron a su lugar.

—No tienen nada en común —dijo, tajante—. Ni amigos, ni parientes, ni siquiera hay una relación a través del trabajo. De hecho, costaría encontrar a dos personas con menos vínculos entre sí en toda Islandia. Son de edades diferentes, sin ningún parentesco, no estudiaron en la misma escuela, nunca fueron vecinas, nunca compraron en el mismo supermercado... Es extraordinario, la verdad.

Parecía tener confianza en esos datos, que había enumerado mientras le entregaba a Huldar el informe. Erla, que lo había realizado con él, estaba apoyada contra la jamba de la puerta.

La agente había perdonado a Huldar cuando este la llamó la noche anterior para invitarla a que lo acompañara a casa de Freyja. Aunque para ello tuviera que cruzar en coche media ciudad, Erla lo había hecho encantada, considerando al parecer que con ello nivelaba el marcador en su absurda rivalidad con Ríkhardur. Había tratado a Freyja con una grosería espantosa, pero ¿qué era lo que Huldar esperaba? ¿Que cayeran la una en brazos de la otra y se juraran amistad eterna? Solo daba gracias porque Erla no sospechara la verdad: que era la segunda vez que la usaba como elemento amortiguador en sus tratos con Freyja. Aunque en realidad «amortiguar» no sería el verbo, ya que no estaba allí para protegerle de sus comentarios burlones, sino para evitar que los dijera directamente.

Huldar le echó un vistazo a ese informe que enumeraba los posibles vínculos entre las dos mujeres, todos ellos callejones sin salida.

—Entonces, ¿no existe ninguna relación? ¿Ni siquiera indirecta? —Pese a la decepción ante el resultado, le satisfacía ver que Ríkhardur y Erla habían sido tan rigurosos. Habían hablado con docenas de personas, sobre todo por teléfono, y algunas de esas conversaciones debían de haber sido difíciles, con la muerte de ambas mujeres tan presente. Estaba dispuesto a apostar que Ríkhardur habría realizado la mayor parte de las llamadas. El tipo tenía un don para abordar asuntos emocionalmente delicados sin abandonar el gesto acartonado que lucía por naturaleza, aunque era verdad que su enfoque podía parecer un poco despiadado—. Buen trabajo, de todos modos.

—Gracias. —Una sonrisa poco habitual atravesó el rostro de Ríkhardur. Era la primera sonrisa genuina que recordaba haberle visto desde el divorcio. Tomó nota mentalmente de que debía alabarle más a menudo... cuando se lo mereciera. Pero la sonrisa desapareció con tanta rapidez que Huldar se preguntó si no se la habría imaginado—. Es una lástima que no nos haya conducido a nada. —Ríkhardur sonó desalentado.

—Bueno, ahora al menos sabemos que no están relacionadas. —Erla se desplazó un poco para aliviar la presión en su hombro izquierdo. Se había lesionado durante una visita a domicilio, seis meses antes, y se había visto obligada a pasar dos semanas sin trabajar. Era poco habitual, si no insólito, que un agente se cabreara tanto al tener que pillar la baja. Pareció avergonzarse por el carácter falible de su cuerpo. Cuando volvió a la comisaría, nadie se atrevió a preguntarle cómo se encontraba, y Huldar no fue la excepción. De hecho, había olvidado el incidente. Así que, fiel a su costumbre, hizo como que no reparaba en la mueca de dolor que ella intentaba controlar—. ¿Qué quieres que hagamos? —preguntó ella—. ¿Pasamos a alguna otra cosa o seguimos buscando? Quizá haya un vínculo en alguna parte que se nos ha pasado por alto.

Huldar lo consideró. Era poco probable que esa nueva pesquisa fuera a dar resultado y sería mejor que dedicaran el tiempo a otras cosas.

—No, de momento podéis dejar de buscar. Quizá sea mejor esperar a que podamos comparar las transacciones de sus tarjetas de débito y demás. Aún no hemos recibido todos los registros bancarios de Ástrós, así que por ahora vamos a aparcar el tema.

—¿Y entonces qué hacemos? —Ríkhardur enderezó la espalda. Su porte militar siempre había irritado a Huldar, pero nunca tanto como desde que era su jefe.

—Estoy actualizando la lista de gente a la que aún tenemos que entrevistar. Cuando acabe, dispondréis de un montón de trabajo con el que estar ocupados. Tal y como demuestra vuestro análisis, las mujeres no tenían ningún contacto en común. Puesto que el asesino parece ser su única relación, está claro que en un futuro cercano habrá que hacer bastantes horas extra.

Erla sonrió y Ríkhardur pareció también satisfecho, aunque con cautela. A pesar de sus defectos, tenía que reconocérselo: no les asustaba el trabajo duro, y el grosor de su paquete salarial no tenía nada que ver con ello.

—Pero aún tengo que conseguir que Egill apruebe esas horas extra.

A Huldar no es que le entusiasmara la perspectiva de comentar el tema con su jefe. Egill era la única persona que no se veía afectada por la actividad frenética que le rodeaba. En vez de poner su granito de arena, estaba inmerso en un inventario del equipo de la comisaría, comprobando además que se hubiera realizado su mantenimiento de acuerdo con la normativa. Egill nunca se había preocupado por ese tipo de cosas, se limitaba a comprar nuevos aparatos que reemplazaran a los viejos. Presumiblemente, la Oficina Nacional de Auditorías había comenzado a hacer preguntas incómodas y él se había estresado después de haber gastado a espuertas en equipamiento para una estructura que ya estaba bien provista. Huldar se temía una avalancha de preguntas sobre el registro y préstamo de ese equipo. Mirándolo por el lado positivo, no obstante, mientras su jefe estuviera ocupado buscando dispositivos de escucha traspapelados y obsoletos, trece pares de calzado de protección y dos escudos antidisturbios, además de darle vueltas a la calibración de los distanciómetros, no le quedaría tiempo para interferir en la investigación. Y, cuando lograra acabar con el inventario, Egill siempre podría entretenerse recolectando los nuevos iPads para escondérselos a los auditores.

—¿Alguno de los dos está interesado en venir al centro conmigo? Van a intentar entrevistar a Margrét otra vez. —Huldar miró el reloj y vio que casi era hora de irse. No quería llegar tarde, sobre todo porque había usado la entrevista como excusa para no tener que asistir a la autopsia de Ástrós. El forense se había mostrado de lo más amable al no hacer ningún comentario al respecto, pese a ser perfectamente consciente de que Huldar se estaba amilanando. En cualquier caso, le había prometido un informe exhaustivo. Con solo pensarlo, Huldar sintió un hormigueo en la piel. Al retirar la cinta americana y extraer el aparato de la garganta de la mujer, habían comprobado que en efecto se trataba de un rizador. No podía ni imaginarse el tipo de daños que habría provocado—. Me gustaría llegar a tiempo para poder preparar como es debido a la entrevistadora.

Además, quizá tendría la oportunidad de tomarse un café con Freyja para intentar hacer las paces con ella. En retrospectiva, deseó poder retirar la invitación a Erla y Ríkhardur, sobre todo al recordar lo mal que se llevaban las dos mujeres. No le ayudaría en nada tener allí a Erla soltando comentarios sarcásticos. A menos que le hiciera quedar bien por comparación. Esperó que Díkhardur se le adelantara.

—Yo me apunto. —Como era de prever, Erla fue la más rápida—. Necesito perder de vista el escritorio, joder.

Ríkhardur cerró la boca medio abierta, se tragó lo que había estado a punto de decir. Era demasiado envarado para admitir que le habría gustado participar, pero la mirada de consternación le traicionó.

—Yo puedo quedarme aquí. Parece que hemos recibido una tonelada de testimonios. Puedo revisarlos mientras no haya algo más urgente que hacer.

Huldar había tenido la intención de pedirle que probara a descifrar esos mensajes tan crípticos, pero los soplos del público eran uno de los aspectos más tediosos de cualquier investigación y era raro que la gente se ofreciera voluntaria para lidiar con ellos. No podía permitirse rechazar la oferta.

—De acuerdo. Bien.

La mayor parte de los testimonios representaban invariablemente una pérdida de tiempo. Llevada por el deseo de ayudar, la gente no se daba cuenta de que la policía no iba a ganar nada siguiendo sus fantasías e intuiciones. Sin embargo, ese tipo de información a veces conducía a un arresto, así que la policía tampoco podía permitirse descartarla. Habían tenido suerte de no estar trabajando en un caso en el que hubiera un desaparecido, o uno en el que hubieran tenido que pedirle al público que identificara a un individuo a partir de la grabación de una cámara de videovigilancia: un desconocido vestido con un suéter con capucha podía conducir a un diluvio de llamadas telefónicas que era casi imposible de detener incluso después de que se arrestara al culpable. Se imaginó que, si hacían un llamamiento urgente para recibir información sobre un hombre negro con la cabeza más grande de lo normal, menos gente se pondría en contacto con ellos. Aunque pensándolo bien...

—Intenta filtrar lo que sean pérdidas de tiempo. —Huldar grabó su trabajo y cerró los archivos abiertos—. Encontraré a alguien que te releve cuando vuelva.

—No hace falta. Si me pongo con ello, bien puedo acabarlo. —Ríkhardur tenía cara de haber mordido un limón.

—Bueno, ya lo veremos. Al parecer esta vez son más extravagantes de lo común. Entiendo que ha comenzado a llamar la peña de lo paranormal. —Al decir Huldar esto, la expresión de amargura de Ríkhardur ganó intensidad. Pobre tipo. Quizá eso le animaría a reivindicar sus verdaderos deseos por una vez.

—La peña de lo paranormal..., pero ¿qué coño? —Erla frunció el ceño. En vez de seguir apoyada contra la jamba de la puerta, se había metido las manos en los bolsillos a tanta profundidad que suerte tuvo de llevar puesto un cinturón robusto y de calidad. Quizá lo había hecho para notar un poco de alivio en el hombro.

Huldar buscó a tientas las llaves del coche.

—Ya sabes, videntes, chiflados que aseguran poder ayudarnos poniéndose en contacto con los muertos, o a través de los sueños y tal. Siempre salen de debajo de las piedras cuando hay noticia de un asesinato. Aunque es extraño, porque nunca llegan antes que la prensa. —Encontró las llaves y se puso en pie—. Por lo que a mí respecta, ese tipo de mierdas pueden ir directas al final de la pila. Concéntrate en los avisos que tengan un poco de sentido. —Le dirigió una sonrisa a Ríkhardur, en un intento por animarle. Al fin y al cabo, se lo debía—. Buena suerte. Me pasaré a verte al volver. Quiero que me acompañes cuando haga venir al exnovio de Freyja para interrogarle sobre el ataque a esos dos perros. Tenemos que sacudirlo un poco, quiero asegurarme de que la deje tranquila.

Erla frunció el ceño; no se molestó siquiera en ocultar los celos. La verdad era que Ríkhardur y ella eran como críos. Huldar lamentó haber roto todos los lápices; le habría encantado poder partir algunos más en ese momento.

¿Por qué no podían actuar como antes? Antes de que le ascendieran, antes de que le pusiera los cuernos como un idiota a Ríkhardur. Ojalá pudiera regresar a los tiempos en los que todos se encontraban al mismo nivel, cuando no tenía que volver la cara, avergonzado, en las raras ocasiones en que Ríkhardur compartía con él su pena por Karlotta y por el sueño roto de formar una pequeña familia. Aunque solo fuera durante el curso de la investigación. En cuanto esta acabara, podría encargarse del tema, intentaría mejorar sus relaciones. En ese momento simplemente no disponía de tiempo.

Se sentía como alguien que jugara a la rayuela en un campo de minas. Las cosas no podían seguir de esa manera.

Pero las buenas intenciones que tuviera para confesarse le conducían a un callejón sin salida. ¿Por qué debía salvar su conciencia a expensas de Ríkhardur? ¿Acaso este no había sufrido bastante? Si le confesaba el terrible error que había cometido con Karlotta, sería como escupir sobre el recuerdo perfecto que Ríkhardur tenía de su matrimonio; un matrimonio que, al fin y al cabo, no había sido mejor que tantos otros.

Y eso sin entrar en las repercusiones que la confesión tendría para su relación laboral.

Erla interrumpió sus pensamientos con una queja agraviada:

—Pero ¿por qué demonios perdemos el tiempo con Freyja y su ex? Si ya estamos hasta arriba de trabajo... Sin duda ella será capaz de solucionar sus propios problemas. Por el amor de Dios, que es psicóloga, ¿no?

Huldar estrelló la mano con las llaves contra el escritorio, sacó los chicles de nicotina y se metió dos en la boca; los masticó hasta sentir que la droga se disolvía y fluía hacia sus capilares. Solo entonces se sintió confiado para hablar. Los chicles no acabaron de ocultar la rabia que sentía, pero al menos sus colegas no retrocedieron atemorizados:

—Mientras la niña esté con Freyja, es nuestro deber dar prioridad a cualquier posible amenaza contra su seguridad. Alguien tiene que cantarle las cuarenta al ex de Freyja, y no quiero oír ni una palabra más sobre el tema. —Hasta ahí había llegado el sueño de volver a estar todos al mismo nivel.

Se dirigió pisando fuerte al ascensor, seguido de cerca y en silencio por Erla. Por el camino pasaron junto a los despachos de los dos hombres que con toda probabilidad habrían sido los candidatos para dirigir la investigación si no hubieran tenido que permanecer encerrados hasta que la opinión pública se olvidara de su conducta escandalosa. Los dos levantaron la vista hacia él y se hicieron los ocupados, aunque no engañaron a nadie. Ninguno de ellos le saludó.

24

Molly no se acostumbraba al collar de plástico. Antes de la entrevista, comenzó a pasearse inquieta por la sala de reuniones, chocando contra la gente y los muebles. Las pantorrillas de Huldar parecían atraerla de manera especial, y él ya se las notaba claramente magulladas. Fingió indiferencia, aunque por dentro abrigara el deseo de coger al perro del collar y llevarlo hasta el coche de policía para encerrarlo allí. Pero Margrét estaba muy unida al animal y esperaban que su presencia tuviera un efecto calmante sobre ella. Si ayudaba a que la niña se sincerara, el perro podía golpearle las piernas todo lo que quisiera.

No había tenido la oportunidad de tomarse ese café con Freyja. Desde su llegada, la tarea que tenían entre manos había reclamado toda la atención de Huldar y Erla. Se había debatido si Silja debía seguir haciendo las preguntas o ceder el testigo a Freyja. Aunque la primera no había tenido demasiado éxito persuadiendo a Margrét para que hablara, la niña al menos estaba acostumbrada a verla sentada en el sofá a su lado. A la vez, Freyja había alcanzado un buen entendimiento con ella, pero este era frágil y existía el riesgo de que Margrét se escondiera dentro de su caparazón si de repente Freyja cambiaba de rol. Huldar y Erla se habían abstenido de participar en la discusión.

Al final le había tocado a Freyja meterse el auricular diminuto en la oreja y pasarse el cable por la espalda hasta la batería que llevaba sujeta a la cintura. Mientras tanto, Silja se había sentado al otro lado del cristal con Margrét, para distraerla charlando. Esta vez, la niña llevaba una camiseta con el dibujo de un oso panda y unos vaqueros decorados con lentejuelas que componían motivos florales, con lo que aparentaba menos de los siete años que tenía.

Huldar observó a Freyja, sorprendido por el contraste entre la delicadez con que manejaba el equipo y la manera en que los policías solían comportarse cuando se ponían un micro. A diferencia de ellos, Freyja no hizo ninguna exhibición de heroísmo hiperbólico, y tampoco era probable que fuera a disfrutar dándose golpes en el pecho cuando todo estuviera en su lugar. Por supuesto, ella no iba a enfrentarse al mismo tipo de situaciones que un agente de policía vestido con todo el equipo antidisturbios, pero Huldar no creía que esa fuera la explicación. Erla se habría metido el micro en la oreja con tanta fuerza que se habría perforado el tímpano; acto seguido, habría tirado con ímpetu del cable para pasárselo por la camisa y sin duda habría golpeado el pie contra el suelo para ayudarlo a bajar.

—Vale, estoy lista. —Freyja se ajustó el cinturón y se soltó la cola de caballo para que el pelo le cayera encima de las orejas—. ¿Quieres que me centre en algo concreto? ¿Hay algún orden especial de prioridades? —le preguntó a Huldar mientras este se aprestaba a ocupar el mismo asiento de la vez anterior.

Los presentes en la sala de reuniones le imitaron. Erla se sentó a su lado, los brazos cruzados contra el pecho como una niña malhumorada. El trayecto en coche hasta el centro había transcurrido en silencio, y sin duda la vuelta sería igual. La agente tenía la mecha corta, pero no pertenecía a ese tipo de personas que se sacudían la rabia con la misma rapidez.

Huldar se quitó a Erla de la cabeza.

—Como es natural, en especial queremos que nos cuente todo lo que vio y oyó. Cualquier cosa que nos permita identificar al asesino. También sería interesante averiguar por qué le echa la culpa a su padre, ya que puede ser significativo. Y necesitamos saber si recuerda el viaje a la gasolinera del día del asesinato, y si puede decirnos si un hombre se subió al coche con ellos. Además, si queda tiempo, me gustaría preguntarle por el mensaje que el asesino dejó en su casa, pero eso es menos urgente.

Freyja asintió con la cabeza y salió de la habitación. La vieron intercambiar posiciones con Silja. Molly, que la había seguido, se puso a sacudir la cola, frenética, en cuanto vio a Margrét; el collar de plástico batía con violencia. Solo habían pasado quince minutos separadas, así que Huldar no pudo imaginar cómo la saludaría la perra después de una ausencia más prolongada.

—Bueno, aquí estamos otra vez. —Freyja se acomodó en el sofá, al lado de Margrét—. No hemos tardado tanto, ¿verdad?

La niña se encogió de hombros.

—No. —Metió la mano en el cono de plástico para acariciar la cabeza de Molly, que reaccionó con placer.

Freyja se permitió hablar un poco más sobre cosas sin importancia; en especial, sobre la perra. Comentaron si deberían sacarla más tarde a dar una vuelta a la manzana o si era mejor que se fueran a Geirsnef. Freyja mencionó que quizá a Molly le daría vergüenza que los demás perros la vieran con ese collar y la niña sonrió, relajó la espalda un poco, pero volvió a ponerse rígida en cuanto su interlocutora fue al grano.

—Bueno, Margrét, ya sabes que la policía está buscando al hombre que le hizo daño a tu mamá. Tienen muchas ganas de meterlo en la cárcel, para que no pueda hacerle daño a nadie más. —Habían decidido proteger a la niña de la noticia de la muerte de Ástrós, ya que podría perturbarla y provocar que la entrevista fracasara. Margrét asintió con gravedad. Pareció reconocer la seriedad del asunto, lo cual era una buena señal. Freyja prosiguió—: Pero, para asegurarse de que lo atrapan rápido, necesitan saber quién es. De otro modo, no tendrán ni idea de a quién tienen que buscar.

—Los asesinos no son como todo el mundo —dijo casi en un susurro.

—No, no lo son. Por dentro. Pero por fuera sí que se parecen a los demás.

—Este asesino no.

—No. Por la manera en que lo describiste, parece que tiene un aspecto muy particular.

—En realidad, no.

—Ah... Pero yo no conozco a nadie que tenga la cabeza tan grande, sea blanco o negro. —Freyja levantó las manos para dibujar un óvalo del tamaño de una pelota de baloncesto en el aire—. ¿Era así de grande?

—Sí. —La voz de Margrét fue casi inaudible, y el público alrededor de la mesa tuvo que estirar el cuello hacia el altavoz. La niña parecía haberse dado cuenta de que su descripción había sido muy poco realista—. Era así.

Por un instante, dio la sensación de que Freyja se

quedaba sin saber qué preguntar, así que Huldar se acercó hacia el micro.

—Pregúntale cómo tenía el pelo. Quizá pensó que tenía la cabeza más grande de lo normal porque llevaba una peluca o un peinado extraño que la confundió en la oscuridad.

Freyja se puso a hablar en cuanto él terminó de hacerlo.

—¿Recuerdas cómo tenía el pelo ese hombre, Margrét? —No le explicó por qué se lo preguntaba, ni le facilitó ejemplos de posibles colores de pelo o estilos de peinado. Huldar había aprendido lo suficiente sobre las técnicas del centro para darse cuenta de que la omisión era deliberada. No quería arriesgarse a influir en los recuerdos de la niña.

—No tenía pelo.

La respuesta hizo que todos se removieran e intercambiaran miradas. Todos menos Huldar, que sabía que en la escena no había aparecido ningún pelo del criminal, ni fibras artificiales procedentes de una peluca. El consenso había sido que el asesino debía de haber limpiado la cama con una pequeña aspiradora de mano que habría traído consigo para eliminar cualquier rastro biológico. Por razones evidentes, no pudo usar la aspiradora de la familia para esa tarea. Y en el apartamento de Ástrós había pasado lo mismo; no se habían encontrado pelos de origen desconocido. Cuando abrieron la aspiradora de la mujer, esta solo contenía los suyos. Eso había hecho crecer la posibilidad de que el hombre se hubiera presentado con una aspiradora portátil. Pero que no tuviera pelo también podía ser una explicación.

—¿Era calvo? —Freyja logró hacer esa pregunta con voz completamente neutra. Era importante que

Margrét no detectase el menor indicio de que deseara una respuesta afirmativa o negativa.

—No lo sé. —La niña sonó agitada o confusa, se movió nerviosa sobre el sofá y evitó mirarla a los ojos—. Tenía la cabeza brillante, eso lo recuerdo. —Margrét frunció el ceño. Después, mirando a Freyja, añadió con tono casi interrogativo—: No tenía orejas.

Erla soltó un exabrupto. Huldar sintió una punzada de rabia y esperó que el sonido no hubiera llegado hasta Freyja, pero reprimió la necesidad de fulminar a la agente con la mirada; no iba a servir de nada y solo conseguiría retrasar la entrevista. En su lugar, volvió a acercarse al micro:

—Pregúntale si el hombre al que vio en el jardín tenía el mismo aspecto. Sin orejas y eso.

Al otro lado del cristal, Freyja cruzó las piernas y asintió con tanta ligereza que Huldar apenas captó su respuesta.

—Margrét, ¿recuerdas los dibujos que te enseñamos la última vez? El hombre de tu dibujo, ¿se parecía al hombre que viste en tu casa esa noche? ¿Tenía una cabeza grande y negra, y sin orejas?

La niña enredó un mechón de cabello pelirrojo en sus dedos con expresión pensativa.

—Sí, creo que sí. Pero no lo sé. Llevaba una capucha.

—¿Qué tipo de capucha? ¿La de un abrigo, o era un pasamontañas?

Margrét frunció el ceño.

—¿Un pasamontañas? ¿Qué es eso?

Freyja sonrió.

—Es un sombrero que se puede bajar hasta el cuello, con un agujero para la cara u otros agujeros más pequeños para los ojos y la boca. A veces no tiene agujero para la nariz. Si viste a un hombre con una capucha de ese tipo en la oscuridad, quizá pensaste que tenía la cabeza negra y que le faltaban las orejas.

—¿No tiene agujeros para las orejas?

—No, no lo creo.

—Bueno, no llevaba uno de esos. Era una capucha. Una capucha de abrigo.

—El hombre al que viste en tu casa esa noche, ¿llevaba puesta la capucha del abrigo?

—No. —La respuesta llegó de inmediato.

—¿Un pasamontañas, entonces?

—No. —De nuevo, la niña contestó sin vacilar.

—Vale. —Freyja dirigió una mirada de reojo al espejo de dos caras y Huldar entendió que le estaba solicitando un apunte.

—Pregúntale por el viaje a la gasolinera.

—Margrét, ¿recuerdas que el jueves pasado fuisteis todos a poner gasolina?

La niña sacudió la cabeza.

—Dile que su madre les compró unos polos. Eso quizá la ayude a contextualizarlo.

—Tu mamá os compró polos a ti y a tus hermanos.

Margrét asintió.

—Ah, sí, me acuerdo de eso. Stebbi y Bárdur se portaron mal. Se pelearon por el Spider-Man.

—Entiendo.

La sonrisa de Freyja devolvió a Huldar a la noche que habían pasado juntos. Tosió contra el dorso de la mano en un intento por bloquear ese recuerdo tan poco apropiado. Dios, qué idiota había sido al irse sin decirle nada a la mañana siguiente. Freyja dejó de sonreír y siguió con las preguntas, así que Huldar volvió a concentrarse en la tarea que tenían entre manos.

—¿Quién estaba en el coche cuando fuisteis a la gasolinera?

Margrét pareció irritarse.

—Te lo acabo de decir. Stebbi, Bárdur y yo. Y mamá, claro.

—Nadie más...

—No, te lo habría dicho.

—Pues claro que sí.

Huldar la interrumpió.

—Pregúntale quién llenó el tanque de gasolina.

—¿Quién puso la gasolina? ¿Lo recuerdas?

—Yo no fui.

—No. No pensaba eso, y supongo que tampoco fueron Stefán o Bárdur.

Margrét resopló como una anciana.

—No podrían. Son demasiado pequeños y patosos.

—Entonces ¿quién fue?

—El hombre. El hombre de la gasolinera.

—¿Un empleado? ¿Llevaba el uniforme de la gasolinera?

—No, llevaba ropa normal. No un uniforme. Pero tampoco sé cómo son los uniformes de la gasolinera.

—Son como un mono del mismo color que el rótulo de la gasolinera. Con el logo al frente. —Freyja se dio unos golpecitos sobre el pecho derecho y Huldar tuvo que poner orden en sus pensamientos para evitar que se descarriaran—. ¿Iba vestido así?

—No. Iba vestido normal. Con chaqueta y pantalones. Y guantes. —Le dirigió una mirada a Freyja con expresión seria—. Sin pasamontañas. Solo una capucha, como la del hombre del jardín.

—Pregúntale si cree que puede tratarse del mismo hombre.

Freyja sacudió la cabeza con sutileza, la movió poco a poco de lado a lado. Silja se lo explicó a Huldar:

—No es buena idea. Si se lo pregunta, Margrét podría comenzar a creer que fue así. Y, si eso sucede, nunca lograrás que cambie de idea, por mucho que resulte que está equivocada.

Él estiró el cuerpo de nuevo hacia el micrófono.

—Olvídalo. Tú solo pregúntale si le vio la cara o le oyó hablar. Y si entró en la gasolinera después de llenar el depósito. —Huldar se volvió hacia Silja—. De ser así, quizá aparezca en la cámara de seguridad del local.

—¿Le viste la cara a ese empleado, Margrét?

—No, tenía la capucha puesta, ya te lo he dicho.

—Exactamente, ¿qué hizo? ¿Lo recuerdas?

La niña arrugó la nariz.

—Se acercó cuando mamá se bajó del coche y le cogió las llaves. Luego fue y abrió la puertecita del tanque de gasolina y metió la manguera. Yo no le vi hacerlo, solo lo oí. Pero no pude fijarme porque tuve que reñir a Stefán y Bárdur. Les quité el Spider-Man.

—Lo recuerdas muy bien. ¿Qué pasó entonces?

—Cuando acabó, vino y abrió la puerta y dejó las llaves en el asiento de mamá. Luego se fue.

—¿Le viste la cara cuando abrió la puerta y se asomó al interior del coche?

—No. Llevaba puesta la capucha, ya lo he dicho. Y yo estaba sentada atrás con Stebbi y Bárdur. No puedo ir delante hasta que no cumpla diez años. O doce, no me acuerdo.

—Luego lo podemos mirar, si quieres. —Freyja se pasó el pelo por detrás de las orejas—. ¿Adónde fue entonces? Después de cerrar la puerta del coche.

—Se fue.

—¿Entró a la gasolinera?

—No. Solo se fue.

—¿Viste adónde iba?

—No. Stefán me quitó el Spider-Man de las manos. Tuve que pelearme con él para recuperarlo.

—De acuerdo. No podías estar pendiente de todo. —Freyja cogió la jarra de agua que había sobre la mesita y se sirvió un vaso—. ¿Quieres un poco de agua? —Margrét negó con la cabeza y Freyja tomó un trago—. Solo hay dos cosas más de las que tenemos que hablar antes de terminar, Margrét, pero no será fácil hacerlo. ¿Comenzamos? Luego podemos sacar a Molly y quizá comprar un helado. O tomar un chocolate caliente. Quizá haga demasiado frío para un helado.

—Nunca hace demasiado frío para un helado.

—No. Tienes razón. —Freyja dejó el vaso sobre la mesa y se recostó de nuevo contra el sofá—. Entonces, ¿acabamos con esto?

—¿Puedo elegir lo que vaya primero?

—Claro que sí. —Freyja vaciló, escogió sus palabras con cuidado—. ¿De qué prefieres hablar antes, de la noche en que el hombre le hizo daño a tu mamá o de tu papá?

Para sorpresa de nadie, Margrét comenzó a moverse nerviosa otra vez: no era una elección fácil.

—Primero quiero hablar sobre esa noche. —De repente, levantó la vista hacia Freyja—. Pero solo puedes hacer una pregunta. No puedes hacer dos. Solo una sobre esa noche y una sobre papá. Luego me quiero ir.

—De acuerdo. Trato hecho: una pregunta sobre esa noche y otra sobre tu papá. —Freyja tomó otro trago de agua—. Entonces, comienzo. ¿Cómo supiste que el hombre iba a hacerle daño a otra mujer? ¿Lo dijo él?

—Sí. —La niña cerró la boca y respondió a la mirada de Freyja con expresión testaruda.

—Esa no ha sido una respuesta justa, Margrét.

—Sí, porque he contestado.

—Es como si te llevo a la heladería y solo dejo que te compres un cucurucho vacío. Tienes que contarme lo que te dijo.

—Entonces, ¿me prometes que no me preguntarás más cosas sobre ese tema? —Freyja asintió y la niña respiró hondo—. Dijo que iba a darle una lección a otra mujer. Dijo que ella había hecho mal las cuentas. —Margrét dejó de hablar y se metió las manos debajo de los muslos. El alegre oso panda de su camiseta parecía absurdamente fuera de lugar.

Huldar se abalanzó hacia el micrófono.

—Tienes que preguntarle más cosas. Encontramos un papel lleno de cálculos en la casa de la otra víctima, así que es vital.

Freyja dirigió una mueca hacia el cristal.

—No puede —intercedió Silja—. Le ha prometido que no haría más preguntas sobre el tema. Tendrás que aceptarlo. A menos que quieras renunciar a la pregunta sobre el padre.

Freyja asintió de manera casi imperceptible, para mostrar que estaba de acuerdo con Silja.

—No. Pregúntale por el padre. —Huldar no pudo ocultar la frustración, pero a nadie pareció importarle. Para ser justo con Freyja, debía admitir que estaba intentando darle lo que deseaba. Por desgracia, lo hacía por la investigación, no por él. A su vez, a Huldar le habría encantado darle un montón de cosas...

—¿Puedo hacerte otra pregunta sobre esa mujer y las cuentas, Margrét?

La niña negó con la cabeza.

—Entonces pasaré al otro tema. En realidad será más difícil, porque tiene que ver con tu papá. Pero eres una niña tan buena y valiente que seguro que me contestarás y entonces podrás comenzar a pensar en si prefieres un helado de vainilla o uno de fresa.

—De chocolate. Lo quiero de chocolate.

—Entonces es tuyo. Acabemos con esto y luego nos vamos a comprar un helado y a pasear con Molly. —La perra, que había estado tumbada en silencio a los pies de Margrét, levantó la vista y examinó sus rostros desde más allá del voluminoso collar antes de volver a bajar la cabeza—. ¿Por qué crees que tu padre tiene la culpa? ¿Dijo el hombre algo que te hiciera pensar eso? Y no puedes limitarte a contestar que sí o que no.

La niña respiró hondo de nuevo. Bajó la vista y dio la impresión de que deseaba encerrarse en sí misma o que se la tragara el sofá. Cuando volvió a hablar, su voz apareció cargada de pena y desesperación. En la sala de reuniones, todos se inclinaron a una hacia el altavoz que había en medio de la mesa.

—Yo no quería oír su historia. —Margrét hizo una pausa. Con respiración pesada, prosiguió—: Pero la oí igualmente. Le oí hablar de papá. Le dijo a mamá que era por su culpa. Que ella tenía que morir para castigarle. El hombre dijo que papá era el asesino, no él. Pero entonces mató a mamá. —La niña levantó la mirada con las mejillas húmedas. Su cuerpecito temblaba mientras se limpiaba las lágrimas—. Todo ha sido por culpa de papá.

La entrevista se pospuso sin que llegaran a mostrarle a Margrét el mensaje con la serie de números. Freyja se metió la mano en el bolsillo y apagó el interruptor del diminuto transmisor. Durante unos instantes, en la sala de reuniones reinó el silencio mientras los presentes reflexionaban sobre las implicaciones de lo que acababan de escuchar. Al parecer, tendrían que suspender la investigación dedicada a la vida de Elísa y centrarse en cambio en Sigvaldi. Huldar no pensó ni por un instante que el hombre hubiera cometido un asesinato de verdad, pero por supuesto no podía descartarlo. La explicación más probable de lejos era que les hubiera mentido acerca de su trabajo. Debía de haber sido responsable de la muerte de un niño, o de una madre, o de otro paciente en algún momento de su carrera. Al menos, eso era lo que el asesino de Elísa parecía creer.

Huldar se puso en pie.

—Me gustaría llevarme la grabación, si es posible.

—Quería volver a escucharla entera con tranquilidad. Necesitaba tiempo para digerir todo lo que se había dicho. Entonces, de repente cayó en la cuenta. Una cabeza grande, brillante, negra... Sin orejas.

El tipo llevaba puesto un casco. Un casco de motocicleta.

25

Miércoles

El hedor de los abrigos húmedos llenaba el aula. Estos colgaban del respaldo de los asientos y la nieve, al derretirse, formaba charcos brillantes en el suelo. Cada vez que el profesor hacía una pausa para respirar, se podía oír el goteo del agua.

Karl no encontraba la manera de concentrarse. Por mucho que se esforzara en mirar las diapositivas de PowerPoint, se descubría distrayéndose, aguzando el oído para escuchar el siguiente débil tintineo. El sonido de las gotas era infinitamente más fascinante que la clase. Cuanto más intentaba comprenderla, más confundido estaba. Le venía pasando lo mismo con sus estudios desde que tenía memoria; era como estar atrapado en una carrera que no podía ganar. En el momento en que comenzaba a entender un punto, llegaba el siguiente. Nunca conseguía ponerse al día. Así que ¿qué posibilidades tenía en ese momento, si ni concentrarse podía? Para colmo, era una clase capital; el profesor había anunciado al principio que la siguiente fase del curso estaría basada en la materia que dieran ese día. Al no ser capaz de seguirla, todo resultaba mucho más frustrante.

La pantalla del portátil estaba tan vacía como su mente; no había logrado tomar ninguna nota. Y no hallaba mucho consuelo al ver que a los alumnos sentados delante de él les pasaba lo mismo. De hecho, eso solo empeoraba las cosas, porque quería decir que no podría gorronearles los apuntes. Tendría que arreglárselas con las diapositivas del profesor, que no serían más reveladoras cuando les diera vueltas en casa.

—Este elemento, bautizado en honor de la ciudad sueca de Ytterby, fue descubierto en 1843, cuando el químico sueco Carl Gustaf Mosander consiguió dividir la gadolinita en tres materiales que denominó itrio, erbio y terbio. En ese momento, la similitud entre el erbio y el terbio hizo que los científicos los confundieran y...

Karl había perdido el hilo. Lejos de asimilar la importancia del descubrimiento, de una magnitud tan evidente que al profesor le temblaba la voz de excitación, su cabeza estaba preocupada con la estación de onda corta. En vez de números de DNI o de la seguridad social a la vieja usanza, la emisión del día anterior había consistido en una secuencia incomprensible que no había significado absolutamente nada para él. Los números volaban por el interior de su cabeza como si les hubieran brotado alas y se hubieran convertido en moscas zumbonas. Sus esfuerzos por conferirles algún tipo de orden habían sido vanos, y sin embargo había una familiaridad indefinible en ellos. Por mucho que lo intentara, no obstante, no lograba dar con el quid de la cuestión.

19, 99–16·52·110–16, 99–16, 7. Esos nueve números no tenían ninguna lógica... y, puesto que no había alfabeto que contuviera más de noventa letras, no podían representar letras individuales. Tres veces había probado a escribir el alfabeto latino estándar, organizándolo de manera que cada letra representara tres números diferentes, pero no surgió ningún sentido, ni siquiera cuando tuvo en cuenta los caracteres extras del islandés y volvió a ordenarlo todo.

Era un auténtico galimatías.

No debería estar sorprendido. Llevaba años escuchando estaciones de números extranjeras y nunca había sido capaz de encontrarle el sentido a una sola secuencia. Sin su clave, era imposible descifrarlas. Así que ¿por qué demonios había pensado que la estación islandesa sería diferente? Sin embargo, no podía sacarse de encima la sospecha de que sí lo era, de que debía reconocer esos números y lo que significaban. Al fin y al cabo, había identificado los números de DNI y el de la seguridad social, de lo que se deducía que debería ser capaz de comprender otras partes de la emisión. En lo más hondo de su ser, sabía que estaba dirigida a él. De modo que tenía que poder interpretarla. ¿Por qué otro motivo se habría tomado alguien todas esas molestias?

Si los números hubieran sido completamente ajenos a él, le habría costado menos sacárselos de la cabeza. Lo que le volvía loco era la seductora sensación de que estaba a punto de comprenderlos. Y no le ayudaba la convicción cada vez más fuerte de que los mensajes contenían un significado de gran importancia.

Para él o para Arnar.

Karl se quedó mirando fijamente las diapositivas; por el sentido que les encontraba, bien podrían haber estado escritas en jeroglíficos mayas. Hasta que no llegara al fondo de ese misterio, no sería capaz de volver a pensar en nada, y menos que menos en la química. Una vez más, tuvo la sensación de que la solución estaba a punto de irrumpir en su consciencia, pero al parecer se había quedado enredada en su córtex cerebral y se negaba a penetrar más allá.

El profesor había aumentado el ritmo; las diapositivas pasaban fugaces, como si fueran a pagarle según la cantidad que lograra enseñar. Era señal de que la hora se acercaba a su fin; para variar, había intentado cubrir demasiada materia. Por una vez, sin embargo, Karl no sintió alivio ante la perspectiva de escapar del aula. Los problemas le seguirían allí donde fuera. Ni siquiera la chica que le gustaba pudo atraer su interés, y eso que se encontraba sentada delante de él, seguro que convencida de que Karl estaría observándole la nuca con adoración. De repente, como si quisiera recordarle su presencia, ella se echó el cabello a un lado. Por lo general, Karl habría entrado en un estado de estupor al ver el vuelo de sus mechones y al oler la débil fragancia de su champú, pero esa vez no se dio cuenta de nada.

La última diapositiva apareció en la pantalla y el profesor comenzó a recitar los deberes y lo que debían preparar para la clase siguiente. Karl no pilló nada de lo que decía. Imitando a quienes le rodeaban, se puso en pie en cuanto acabó la hora mientras el profesor seguía hablando para oídos sordos. La chica volvió la vista mientras metía a presión el libro de texto en el bolso y pareció mosquearse al ver que él no le prestaba atención. Ni siquiera esa pequeña victoria en el monótono relato de su relación logró levantar el ánimo de Karl.

La chica se colgó el bolso del hombro y salió del aula contoneando las caderas de manera provocadora. Karl vio con el rabillo del ojo que ella se giraba para ver si la estaba mirando. Al darse cuenta de que por una vez no era así, retomó sus andares habituales.

La siguiente clase comenzaba al cabo de quince minutos. Karl vaciló. ¿Debía quedarse o saltársela? ¿Debía saltársela o quedarse? Mientras las alternativas se enzarzaban en una pelea dentro de su cabeza, sus piernas siguieron avanzando. Antes de poder darse cuenta, estaba fuera del edificio; su cuerpo había decidido por él. El viento levantaba remolinos entre la nieve suelta que había caído esa mañana. Los copos, pequeños y duros, se le clavaron en los ojos y los entornó para dirigirse hacia el aparcamiento mientras se maldecía por no haberse puesto ropa más abrigada. Cuando le sonó el teléfono, contestó sin echarle un vistazo a la pantalla siquiera.

—¿Has visto las noticias? —Börkur parecía haberse quedado sin aliento. Eran solo las once, por lo general nunca se levantaba tan temprano.

—¿Qué noticias? —Karl notó el sabor de los copos de nieve en la lengua. Tenía bastante claro a qué podía estar refiriéndose su amigo, pero no quiso decir nada para no equivocarse. Era poco probable que hablar con Börkur le ayudara a ordenar el caos de sus pensamientos.

—¡Su nombre! ¡El nombre de la mujer! —Börkur sonó muy agitado—. Está muerta. Y eso no es todo... Creen que la han asesinado.

Karl guardó silencio. Había leído el nombre de la mujer muerta en un periódico esa mañana, mientras desayunaba un cuenco de cereales bastante secos, ya que en la nevera quedaba solo una gota de leche. El cereal se había vuelto cemento en su boca al ver que se trataba de Elísa Bjarnadóttir, la mujer cuyo número de DNI se había emitido en la estación de onda corta. Tragó con dificultad y leyó el resto del artículo, que hacía mención a unos comunicados de prensa previos acerca de su fallecimiento a los que él apenas había prestado atención.

La policía se negaba a revelar los detalles del asunto, ni a confirmar si se había realizado algún arresto. Lo único que el periodista había logrado establecer era que el crimen se estaba investigando y que se les ofrecería más información en breve. Se citaba a unas fuentes según las cuales la policía no había detenido a nadie y carecía de pistas, lo cual explicaría su llamada urgente a cualquier testigo que hubiera estado en la zona de la casa de la mujer el jueves anterior por la noche. Karl casi se sabía el texto de memoria.

—Las he visto. —No mencionó ese segundo artículo más pequeño que había agravado su miedo: otra mujer había muerto en circunstancias sospechosas. Su nombre no se había divulgado aún y la policía se negaba a hacer comentarios. No tenía sentido alarmar aún más a Börkur, sobre todo porque Karl no tenía ni idea de la manera en que el segundo asesinato podía estar relacionado con él—. Lo he leído esta mañana.

—¿Y? ¿Qué significa?

Era la pregunta que venía acosando a Karl desde que dejó el cuenco de cereales a medio comer en la pila de platos sucios del fregadero.

—No lo sé.

De repente se acordó de la pulsera. Había examinado todas las fotos que Elísa tenía en Facebook con la esperanza de verla en su muñeca. En realidad, «esperanza» no era la palabra adecuada. Se había quitado un peso de encima al constatar que no aparecía en ninguna de las imágenes con una joya semejante. La pulsera seguía al lado de su ordenador. Aunque estaba casi seguro de que no era de Elísa, tampoco había tenido el valor para tocarla de nuevo.

—¿Vas a llamar a la policía?

—Sí. No. No lo sé. —Al llegar junto a su coche, se

sujetó el móvil entre la mejilla y el hombro para poder abrir la puerta—. ¿Qué se supone que debo decirles? ¿Que oí su número de DNI en la radio?

—Sí. ¿Por qué no? Así podrán descubrir quién está mandando los mensajes.

—¿Ah, sí? ¿Y cómo se supone que van a hacer eso? Rastrear ese tipo de emisiones no es nada sencillo. Y, en cualquier caso, ¿de verdad piensas que harán una búsqueda basada en cualquier parida delirante que yo les suelte? —En el coche hacía más frío que fuera—. No tengo ninguna grabación y Halli estaba medio dormido cuando lo escuchamos. Tú y yo somos los únicos testigos de verdad.

—Dos testigos son mejor que uno —dijo Börkur, desanimado, como si se hubiera dado cuenta demasiado tarde de lo poco que contaba a ojos de Karl—. Y tampoco es que Halli hubiera podido ser testigo, ya sabes a lo que me refiero.

—Sí, lo sé.

¿Era posible que el arresto de Halli le descalificara? Tampoco era que lo hubieran detenido por perjurio o por dar falso testimonio. Descargar ilegalmente música y vídeos para luego compartirlos, aunque fuera a gran escala, sin duda no podía representar un delito grave. Personalmente, Karl pensaba que la cosa se saldaría solo con una multa, pero a Börkur y Halli les gustaba darse cuerda el uno al otro con ese tema, como si el segundo se enfrentara a una larga pena de prisión. Escuchar sus conversaciones sobreexcitadas, en las que la condena imaginaria de Halli no hacía más que crecer, era como presenciar una subasta. Aunque quizá Börkur tuviera algo de razón: con esa mancha en su historial, Halli no sería considerado como un testigo demasiado fiable.

—Eh... —Börkur parecía haber recuperado el ánimo—. La policía tendrá a alguien que pueda descodificar los mensajes. Un descifrador o un criptólogo o como se llame.

A Karl le castañeteaban los dientes con tanta fuerza que apenas pudo contestar.

—Hum, lo dudo. ¿Por qué iban a emplear a un descifrador? No es que los criminales islandeses usen códigos secretos. ¿No es algo más propio del espionaje internacional? ¿Y quién crees que se molestaría en espiar en Islandia? —Karl metió la llave de encendido. La idea de volver a casa le puso tan ansioso que de repente agradeció la llamada de Börkur—. ¿Estás ocupado? —Las posibilidades de que su amigo tuviera algo que hacer resultaban tan escasas que la pregunta era casi retórica.

—No. La verdad es que no. —Demostrando un insólito nivel de perspicacia, Börkur añadió—: ¿Quieres que me pase por ahí?

—Estaré en casa dentro de diez minutos. Nos vemos entonces.

Karl puso el coche en marcha y, aunque la calefacción comenzó a bombear aire frío, supo que el interior del vehículo no tardaría en calentarse. Las cosas solo podían ir a mejor.

Después de pasarse diez minutos metido en el coche delante de su casa, Karl se rindió. Börkur podía aparecer en cualquier momento, pero también podía presentarse mucho después del mediodía. Era imposible predecirlo y Karl no podía permitirse mantener el motor en marcha para que la calefacción siguiera encendida. Volvió a echar un vistazo hacia los ventanales del salón y se puso en tensión ante la perspectiva de captar algún movimiento, pero el cristal oscuro ofrecía un rostro inexpresivo ante el mundo. Pues claro que no había nadie dentro; sin embargo, Karl no lograba quitarse de encima la idea de que así era y que quienquiera que estuviese allí simplemente se mantenía fuera de la vista. Se arrepintió por un momento de haber tirado las cortinas.

Por mucho que entornara los ojos, no veía más que cristal y el débil reflejo de los alrededores. Era ridículo que le diera miedo entrar en su propia casa. Pero aún peor era la sospecha de que el problema no iba a desaparecer, y de que pasaría mucho tiempo antes de que pudiera volver a sentirse cómodo en la soledad de su hogar. Su madre había reaccionado de esa manera después de que entraran a robar, justo antes de ponerse enferma. No se llevaron casi nada, pero los efectos secundarios fueron parecidos a los que él sufría en esos momentos. Dejó de sentirse segura y siempre estaba de los nervios por si el ladrón decidía regresar. Según ella, la peor parte era cuando llegaba a casa y tenía que abrir la puerta. Dio lo mismo que el policía que la visitó le contara que los ladrones rara vez atacaban dos veces el mismo lugar. Aunque Karl no había estado presente durante esa conversación, sospechaba que el agente se refería a casas como la suya, que a duras penas valía la pena desvalijar una vez y mucho menos dos. Deseó haberse mostrado más comprensivo hacia su madre en vez de poner los ojos en blanco cada vez que ella sacaba el tema de las alarmas antirrobo y las cerraduras de tres puntos. Habría agradecido ambas cosas en ese momento.

Recuperando la compostura, apagó el motor. Tenía que dejar de comportarse como un cobarde. Con toda probabilidad iba a seguir viviendo solo en un futuro cercano, así que más valía que cortara ese miedo de raíz antes de que se convirtiera en una fobia avanzada. Los golpes y la aparición de la pulsera sobre su escritorio debían de tener una explicación sencilla. No había señales de que alguien se hubiera colado en la casa y al salir se había asegurado de echar la llave. Estaba comportándose de manera patética. Armándose de valor, salió del coche, pero tuvo la precaución de cerrar la puerta con fuerza, para alertar a cualquier ladrón en potencia de que estaba allí. Lo último que deseaba era encontrarse cara a cara con un intruso.

—¿Hola? —No hubo respuesta, no se oyeron pasos que se alejaran. Karl asomó la cabeza y volvió a gritar—: ¿Hola? —Nada. Consciente de que no iba a encontrar nada más tranquilizador que eso, entró.

Le recibió un olor familiar. Estaba demasiado acostumbrado a él para poder suponer cómo afectaba a los demás, y tampoco podía acabar de discernir sus componentes. Sin embargo, notó que el hedor a cortinas polvorientas y plantas muertas, que tan patente se había vuelto después del fallecimiento de su madre, había comenzado a menguar. Sin duda no tardaría en desvanecerse del todo. Karl tiró las llaves sobre la cajonera del vestíbulo. Estas aterrizaron con un traqueteo e hicieron tintinear el feo jarrón de porcelana, que solo había escapado a la purga general porque Karl se había quedado sin espacio en la última caja de cartón y no quiso molestarse en montar otra. El florero se volcó y, aunque no le importaba que se rompiera, sus ojos se lanzaron de manera instintiva hacia el origen del ruido.

El jarrón comenzó a rodar sobre su vientre entre sobres por abrir y una lata vieja y medio vacía de Coca-Cola. Esta no llegó a caer, pero lo que atrajo la atención de Karl no fue la preocupación porque pudiera volcar su contenido. Apartó los sobres, cogió la lata, el jarrón y varios recibos de la tarjeta de crédito, un paquete de chicles medio vacío y otras porquerías. Pero no encontró lo que buscaba: las llaves de su madre, y eso que tenía la seguridad de que habían estado allí desde que la ingresaron en el hospital. Comprobó que no se hubieran caído al suelo ni dentro del cajón. Buscó en la cocina, también sin resultado, con la certeza de que no podían estar en el dormitorio después de la limpieza que había hecho.

Las llaves habían desaparecido.

La ansiedad regresó con fuerzas renovadas. ¿Cuándo las había visto por última vez? El manojo incluía una llave del trastero que tenían en el sótano del cobertizo, al que había ido a buscar los neumáticos de invierno justo antes de Navidad. No había necesitado las llaves de su madre desde entonces, pero estaban allí. Una semana antes. Dos semanas antes. Lo habría jurado.

Sonó el timbre y su interior pareció volverse de piedra. Estaba tan agitado que no le importó lo que pudiera pensar Börkur y, receloso, preguntó antes de abrir:

—¿Quién es?

—¡Vaya! ¿Estás esperando a los alguaciles? —Börkur temblaba en los escalones de acceso. Estaba irremediablemente mal vestido para el tiempo invernal, con una cazadora que a duras penas habría podido mantener a raya la brisa veraniega—. ¿No me dejas entrar?

—Lo siento. No sé por qué lo he preguntado. —Karl señaló la cajonera—. ¿Recuerdas haber visto un manojo de llaves ahí? La última vez que viniste, o en tiempos recientes...

Börkur miró el mueble con expresión embobada.

—¿Llaves? Hay un manojo ahora mismo.

—Sí, ya lo sé, son las mías. Las que busco son las de repuesto. Están en una anilla con varios llaveros. Un león... por Leo, ya sabes, el signo del zodíaco. Y un silbato, para soplar.

Börkur sacudió la cabeza con expresión inquisitiva.

—No. No las he visto. Nunca, por lo que recuerdo.

No hacía falta dar demasiada importancia a sus palabras. Börkur no habría reparado en esas llaves por mucho que Karl se hubiera incrustado la anilla en el tabique nasal.

No tenía ninguna prisa en bajar al sótano, así que Karl arrastró a su amigo a la cocina. No le importaba lo que este pudiera pensar de la casa ahora que había tirado todos los trastos; de hecho, se preguntó por qué se había preocupado por su opinión para comenzar. Börkur no era exactamente un tipo con clase, ni vivía en un palacio. Seguía en el piso de sus padres, situado en una torre de apartamentos y que llevaba diez años necesitado de que lo redecoraran. Rara vez le habían invitado a entrar, pero, cuando había sido así, Karl se había quedado en el sombrío vestíbulo mientras Börkur se preparaba, rodeado de un montón de abrigos desgastados y un punzante olor a humo de cigarrillo que impregnaba todos los rincones. En el interior había entrevisto una alfombra deshilachada con un diseño de espirales. Las voces de los padres de su amigo cuando lo llamaban, roncas, de fumador, concordaban con la sordidez del entorno. En comparación, Karl no tenía razones para avergonzarse.

Börkur se sentó a la mesa de la cocina mientras Karl preparaba café. Había encontrado un paquete antiquísimo y ya abierto mientras ponía orden. Tendría que valer. El brebaje resultante sabía a rancio y no tenía ningún aroma, y no ayudó que Börkur pidiera leche porque esta se había acabado. Allí sentados, bebiendo la sustancia espesa y amarga, Karl le confesó a su amigo que alguien había entrado en su casa la noche anterior. Por su reacción, no le quedó claro si Börkur le había creído o no.

Tampoco pudo interpretar su expresión cuando bajaron al sótano.

—Esta es la pulsera. —Karl le indicó el escritorio al que se sentaba en las escasas ocasiones en que abría los libros de texto. Observó a Börkur examinar la pieza.

—¿De quién es? ¿Del ladrón?

—Es poco probable. Lo único que sé es que mi madre no se la hubiera puesto nunca, así que ni ella ni yo la dejamos allí. —Karl se quedó mirando la pulsera mientras Börkur jugueteaba hábilmente con ella; las cuentas, de colores chillones, se deslizaban entre sus dedos como un rosario. De repente, Karl se acordó del móvil que había aparecido en su coche—. ¿Pudiste hacer que el teléfono funcionara?

—¡Oh, mierda! Lo enchufé para cargarlo y me olvidé por completo de él. —Börkur dejó la pulsera, cuyos colores brillantes se daban de hostias con el ánimo sombrío de Karl—. Intentaré acordarme de echarle un vistazo luego. Aunque seguramente estará protegido con una contraseña, así que no te hagas ilusiones. Quizá deberías ponerlo en Facebook.

Karl se esforzó por reprimir la irritación. Las contraseñas no eran nada nuevo; ¿por qué no había mencionado Börkur esa dificultad antes? Lo más probable era que el teléfono ya hubiese llegado a manos de su dueño si Karl lo hubiera puesto directamente en Facebook, o si hubiera llamado a las amigas más íntimas de su madre para preguntarles por él. Ya no tenía esa posibilidad porque se había deshecho de su hortera teléfono tipo concha, que contenía su lista de contactos. En todo caso, carecía de sentido malgastar saliva hablando sobre cosas que era imposible cambiar.

—Bueno, asegúrate de avisarme o trae el móvil de vuelta y ya veré lo que puedo hacer con él.

Era apenas pasada la hora. Karl encendió el receptor Collins de onda corta, contento de que el tontolaba de su amigo se encontrara allí, por muchos defectos que tuviera. Era más agradable que escuchar a solas. Incluso los golpes habían cesado en honor a su visita.

—Ojalá oigamos algo. Así podré grabarlo en el móvil y tendré una prueba concreta si decido llamar a la policía.

—¿Si decides llamarla? —Börkur perdió interés en la pulsera y se dejó caer en el sofá, cuya desvencijada estructura crujió en señal de protesta—. Tienes que llamar, tío.

Antes de que Karl pudiera contestar, las notas metálicas de la caja de música comenzaron a resonar en la estancia. El receptor seguía sintonizado en la misma estación de la tarde anterior, pero era como si Karl le hubiera subido el volumen mucho más de lo habitual. Se dispuso a apretar el botón para bajarlo, pero retiró la mano de golpe cuando la voz de mujer que ya conocía comenzó con su recitado. Sacó el móvil para grabar el mensaje, pero se olvidó de él al prestar atención. La misma serie de números pasó a repetirse una y otra vez. Sin letras. «Ochenta y nueve menos seis punto, dieciséis, ochenta y nueve menos seis, cinco, sesenta y ocho punto, ciento diez menos dieciséis, ocho, siete, ciento diez menos dieciséis, noventa y nueve menos dieciséis punto, noventa y nueve, setenta y tres punto, uno, trece, tres.» A Karl le sonaba familiar, pero no lograba identificarla. Volvió a escucharla. Y otra vez. «Ochenta y nueve menos seis punto, dieciséis, ochenta y nueve menos seis, cinco, sesenta y ocho punto, ciento diez menos dieciséis, ocho, siete, ciento diez menos dieciséis, noventa y nueve menos dieciséis punto, noventa y nueve, setenta y tres punto, uno, trece, tres.»

Sesenta y ocho. Sesenta y ocho. Sesenta y ocho. Se le encendió una bombilla. Dejó el móvil, corrió hacia el escritorio y se puso a escribir los números. «Ochenta y nueve menos seis punto, dieciséis, ochenta y nueve menos seis, cinco, sesenta y ocho punto, ciento diez menos dieciséis, ocho, siete, ciento diez menos dieciséis, noventa y nueve menos dieciséis punto, noventa y nueve, setenta y tres punto, uno, trece, tres.»

«Piensa, piensa, piensa...»

Poco a poco fue escribiendo las letras que pensaba que debía adjudicar a cada número. Murmuró el resultado, y acto seguido lanzó un grito ahogado.

—Börkur, ¿has sabido algo de Halli?

—Ejem, no. —Börkur parecía divertirse con sus actos—. ¿No piensas grabarlo? —La emisión se cortó de golpe, como si hubiera estado acordado que así fuera.

—¿Cuándo fue la última vez que supiste de él? Karl no esperó a que le contestara. Seleccionó el número de Halli con dedos temblorosos. El teléfono sonó, pero no contestó nadie. El buzón de correo le anunció que el dueño de ese número no podía atenderle en ese momento, pero que por favor le dejara un mensaje. Karl colgó. Se volvió hacia Börkur.

—¿Dónde está Halli?

26

Huldar vio con el rabillo del ojo que un mensaje automático del Departamento de Contabilidad había aparecido en la pantalla de su ordenador. Dejó de prestar atención por un momento a Ríkhardur y Erla:

Tienes 12 facturas pendientes de autorización.

Maldita sea, ¿por qué había permitido que le distrajera? No tenía tiempo de ocuparse de ello en ese momento y al día siguiente iba a recibir el mismo apunte, solo que con el añadido de varias facturas más. La investigación tenía prioridad absoluta. Se preguntó por qué demonios no podían remitirles las facturas a los detectives de mayor rango, que dedicaban sus días a explorar los límites más lejanos de internet. Y, ya que estaban, podrían también ocuparse de las evaluaciones de personal, que se habían convertido en el último añadido a su lista de tareas pendientes. Egill le había informado sobre cómo podía ayudar a su equipo a establecer unos objetivos e idear maneras de cumplir con ellos. Había sacado una lista de preguntas que Huldar debía rellenar acerca de cada miembro del grupo antes de comparar su versión con las respuestas proporcionadas por el empleado en cuestión. A continuación, debía mantener una reunión con cada uno de ellos para comentar los resultados.

Huldar no había oído nunca algo tan absurdo. Se imaginó suspendiendo la investigación a fin de sentarse con Ríkhardur para comparar sus respuestas sobre el lugar en el que este pensaba que se encontraría su carrera cinco años después.

A título personal, Huldar esperaba que, pasado ese tiempo, seguiría encontrando la manera de eludir la necesidad de autorizar facturas y fijar reuniones para tratar objetivos. Quizá esa fuera la solución: celebrar esas entrevistas cinco años después y ahorrarse la molestia de especular con las perspectivas de futuro de su equipo. Para entonces ya serían evidentes.

Egill no había tenido piedad cuando Huldar le dijo con voz suplicante que esa tarea llegaba en un momento pésimo; se había limitado a cegarle con su blanca dentadura y a pasarle un grueso fardo de papeles de Recursos Humanos que contenía los currículos de su equipo, un resumen de sus planillas horarias del año anterior y demás información relevante.

Esta incluía un documento que comparaba las respuestas de los empleados y de su responsable previo a los formularios de objetivos del año anterior, que Huldar debía comparar con las de ese año.

Aún se estaba preguntando si lo había oído bien.

Sacudiendo la cabeza, se volvió hacia Ríkhardur y Erla.

—¿Alguno de los dos sabe desconectar los recordatorios automáticos de contabilidad?

Erla fue la primera en contestar.

—No. Pregúntaselo a Almar. Me ayudó a acabar con los recordatorios sobre la planilla de horarios.

Ríkhardur inclinó la cabeza hacia atrás e hizo una

mueca. Logró completar ese movimiento súbito sin que se le moviera un solo pelo de la cabeza y sin que se le arrugara la camisa.

—Tengo una idea mejor. ¿Por qué no rellenas las planillas? Son solo cinco minutos al final de la jornada.

—Sí, claro. —Erla sonrió, desterrando su habitual expresión de severidad para volver a parecerse a la joven que se había unido al Departamento de Investigación Criminal tres años antes. A Huldar se le ocurrió que podría convocarla a una reunión de evaluación y preguntarle por qué estaba tan empeñada en imitar a los viejos cretinos cascarrabias de la comisaría, pero controló el impulso y la dejó proseguir—: Al final de la jornada. Al final. Cuando cada minuto cuenta. No sé tú, pero yo tengo muchas ganas de irme a casa después del trabajo. —Se dio cuenta de lo que acababa de decir nada más soltarlo—. Oh, mierda. Lo siento, ya sabes a qué me refiero.

Ríkhardur no contestó y el ambiente se enrareció. ¿Por qué ese divorcio los tenía a todos caminando con pies de plomo? Erla se sonrojó y Huldar desarrolló un súbito interés por la grapadora. No pensaba tratar los asuntos personales de Ríkhardur durante la reunión de objetivos, si es que esta llegaba a celebrarse; eso lo tenía claro. Lo más molesto era que el tipo sabría con precisión los temas que debían abordar, incluyendo el bienestar de los empleados y su vida fuera del trabajo. Huldar sintió que el móvil le ardía en el bolsillo a causa del mensaje de texto que Karlotta le había enviado justo antes de que Ríkhardur apareciera por la puerta:

Tengo que hablar contigo.
Llámame.

De no haber sabido que era imposible, habría pensado que quería tirarle los tejos aprovechando que estaba soltera. Pero, por los fragmentos que recordaba de su encuentro sexual, no tenía motivos para pensar que ella estuviera desesperada por repetir la experiencia. En cada una de las escenas que desfilaban por su mente, aparecían follando torpemente contra el tabique que separaba los cubículos del baño. En realidad había sido un milagro que la separación no se desplomara encima de ellos. Y, a la vez, ¿qué sabía él? Quizá para Karlotta había representado un soplo de aire fresco respecto a su quisquillosa vida sexual con Ríkhardur.

Huldar dejó la grapadora y se aclaró la garganta.

—Bien, volvamos al trabajo.

Aunque la digresión había culminado con un momento de incomodidad, la idea de devolver la conversación al caso le apesadumbró. A duras penas había pensado en otra cosa ni había hablado de nada más durante varios días. Y lo peor era la absoluta falta de avances. Al acabar la jornada no estarían más cerca de resolver el asunto que esa misma mañana a primera hora. Soltó un largo suspiro e intentó poner sus pensamientos en orden, centrarse en las cuestiones esenciales. Había perdido de vista el plano general, quién se estaba encargando de qué, y tenía que repensar cuáles eran las prioridades. Hasta ese momento habían seguido el procedimiento rutinario de las investigaciones de asesinato, pero habían desembocado en un callejón sin salida y no tenía ni idea de hacia dónde debía dirigirse a partir de ahí.

Habían examinado todos los detalles del historial laboral de Sigvaldi, habían hablado con el director general de la Agencia de Salud Pública y con el médico jefe del Departamento de Ginecología y Obstetricia del Hospital Nacional. Ninguno de ellos había recibido quejas por el desempeño de Sigvaldi. Suponiendo que la información que tenían fuera correcta, ninguna mujer había fallecido durante el parto y nadie le había señalado como responsable de ningún mortinato. Seguían esperando una respuesta por parte del hospital universitario Karolinska, en Suecia, donde Sigvaldi había llevado a cabo la especialización seis años antes, pero Huldar dudaba que fuera a proporcionarles alguna pista. Había pasado demasiado tiempo y la mayoría de los pacientes habrían sido suecos. Sigvaldi les había confirmado que Margrét no entendía el sueco, ya que solo tenía un año cuando volvieron a casa, así que por lógica el asesino debió de hablar en islandés.

La policía había repasado la lista de todas las personas que tenían alguna relación con las dos víctimas y con Sigvaldi para ver cuántas poseían una motocicleta registrada a su nombre. Resultó que eran muy pocas, y que una vez más ninguna tenía conexión con las dos mujeres a la vez. También habían comprobado si algún miembro del círculo de amigos, parientes o compañeros de trabajo de Elísa, Sigvaldi y Ástrós tenía antecedentes violentos. Surgieron seis nombres, cinco de los cuales habían sido denunciados por agredir a otros hombres. El sexto había sido acusado de violación diez años antes, pero tenía coartadas irrefutables para las noches de los asesinatos.

Les había llevado mucho tiempo rastrear esas listas porque Elísa trabajaba para una empresa muy amplia y además procedía de una familia numerosa. Con Sigvaldi pasaba lo mismo. Y a eso había que añadir multitud de amigos y conocidos, sobre todo en el caso de la mujer. Aunque la lista de Ástrós era mucho más corta, Huldar no quería pensar en la de horas que habían malgastado con ese asunto.

Hicieran lo que hiciesen, no llegaban a nada. No se había recuperado ninguna prueba forense en las escenas de los crímenes: ni huellas, ni ADN, ni pistas. Las entrevistas con los amigos de las víctimas y los documentos que habían obtenido no habían conducido a nada de interés. La policía había ido puerta a puerta en los barrios de ambas víctimas, pero nadie recordaba haber visto una motocicleta alrededor de las horas en que se cometieron los asesinatos. El móvil de Elísa seguía sin aparecer; o lo habían destruido, o estaba tirado sin batería por algún lado, o seguía en manos del asesino. Resultó que la tarjeta SIM utilizada para mandar los mensajes de texto al teléfono de Ástrós se había vendido en un hotel del centro y la policía consiguió rastrear a su comprador, un ciudadano británico llamado Mark Linane que no solo existía, sino que reconoció haberla comprado durante unas vacaciones en Islandia. Pero afirmó que el último día de su estancia había perdido el móvil o se lo habían robado. Puesto que se trataba de un modelo viejo y tampoco habría podido usar la tarjeta fuera del país, no se había molestado en denunciar el robo, si ese había sido el caso. Una excursión a la Laguna Azul había resultado más tentadora que una visita a la comisaría. De ser necesario, los amigos que habían viajado con él podían confirmar su historia. Puesto que el hombre no había salido de Gran Bretaña desde entonces, esa confirmación no sería necesaria.

La policía también había visitado a todos los minoristas que les constaba que tenían existencias de cinta americana, pero ninguno podía recordar una compra en grandes cantidades durante los últimos meses. Ni antes, por cierto. Eso los llevó a deducir que el asesino debía de haber comprado los rollos poco a poco para no llamar la atención. O quizá se los habría traído del extranjero en una maleta.

Una empresa de suministros para la construcción había informado de la desaparición de una caja entera de cinta americana durante el robo que habían sufrido en su almacén antes de la penúltima navidad, pero también les habían sustraído otros bienes y eso daba a entender que la cinta no había sido el objetivo principal del hurto. El responsable del almacén les explicó que tardaron mucho en reparar en su ausencia. Un empleado nuevo había guardado los rollos en una caja vacía que antes contenía memorias USB, así que el tema no salió a la luz hasta después del inventario de Año Nuevo. Los ladrones debieron de pensar que se habían llevado unos objetos mucho más valiosos.

Huldar había comprobado el robo en la base de datos de la policía y había hablado con el encargado de la investigación, quien se mostró convencido de que había sido un trabajo hecho por profesionales. El incidente seguía sin resolverse y la policía no tenía sospechosos, pero Huldar no supo decidir si existiría alguna relación con su caso. La torpeza con que había usado las ventosas y el cortavidrios en el apartamento de Ástrós hacía suponer que el asesino no era un profesional de los allanamientos de morada; por otro lado, la caja contenía un número suficiente de rollos de cinta americana para envolver una y otra vez las cabezas de las dos mujeres y, por si fuera poco, sumar varias víctimas más.

Y el uso de ventosas, junto con el robo del móvil y el allanamiento, implicaban que el asesino tenía vínculos con el mundillo criminal. Varios miembros del equipo de Huldar estaban en ese momento repasando con cuidado los listados de rateros en busca de posibles candidatos. El criterio de búsqueda era que hubieran protagonizado agresiones y otros incidentes violentos.

Nuevas puertas se abrían mientras otras se cerraban. Se había confirmado que ninguna compañía extranjera de seguros tenía a Elísa entre sus clientes, y eso pareció descartar el asesinato por motivos económicos. Lo mismo se podía decir de Ástrós; aún no habían recibido confirmación internacional, pero habían verificado que no disponía de una póliza con ninguna compañía islandesa. Puesto que Ástrós no había tenido hijos, los herederos eran sus tres hermanos y los dos de su difunto marido. Aunque el piso no estaba hipotecado y ella había muerto con dinero en el banco, costaba creer que alguna de esas personas la hubiera matado por una parte de la herencia.

La grabación de videovigilancia de la gasolinera fechada el jueves, cuando se creía que habían robado las llaves de Elísa, no fue de ninguna ayuda; algún listillo de cojones, quizá incluso el asesino, había movido la cámara que había junto a los surtidores para que apuntara hacia el techo. Las imágenes del interior de la tienda mostraban a Elísa entrando, cogiendo los polos y esperando ante la caja mientras le llenaban el depósito. No dejó de lanzar miradas hacia el patio, era de suponer que para controlar a los niños y al empleado; a continuación pagó con la tarjeta, se despidió y se marchó. Nadie había entrado justo antes que ella y nadie entró justo después de que saliera. A partir de la grabación y de lo que había contado Margrét, Huldar llegó a la conclusión de que Elísa no conocía al hombre que le llenó el depósito. Según la niña, le dio las llaves pero no habló con él, ni le saludó de manera amistosa.

Cuanto más terreno cubría la investigación, más dudaba Huldar que el final estuviera a la vista.

—Puedo comprobar el color de los cascos de esos tipos, si quieres —dijo Erla—. Quizá resulte que, después de todo, uno de ellos conocía a las dos mujeres. —Paseó la mirada por la lista de dueños de motocicletas—. Aunque me cuesta creer que el propietario de una moto sea lo bastante tonto para usar su casco como disfraz para cometer un asesinato.

—Eso no altera el hecho de que debemos hacer un control exhaustivo de esa gente. —Huldar se frotó los ojos secos—. Hemos pedido a la aduana que nos proporcione una lista de gente que haya comprado cascos por internet en el extranjero, por si alguien lo hizo específicamente con ese propósito. —Dejó caer las manos—. También nos hemos puesto en contacto con todas las tiendas del país que venden cascos y les hemos pedido que nos manden un resumen de las ventas de los últimos seis meses. Por suerte no son tantos, así que deberíamos tener esa información para mañana o pasado. Entiendo que también hemos investigado cuatro anuncios en sitios de clasificados que vendían cascos de segunda mano.

—También podría haberlo robado. —Ríkhardur le dio un capirotazo a una pelusa invisible en su camisa.

—¿Te importaría echarle un ojo a eso? —Huldar era consciente de que Ríkhardur se estaba aburriendo de revisar las informaciones proporcionadas por la ciudadanía. Al haber tenido que hacer él esa tarea más de una vez en el pasado, sabía que era como limpiar la cocina: en cuanto ponías en marcha el lavavajillas aparecía una taza sucia de la nada y, antes de que te dieras cuenta, el lugar volvía a ser un desastre. Nada más acabar con una llamada, la siguiente ya estaba entrando. Y se esperaba una nueva oleada en cuanto la noticia de la muerte de Ástrós llegara a la prensa. Después, las cosas deberían calmarse, pero mientras tanto Ríkhardur iba a tener que perseverar—. ¿Qué tal te va con los soplos, por cierto?

—Bien... —Ríkhardur intentó sonar animado, pero sus ojos contaban una historia diferente—. De momento no ha aparecido nada importante, pero nunca se sabe.

—¿Qué es lo más gracioso o raro que te has encontrado hasta ahora? —preguntó Erla, inclinándose hacia él.

—Hay cosas más pintorescas de lo habitual —dijo Huldar con una risita—. Uno de los de la peña de lo paranormal ha llamado diciendo que había recibido mensajes codificados a través de la radio.

Ríkhardur parecía incómodo.

—Sí, eso parece. En realidad no hay nada que tenga mucho sentido. Una mujer creyó ver a Elísa bajarse de un autocar lleno de turistas en la Laguna Azul, y dijo que el grupo se fue sin ella. Es evidente que no lo entendió bien, porque pensó que habíamos pedido noticias sobre Elísa y sugirió que dragáramos la laguna en busca de su cuerpo. Luego hubo un tipo que aseguró haberla visto discutiendo con un policía de tráfico en Laugavegur. Según él, los dos acabaron detenidos... el día después de su muerte.

—Bueno, espero que hicieras un seguimiento de esa —bromeó Huldar mientras se preguntaba si las llamadas del público se estarían volviendo más cuerdas con el tiempo. Si eso era lo peor a lo que Ríkhardur había tenido que enfrentarse, el tipo no merecía ninguna lástima. Quizá los chalados estuvieran canalizando sus energías en comentar cosas en los foros cibernéticos en vez de molestar a la policía—. ¿Alguien ha examinado los comentarios de internet sobre el caso? Siempre existe la posibilidad de que nos hayamos perdido algo.

—No he prestado especial atención a internet. —Ríkhardur pareció tomarse su comentario en serio. Tragando saliva con incomodidad, añadió—: De hecho, resulta que nadie ha sido arrestado nunca en Islandia por discutir con un policía de tráfico, así que la presunta detención de Elísa ni siquiera pudo tener lugar mientras estaba con vida. Por supuesto, no hará falta que os diga que parecía ser una ciudadana modélica. Igual que Ástrós. —Circunstancia que contaba claramente con su aprobación. No se habría dejado los cuernos por ellas de la misma manera en caso de que ambas mujeres se hubieran dedicado a alterar el orden público.

—¿Qué hay de los mensajes de radio? Debieron de ser la risa. —Erla se acercó un poco a Ríkhardur para animarle a que se explayara.

—No he llegado tan lejos. He decidido seguir tu consejo, Huldar, y dejar ese tipo de llamadas para el final. Por alguna razón no creo que saquemos nada útil de ellas.

—Bueno, nunca se sabe. —Huldar hizo una pausa. En ese momento era imposible decidir qué era importante y qué era una completa pérdida de tiempo. Lo único que podían hacer era seguir todas las pistas, incluyendo los soplos dementes de algunos ciudadanos—. No debemos olvidar que el genocidio ruandés se desencadenó en parte por las órdenes que se daban en la radio. Dijeron a los hutus que mataran a todos los tutsis a los que encontraran, y sabemos bien lo que pasó a continuación.

Ríkhardur pareció disgustarse. Era de suponer que albergaba la esperanza de no verse obligado a investigar esa llamada. Los asuntos que tenían un vínculo vago con la realidad no eran su fuerte, pero buena parte de lo que acababa encima de sus escritorios le parecería incomprensible, irracional o inverosímil al público general, así que más le valía acostumbrarse. El mundo no era tan sencillo como él.

—Pues claro que haré un seguimiento. Es solo que recordé que me habías dicho que cualquier cosa relacionada con lo paranormal podía acabar al fondo de la pila.

Era evidente que se había ofendido, pero Huldar no tenía ni tiempo ni energía para lidiar con su sensibilidad en ese momento. Lanzó un suspiro y sacudió la cabeza, exasperado; a continuación, al no saber qué añadir, cambió de tema:

—Decidme una cosa: ¿estáis los dos de acuerdo en que, a pesar de que todo indique lo contrario, tiene que haber una relación entre el asesino, Elísa y Ástrós? ¿O entre el asesino, Sigvaldi y Ástrós?

A Huldar no le gustó la mirada que intercambiaron. La interpretó como una señal de que les hubiera gustado que demostrara más confianza en sí mismo.

—Supongo que sí —contestó Erla primero, y Ríkhardur asintió con la cabeza.

Huldar intentó compensarlo adoptando un tono más contundente.

—La única explicación creíble para todas las molestias que se ha tomado es que el asesino quisiera castigar a ambas mujeres o, en el caso de Elísa, es posible que a su marido. Si conociéramos el motivo, estaríamos en una situación más favorable. Supongo que se trata de un castigo por un crimen que considera que Sigvaldi o ellas cometieron, quizá algo personal en su contra. Pese al elemento de sadismo, los asesinatos no se encuentran asociados a una psicosis sexual.

Erla tosió.

—Ejem... A un puto enfermo que mata para satisfacer sus ansias de sadismo, ¿no le serviría cualquier víctima anciana? Si lo que le motiva es el deseo de provocar dolor, ¿qué le importa la identidad de quien lo sufra?

—Diría que estoy de acuerdo con eso. —Las pálidas mejillas de Ríkhardur se sonrojaron. Al apretarlos, sus labios se convirtieron en una línea blancuzca. Aunque llevar la contraria a sus superiores fuera una transgresión de su naturaleza sumisa, le costaba oponerse a sus convicciones—. A un hombre así, ¿qué le importa a quién tortura?

—Nada, supongo. A menos que le ponga provocar dolor a un tipo concreto de persona, pero Elísa y Ástrós no se parecían en nada y eran de edades diferentes. Prácticamente no tenían nada en común al margen de que las dos eran mujeres..., y no olvidemos que Margrét oyó que el asesino le decía a Elísa que en realidad quería castigar a Sigvaldi. En cualquier caso, dejando eso de lado, lo que quiero decir es que dudo que el motivo de los asesinatos fuera el sadismo puro y duro. El tipo debía de conocerlas o se había cruzado con ellas en algún momento. Si solo hubiera querido dar salida a su necesidad de infligir dolor, ¿no habría pasado más tiempo haciéndolo? ¿No habría alargado la agonía todo lo posible? Según la autopsia, Elísa murió con relativa rapidez después de que él encendiera la aspiradora. Con Ástrós fue diferente, ya que el rizador tardó un rato en quemarle la tráquea hasta el punto de que esta se cerrara y le impidiera respirar. Si el sadismo hubiera sido su motivación principal, no le habría costado encontrar un método diferente, más lento, para matarlas. —Huldar intentó no pensar en los detalles espantosos que había leído en los informes forenses.

—¿Quieres decir que las habría torturado más tiempo? ¿Días incluso? —Para variar, Erla fue directa al grano.

—Sí, eso es exactamente lo que quiero decir. Por supuesto que los métodos que usó el asesino me parecen tan viles como a vosotros. Pero no se asemejan a los de ninguno de los casos extranjeros sobre los que he leído en los que alguien matara a una mujer por el mero hecho de satisfacer sus ansias de sadismo. En esos, el asesino casi siempre rapta a la víctima, la atrae hasta su casa o su coche, y la lleva a un lugar remoto donde prolonga su muerte todo lo posible. No la finiquita con prisas después de irrumpir en su casa, como nuestro tipo.

—¿Tienes algún ejemplo? —preguntó Erla, haciendo una mueca.

Huldar abrió la boca pero no se atrevió a ir más allá. Ya lo había pasado bastante mal investigando esas cosas; casi había temido que la pantalla de su ordenador comenzara a rezumar sangre.

—Créeme, son enfermizos. Para ser sincero, dudo que algunos de los detalles que he leído fueran reales. —Le echó un vistazo al reloj, regalo de su padre cuando se graduó en la academia de policía. Aunque la mayor parte de la gente ya no usaba relojes de pulsera, él seguía haciéndolo en recuerdo de su progenitor.

—Luego está el tema de los mensajes. —Ríkhardur podría haber recitado de memoria los que estaban relacionados con Ástrós, pero tuvo que sacarse una nota del bolsillo para acordarse del que habían encontrado en casa de Elísa—: ¿«Ciento diez menos dieciséis, cincuenta y tres, diez al revés, cincuenta y dos punto, ochenta y cuatro, treinta y cinco menos cinco punto, ciento diez menos dieciséis, cincuenta y tres, diez al revés, cincuenta y dos» y «Así que dime: cincuenta y nueve, veintiséis al revés, cincuenta y tres, sesenta y ocho, noventa y nueve punto, ciento diez menos dieciséis, dieciocho punto, ocho punto, setenta y cinco, seis, cincuenta y tres, ochenta y tres, treinta y cinco menos cinco»? —Volvió a levantar la vista—. ¿No sugiere eso que el criminal creía tener asuntos pendientes, por así decirlo, con ambas mujeres? —Ríkhardur se removió en la silla, relajó un poco la rectitud de su espalda, pero la postura que adoptó fue igual de rígida.

—Hay algo sospechoso en esos mensajes, si queréis saber mi opinión. —La espalda de Erla estaba encorvada en la misma medida que la de Ríkhardur estaba recta. Unos meses antes, Egill había llevado a la comisaría a un experto en ergonomía con la intención de crear un entorno laboral más saludable, pero en esencia solo había conseguido malgastar el tiempo de la gente. Les había costado mucho concentrarse en el trabajo mientras un hombre armado con una cinta métrica y una libreta revoloteaba a su alrededor. Dos días después de la valoración y del curso que la acompañó sobre cómo mejorar la postura corporal, todo el mundo recayó en las viejas costumbres: Ríkhardur, recto como un palo, y todos los demás, encorvados y con los hombros caídos. Las alfombrillas de gel para el ratón acabaron en los armarios, y los reposapiés, apartados a patadas en una esquina. A pesar de la lesión en el hombro, o quizá por ella, Erla ni siquiera esperó esos dos días—. A ver, en primer lugar, ¿para qué demonios dejas un mensaje? Y no me digáis que en el fondo el cabrón quiere que lo detengan, porque eso no me lo trago.

—Ahí le has dado. —Huldar rebuscó entre las montañas de papel que cubrían su escritorio para dar con la copia de las notas que se habían encontrado en la escena—. Quizá nos esté provocando. Quizá piense que es tan superior a la policía que puede salirse con la suya.

Erla frunció el ceño.

—¿Tú crees? Me parece mucho más probable que lo esté haciendo para tocarnos los huevos. ¿Alguien se ha parado a considerar esa posibilidad?

—¿Que sean mensajes falsos? —Ríkhardur reaccionó como si se hubiera encontrado con un mal olor—. ¿No es muy rebuscado?

Huldar no contestó de inmediato; la idea de Erla no era tan alocada.

—Es posible que tengas razón. Encajaría mejor con el cuidado que el asesino ha puesto en todo lo demás. A ver, ¿cómo se explica que se preocupe tanto de no dejar rastros y acto seguido entregue unas notas que sabe que acabarán en nuestras manos? No habrá pensado que las pasaríamos por alto... Además, no tendría sentido. En ese caso, ¿por qué las deja? —Huldar se dio cuenta de que estaba perdiendo el hilo—. Si los mensajes están relacionados con el motivo de los asesinatos podrían ayudar a que acabáramos atrapándolo. Lo cual sería una tremenda metedura de pata por su parte y no resultaría nada coherente con el resto de su *modus operandi*. Muy buena observación, Erla.

—A menos que la otra teoría sea la correcta. —Ríkhardur se cuidó de no mirar a Erla, seguramente para no ver su expresión de triunfo—. La que dice que nos está provocando. Que piensa que somos una panda de imbéciles.

—Si no comenzamos a hacer progresos, tendrá razón. —Huldar se puso en pie—. Necesito un café. —Vio que un nuevo aviso aparecía en la pantalla. Ese le anunciaba que aún no había completado la plantilla con los horarios del personal para los seis meses siguientes. Apagó el monitor, sintiendo que empezaba a asfixiarse por culpa de todos esos documentos—. Estoy pensando en irme a casa. Ya no puedo concentrarme más. Vosotros dos también tendríais que iros antes.

La idea no fue recibida tal y como esperaba. Por el contrario, le miraron con desaprobación, como si los hubiera decepcionado. Sintió una punzada de irritación, pero, si tenía que ser sincero, estaba más relacionada con el nudo de miedo que tenía en el estómago a causa de cómo avanzaba la investigación que con cualquier defecto por parte de ellos.

—Nos vemos mañana. Llamadme si hay novedades. Y avisadme si la Interpol contesta algo sobre los mensajes. Ahora que lo pienso, será mejor que me mandéis mensajes de texto, porque dudo que vaya a atender el teléfono. —Había decidido pasarse por casa de Freyja y eso no era de la incumbencia de sus dos colegas.

27

Carecía de sentido que siguiera llorando. Las lágrimas no tenían adónde ir y solo conseguía que le picaran los ojos. Al frotar la cabeza contra el cemento rugoso no había hecho más que rascarse la pequeña porción de piel que no estaba cubierta por la cinta. Halli no sabía cuántas vueltas le había dado el hombre a la cabeza; había dejado de contar después de la sexta, cuando la presión se volvió tan intensa que ya no pudo ni pensar. Había asumido que la cinta era tan gruesa y le envolvía la cabeza con tanta fuerza que no sería capaz de quitársela sin usar las manos. Su oreja derecha se había llevado la peor parte. Tenía la sensación de que estaba ardiendo. Cuando escapara probablemente necesitaría una operación de cirugía plástica..., si lograba escapar, claro.

Las lágrimas anegaron sus ojos otra vez. No solo le producían picor, sino que le llenaban la nariz de mucosidad y eso implicaba que tenía que sonarse una y otra vez. Necesitaba respirar por la nariz porque tenía la boca llena y se la habían cerrado con cinta. No quería asfixiarse con sus propios mocos.

No quería asfixiarse y punto.

Valió la pena que se lo recordara a sí mismo en ese momento, cuando notaba la tentación de sucumbir al sueño y librarse del dolor. Que le recorría cada célula de su cuerpo. Pero, cada vez que se quedaba frito, al despertar el dolor era peor, así que más le valía permanecer consciente. El calor se sumaba a su sufrimiento, exacerbaba la incomodidad hasta volverla insoportable.

Ya no se sentía las manos. Las tenía atadas a la espalda con unas tiras de plástico que le habían provocado cortes profundos en las muñecas. Para asegurarse, el hombre le había pasado la maldita cinta con tanta fuerza alrededor de las manos que le sería imposible usar los dedos por mucho que encontrara algo con lo que cortar las ligaduras. En un primer momento, eso le había dado una esperanza: debía de haber cerca algún objeto afilado que pudiera usar. Pero, después de desplazarse por la habitación varias veces arrastrando las nalgas doloridas, casi había descartado esa posibilidad.

Sin embargo, no podía estar seguro del todo. Con los ojos vendados, incapaz de tantear con las manos o los pies, no había podido realizar una búsqueda efectiva. Tenía los tobillos amarrados con más tiras de plástico y también le había atado las rodillas enrollándolas en cinta.

Quizá se le había pasado algo por alto. Quizá valía la pena que se obligara a moverse para explorar otra vez, pero su mente se echó atrás ante la idea de sufrir más dolor. Halli sopló con violencia por la nariz y notó que el moco salía disparado y aterrizaba sobre su pecho. No le importó. Lo único que temía era que, en caso de que un desconocido abriese la puerta y viera el estado en que se encontraba, la cerrara de golpe y saliera corriendo sin preguntar nada más.

Sorbió aire por la nariz y se sintió un poco mejor. Intentó saborear esa sensación, pero no duró demasiado. De manera inevitable, los mocos comenzaron a acumularse de nuevo. Se removió y notó una llamarada agónica en las muñecas. No le importó, porque supo al menos que las manos no se le habían quedado entumecidas del todo.

¿Cuánto tiempo había pasado allí? ¿Veinticuatro horas? ¿Treinta y seis? Probablemente no llevara tanto, porque habría tenido más hambre. Era imposible, en cambio, que tuviera menos sed. ¿Cuánto tiempo podía pasar una persona sin agua? ¿Dos días? ¿Tres? ¿Cuatro o cinco? Seguro que no tanto. ¿Qué planes tenía el hombre? ¿Dejar que se muriera de deshidratación? Llevaba mucho rato sin hacer acto de presencia y, aunque Halli habría estado encantado de no volver a verle nunca más, el miedo a que le hubiera abandonado era incluso peor.

Si el hombre regresaba una vez más, le quitaba la mordaza de la boca y le daba algo de beber, Halli le prometería no delatarle en caso de que le permitiera recuperar la libertad. De alguna manera le haría comprender que podía confiar en él; le recordaría que, al fin y al cabo, no ganaba nada denunciándole.

Quizá sería mejor obviar esa última parte, ya que sugería la posibilidad de que Halli cambiara de idea y se chivara. Probablemente debería estar preparando lo que le diría cuando volviera en vez de desplazarse sobre el trasero, buscando unas herramientas que no estaban allí. Si el hombre volvía, claro. Y si le quitaba la cinta de la boca.

Halli se sonó la nariz con tanta fuerza que los mocos salieron volando por los aires en lugar de acabar sobre su pecho. Quizá habían caído sobre las perneras de los pantalones o los zapatos. Le inundó una oleada de autocompasión. Su cuerpo se sacudió y por un momento temió estar desarrollando una epilepsia o temblores febriles. En realidad no tenía muy claro en qué consistían ese tipo de temblores, pero se imaginaba que harían que el enfermo se sacudiera con gran violencia, como si estuviera sometido a una descarga eléctrica. ¿Podía morirse uno de eso? Sería irónico, dado el calor que hacía allí. Como mucho le mataría la fiebre, a menos que se muriera de sed antes de poder sucumbir a cualquier otra cosa. ¿O tendría la oportunidad de persuadir al hombre?

Se le llenaron los ojos de lágrimas otra vez y no pudo detenerlas. Aquello era espantoso. Y de lo más injusto. ¿Qué había hecho él para acabar así?

¿Se trataba de un castigo por haber tomado parte en un complot ridículo? Él no había hecho nada para merecer ese destino. Le había vendido al hombre su equipo, le había enseñado a programar una emisión y había plantado el móvil y las bragas de la mujer en el coche de Karl. Ah, y le había birlado el manojo de llaves. Eso era todo. El hombre le había dicho que solo se trataba de una bromita que alguien cercano a Karl le estaba gastando, y le había hecho prometer que no revelaría el pastel.

Pero debería haber sabido que el hombre no era lo que aparentaba; su voz misma había dejado a las claras que cualquier traición tendría consecuencias muy serias. Y, para colmo, había dejado de pagarle la mitad de la suma que le había prometido por su ayuda y por el equipo con la excusa de que se la entregaría más adelante, pero solo si Halli mantenía la boca cerrada. Eso había bastado para que no dijera una sola palabra.

En esos momentos, no obstante, se veía obligado a confrontar lo que había sospechado en todo momento: que no se trataba de ninguna broma. Se había dado cuenta cuando el hombre fue a buscarle a casa, le convenció de que se subiera al coche y se puso en marcha. Al llegar a su destino, le había obligado a mandar a sus padres un mensaje diciéndoles que se iba de vacaciones a un chalé que no tenía cobertura de móvil. Entonces se volvió de lo más evidente. De no haberse quedado tan estupefacto, habría saltado del coche para huir corriendo. ¿Cómo podía haber sido tan estúpido? ¿Y por qué demonios le había abierto la puerta al hombre cuando se presentó ante su habitación?

En el fondo de su corazón conocía la respuesta. Ansiaba que el hombre le dijera que no tenía que preocuparse, que la broma ya casi había llegado a su fin y que no tardaría en recibir el resto del dinero. Lo necesitaba con urgencia. Ya se había gastado esa primera mitad pagando deudas, comprándose un abrigo e ingresando el depósito de un ordenador nuevo que tenían que entregarle pronto. Momento en que debería pagar el resto de su precio. Por eso había abierto la puerta, era así de simple. Esa era la razón por la que, ignorando todos sus recelos, había aceptado gastarle una broma a su amigo.

Esas ideas dieron pie a otra: ¿existía la posibilidad de que Karl estuviera en el mismo barco que él? El plan del hombre ¿había consistido siempre en llegar hasta Karl? Mierda. ¿Para qué? ¿Para matarle?

Halli intentó apartar de su cabeza la idea de que el hombre fuera capaz de matar a alguien. De ser así, él mismo se había metido en un problema serio, igual que Karl. No se le ocurría por qué alguien podría querer matar a su amigo, pero esa no era la cuestión. Lo más importante en ese momento era que el hombre tenía una razón evidente para querer sacarse a Halli de encima. Al fin y al cabo, podía denunciarle. Aunque era poco probable que le creyeran, siempre existía la posibilidad y el hombre no querría correr ese riesgo.

Simplemente tenía que encontrar la manera de razonar con él. Le prometería que iba a mantener la boca cerrada y cumpliría esa promesa. Aunque el hombre matara a Karl. Halli permanecería callado como una tumba, mantendría la cabeza gacha, no diría una palabra. Ojalá diera con la manera de convencerle.

Aguzó el oído. ¿Qué era eso? ¿El rugido de un motor? Entonces oyó que una llave entraba en la cerradura y el ruido metálico de la cadena que rodeaba las dos manijas cuando ambos llegaron y el hombre le engañó para que entrara. Le había asegurado que el radiotransmisor estaba allí y que no funcionaba; Halli tenía que ayudarle a arreglarlo, y recibiría un dinero extra por la molestia. Una vez más, la codicia había sido su perdición.

Antes de que se abriera la puerta, Halli se apresuró a sonarse la nariz. Prefería no tener que hacerlo delante del hombre. Era una estupidez, claro, pero no pudo evitar esa sensación.

Se oyó el interruptor de la luz. Halli dedujo que había estado sentado en la oscuridad y, curiosamente, la idea le reconfortó. Resultaba más sencillo conciliarla con su incapacidad para ver que la posibilidad de haber estado allí sentado con los ojos vendados bajo una luz brillante.

Oyó los pasos del hombre, que se detuvieron ante él. Supuso que se había puesto en cuclillas. Esperó con una impaciencia frenética a que hablara. Con suerte, para decirle que iba a darle algo de beber.

—Ahí estás. Has tenido suerte de que te encontrara. —El tono sarcástico era nuevo y Halli no supo interpretarlo. ¿Sería una buena señal?

Comenzó a hacer ruidos bajo la mordaza para indicarle que quería hablar, pero acabó sonando como un cerdo con bozal plantado delante de un empleado del matadero.

—Tienes la oreja casi partida por la mitad —observó el hombre, ya con su voz habitual, aunque esta sonaba extrañamente amortiguada, como si se dirigiera a él a través de una máscara. Halli intentó producir un sonido, pero le salió un gemido patético—. Ya no necesitarás la mitad de arriba. Ni la de abajo, de paso. —El hombre pareció suspirar—. Ni nada de nada.

Se quedó en silencio y, al cabo de unos instantes, Halli volvió a oír pasos, aunque estos se alejaron. Siguió un clic y en un primer momento pensó que se trataba del interruptor de la luz, lo que indicaría que el hombre se estaba marchando de nuevo sin darle la oportunidad de suplicar por su vida. Estuvo a punto de tragarse el relleno de la boca en un intento desesperado por llamar su atención y hacer que regresara. Pero acto seguido su cerebro procesó el sonido con mayor precisión y pensó que, en vez de apagar la luz, el hombre había enchufado algo. Pero ¿qué?

Los pasos volvieron a acercarse y, sin aviso, el hombre apareció justo a su lado. Halli se puso a temblar, primero de miedo y a continuación de dolor cuando comenzó a tirarle de la oreja herida. Actuaba con una torpeza horrible si su intención era vendársela o ponerle una tirita. Pero eso no era para nada lo que el hombre tenía en la cabeza. Halli notó la presión de algo helado contra el lóbulo dolorido; no solo frío, sino también afilado. Gimió tan alto como pudo, pero por supuesto eso no le ayudó en nada. Se calló e hizo un esfuerzo por estarse quieto; quizá esos temblores incontrolables habían provocado que el hombre le clavara algo en la oreja. Su intención no podía ser la de hacerle más daño, ¿verdad? Quizá solo fueran las tijeras que iba a usar con la cinta americana. Quizá, al fin y al cabo, Halli tendría la oportunidad de suplicar clemencia. Hizo un esfuerzo sobrehumano por controlar las sacudidas y los gemidos. Tenía que ser capaz de quedarse quieto. Había tanto en juego... Todo estaba en juego.

Se quedó sentado en silencio, sin moverse.

—Eso está mejor. Gracias. Me has facilitado mucho la vida.

Halli esperaba notar el cuchillo o las tijeras debajo de la cinta para comenzar a cortarla. El contacto llegó, pero no donde lo esperaba, y resultó ser de una naturaleza muy diferente. El escozor en la oreja quedó olvidado, se vio reemplazado por un dolor atroz dentro de la cabeza. Oyó un clic y todo lo que había sufrido hasta ese momento palideció, pasó a parecerle insignificante.

28

Karlotta no contestaba el teléfono. A los seis timbrazos, Huldar sintió que había cumplido con su deber y podía relajarse. Ella vería que le había devuelto la llamada y con un poco de suerte lo dejaría ahí, se olvidaría del asunto y él se iría de rositas.

Por desgracia, era poco probable que la lamentable historia que había comenzado en ese baño mugriento fuera a acabar tan fácilmente. Karlotta debía de estar en una reunión u ocupada con algo, y le llamaría en cuanto tuviera un momento libre. Huldar temía esa conversación; con solo pensar en ella le inundaban los remordimientos. No era nada personal, la culpa era toda suya.

Karlotta le recordaba que se había comportado como un mierda.

Había logrado evitarla desde el suceso y se iría feliz a la tumba si no volvía a verla nunca más. El mero hecho de que ella le llamara le había provocado una indigestión. Se metió en la boca un par de pastillas contra la acidez, pero estas no hicieron nada para aliviar el revoltijo que notaba en el estómago. Las acompañó con unos chicles de nicotina y de inmediato se sintió mejor. Cuando menos lo bastante bien para pensar en moverse. Salió del coche a la oscura tarde invernal.

En vez de dirigirse directamente hacia la puerta, decidió rodear la casa y ver si podía colarse en ella sin que se enterara el policía que estaba de guardia. Por lo que había visto, no debería ser difícil. El agente de uniforme se hallaba sentado en el coche patrulla, delante de la entrada principal. Hasta ahí todo era correcto, pero el brillo azulado que se reflejaba en su cara sugería que estaba entretenido navegando por internet.

Huldar había aparcado a una distancia discreta y se las arregló para acercarse a la parte trasera de la casa sin que le vieran cruzando dos jardines vecinos. A estos los separaba una valla baja que estuvo a punto de derrumbarse cuando la trepó. Quedaba claro que el edificio de Freyja no era el único de la zona en mal estado, pero el abandono era mucho más manifiesto en el jardín; la basura asomaba entre la nieve y una pequeña barbacoa de gas —la más barata del mercado— yacía volcada en una esquina. Un viejo columpio oxidado se mecía con suavidad bajo la brisa. No era de extrañar que ella se hubiera sentido atraída por cierto carpintero de Egilsstadir llamado Jónas. De haber existido, el tipo podría haber marcado la diferencia en ese lugar.

Al llegar a la esquina del edificio, Huldar echó un vistazo cauteloso a la calle. El policía continuaba absorto en su móvil. Huldar pudo acceder al vestíbulo sin que le viera, tal y como había sospechado. En vez de llamar al timbre, volvió a salir y esa vez se cuidó de hacer ruido.

El policía le miró boquiabierto, con el móvil aún en la mano. Le devolvió el saludo con un tartamudeo mientras hacía un esfuerzo frenético por apagar el teléfono sin bajar la vista.

—¿Estaba usted dentro?

—No, he venido a ver cómo iba la vigilancia.

—Huldar asintió con la cabeza en dirección al móvil—. ¿Hay algo bueno en YouTube?

—Ejem, no. Me he distraído un instante. —El joven tenía la cara de color escarlata.

—Bueno, ¿te importaría concentrarte en tu trabajo? Voy a entrar para comprobar la situación y hablar con la mujer. Cuando salga de nuevo, no quiero tener que golpear a la ventanilla para llamarte la atención.

—No, pues claro que no. No le quitaré los ojos de encima a la casa.

Mientras se alejaba, Huldar oyó que subía la ventanilla. Se volvió antes de entrar para asegurarse de que el joven no se hubiera puesto a jugar con el móvil otra vez. Pero no, estaba mirando a Huldar con una concentración feroz.

Apenas quedaba espacio donde pisar entre las montañas de periódicos gratuitos que ocupaban el suelo del vestíbulo. Huldar los apartó a patadas para llegar al interfono. El nombre de Freyja estaba allí, en una etiqueta que parecía nueva. Una vez más se preguntó por qué demonios viviría allí, pero no podía comentarlo con ella después de la imperdonable grosería que había exhibido Erla la vez anterior. Podría haberlo hecho durante su primera visita, bajo el disfraz de Jónas el carpintero, pero no se encontraba en un estado adecuado para reparar en nada fuera de lo normal. Recordó de repente que ella le había pedido consejo sobre la puerta del baño, que sobresalía un poco. Él había pasado la mano de arriba abajo por el marco, intentando parecer un experto. Por suerte, en ese momento a ella le entró hipo y perdió la concentración, y no tardaron en tener otras cosas en la cabeza que el bricolaje doméstico. Esperaba que ella no recordara el incidente.

—¿Hola? —La voz de Freyja sonó hueca y metálica.

—Ah, hola. Soy Huldar. Me gustaría hablar contigo, ¿es un buen momento?

No hubo respuesta. Había comenzado a pensar que ella no le dejaría entrar cuando la puerta zumbó de repente. Mientras subía la escalera repasó mentalmente lo que iba a decir. Era esencial que esa vez le provocara una buena impresión.

Freyja estaba parada en el umbral, los brazos cruzados, con expresión severa.

Llevaba puestos unos vaqueros ajustados, una camiseta, unos calcetines a rayas y unas zapatillas acolchadas de color rosa. Se había recogido el pelo rubio ondulado en un moño poco favorecedor que la hacía parecer más alta. Era evidente que no esperaba invitados.

—Hola.

Huldar sonrió, haciendo como que no reparaba en la frialdad del recibimiento.

—Hola. —Se acercó y se quedó ahí parado, como un idiota—. ¿Alguna posibilidad de que entremos? Tengo que comentarte algunas cuestiones. Te prometo que no tardaré mucho.

Freyja entornó los ojos, en apariencia preguntándose si debía creerle. Era psicóloga de formación, así que él tenía todas las razones del mundo para temer que pudiera leerle como un libro abierto. Pero ella retrocedió y le invitó a entrar. Huldar no supo bien si se había tragado su mentira o si simplemente no tenía ganas de discutir ahí, parada en la puerta. Daba igual, ya estaba dentro. Ella le dijo que no se molestara en descalzarse. Mientras se quitaba el abrigo, Molly apareció para seguir golpeándole la pierna con el collar a la vez que intentaba olfatearle. En ese momento, una sonrisa iluminó el rostro de Freyja. No porque le hubiera divertido el patoso acercamiento del animal, sino por las muecas de dolor de Huldar. En fin, él era consciente de que se lo merecía.

Entró en el pasillo a la vez que Margrét aparecía en la puerta del dormitorio. La niña se quedó mirándole con la cabeza ladeada, lo cual no ayudó a aliviar su incomodidad.

—Hola.

—¿Qué haces aquí? —La cara de Margrét se mantuvo inexpresiva—. Eres el policía.

—Sí, soy un policía. No sé si soy el policía.

—Eres el policía. Lo recuerdo. El que me sacó de debajo de la cama.

Era imposible adivinar por su expresión si se sentía agradecida o estaba enojada. Sabía lo suficiente sobre los niños para ser consciente de que sus procesos mentales no siempre seguían los mismos caminos que los de los adultos. La cría podía tener la impresión de que no habría pasado nada de todo eso si la hubiera dejado quedarse debajo de la cama.

—Sí. Soy ese policía. Tienes razón, eres una chica muy observadora.

Recordó que la niña había cerrado los ojos con fuerza y que los había mantenido así cuando la arrastró fuera de su escondite y la sostuvo en brazos, pegándole la cara al pecho para que no viera el cadáver de su madre encima de la cama. Se había negado a mirarle, así que era probable que no conociera su cara y le hubiera reconocido por la voz. Huldar le dirigió una sonrisa, pero Margrét no se la devolvió. No la culpó por ello.

—Te vi los zapatos. Cuando estaba debajo de la

cama. —Tenía la vista puesta en sus pies y acto seguido la levantó, le dirigió una mirada ansiosa—. Hace un momento había un hombre en el jardín. Lo he visto por la ventana.

Huldar miró de reojo a Freyja, que escuchaba su conversación agradecida, sin duda, de no tener que hablar con él. Tragó saliva, esforzándose por encontrar el tono de voz adecuado, y contestó con alegría:

—Tiene sentido. Era yo.

—¿Tú? —Freyja le fulminó con la mirada—. ¿Y qué hacías en el jardín?

Margrét se mordió el labio inferior, se metió en la habitación y cerró de un portazo.

—La has asustado. ¿Es que no te acuerdas del hombre que vio en el jardín de su casa? Podrías haberme avisado para que me diese tiempo de asegurarme de que no estuviera junto a la ventana. Ahora existe el riesgo de que piense que tú fuiste ese hombre. —Su voz se convirtió en un susurro—. O el asesino.

—Estaba haciendo un experimento. —La excusa sonó pobre en voz alta—. Quería comprobar si el agente de guardia hacía bien su trabajo.

—¿Y?

—¿Y? —Huldar intentó ganar tiempo.

—¿Y qué tal ha salido el experimento?

—Creo que no quieres saberlo. —Huldar vaciló, pero acto seguido lo dijo de todas maneras—: He podido entrar al vestíbulo sin que se enterara.

—Dios... —Freyja exhaló—. ¿Para qué has venido? ¿Para hacer tu experimento?

—No, no ha sido el único motivo. Quería contarte que hemos hablado con tu exnovio y ha quedado establecido que no pudo haber atacado a la perra. —Molly giró la cabeza y le miró desde el fondo del collar de protección antes de volver a concentrarse en la puerta cerrada—. El mensaje no se envió desde su móvil y resulta que tiene una coartada irrefutable.

—¿Cuál?, ¿una reunión de la Sociedad Nacional de Capullos?

Huldar sonrió. Había llevado a Ríkhardur a la entrevista y se arrepintió nada más ver al carca que los esperaba en el pasillo de la comisaría. Iba vestido de traje, como Ríkhardur, y en su compañía Huldar se sintió como un hippie recién salido de Woodstock. Por si su elegancia no era suficiente, también resultó ser un pedante insufrible. Había limpiado la silla antes de sentarse y había hecho una mueca cada vez que contestaba a una pregunta. Además, no había dejado de pasear la mirada con expresión de desagrado por la habitación, como si esperara ver piojos botando en los rincones.

—Da la casualidad de que no. Pero no me sorprendería saber que es su presidente, su secretario y su tesorero, todo a la vez.

Freyja se relajó de manera evidente.

—¿Cuál fue su coartada?

—Lo siento, no puedo contestar a eso. Pero es muy sólida. —Huldar no quiso mencionar que el hombre con el que ella había convivido hasta hacía poco había salido a cenar con su nueva novia, y que estaban viviendo juntos. Añadió con una cierta timidez—: Has hecho bien librándote de él.

Eso pareció surtir efecto.

—¿Quieres sentarte? —Freyja hizo un gesto con la mano hacia el pequeño salón—. Solo voy a ver si Margrét se ha recuperado.

Huldar pasó al lado del póster de heavy metal en el que había reparado la vez anterior. Después de conocer a su ex, tenía la seguridad de que no se trataba de una reliquia de esa relación previa. El tipo solo debía de escuchar la música clásica más refinada. Decidió no preguntarle por él, ni decir algo que pudiera malinterpretarse o hacer que se sintiera incómoda. Estaba decidido a andarse con cuidado y aprovechar que ella le hubiera concedido una segunda oportunidad.

Bueno, más o menos.

Tampoco le había dado la bienvenida con los brazos abiertos; simplemente le había invitado a tomar asiento en un sofá sucio y raído, cuyo relleno asomaba en varios lugares. Dejó bastante espacio, por si Freyja quería sentarse a su lado, e intentó relajarse. Durante unos instantes se concentró en los dos contenedores de cartón que había en la mesa de café, uno vacío y el otro medio lleno de helado derretido. Acto seguido, al cansarse, dejó que su mirada vagara por el suelo hasta encontrar un bloque de parqué que no parecía encajar bien con el resto. Cuando Freyja regresó, él llevaba tanto rato mirándolo que las líneas rectas de la pieza habían comenzado a doblarse.

—No hay manera de razonar con ella, pobrecita. —Freyja se desplomó sobre el sillón, delante de Huldar.

—Lo siento. Ni lo pensé. Nunca habría hecho eso de saber que estaba en la ventana. —Se cuidó de no mirar de hito en hito a Freyja. No dejó de bajar la vista hacia los contenedores de la mesa hasta que se dio cuenta de que con eso podía dar la impresión de estar nervioso o simplemente de ser un tío raro—. ¿Quieres que hable con Margrét, que se lo explique y me disculpe?

—No, en absoluto —contestó Freyja demasiado rápido y con gran vehemencia, así que intentó suavizar su reacción añadiendo—: Ya te tiene miedo de por sí. Es normal, está aterrada. Será mejor dejarla tranquila un rato. No pensabas quedarte mucho tiempo, ¿verdad?

—No, pues claro que no. —Huldar señaló el suelo—. A menos que me dejes probar suerte arreglando ese bloque. A veces me da por el bricolaje casero en los lugares más insospechados. —Sonrió con cautela.

Dio la impresión de que Freyja no supiera cómo tomarse eso.

—No vas a tocar el suelo, Jónas —contestó, inexpresiva.

—Vale. Lo prometo.

—¿Había algo más aparte del ataque contra Molly?

—En realidad sí, aunque también tiene que ver con eso. —Tragó saliva—. Te he dicho que el mensaje no se envió desde el móvil de tu ex. —Ella asintió con aprensión—. Salió del mismo móvil que los mensajes de texto que le mandaron a la segunda víctima. Parece que fue el asesino. Por eso quería poner a prueba la vigilancia. Viendo el resultado, no sé muy bien qué hacer. Pero una cosa está clara: Margrét no puede quedarse aquí.

—¿Y adónde va a ir, entonces? No con sus abuelos, desde luego... No costaría mucho seguir sus pasos hasta allí.

—Estamos buscando una solución. Voy a añadir a un segundo agente a los turnos de tarde y de noche. Si te parece bien, me gustaría que uno estuviera dentro de casa; podría apostarse aquí, para no estorbarte.

—Duermo en el sofá, de modo que me temo que sí me estorbaría.

Huldar intuyó que se estaba callando algo.

—¿Qué?

—Oh, solo me estaba preguntando qué será de mí cuando Margrét se vaya. Es de suponer que el coche de policía también lo hará. Pero ¿y si el asesino piensa que me ha contado algo?

—Puedo mantener un coche aparcado fuera, pero no creo que pueda prescindir de dos agentes.

—Olvídalo.

Freyja parecía de todo menos feliz. Dos surcos profundos, parecidos a paréntesis, aparecieron entre sus ojos. Huldar memorizó esa expresión por si sus caminos volvían a cruzarse cuando la investigación se terminara, por improbable que fuese.

—De ninguna manera. Me encargaré yo mismo si no hay nadie disponible. Por las noches, quiero decir. Los días tengo que dedicarlos a perseguir a ese cabrón. Si le atrapo, ni tú ni Margrét necesitaréis protección policial.

—Hazlo, por favor. Pero olvídate de dormir fuera, en el coche. Puedo cuidar de mí misma. —Freyja apoyó las manos sobre los brazos del sillón, dispuesta a ponerse en pie—. ¿Algo más? —Los paréntesis seguían allí.

A Huldar le sonó el móvil en el bolsillo, lo que le impidió contestar. Lo sacó pese a la mirada asesina que le dirigió Freyja y se le revolvió el estómago al ver que se trataba de Karlotta. Descartó la llamada.

—¿No vas a contestar?

—No. —Era mejor que dijera lo menos posible. De todos modos, el grito procedente del dormitorio hizo que cualquier otra palabra se volviera innecesaria.

Freyja, que estaba junto a la ventana del salón con el móvil pegado a la oreja, separó las cortinas. Al otro lado del jardín vio el bailoteo de los haces de las linternas, allí donde los agentes de policía buscaban a la persona que Margrét había asegurado ver merodeando. Huldar también estaba fuera, pero evidentemente no podía distinguir su linterna de las demás. A menos que le perteneciera el haz que rebotaba de manera más frenética en la oscuridad.

Se había tomado muy en serio el incidente a causa de la insistencia de la niña en que se trataba del mismo hombre al que había visto observando su casa en las semanas anteriores al asesinato. Tampoco estaba claro hasta qué punto debían creérselo.

Freyja escuchaba en silencio la perorata furiosa de su hermano. Era mejor dejar que se desahogara.

—¿Un coche de policía? ¿Aparcado fuera? Ya me han llamado cuatro tipos del edificio para contármelo, y te digo que están cabreados de verdad. Les aseguré que no podía tener nada que ver contigo. ¿Ahora qué se supone que debo decirles?

—La verdad. Que el coche está ahí por mí, pero que como te digo seguramente mañana ya no estará.

—¿Por qué no me lo dijiste? Tengo que cuidar de mi reputación. No puedo arriesgarme a que la gente piense que estoy compinchado con la pasma.

—No lo estás.

—¿También hay polis en el apartamento?

—No.

Por suerte, en ese momento era verdad, pero no faltaba mucho para que la búsqueda acabara y Huldar volviera. Probablemente, exigiría dormir en el sofá esa noche, y ella acabaría compartiendo la cama con Margrét. Aunque a Freyja no le entusiasmara la idea de encontrárselo cara a cara por la mañana, al despertarse, tampoco quería correr el riesgo de que el asesino irrumpiera en el apartamento sin que hubiera nadie para protegerlas.

—Deberías haber confiado en mí. ¿No crees que puedo cuidar mejor de ti que la pasma? Me cago en la puta. —Baldur hizo una pausa para respirar—. Créeme, sí que puedo.

—Te creo, Baldur. Pero no están cuidando de mí, sino de la niña. Ya te lo he dicho.

Siguió un largo silencio.

—Freyja, prométeme que no te pondrás de los nervios.

—¿Qué? ¿Por qué habría de ponerme de los nervios?

—Hay una pistola en el apartamento. Quiero que duermas con ella. Llévala en el bolso durante el día. No te la guardes en el bolsillo o la gente se dará cuenta.

—¿Una pistola? ¿Estás loco? —Freyja soltó las cortinas y pasó a hablar en un susurro por miedo a que Margrét la oyera—. Dios santo, ¿dónde está?

—En el salón. Hay un tablón suelto con un hueco debajo. La guardo allí. Prométeme que la cogerás.

Freyja se puso pálida mientras sus ojos se posaban en el desnivel del parqué. ¿Qué habría pasado si hubiera llegado a aceptar la oferta de Huldar? Si él exigía pasar la noche allí, quizá le diera por reparar el suelo en un esfuerzo equivocado por caerle en gracia. Tendría que sacar la pistola antes de que volviera.

—Baldur, tengo que irme. Miraré lo de la pistola, te lo prometo. No te preocupes por mí.

—No lo haré. Sé que estarás bien.

Freyja colgó y se apresuró a ir en busca de un destornillador con el que hacer palanca y levantar el bloque de parqué. De repente pensó en las palabras con que se había despedido su hermano. ¿Qué había querido decir, exactamente? ¿Cómo podía estar tan seguro de que ella no se encontraba en peligro? Se acuclilló y se puso manos a la obra.

29

La chica parecía haberse levantado hacía apenas un instante, pero movía la mandíbula con energía, emitía sonoros chasquidos por la boca abierta. Se debían al pestilente chicle rosa que asomaba con frecuencia por ella. El cartelito encima del timbre decía LINDA. En lugar de un apellido, una mano poco cuidadosa había añadido, ligeramente torcido, el adhesivo de un corazoncito de color rosa.

Karl sospechaba que había sido obra de la chica misma; su aspecto desaliñado indicaba que no le daba mucha importancia a los detalles. El tinte de su cabello era amarillo antes que rubio, y las raíces oscuras habían ido creciendo sin que las retocaran. Lo llevaba recogido en una cola de caballo grasienta que revelaba una frente ancha y brillante, cubierta de granos. Debajo de ella, las dos cejas negras como el carbón podrían haber sido obra de un rotulador.

No dejaba de llevarse la mano a la frente para frotarse la piel áspera, lo que dirigía la atención hacia su pintura de uñas de color azul oscuro, que había comenzado a descascarillarse y revelaba la suciedad que había debajo. Su vestuario concordaba con el resto de su apariencia: estaba muy necesitado de que lo lavaran, pero la camiseta fina a duras penas ocultaba unos pechos incongruentes por respingones y voluptuosos. Karl tuvo que hacer acopio de todo su autocontrol para mirarla a los ojos, y pese a eso no logró evitar que su mirada se deslizara hacia abajo. Börkur, menos educado, observaba su busto sin parpadear.

Linda no pareció reparar en ello. Estiró el chicle de color rosa, enrollándolo en su mugriento pulgar, y volvió a metérselo en la boca con una ruidosa explosión.

—¿Quién? ¿Halli? ¿Vive aquí?

—Sí, en la habitación en diagonal a la tuya. —Karl señaló la puerta lisa, que no se diferenciaba en nada de las otras ocho que había a lo largo del pasillo. Todas ellas conducían a ese tipo de alojamientos de alquiler barato y sin licencia que tan solicitados estaban—. Es alto. Moreno.

—¿Moreno? —Lo preguntó como si se tratara de un concepto desconocido para ella. Quizá, su deseo de ser rubia era tan absorbente que había olvidado la existencia de cualquier otra alternativa. Negó con la cabeza—. No. No sé de quién estáis hablando.

Karl intentó recordar en vano alguna característica distintiva de Halli que pudiera ayudarla a saber quién era:

—Lleva una chaqueta de cuero negro. Va en bicicleta.

Una amplia sonrisa iluminó el rostro de la chica. Esos dientes grandes y blancos hicieron que su aspecto mejorara un montón.

—¡Ah! ¡El chico de la bici! ¿Por qué no lo habíais dicho antes? —En vez de esperar a que le contestaran, frunció el ceño con recelo—. ¿Para qué le buscáis? ¿Sois cobradores de morosos?

—Dios, no. Soy amigo suyo. Tengo que localizarle y no contesta al teléfono.

—Oh... ¿Habéis probado a llamar a la puerta?

La pregunta fue tan estúpida que incluso Börkur levantó la vista para dirigirle una mirada de incredulidad. Karl contestó con toda la paciencia posible:

—Ya lo hemos intentado. ¿No has oído el jaleo?

Linda sacudió la cabeza.

—No. Estaba escuchando música. Ya sabéis. —Tiró de uno de los auriculares blancos que le colgaban del cuello y de este surgió un zumbido estridente—. Pero ayer vi su bici.

—¿Y a él no?

Karl y Börkur habían visto la bici al llegar, asomando por debajo de la escalera que conducía a las plantas superiores, donde se encontraban las habitaciones. Los demás pisos parecían haberse alquilado como oficinas para empresas pequeñas que en su mayoría no debían de contar con un gran volumen de ventas, a juzgar por la manera en que sus dueños se las habían tenido que arreglar para poner el nombre de la compañía: con una hoja de papel pegada a la puerta.

—No, que yo recuerde no. —Linda, que se estaba cansando del interrogatorio, estiró el cuello para mirar el pasillo y comprobar, al parecer, si había más gente en él—. Pero le vi el otro día y pude admirar su abrigo. Era tremendo.

—Ejem, ¿estás segura de que era él? —Börkur había recuperado al fin la voz, pero seguía con la mirada clavada en sus pechos—. Halli siempre lleva la misma chaqueta.

Karl se quedó esperando a que la chica confirmara sus sospechas de que había recordado mal o había malinterpretado la situación. Halli estaba tan pelado que tenía problemas para reunir el precio de una entrada de cine, así que un abrigo nuevo era impensable. Sobre todo uno «tremendo». Pero Linda se mantuvo firme.

—Sí, era él. Le pregunté cuánto le había costado, porque yo quiero uno igual. Tenía la esperanza de que estuviera de oferta, pero no hubo suerte. Sin duda era él.

Karl se dio cuenta de que no tenía sentido insistir.

—Si le ves, ¿podrías decirle que le estamos buscando? Pídele que llame a Karl o a Börkur.

—Uf, imposible que me acuerde de eso, pero lo intentaré. —Linda cruzó los brazos sobre el pecho y le estropeó la vista a Börkur. Volvió a fruncir el ceño y se echó un poco hacia atrás, como si planeara retroceder grado a grado hasta volver a meterse en su habitación. Con la cara ensombrecida era fácil que pareciera pasable en la penumbra de un bar o de un club nocturno—. ¿Estáis seguros de que no habéis venido a por dinero? No pienso ayudar a ningún cobrador de morosos.

Karl no pudo evitar una sonrisa.

—¿Tenemos pinta de cobradores de morosos? —La suma del peso de ambos no alcanzaba el de uno solo de esos troles hinchados a esteroides—. Somos sus colegas. Se alegrará de saber que le estamos buscando. Te lo prometo.

—Vale. —Seguía sin estar del todo convencida—. La cuestión es que he visto a un pavo merodeando por aquí al menos un par de veces. Esperando delante de su puerta, y no parecía que estuviera allí para pasarlo bien. Pensaba que quizá os había mandado en su lugar.

—¿Llegaste a hablar con él?

—No, por Dios. No era el tipo de gente a la que una saludaría. —Linda frunció el ceño y pareció estrujarse las neuronas—. Llevaba una gorra de béisbol y las dos veces que pasé mantuvo la cabeza baja, así que no pude verle la cara. Pero era evidente que no estaba allí para charlar.

—¿Sabes si llegó a dar con Halli?

—No, ni idea. Me metí en mi habitación y cerré la puerta con llave.

Karl no logró sonsacarle nada más. Se despidieron y ella cerró sin contestar. Intentaron llamar a varias puertas más, pero, aunque oyeron movimientos al otro lado de tres de ellas, nadie los abrió. Según la descripción que les había hecho Halli de los inquilinos, estos eran en su mayoría gente que lo estaba pasando mal o inmigrantes extranjeros que vivían con una mano delante y otra detrás, con empleos irregulares que se pagaban mal y en negro. Era de suponer que ninguno de ellos estaba esperando la visita de alguien a quien quisieran ver.

Karl probó a llamar una última vez a la habitación de Halli, y lo hizo con tanta violencia que las demás puertas del pasillo vibraron. No ocurrió nada. Probó con la manija, pero por supuesto estaba cerrada con llave. Se disponía a marcharse cuando reparó en el felpudo gastado. Una nube de polvo se expandió al levantarlo. Debajo había una llave.

—¿Vas a usarla? —Fue imposible determinar, a partir de su expresión, si Börkur estaba a favor o en contra de hacerlo—. ¿No sería un allanamiento de morada?

Karl se encogió de hombros.

—No vamos a allanar nada. Tenemos la llave. Solo voy a echar un vistazo dentro y a comprobar que no esté ahí tirado, herido o inconsciente.

—¿Inconsciente? ¿Por qué iba a estar herido o inconsciente? —Por primera vez, un destello de ansiedad atravesó el rostro de Börkur, quien solo había accedido a acompañar a Karl porque carecía de la iniciativa necesaria para negarse o para que se le ocurriera una sugerencia alternativa.

—¿Cómo voy a saber la manera en que podría haberse hecho daño? Solo quiero comprobarlo, para asegurarme.

La habitación contenía una cama, una encimera de cocina con una hornalla eléctrica y una alacena, un armario cojo y un escritorio demasiado grande para ese espacio. También había un baño diminuto con una ducha, un fregadero y un retrete.

Halli había invitado a Karl un par de veces, así que este estaba preparado para la mayoría de las cosas con que se encontró: la basura que cubría todas las superficies, los paquetes viejos de fideos instantáneos, las latas de Coca-Cola y los envoltorios de dulces que rodeaban la pequeña papelera después de que Halli los hubiera lanzado desde el otro extremo de la habitación sin acertar. El edredón arrugado que medio colgaba de la cama. Y, al lado de esta, numerosos pañuelos de papel hechos una bola y una revista pornográfica abierta. Karl apartó la mirada, dirigió la atención en su lugar al escritorio, en el que, en contraste con el resto de la estancia, no había casi nada. Sobre él solo se veía el ordenador de Halli, algunas latas de Coca-Cola y una bolsa de palomitas vacía. Al lado del ordenador había dos rectángulos limpios de polvo.

Börkur miró por encima del hombro de Karl. Lo que vio no pareció conmoverle.

—No está aquí.

—No, no está aquí. Y su transceptor tampoco.

—¿Cómo? —Börkur apartó a Karl para ver mejor—. Oye, pues tienes razón. Su equipo no está. —Retrocedió un paso—. ¿Es posible que se lo hayan robado? No me extrañaría nada de la gente que vive en este edificio.

Karl gruñó en silencio.

—Pues claro que no se lo han robado, o se habrían llevado el ordenador. —Aunque, al fijarse en él con más detenimiento, se dio cuenta de que no tenía por qué ser el caso. En lugar del ordenador caro de su última visita, allí había una máquina antiquísima que a duras penas dispondría de la memoria necesaria para ejecutar el juego más burdo. Era de suponer que esa porquería había sustituido al turboequipo que le había confiscado la policía—. Debió de vender el transceptor. Eso explicaría que haya podido permitirse un abrigo nuevo. Quizá lo hizo para poder comprarse también un ordenador. —Después de echarle un último vistazo a la habitación, Karl cerró la puerta.

Börkur le observaba boquiabierto.

—¿Por qué no nos lo contó? Nos dijo que el equipo estaba roto, ¿o no? Así que no pudo venderlo. El mío no funciona y sé que no sacaré nada por él a menos que lo repare antes, lo cual me costará un dinero.

Karl devolvió la llave a su lugar, debajo del felpudo.

—Nos mintió. La radio funcionaba. La vendió.

—¿Por qué? Si a nosotros no nos habría importado una mierda.

—Yo qué sé.

En realidad, Karl tenía sus sospechas. Una de las razones por las que Halli podía haber guardado silencio sobre el tema era que la desaparición de su equipo estuviera relacionada con el origen de la estación de números. ¿Había estado detrás de eso desde el principio? ¿Solo o compinchado con alguien más? Y, en ese caso, ¿con quién?

Börkur y él se dispusieron a salir del edificio sin

haber descubierto nada sobre lo que había sido de su amigo. En un último intento por explicar su desaparición, se quedaron mirando como estúpidos la bicicleta de Halli, sin la menor idea sobre el tipo de información que podría estar ocultándoles.

Al final, decepcionados, volvieron a salir al gélido abrazo del invierno.

En la cafetería, el ambiente era cálido y un aroma a canela impregnaba el aire. Se trataba de un destino popular entre los modernillos, aunque en ese momento todos parecían estar ocupados con otros asuntos. La mayoría de los clientes eran del tipo fuera de onda, así que Karl y Börkur encajaban a la perfección. Solo destacaba una persona: una joven glamurosa que se había acabado su café hacía un rato y que seguía sentada, hojeando revistas o mirando por la ventana. Karl adivinó a qué se debía: le habían dado plantón.

Después de visitar la habitación de Halli, Karl había pensado que lo más lógico era volver a casa, pero no soportó la idea de quedarse allí sentado, dolorosamente consciente del receptor de onda corta que le esperaba en el sótano. Este ejercía sobre él una atracción incómoda por su intensidad; a ratos tenía ganas de hacerlo pedazos y a ratos deseaba ocupar su lugar frente a él a la espera de que llegara el siguiente mensaje. No sabía cuál de esos dos impulsos era más poderoso, así que lo mejor era mantenerse alejado del aparato. La peor parte era la sospecha de que Halli estaba relacionado con las emisiones. Cuando uno tiene solo dos amigos, cabe esperar que le apoyen por mucho que hayan comenzado a distanciarse.

—No saben nada.

Después de un esfuerzo considerable, Börkur y él habían conseguido encontrar a los padres de Halli. Por desgracia, este tenía uno de los patronímicos más comunes del país: Jónsson. Pero habían recordado que vivían en el norte, en un pueblo llamado Dalvík, y eso había reducido de cinco mil a treinta y siete el número de hombres llamados Jón que podían ser su padre.

El tercer hombre con el que contactó había podido contarle a Karl lo que necesitaba basándose en la descripción de su amigo y en el hecho de que tenía una hermana con síndrome de Down.

Börkur tomó un sorbo de la taza, ridículamente grande, que le dejó un bigote blanco encima del labio superior.

—¿Cuándo fue la última vez que supieron de él?

—Su madre dice que hablaron por teléfono hace varios días. Le notó animado, así que no se preocupó. Al parecer, anteayer le mandó un mensaje de texto a su padre para decirle que se iba de vacaciones a un chalé con sus amigos, y que probablemente no podría ponerse en contacto con ellos hasta su regreso.

—¿Y cuándo pensaba regresar? —Börkur se relamió el bigote y mezcló la espuma con el resto del café.

Karl no se lo había preguntado y, al darse cuenta de esa omisión, tuvo ganas de fustigarse.

—¿Y eso qué más da? No se ha ido de vacaciones a ningún chalé. A ver, ¿qué amigos son esos con los que se supone que se ha ido? ¿Puedes darme el nombre de una sola amistad de Halli además de nosotros dos? ¿Acaso estamos de vacaciones en un chalé?

—Relájate, solo era una pregunta. —Börkur adoptó esa expresión engreída que no le sentaba nada bien—. Quizá esté con Thördur.

Karl no se molestó en señalar que Thördur tampoco había saludado a Börkur cuando se lo encontraron en el cine. Era impensable que su antiguo amigo hubiera cambiado de idea; que hubiera llamado a Halli y le hubiera invitado a irse al campo con él y su novia. Impensable. Pese a ello, Karl experimentó una creciente sensación de duda y envidia. ¿Y si era cierto? Podía entender que Thördur no hubiera querido cargar con Börkur, pero ¿qué había de él, de Karl? Si Halli había recuperado la amistad con Thördur y su novia, a Karl no le quedaría nadie más que Börkur. Y si invitaban también a este a unirse a su círculo, Karl pasaría a estar solo en el mundo. Deprimido, se puso a hacer girar la taza sobre el platillo.

—Halli no está de vacaciones en ningún chalé. Además, dudo que haya un solo chalé en el país que no disponga de cobertura de móvil.

Börkur se encogió de hombros.

—Tiene que haber alguna cabaña en mitad de ninguna parte que no disponga de cobertura. Quizá esté allí. Es que, si no, ¿dónde se supone que está? —De repente tuvo una idea—. Podríamos llamar a la policía.

—Dudo que sirva de algo. Sobre todo, por la forma en que reaccionaron cuando les llamé por lo de las emisiones de onda corta. Deben de pensar que soy un pirado. Si llamo de nuevo, tendrán la seguridad de que es así.

—Podría llamar yo. No saben nada de mí.

Karl le pasó el móvil. Como siempre, Börkur se había quedado sin saldo.

—Adelante. Uno, uno, dos.

Mientras Börkur llamaba, Karl se quedó mirando la taza, y después a los demás clientes de la cafetería. La mayor parte tenían la misma edad que Börkur y él, pero pocos parecían disfrutar de la compañía de sus amigos. Estaban enfrascados en sus móviles, solo prestaban atención a sus compañeros cuando daban con una imagen o un comentario especialmente guay o gracioso. Había que reconocérselo a Börkur: al menos casi nunca se encerraba en el teléfono, aunque tampoco hubiera tenido mucho sentido que lo hiciera porque siempre estaba sin saldo. Karl se había animado un poco y su humor casi volvía a ser el habitual cuando Börkur dio las gracias y colgó.

—Ha sido un desastre. —Le devolvió el móvil a Karl—. Creen que no soy la persona que ha de notificarlo. Seguro que sus padres habrían tenido más suerte. Pero, aunque llamaran ahora, al parecer ha pasado demasiado poco tiempo desde la desaparición para que hagan algo. Sería diferente si se tratase de un niño o tuviera algún tipo de enfermedad.

Karl reparó en el dolor que persistía dentro de su cabeza.

—Sus padres no van a llamar. Aún no. Es evidente que no tienen ni idea de lo improbable que resulta que le hayan invitado a unas vacaciones en una cabaña. No me he atrevido a contárselo a su madre. Si se están engañando a sí mismos con la idea de que su hijo tiene un montón de amigos aquí, en Reikiavik, no seré yo quien los desilusione.

—Quizá le hayan invitado unos familiares. O unos viejos amigos del norte. Podría tener amigos allí de los que no hayamos oído hablar.

Karl hubo de admitir que era una posibilidad. Halli tenía una vida más allá de su pequeño círculo. El hecho de que él no contara casi con ningún primo de su edad no implicaba que en otras familias pasara lo mismo. Y lo de los viejos amigos de Dalvík también le pareció una buena observación. Era una lástima que

Börkur no hubiera pensado en ello antes de que Karl llamara a los padres de Halli, porque podría haber animado a su madre a que le dijera el nombre de esos amigos para hablar él mismo con ellos. Consideró la posibilidad de llamar otra vez, pero decidió que era mala idea. Si Halli no daba señales de vida, tendría que telefonear de nuevo a sus padres para instarlos a que se pusieran en contacto con la policía, así que era esencial no transmitirles la impresión de que era un tío raro o un paranoico. Debía aceptar que, de momento, ni él ni Börkur podían hacer más.

Lo único que le quedaba era volver a casa, sentarse delante del receptor de onda corta y esperar a la siguiente emisión. Sospechaba cada vez más que, ahora que disponía de la clave del código, los mensajes iban a volverse más oscuros. En vez de celebrar su ingenio con un paseo triunfal, haber descubierto por accidente la solución no había hecho más que acrecentar su angustia. Le había obligado a reconocer que los mensajes estaban destinados a él. Primero, su número de DNI; luego, la relación con la química, su tema. Aunque no podía estar completamente seguro, dudaba que hubiera reparado en ello si se hubiese saltado la clase de esa mañana. Había cantado «¡eureka!» gracias a la diapositiva sobre el elemento químico del erbio. El erbio, con número atómico 68 y el símbolo Er.

Después de caer en ello, no le había costado demasiado leer el mensaje del día. Solo había tenido que encontrar el símbolo químico de la tabla periódica que correspondía a cada número atómico.

«89–6 · 16, 89–6, 5, 68 · 110–16, 8, 7, 110–16, 99–16 · 99, 73 · 1, 13, 3»

«Ac–C · S, A, B, Er · Ds–S, O, N, Ds–S, Es–S · Es, Ta · H, Al, Li... A saber dónde está Halli»

Las emisiones anteriores también se podían descifrar convirtiéndolas en símbolos químicos, y eso hizo que se desvaneciera cualquier duda que le quedara sobre el hecho de que había dado con la clave.

«57 · 23, 99 – 16, 7, 31, 7, 30 – 7, 33 – 16 · 99 · 110 – 16, 92, 17 al revés, 99 – 16: La · V, Es – S, N, Ga, N, Zn – N, As – S · Es · Ds – S, U, Cl al revés, Es – S... La venganza es dulce»

«19, 99 – 16 · 52 · 110 – 16, 99 – 16, 7: K, Es – S · Te · Ds – S, Es – S, N... Que te den»

«25 – 7, 99 – 16 · 1, 33 · 35 – 5, 8, 56, 110 – 16, 8: Mn – N, Es – S · H, As · Br – B, O, Ba, Ds – S, O... Me has robado»

Pero ese conocimiento... ¿había mejorado su situación en algo? Los mensajes no tenían sentido. ¿Qué había robado? Nada. Solo había una cosa por la que nunca en su vida había pagado: las descargas ilegales. Y era inconcebible que alguien se hubiera tomado todas esas molestias por unas descargas. A la vez, Halli tenía que estar metido en el tema de alguna manera. ¿Podían ser las emisiones una venganza por su detención? ¿Se le había metido en la cabeza que Karl le había delatado? Nada más alejado de la verdad, él no había tenido la menor relación con ese asunto.

¿Y no era preferible escuchar una ristra incomprensible de números antes que un mensaje que entendía pero que prefería no oír? ¿Qué cabía esperar a continuación? Por un lado, se moría de ganas de averiguarlo; por el otro, estaba desesperado porque las emisiones llegaran a su fin. Por supuesto, esa segunda opción se encontraba a su alcance: si no quería escucharlas, no tenía más que apagar la radio. Y no lo había hecho, aunque una parte de su ser así lo deseara.

Karl se levantó. No podía quedarse allí para siempre. Al final tendría que volver a casa, así que más le valía ponerse en marcha.

—Vamos. Me voy a casa a escuchar la radio. Quiero saber si hay algún mensaje nuevo. —Le sorprendió lo confiado que sonó su tono de voz. No era más que un farol.

30

La pizza se había fusionado con el cartón de la caja. Karl intentó pellizcar el queso derretido que se había adherido a la base, pero lo único que consiguió fue que los dedos le quedaran grasientos y que además le apestaran a pepperoni. La porción se negó a ceder sin llevarse un trozo de cartón con ella. Frustrado, Karl observó a Börkur engullir un trozo, masticarlo y escupir trocitos de caja antes de tragar. Karl se rindió en su intento por liberar la porción; ya se le había quitado el hambre y a partir de ahí todo era gula. En su lugar, se acabó la Coca-Cola y se dedicó a aplastar la lata contra el borde de la mesa.

Habían pedido la pizza cuando el hambre comenzó a hacer mella y se hartaron de esperar en el sótano a que la estación de números cobrara vida. El aparato guardaba un silencio obstinado. Quizá la Administración de Correos y Telecomunicaciones había rastreado la emisión y la había clausurado. Karl dudaba mucho que su responsable hubiera solicitado una licencia, pero el carácter esporádico de las emisiones y su corta duración habrían dificultado que la localizaran. A menos que se hubieran iniciado mucho antes de que él comenzara a escucharlas. Fuera por el motivo que fuese, Karl se sintió aliviado, aunque pese a todo una parte de sí las echara de menos. Solo un poco. No era tanto una ausencia como una sensación de vacío vital en un momento en que esa extraña aventura parecía estar llegando a su final. Cuando así fuera, él volvería a ser una persona común y corriente, aburrida, que no le importaba a nadie. Por inquietantes que hubieran sido las emisiones, al menos habían hecho que se sintiera importante en un sentido, habían prestado a su existencia un propósito que parecía estar evaporándose..., si en efecto la estación había callado para siempre.

Börkur dio otro bocado y comenzó a masticarlo; de repente, farfulló como si hubiera alcanzado una revelación:

—¡Eh!

Karl se enfrentó a una visión, la de un trozo de pizza a medio masticar, de la que felizmente podría haber prescindido.

—Te he traído el móvil.

Börkur se puso en pie, se limpió la grasa de los dedos en los pantalones y salió disparado hacia el vestíbulo. Volvió a aparecer con aspecto triunfal, el teléfono en la mano; lo estrelló contra la mesa y cogió otra porción sin que le molestara el cartón que la acompañaba.

Karl hizo girar el móvil en la mano. La tarde en que Börkur lo encontró en el coche apenas le había echado un vistazo, pero bajo la luz brillante de la cocina no le pareció más familiar. La carcasa de color rosa, cubierta de cristales, demostraba sin ninguna duda que era de una mujer o una chica.

—No es de los baratos.

—Y tanto que no. —Lleno al fin, Börkur se recostó con expresión satisfecha. La salsa de tomate que había en las comisuras de su boca tenía un perturbador parecido con la sangre, como si hubiera mordido sin darse cuenta un trozo de cristal—. Quizá sea de una zorra rica que se ha comprado uno nuevo porque no le ha dado la gana buscar el antiguo. Sería típico.

Börkur tenía una actitud peculiar hacia los ricos; Karl sospechaba que la había heredado de sus padres. En las raras ocasiones en que la gente de dinero hacía acto de presencia en sus conversaciones, solía soltar opiniones como esa, que poco y nada tenían que ver con la cuestión. Por norma general, Karl no se molestaba en llevarle la contraria; al fin y al cabo, tampoco sentía la necesidad de defender a quienes estaban mejor que él.

—Sí, es posible, aunque me imagino que le hará gracia que se lo devuelvan. Aquí dentro tiene que haber todo tipo de cosas que no se pueden reemplazar. Fotos y demás.

Börkur resopló, para acto seguido fruncir el ceño y frotarse la nariz.

—Aquí huele mal, ¿no? ¿Como a quemado?

Karl olisqueó.

—No. —Lo hizo de nuevo—. Espera, tienes razón. Argh. ¿Huele a quemado o a pis? Tiene que venir de fuera. —Cerró la ventana de la cocina—. Mierda, un gato debe de haber regado la pared o algo. Qué asco. —Encendió el móvil y la pantalla se iluminó—. Me pide un PIN. —Pues claro que sí.

—Prueba con uno, dos, tres, cuatro.

Karl lo hizo, suponiendo que nadie sería lo bastante idiota para usar una combinación tan evidente.

—No funciona. —Probó varias combinaciones más sin éxito—. Es inútil. —Lo dejó encima de la mesa—. Le sacaré una foto y la subiré a Facebook. Si nadie lo reconoce, se lo llevaré a la policía.

Tenía treinta y tres amigos en esa red social; la mayoría de ellos, otros alumnos de Química que habían creado un grupo en el que compartir notas y deberes, y esa era la razón por la que se había hecho un perfil. Solo el tiempo le diría si iba a encontrar nuevas amistades, pero había muy pocas posibilidades de que alguna de esas treinta y tres personas fuera capaz de solucionar el misterio del móvil.

Tendría que encontrar a alguna de las amigas de su madre en Facebook y mandarle la foto para que la compartiera. La idea no le entusiasmaba, ya que sin duda iba a provocar un aluvión de preguntas sobre qué tal le iban las cosas. Aun así, podría dedicar unos minutos a inventar respuestas que ofrecieran una imagen de su vida más halagüeña de como era en realidad. No podría soportar su falsa preocupación. En las raras ocasiones en que se había topado con una de ellas, se dio cuenta de que se morían por salir corriendo a llamar a las demás para cotillear sobre el aspecto pachucho y desdichado del pobre Karl.

De repente le sonó el móvil. Karl miró la pantalla, temiendo que se tratara de una llamada de Arnar, pero con la esperanza de que fuera Halli. El número que destellaba en ella no pertenecía a ninguno de los dos.

—¿Hola?

—Buenas tardes. ¿Con quién hablo, por favor?

Karl no reconoció la voz.

—Soy Karl. ¿Se ha equivocado de número?

—No. Me llamo Ríkhardur, y le telefoneo de la policía. Entiendo que nos llamó usted en relación con la investigación de asesinato que estamos llevando a cabo.

—Sí, así es. —Karl articuló la palabra «policía» y Börkur pareció caer en la cuenta, aunque a saber: era famoso por la lentitud de su capacidad de respuesta—. ¿Quiere que venga a prestar declaración?

—No, no será necesario. Comencemos por establecer lo que usted cree que deberíamos saber —dijo el hombre con un tono extrañamente robótico, que hizo recordar a Karl al de los lectores de las estaciones de números. Cada sílaba recibía el mismo peso. Si ese hombre dejaba algún día la policía, podría conseguir trabajo como reloj parlante—. Entiendo que la radio le ha estado hablando. —Su voz no reveló ningún indicio de desdén o incredulidad. Era la ventaja de esa forma de hablar tan seca. La primera vez que Karl se puso en contacto con la policía, la persona que le atendió tuvo problemas para reprimir la risa.

—¿Por dónde quiere que comience? —Karl intentó ordenar los hechos en un relato coherente dentro de la cabeza, pero no le sirvió de nada. No necesitó verbalizarlos para darse cuenta de lo absurdos que sonaban.

—Por el principio, si quiere.

—Bien. Poseo un receptor de radio de onda corta y me encontré con una estación de números islandesa.

—¿Una estación de números?

—Una estación que emite series de números. En código. Para espías y contrabandistas, sobre todo.

—Ya veo. Alguien le está espiando, ¿eh?

—No. A mí no. Se pueden emitir de un continente a otro. Son de origen extranjero. No tienen nada que ver conmigo.

—¿No me ha dicho que estaban en islandés?

—Sí. Esta sí, y es muy poco habitual. Allí les escuché leer el número de DNI de la mujer que según las noticias fue asesinada la semana pasada. Y el mío también. Por eso lo comprendí todo.

—Entonces, la estación islandesa le está espiando.

—No. —Karl hizo una pausa y se esforzó por conservar la paciencia. Si perdía la cabeza, el hombre dejaría de estar interesado y cortaría la llamada. La conversación ya iba bastante mal de por sí—. Nadie está espiando a nadie.

—Entonces, ¿de qué sirve tener una estación espía?

Karl respiró hondo.

—Mire, no estoy loco. Es un método para comunicar mensajes y que no se puedan rastrear. Es más seguro que las llamadas telefónicas o los correos electrónicos.

—¿Le he entendido correctamente si digo que habla usted de una emisión por radio?

—No solo una. Las hay a montones. En onda corta.

—¿De qué manera son las emisiones radiofónicas más seguras que las llamadas por teléfono? Sin duda, cualquiera podrá escucharlas. ¿O es usted el único que las oye?

El hombre no dejaba de intentar acorralarle.

—No, por supuesto que no soy el único que las oye. Cualquier persona con un receptor de onda corta puede sintonizarlas. Lo que las vuelve seguras es el hecho de que las emisiones son ininteligibles. —Karl no necesitó de la expresión horrorizada de Börkur para darse cuenta de que estaba metiendo la pata hasta el fondo. A menos que la mueca de su amigo fuera una reacción al desagradable olor que seguía flotando en la cocina, pese a que había cerrado la ventana—. Le digo que oí que leían el número de DNI de esa mujer, Elísa Bjarnadóttir; luego el mío, y a continuación el de una mujer llamada Ástrós. No recuerdo su patronímico, pero podría buscarlo. —No mencionó a Jóhanna Hákonardóttir, porque esa información le pertenecía solo a él. Si la policía comenzaba a investigar su relación con el caso, corría el riesgo de que la información llegara hasta Arnar. No podía permitir de ninguna manera que pasara eso. Karl incluso había tomado la precaución de romper el documento con su nombre y tirar los trozos en una papelera del campus universitario. Junto con la partida de nacimiento. No los necesitaba para recordar los nombres. Por absurdo que fuera, quería asegurarse de que Arnar no encontrara nada si se presentaba allí de repente. Su hermano era perfectamente capaz de subirse a un avión y plantarse en Islandia para peinar el vertedero en busca de los documentos que Karl había tirado allí.

—¿Ástrós? —Al fin, la voz al otro lado de la línea reveló un rastro de interés. En segundo plano, Karl oyó un aumento del ruido de fondo y voces emocionadas, como si en la comisaría estuviera pasando algo. El hombre hizo una pausa y le pidió que esperara un momento. El ruido desapareció. Karl cerró los ojos y echó la cabeza hacia atrás. No debería haber llamado nunca a la poli. Hubiera hecho falta una persona mucho más inteligente que él para explicar la situación de manera que los llevara a tomársela en serio. Quizá debería haber contratado a un agente de relaciones públicas. El hombre volvió a ponerse al teléfono—. ¿Dónde está usted, Karl?

—¿Dónde? Pues en casa.

El hombre le leyó su dirección y le preguntó si la información era correcta. Karl dijo que sí y oyó que su interlocutor volvía a tapar el auricular.

—¿Pasa algo?

El hombre quitó la mano y siguió un crujido y una respiración acelerada.

—No, en absoluto. Continúe. Me estaba hablando de los números de DNI.

—No son solo números de DNI, sino mensajes, en un código que he conseguido resolver. —No pudo evitar que un dejo de orgullo tiñera su voz. No había mucha gente que pudiera presumir de haber resuelto un rompecabezas como ese.

No obstante, la sensación de placer fue efímera. Cuando volvió a hablar, el agente de policía usó un tono condescendiente, como si estuviera dirigiéndose a un niño.

—Se le da bien, ¿verdad? Resolver acertijos, digo.

Consciente de que la estaba liando por completo, Karl comenzó a sentir una oleada de pánico. Tampoco es que hubiera llegado a tener la delantera en ningún momento de la conversación.

—No, no se me da bien. Fue una coincidencia. Estoy estudiando Química y lo solucioné por eso. Estaba en la tabla periódica.

—De acuerdo, lo entiendo. Usó la química para descifrar el código. Muy inteligente por su parte.

—No se cree ni una palabra de lo que le estoy diciendo, ¿verdad?

—Lo que yo crea es irrelevante. Mi trabajo consiste en anotar lo que me diga e intentar comprenderlo. No hay prisa, tómese su tiempo y, si cree que le malinterpreto, me lo dice.

Karl se enderezó y se frotó los ojos. Se le ocurrió que podía decirle al hombre que todo había sido un inmenso error. O una broma. ¿Haría eso que le borraran de sus registros o le procesarían por obstruir una investigación de asesinato? Podría compartir celda con Halli cuando le condenaran. La pizza le había sentado como un tiro y su nariz no podía escapar a la pestilencia que llegaba de fuera.

—Estoy intentando explicarle cómo sucedió. —Abrió los ojos y miró a Börkur—. En cualquier caso, no fui el único que lo oyó. Mi amigo estuvo a mi lado en dos ocasiones. Él le podrá confirmar lo que pasó en realidad.

Al fin parecía haber contrariado al policía, que esa vez tardó un poco más en contestar.

—Comprendo. ¿Puedo preguntarles si estaban bajo los efectos de las drogas o del alcohol cuando sucedió eso?

—No, para nada. —No pensaba admitir de ninguna de las maneras que habían compartido un porro. Eso no tenía nada que ver con el asunto; había escuchado las emisiones muchas veces con la cabeza despejada. Pero Börkur no. Su ansiedad volvió a intensificarse. Si le interrogaban, ¿contaría Börkur la verdad? No era una idea alentadora. Börkur comenzaría bien, pero las preguntas no tardarían en hacer que se desmoronara. Pero ¿acaso interrogaban a los testigos normales y corrientes? Seguro que no. Tampoco era que alguno de los dos fuese sospechoso de haber cometido un delito. Se corrigió a sí mismo. Börkur no sería sospechoso, solo él—. ¿Quiere que vengamos a la comisaría? ¿Los dos? Será más sencillo de explicar cara a cara.

—No, eso no será necesario en esta fase. Limítese a seguir con su explicación y entonces podremos decidir la manera en que procedemos. No me corresponde a mí invitarle a mantener una entrevista. Otros tomarán esa decisión si lo consideran necesario.

La conversación prosiguió por los mismos fueros, con Karl explicándose y el hombre poniendo en duda cada frase. Karl comenzó a tener la desconcertante sensación de que el tipo alargaba deliberadamente la llamada, como si le hubieran ordenado que hablara con él durante un determinado periodo de tiempo. Pero ¿para qué? Quizá estuvieran usándola a efectos formativos, pero el hombre tenía una voz demasiado autoritaria para ser un nuevo recluta.

En el momento en que llamaron al timbre, el móvil había comenzado a pitar para advertirle de que se estaba quedando sin batería.

—Tengo que irme. Mi teléfono está casi muerto y hay alguien en la puerta. Creo que ya no tengo nada que contarles.

—Oh, eso ya lo veremos.

Karl se vio desconcertado por el súbito dejo burlón en esa voz por lo demás carente de emociones. Pero, antes de que pudiera contestar, el hombre le había colgado.

—Dios, ha sido...

Dejó a Börkur buscando la palabra adecuada y se dirigió hacia la puerta. No llegó a tener la oportunidad de oír lo que su amigo iba a decirle. Los hombres que había fuera le plantaron ante las narices una especie de identificación que no pudo leer.

—Karl Pétursson, queda arrestado bajo la sospecha de estar relacionado con los asesinatos de Elísa Bjarnadóttir y Ástrós Einarsdóttir...

—¿Cómo?

Karl retrocedió tambaleándose y los hombres irrumpieron sosteniendo sus placas de identificación en alto como si fueran curas católicos esgrimiendo sus crucifijos contra un poseído. Eso no podía estar pasando.

Para colmo, había comenzado a dolerle la cabeza de manera atroz.

31

Jueves

La atmósfera en la comisaría parecía propia de una serie norteamericana de policías; para completar el cuadro solo faltaban un par de prostitutas esposadas.

Incapaces de contener la euforia, los miembros del equipo de investigación estaban sentados sobre los escritorios de sus colegas con tazas de café en la mano, intercambiando ruidosas historias sobre el papel que había desempeñado cada uno de ellos en la resolución del caso. Algunas de esas afirmaciones eran ciertas, mientras que otras eran exageraciones o mentiras descaradas. La gente se daba palmadas amistosas en el hombro, soltaba carcajadas y engullía el café como si fuera cerveza.

Huldar evaluó la escena, preguntándose si ese ambiente de celebración se repetiría en otros lugares de trabajo cuando un proyecto importante se completaba con éxito. Era probable, aunque en realidad las situaciones no fueran comparables. En las oficinas convencionales, los empleados podían prestarse a un júbilo desenfrenado, felizmente conscientes de que tenían el futuro y el salario asegurados, y de que habían dejado atrás la parte más dura del trabajo. Pero, en una investigación de asesinato, la captura del culpable no enderezaba lo que se había torcido. Mientras que el asunto iba a desvanecerse poco a poco de la memoria de los miembros del equipo de investigación, de los testigos y abogados, la vida ya nunca volvería a ser igual para los parientes de la víctima o la familia del culpable, y mucho menos para este último. Huldar no sentía el menor deseo de sumarse al regocijo general.

Vio que Ríkhardur y Erla hablaban con un joven que había participado en la búsqueda de la zona aledaña al edificio de Freyja. Los dos sonreían. Llevaba mucho tiempo sin ver a su compañero feliz de una manera tan genuina. Esperó que no se debiera solo al resultado de la investigación, sino que fuera una señal de que también estaba comenzando a aceptar su divorcio y de que sería capaz de pasar página y seguir adelante. Pero Huldar fue consciente de estar pecando de optimista; el tipo tan solo estaba disfrutando del momento. Al fin y al cabo, era el héroe del día.

Mientras Huldar y los demás daban palos de ciego en las calles y jardines de Grandi, el caso había experimentado un vuelco. Alguien había encendido el móvil de Elísa y habían logrado rastrearlo. Ríkhardur, al oír la conversación que tenía lugar en segundo plano, se había dado cuenta de que esa localización coincidía con la dirección del hombre al que tenía al teléfono. Tan eficiente como siempre, ya había anotado los datos de su interlocutor. Cuando el hombre mencionó el nombre de Ástrós, que aún no se había comunicado a la prensa, y le habló además de un código secreto, Ríkhardur ató cabos y acertó a mantenerlo al teléfono mientras alertaba a sus colegas. El sospechoso seguía parado con el móvil en la mano cuando los agentes encargados del arresto llamaron a la puerta.

El chicle había perdido toda la nicotina. Huldar lo escupió en una papelera de color verde. Un grumo más o menos difícilmente haría descarrilar el proceso de reciclaje. Se acercó a Ríkhardur y a Erla; era esencial que demostrara al equipo que no estaba resentido o decepcionado porque el honor de resolver el caso no hubiera recaído en él.

Aunque le habían informado de inmediato de que se había rastreado el móvil de Elísa, Huldar llegó a la escena después de que se detuviera a Karl Pétursson. En ese momento, el sospechoso estaba sentado boquiabierto en la parte de atrás de un coche patrulla, y su amigo Börkur Thórdarson, en otro. Su primera tarea había consistido en ordenar a los agentes que movieran uno de los coches para que los dos hombres no pudieran comunicarse por signos a través de las ventanillas. Al final, sus declaraciones fueron tan inconsistentes que quedó claro que no se habían puesto de acuerdo para ofrecer una misma historia. En ese momento, Huldar se puso al mando, descubrió el cuerpo mutilado en el cobertizo y organizó un registro sistemático de la propiedad que se había alargado hasta la madrugada.

En contraste con el cuidado y la meticulosidad con que había borrado sus huellas en los asesinatos de Elísa y Ástrós, Karl había acumulado un montón de pruebas incriminatorias en su casa, que parecían eliminar cualquier duda acerca de su culpabilidad. Había sido extraordinario encontrar ese auténtico tesoro de pruebas irrefutables; tan extraordinario, de hecho, que Huldar no las tenía todas consigo. Se recordó a sí mismo que el joven estaba en pleno proceso de vaciar la casa de ese material inculpatorio; ya se había deshecho de muchos de sus muebles, aunque no estaba claro por qué había pensado que era necesario hacerlo, en especial si se tenía en cuenta todo lo que no había llegado a tirar. Quizá fuera uno de esos asesinos que disfrutaban quedándose con trofeos de sus víctimas. Los motivos sin duda quedarían aclarados cuando tanto Karl como su amigo Börkur fueran interrogados.

Los habían dejado toda la noche en sus celdas y Huldar había comenzado la mañana echándoles un vistazo.

Karl estaba sentado con el cuerpo rígido, mirando la puerta, en un estado tal de conmoción que ni se puso en pie ni mostró ninguna otra reacción cuando sus miradas se cruzaron a través de la ventanilla. Se sujetaba la cabeza como si estuviera sufriendo de manera atroz y su cerebro se encontrara a punto de explotar.

Su amigo Börkur estaba echado, al parecer dormido.

Huldar decidió que, en cuanto tuviera la oportunidad, iba a preguntarle a Freyja cuál de esos dos comportamientos era más indicativo de una conciencia limpia. Eso le proporcionaría la excusa que necesitaba para llamarla, aunque en realidad no le hacía falta que nadie le dijera que era el segundo quien de manera más obvia demostraba la calma propia de los inocentes.

—Bueno, ¿habéis dormido bien? —Huldar mismo solo había logrado descansar tres horas. Se había quedado frito en cuanto había puesto la cabeza sobre la almohada y no había soñado nada. No había sido suficiente para hacer mella en el agotamiento acumulado de la última semana, pero pese a todo se sentía renovado.

—Vaya que sí. —Erla se volvió hacia él—. ¿Alguna noticia más? ¿Qué ha revelado el registro de la propiedad?

—¿Qué no ha revelado? Hemos encontrado el móvil, una pulsera que se ha identificado como perteneciente a Ástrós, ensayos de los mensajes cifrados, restos de los periódicos de los que recortó las letras, unas bragas de Elísa, un casco negro de moto, un par de guantes con los que creemos que se cometieron ambos asesinatos y varios rollos de cinta americana. Sin usar. Lo cual podría indicar que estaba planeando nuevos ataques.

La cinta, el casco y los guantes habían aparecido junto al cuerpo, en el cobertizo. Los periódicos estaban en la papelera, aunque esta parecía haberse vaciado después de que se encontraran las notas en las casas de las víctimas. Eso era un poco extraño, pues cabría haber esperado que el sospechoso se deshiciera de esos periódicos incriminatorios lo antes posible. Pero ¿qué representaba un comportamiento normal y racional para un hombre así? La pulsera y las páginas con los ensayos de los mensajes se habían encontrado en el sótano, y las bragas en el dormitorio, junto a un rollo de papel de cocina con varias hojas usadas. Era evidente que el sospechoso se había masturbado con ellas. Así que al final parecía que los asesinatos habían tenido una motivación sexual. De una perversión repugnante.

—¿Qué hay del cuerpo en el cobertizo? —Erla hizo una mueca—. ¿Es cierto que lo asesinaron con un soldador?

Las tres horas de sueño no habían conferido a Huldar la energía necesaria para extenderse en esos detalles tan espantosos. Aún tenía un mal regusto en la boca debido al hedor a orina, excrementos y cerebro frito con el que se habían encontrado. El olor había sido patente antes incluso de abrir la puerta, pero, al entrar, se volvió casi insoportable.

—Sí, es cierto. —Se limitó a decir, dejando a las claras que no tenía nada que añadir a ese tema.

—¿Sabemos por qué coño mató a ese tipo? ¿Y a las dos mujeres?

Huldar hubiera jurado que Erla le dirigía una mirada insinuante a Ríkhardur. Todo eso tenía un aspecto de lo más prometedor, pero hizo un esfuerzo por no mostrar una sonrisa demasiado amplia. Debía cuidarse de no actuar como un idiota; sonreír era una reacción muy inapropiada para el tema que estaban comentando.

—No. Con suerte, las entrevistas de hoy arrojarán algo de luz al respecto. Pensaba pedirte que me acompañaras, Ríkhardur.

La sonrisa del hombre se volvió más amplia; era evidente que le importaba un pimiento que le tomaran por loco. Volvía a parecer el de siempre: impecable, ni un pelo fuera de sitio, las rayas de los pantalones hechas a la perfección. Con esa sonrisa podría haber pasado por un maniquí del escaparate de una tienda de moda.

—Cuenta conmigo. ¿A qué hora?

—En cuanto aparezca el abogado.

La tarde anterior, antes de que lo metieran en la celda, Karl había escogido a un letrado de la lista que le pusieron delante de la nariz. No hizo preguntas, se limitó a señalar un nombre al azar. Había vomitado cuando se lo llevaron. Le preguntaron si había tomado alguna droga, negó haberlo hecho con un graznido y se señaló la cabeza. Había vomitado de nuevo dentro de la celda cuando le tomaron una muestra de sangre. Se señaló la cabeza de nuevo. La enfermera se encogió de hombros y dijo que tanto su temperatura como su presión arterial eran normales, que con toda probabilidad sería cosa del estrés.

—¿Ha escogido a uno bueno? —Por una vez, Erla no parecía agraviada por el hecho de que hubiera preferido a Ríkhardur. Se lo había ganado, así que no había motivos para el resentimiento.

—Sí, por si le sirve de algo. Aunque, sinceramente,

sus problemas son tan insalvables que da un poco igual quién le represente.

Huldar le dijo aRíkhardur que le daría un toque cuando fuera hora de bajar al piso inferior y volvió a su despacho. Esa breve charla tendría que servir para demostrar al resto del equipo que no había mala sangre por su parte.

Antes de comenzar a interrogar a Karl tenía que hacer dos llamadas: una a Freyja y la otra a Karlotta. Esta última iba a ser difícil, pero, si pretendía pasar página, tal y como Ríkhardur parecía estar haciendo, tenía que quitarse la tarea de encima. Para no volver la vista atrás. Había aprendido la lección. Sin importar lo borracho que estuviera, nunca más iba a tontear con una mujer casada, menos que menos la esposa de un compañero de trabajo.

Su vieja silla le recibió con un abrazo cálido; se la había traído consigo cuando el ascenso le llevó a abandonar la planta abierta de la comisaría. Los demás muebles eran menos familiares: el escritorio, el ordenador nuevo y las paredes desnudas, en las que aún no se había atrevido a colgar cuadros, por si acaso metía la pata con la investigación. Ese era el momento ideal para imponerle su personalidad al lugar, ya que era poco probable que le dieran la patada. Lástima que no supiera qué colgar: ¿un póster de heavy metal, quizá?

Freyja contestó al tercer timbrazo. Su actitud fue mucho más amistosa que la de la tarde-noche anterior, cuando él había llamado a su puerta para despedirse e informarla de que habían detenido a alguien. Le pidió que se quedara con Margrét esa noche, hasta que las cosas estuvieran más claras. No había tiempo para organizar un plan alternativo. La policía seguiría buscando al hombre que Margrét creía haber visto, pero Huldar tenía que irse. Parecía bastante improbable que el tipo del jardín estuviera relacionado con los asesinatos, pero por si acaso iba a dejar a dos agentes de guardia delante del edificio.

Ella se despidió en la puerta con una sonrisa fija, asintiendo con la cabeza sin parar, como uno de esos estúpidos perros que la gente se pone en el salpicadero. Al principio, él pensó que escondía algo a su espalda, pero entonces vio el bloque suelto de parqué y se dio cuenta de lo que pasaba. Era evidente que había intentado repararlo ella misma, para evitar que él intentara meterle mano si cumplía con la amenaza de pasar allí la noche. Debía de estar escondiendo el martillo con su cuerpo. Aunque no quisiera que la ayudara, estaba claro que le hubiera ido bien: el bloque de parqué parecía más suelto que antes.

—Solo quería que supieras que vendrán a buscar a Margrét. Te has librado.

—¿Han cogido al asesino?

—Eso parece.

—¿Se lo puedo contar a la niña?

—No, yo esperaría un poco. Aún tenemos que interrogar al sospechoso y es mejor que no, por si resulta ser inocente.

—¿No ha confesado?

—No. Aún no le hemos entrevistado. Pero hay tantas pruebas en su contra que se trata casi de una formalidad. —Huldar tiró del ratón para despertar el monitor—. ¿Te puedo pedir un favor?

—Depende.

—¿Puedes entrar en Facebook y abrir la página de Arnar Pétursson?

—¿Quién es?

—El hermano del sospechoso. —Huldar abrió la

página también—. Prueba a mostrarle una de sus fotos a Margrét, por si le resulta familiar. —Freyja no dijo nada, de modo que prosiguió—: Asumiré la responsabilidad si eso la confunde, pero su testimonio ya no es tan importante como antes. Tenemos un montón de pruebas, así que es posible que podamos ahorrarle la necesidad de testificar. También tenemos buenas grabaciones con ella. Si identifica al hombre, será menos probable que la defensa quiera arrastrarla al banquillo de los testigos. Querrán tenerla lo más lejos posible.

—Vale. Quedará sobre tu conciencia, aunque dudo que sea negativo para Margrét.

Mientras Freyja iba a por la niña, Huldar buscó una foto de Karl. Los álbumes que había examinado la noche anterior en su página de Facebook estaban vacíos. Su foto de perfil era un personaje de dibujos animados con auriculares y un micrófono, así que no serviría de mucho. La página de su hermano no proporcionaba mucha más información, pero al menos había algunas fotos, sobre todo de su esposa y él. Y en una de ellas aparecían los dos flanqueando a la mujer de Arnar. Se encontraba en el álbum titulado «Islandia verano 2014», así que debía de ser adecuada por reciente. En ella, Karl era la viva estampa de la pena. Huldar sacudió la cabeza. Su hermano y su cuñada no parecían mucho más animados. Había algo perturbadoramente familiar en Arnar, pero no lograba recordar dónde le había visto antes.

—Ya he vuelto. —El traqueteo de un teclado—. ¿Qué foto quieres que miremos?

Huldar se la describió y prestó atención a lo que sucedía entre Freyja y Margrét. La mujer se dirigió con suavidad a la niña, le dijo que quería enseñarle una foto de un hombre que quizá fuera el mismo a quien Margrét había visto en el jardín, pero que eso no significaba necesariamente que se tratara de la persona que le había hecho daño a su madre. Freyja dejó de hablar y se oyó el clic de un ratón. Huldar se pegó el auricular a la oreja. Durante un rato largo no oyó nada, pero Margrét acabó rompiendo el silencio:

—No lo sé. Creo que es él. Es él. Creo. Se parece mucho. Aunque no lleva la capucha puesta.

Entonces Freyja se puso al auricular, le dio las gracias a la niña y le dijo que podía ir a la cocina a coger unas galletas.

—Gracias. No ha sido tan definitivo como esperaba, pero de momento servirá.

—Bueno, tampoco es que se sentara a cenar con él. Vio al hombre por la ventana, casi siempre por la tarde o de noche.

—Lo sé. Ha ido bien. Muchas gracias.

—¿Quién es ese hombre?

—Apenas es un muchacho. Estudia en la universidad.

—¿Por qué lo hizo?

—No lo sabemos. Aún.

Huldar tuvo la sensación de que quedaba algo por decir, pero no se le ocurrió qué podía ser. Freyja no añadió nada, así que le dijo que la llamaría más tarde y colgó. No había podido identificar en su respuesta lo que pensaba ella al respecto.

No tuvo problema para seleccionar el número de Karlotta en su lista de contactos, pero le costó mucho más apretar el botón de llamada. Con el dedo en el aire, miró a través de la pared de vidrio de su despacho a Ríkhardur, que seguía hablando con Erla y con el detective joven. Dos personas más se habían unido al grupo. Era evidente que todos querían conocer la historia de primera mano. ¿Qué iba a hacer si su compañero se separaba del resto e irrumpía en el despacho en mitad de la llamada? ¿Colgar? Por supuesto. Tendría tiempo de despedirse y colgar. Karlotta entendería mejor que nadie que no quisiera hablar con ella delante de las narices de su inminente exmarido.

Respiró hondo y apretó el botón. Si no la llamaba en ese momento, tendría que esperar al día siguiente. Ya eran casi las nueve de la mañana y quería hablar con ella antes de que estuviera demasiado ocupada, pero también en un momento en que no dispusiera de demasiado tiempo para charlar. Le pensaba dar seis timbrazos, y entonces colgaría.

Karlotta contestó casi de inmediato. De fondo oyó actividad y gente que hablaba, tal y como había planeado.

—Hola, Karlotta. Soy Huldar.

—Oh..., espera un minuto. Me voy a otro sitio. —Oyó un sonido de pasos, el clic-clic-clic inevitable de sus tacones altos. Entonces se cerró una puerta y ella habló de nuevo—: Perdona. Y gracias por devolverme la llamada. No quería tener esta conversación rodeada de gente.

—No. Yo también estoy solo. —Estaba mirando con fijeza a Ríkhardur, que no daba señales de que fuera a moverse de sitio—. No sé cuánto tiempo me dejarán en paz, así que será mejor que nos demos prisa.

—Sí, aquí igual. Un cliente viene a verme dentro de diez minutos.

Huldar se maldijo a sí mismo por no haber esperado otros cinco minutos. No podría mantener una conversación de diez minutos con ella.

—Mira, sé que tendría que haberte llamado hace

siglos. Te debo una disculpa por... Ya sabes. No tengo ninguna explicación más allá de que estaba completamente borracho. Lo cual tampoco es excusa, claro. Cuando te llamé después de que Ríkhardur me hablara del divorcio no tuve el sentido común de decírtelo. En ese momento solo quería saber si le habías contado algo. Fue un gesto completamente egoísta por mi parte. Así que eso también lo siento. Pero sobre todo lamento haberte arrastrado a ese nivel para comenzar.

—No hace falta que te disculpes. Soy yo la que debería hacerlo.

—¿Tú?

—Sí. ¿Te sorprende? ¿Qué demonios pensabas? ¿Que no tengo voluntad propia? —Parecía verdaderamente sorprendida—. ¿Que caí rendida a tus encantos?

—No. —Huldar no se permitió ofenderse. Él se lo había buscado, eso y más—. Pues claro que no pensé eso. Quería disculparme contigo porque no puedo hacerlo ante la persona que se lo merece de verdad. Ya sabes a quién me refiero. —Huldar observó a Ríkhardur, que disfrutaba rodeado de sus colegas. No echaba la cabeza hacia atrás para reírse a carcajadas, ni sacudía los brazos, ni mostraba otros signos normales de euforia. Solo alguien que le conociera bien podía darse cuenta de que estaba en el séptimo cielo—. Me gustaría poder hacerlo, pero por su bien es mejor que no se entere. —Hizo una pausa, rogando porque ella se mostrara de acuerdo. ¿Y si se le había metido en la cabeza que necesitaba confesarlo todo? ¿Se había precipitado con sus lamentos y sus disculpas?

Al parecer, no. Karlotta era una mujer inteligente.

—Por el amor de Dios, no le digas nada. Ya tiene bastante con lo que tiene.

—¿Existe alguna oportunidad de que volváis a estar juntos?

—No. —Karlotta respiró hondo—. No.

—Te echa de menos.

—No hagas eso.

—Lo siento. No es asunto mío.

—Mira... —prosiguió ella—. Será mejor que me lance y te diga lo que quería contarte cuando al fin me armé de valor para llamar. —Huldar guardó silencio, así que ella continuó—: ¿Te habló Ríkhardur de nuestros problemas para tener hijos?

—Un poco.

—El asunto fue una tragedia de principio a fin. No había manera de que llevara a término un solo embarazo. A Ríkhardur le costó muchísimo hacerse a la idea de que no éramos perfectos. Entonces se me ocurrió que podría probar de otra manera.

—¿De otra manera?

—Sí. Quedándome embarazada de otro hombre. Me obsesioné con la idea de que la culpa era de él. Se puso tozudo y se negó a hacerse pruebas, no quería aceptar que algo pudiera estar yendo mal. La tarde en que nos encontramos yo había salido en busca de un candidato. Al principio intenté encontrar a un hombre que se pareciera a Ríkhardur, pero después de visitar varios bares y tomar algunas copas me olvidé de eso. Es que no me atrevía a hacerlo con un completo desconocido. La idea me repugnaba. Bebí para tener el valor de los borrachos. Y entonces te vi.

—¿Yo? ¿Te metiste en el lavabo conmigo solo para quedarte embarazada? ¿Porque yo no era un completo desconocido?

—Sí. —De repente, su voz mostró una cualidad que le recordó a Ríkhardur. Una represión emocional, eso era—. Es la razón por la que quería disculparme. No debería haberlo hecho nunca, teniendo en cuenta que sois amigos. Al día siguiente, al ser consciente de lo que había pasado, estaba horrorizada. Entonces, cuando resultó que me quedé embarazada, fue una sensación extraña. Buena y mala a la vez. Buena porque, si el niño era tuyo, Síkhardur y yo tendríamos más posibilidades de convertirnos en padres; mala porque me aterrorizó que el niño pudiera parecerse a ti o que nos descubrieran. Y también porque el niño podía ser de Ríkhardur después de todo, y yo no podría deshacer lo que había hecho. —Se detuvo para respirar, y continuó—: En cualquier caso, ya sabes cómo acabó todo. Tampoco hubo niño esa vez.

—¿Por qué me cuentas todo esto? No es asunto mío, solo estás empeorando las cosas. —Huldar cerró los ojos. La rabia disminuyó un poco y, al abrirlos de nuevo, siguió hablando con más calma—: Karlotta, lo hecho hecho está. Se acabó. Que fuera por tu culpa, que fuera por la mía..., tanto da. —Vio que Ríkhardur estiraba el cuello para mirarle por encima del grupo. Sus ojos se encontraron y él le dirigió una expresión más cálida de lo que Huldar merecía. Le devolvió una sonrisa falsa—. Mira, tengo que largarme. Gracias por contármelo. Pese a todo, es bueno saberlo. Me siento un poco menos mierdoso que antes.

32

Milímetro a milímetro, de manera casi imperceptible, las paredes de la pequeña sala de interrogatorios iban cerrándose sobre los cuatro hombres. Karl era el único que parecía haberse dado cuenta. Claro que la sala estaba más o menos vacía, así que no había nada que se pudiera usar como punto de referencia. Las paredes encaladas estaban desnudas, la mesa y las sillas eran sencillas y funcionales, y una sola luz colgaba en el centro de la estancia.

Karl evitaba mirar hacia arriba porque el brillo hacía que el dolor de cabeza empeorara y tenía miedo de vomitar otra vez. Tampoco le quedaba gran cosa en el estómago. Ya había devuelto la pizza de la tarde anterior y se había encontrado demasiado mal para tomarse el poco apetitoso desayuno de esa mañana. Le habían dejado la bandeja en el suelo de la celda: gachas frías en un contenedor de plástico desechable, un vaso de agua, dos rodajas de manzana que ya amarilleaba y un zumo acuoso de color también amarillo y origen desconocido. Al intentar bebérselo había comenzado a tener náuseas y en su lugar había engullido el agua tibia, en la que flotaba un pelo. Este se le había quedado pegado a la garganta y eso le llevaba a rechazar el vaso de agua que uno de los policías no hacía más que empujar hacia él, cada vez más preocupado.

—Bebe un poco. Te pondrás malo si no.

El abogado de Karl respondió por él, siguiendo escrupulosamente sus órdenes en todo sentido.

—No quiere agua. Ya lo ha manifestado. Si cambia de idea, sin duda se la beberá.

Karl mantuvo la vista al frente, tal y como había hecho durante la hora anterior, para ahorrarse la necesidad de mover la cabeza hasta que hubiera alguna pregunta importante de verdad. Solo hablaba cuando era inevitable. El problema era que ya no lograba distinguir lo que importaba y lo que no.

Solo podía pensar en el dolor atroz de su cabeza.

La giró poco a poco y vio que los tres hombres le observaban: a su lado, el abogado de mediana edad que estaba quedándose calvo y parecía estar embarazado de al menos ocho meses, y los dos policías sentados ante ellos. De no haber conocido la situación, habría pensado que uno de los policías era el abogado y que su abogado era policía. El detective en cuestión era quien vestía con mayor elegancia y se comportaba de una manera que Karl juzgó más propia de un letrado; no se apoyaba en un codo constantemente, ni se sonaba la nariz después de cada pregunta importante, como su propio representante. Pero poca gente habría confundido al otro poli con un abogado: llevaba el pelo demasiado largo y no dejaba de mascar chicle.

—¿Te encuentras bien, Karl? —El poli se pegó el chicle a la mejilla—. ¿Estás enfermo? —Karl movió la cabeza con cuidado hacia la derecha y a continuación hacia la izquierda. El detective se dirigió al letrado—: ¿Tiene fiebre?

—¿Y cómo se supone que debo saberlo? Él dice que está bien.

El poli del pelo largo se echó hacia delante y le tocó la frente. Karl no se movió. No tuvo fuerzas para hacerlo y tampoco le importó.

Su temperatura parece normal. ¿Te has metido algo, Karl?

Karl ni contestó ni movió la cabeza. Ya había respondido varias veces a esa pregunta. Siempre de la misma manera: no.

—Encontramos hierba en tu casa. ¿Te has metido algo más fuerte? ¿Algo que te preparaste en el laboratorio de química, quizá?

Karl también había contestado más de una vez a eso: no.

El policía frunció el ceño y se dirigió al abogado:

—Vamos a hacer una pequeña pausa. Mientras tanto puede tratar lo que quiera con su cliente, pero voy a llamar a una enfermera. A este chico le pasa algo. —Se puso en pie—. A menos que sea un actor de la hostia.

Karl le vio salir de la habitación acompañado por el poli bien vestido.

—No tiene sentido fingir que estás enfermo. No ayudará. Si no quieres contestar a sus preguntas, no hay gran cosa que puedan hacer al respecto. —El abogado golpeó la mesa con la palma abierta—. Aunque, a juzgar por las respuestas que has dado al principio, entiendo que prefieras guardar silencio. No tiene buena pinta. No tiene buena pinta para nada.

La neblina se levantó ligeramente en la cabeza de Karl.

—No he matado a nadie.

—No, claro. —Al parecer, eso era irrelevante para el abogado—. Tú decides cómo quieres hacer esto. Habrá mucho tiempo para cambiar de opinión más adelante, pero deberías tener en cuenta que disponen de pruebas irrefutables sobre tu culpabilidad.

Karl consiguió asentir con la cabeza. Escucharía, recuperaría fuerzas y entonces contestaría. No había prisa. Habían solicitado que permaneciera detenido y, según el abogado, era casi seguro que se lo concedieran. En primera instancia, iban a retenerle durante dos semanas. Cuando Karl preguntó si después le dejarían libre, el abogado se negó a discutirlo; le dijo que se concentrara en el aprieto en el que estaba ahora en vez de preocuparse por lo que pudiera suceder más tarde. Karl decidió seguir su consejo; en ese momento, la situación ya era bastante mala.

—Muy bien, muchacho. Entiendo que te encuentres mal; como es natural, estás conmocionado. Vamos a repasarlo de nuevo. Me detienes si lo he entendido mal o no lo explicaste bien o tu respuesta fue malinterpretada. Si logras proporcionar una explicación racional para todo, te dejarán ir. La policía no tiene el poder de retenerte si les demuestras que han arrestado a la persona equivocada. Pero hasta el momento las cosas no han ido bien. A veces es mejor decir menos que más. —El hombre le miró fijamente a los ojos—. Comencemos con los aspectos positivos. Aún no han conseguido probar que tuvieras alguna conexión con las dos mujeres, pero con el joven, tu amigo, es otra historia. ¿Existe algún riesgo de que puedan relacionarte con ellas si siguen escarbando?

Karl sacudió la cabeza. El dolor se redobló y durante unos instantes no hubo idea que pudiera penetrarlo; tuvo que concentrar todas sus energías en respirar. Al final menguó un poco, pero siguió sin sentir deseos de señalar que, a juzgar por la manera en que la policía distorsionaba todo lo que decía, era probable que no tardaran en inventarse una relación. Le habría costado demasiado articular esas palabras.

El abogado prosiguió:

—Bien, son buenas noticias. La lástima es lo de tu amigo. —Repasó las notas que había tomado durante el interrogatorio—. ¿Estás seguro de que el soldador es tuyo? —Levantó la vista hacia Karl, quien asintió débilmente—. Ya veo. Aunque eso tampoco habría cambiado mucho las cosas, puesto que han encontrado tus huellas en él.

Karl se miró las yemas, teñidas de color azul. Le habían tomado las huellas la tarde anterior, al llegar a la comisaría, y acto seguido le habían fotografiado de frente y de los dos perfiles.

—Y, por supuesto, también es malo que la víctima apareciera en tu propiedad. Vives solo en esa casa, así que cuesta entender que un desconocido hubiera podido utilizarla sin que te enteraras, sobre todo porque no hay señales de que forzaran la entrada del cobertizo. Al fin y al cabo, estaba cerrado con llave. —El abogado se quedó en silencio y siguió leyendo para sí—. Ese manojo de llaves que dices que desapareció, ¿contenía por casualidad la llave de ese cobertizo?

Karl asintió con la cabeza. No había tenido el aplomo de comentarlo cuando la policía se lo preguntó. La dificultad de esa respuesta no se había debido al dolor de cabeza, sino al hecho de pensar en Halli, atado allí dentro, a escasos metros de él. Halli, con el soldador en la oreja..., el soldador que era de Karl.

—¿Y por qué no lo has dicho? —Al abogado no pareció importarle que contestara o no—. Vale, en cualquier caso es bueno saberlo. Y tu amigo Börkur, ¿confirmará que el manojo de llaves había desaparecido?

Karl asintió, aunque con poca confianza. Con Börkur uno nunca sabía. Si la policía había podido confundirle a él de esa manera, a Börkur iban a darle tantas vueltas que acabaría sin saber dónde tenía la cabeza y dónde los pies. Antes de terminar estaría confesando ser el autor de todos los crímenes que tuvieran sin resolver. O echándole la culpa a Karl.

—Esperemos que sí. Y que pueda confirmar que oyó la emisión, como aseguras. Eso es completamente vital. Además de él, no creo que nadie más la haya escuchado. Porque tu otro amigo no vivió para contarlo, claro.

Karl se obligó a hablar. Cada vez estaba más entumecido, apenas se notaba uno de los brazos.

—Quizá. Quizá otros radioaficionados. Tienen un club, se lo puede preguntar.

¿Por qué no había acudido a la reunión para contárselo? Así habrían sintonizado la estación y la habrían escuchado. Era poco probable que se hubieran topado con ella por su cuenta, ya que ninguno tenía interés en las estaciones de números y no solían explorar las frecuencias relevantes de onda corta.

—Sí. En todo caso llamaré la atención de la policía al respecto. —El abogado tomó nota y acto seguido se rascó el cuello—. Puesto que aseguras ser inocente, ¿tienes alguna teoría sobre quién podría haber asesinado a esas personas?

Como era natural, Karl se había pasado toda la noche devanándose los sesos con esa pregunta, pero no había llegado a ninguna conclusión. Era imposible concebir que alguien hubiera querido hacer daño a Halli y a las dos mujeres de esa manera. Y a él también.

—Se me ocurrió que podía tener algo que ver con las descargas ilegales. Halli fue detenido en una redada policial y pensé que podría haber cantado. Haber denunciado a la persona que estuviera a cargo de las descargas, o algo así. —O algo así. La teoría había sonado aún más idiota al decirla en voz alta que cuando le daba vueltas a la cabeza.

—Ya veo. No parece muy probable, pero quién sabe. —El abogado volvió a tomar un par de notas y le sonrió—. ¿Has visto todo lo que podemos avanzar cuando estamos solos los dos?

Karl intentó devolverle la sonrisa, pero solo le salió una mueca, como un perro que mostrara los dientes al ver un hueso.

El hombre dejó de sonreír y continuó con las preguntas:

—Dices que no habías visto nunca ese casco y, puesto que no han hablado de huellas, dudo que las hayan encontrado. —Miró sus notas y volvió a concentrarse en Karl—. Una pregunta: ¿recuerdas cuándo fue la última vez que viste el soldador? Si lo que afirmas es verdad, alguien tiene que habértelo pispado.

—No. —Karl respiró hondo, pero el aire rancio y viciado no hizo nada para aliviar el tormento de su cabeza—. Quizá durante el robo. Nos entraron a robar. Mamá aún estaba viva.

—¿Cuándo fue eso?

—Antes de Navidad. Sobre mediados de noviembre. No recuerdo exactamente cuándo. —Karl se cogió a la mesa y se enderezó un poco—. Intentaré recordarlo, es solo que ahora no puedo. Es posible que el soldador desapareciera entonces.

—Bien, bien. —El abogado lo anotó, pero, cuando levantó los ojos, su expresión ya no fue tan optimista—. ¿Es posible que encuentren más huellas? En la casa de Ástrós Einarsdóttir, por ejemplo.

—Nunca he estado en su casa. No la conozco.

—No. —El hombre miró lo que había escrito—. Sin embargo, su nombre apareció escrito en un papel en tu casa. Con tu letra. Y el de Elísa Bjarnadóttir también.

—Ya lo he explicado.

Las palabras sonaron como si hubieran tenido que atravesar un hostil campo de lava para llegar hasta su garganta. Miró el vaso de agua, lo cogió y tomó el trago más pequeño posible. Eso le hizo sentir algo mejor, así que tomó otro, un poco más prolongado. Entonces regresó el mareo y dejó el vaso.

—Entonces, ¿la única explicación que tienes para eso es que buscaste sus nombres después de que leyeran sus números de DNI en la radio?

—Sí.

—¿Y cómo explicas que los vecinos de Elísa te vieran pasar con el coche? —El hombre se corrigió—: No, te vieron aparcado delante de la casa. —Exhaló, con aspecto preocupado—. No suena creíble que tus amigos y tú decidierais ir a ver dónde vivía después del asunto de los números de DNI.

—Börkur. Börkur puede corroborarlo.

—Börkur, sí. Más vale que tenga clara su historia, porque dependes de él para que te respalde en un montón de cosas. —El abogado intentó aligerar la atmósfera—. Pero podría ser peor. A veces hay gente que no tiene a nadie que la respalde, aunque debo decir que nunca me había encontrado con un caso tan extraño. Hace que todo lo que antes me había parecido raro tenga en comparación un aspecto normal.

Karl hizo como que no le había oído. Los comentarios ociosos de ese tipo representaban una pérdida de tiempo.

Al hombre no pareció importarle que no le contestara.

—No hemos comentado si has sufrido alucinaciones. —Clavó la mirada en Karl y se quedó a la espera.

—No, nunca.

—¿No hubo nada en tu infancia, o incluso en tiempos más recientes, que quizá no identificaras como una alucinación, pero que te pareciera un poco raro?

—No.

—¿Nada relacionado con las drogas que prefirieras no comentar delante de la policía?

—No.

—Nadie quiere encasquetarte una condena por drogas... Esto es mucho más serio que un delito trivial de ese tipo. —Le dirigió una mirada inquisitiva, pero Karl no alteró su expresión. Ya no había ningún movimiento a su alcance. El abogado se encogió de hombros—. ¿Qué hay de tus antecedentes familiares? ¿Hay alguien en tu familia que haya sufrido de delirios o paranoia? Podría ser ventajoso para nosotros.

—No lo sé.

—¿No recuerdas nada?

—Soy adoptado. No he conocido a ninguno de mis parientes.

Los ojos del abogado se iluminaron por primera vez.

—¿Qué?

Karl no se molestó en repetirlo; necesitaba reservarse las palabras para lo que fuera importante de verdad.

—Así que es bastante posible que alguien en tu familia haya sufrido alucinaciones o haya tenido comportamientos violentos asociados a una enfermedad mental... ¿Qué me dices de abusos o malos tratos que hayas podido recibir de pequeño?

—No lo sé.

—Tendré que averiguarlo. —La expresión satisfecha del hombre se desvaneció al constatar la falta de entusiasmo de Karl ante su plan—. ¿Puedo contarte algo, muchacho? —Prosiguió sin esperar una respuesta—: En general, en Islandia la gente recibe dieciséis años por el delito de asesinato. Por uno solo. Y convencional. Pero nada impide que puedan recibir condenas más largas; el código penal ampara la posibilidad de que te encierren de por vida. No ha pasado nunca; en una sola ocasión hubo una condena más dura que la de dieciséis años y fue de veinte. Pero quien haya matado a estas tres personas podría sentar un nuevo precedente y recibir la condena más larga de la historia de Islandia: cadena perpetua. —Hizo una pausa y miró a Karl a los ojos—. Digamos que no conseguimos probar tu inocencia. Tienes veintitrés años. Los hombres islandeses tienen una esperanza de vida apenas por encima de los ochenta. Si te dan la perpetua, podrías pasarte más de medio siglo encerrado. Es más del doble del tiempo que llevas vivido. Mientras que, si recibes una condena convencional, te caerán dieciséis años. Saldrías dentro de diez y medio. Es una diferencia de cuarenta años. Cuarenta años. Cualquier cosa que haga que se compadezcan de ti será de ayuda... en caso de que te declaren culpable.

—Soy inocente.

El abogado ignoró esas palabras.

—Tendrás que dejar que examine tus antecedentes familiares. ¿Sabes cómo se llamaban tus padres biológicos? Eso podría ahorrarte cuarenta años de cárcel.

El argumento fue lo bastante convincente para Karl.

—Gudrún María Gudjónsdóttir y Helgi Jónsson.

Había estado pensando en sus padres durante el

tiempo que había pasado sentado o tumbado en la celda, incapaz de dormir. ¿Se habrían arrepentido de darle en adopción? ¿Lo harían sobre todo al enterarse del lío en que se había metido? Había comenzado a sentirse decepcionado por no haber hecho el esfuerzo de averiguar más cosas sobre su pasado y no haber contactado con ellos. Era imposible saber cuándo volvería a tener acceso a un ordenador y, en ese momento en que todo parecía estar derrumbándose a su alrededor, solo podía esperar el apoyo de los miembros de su familia. Claro que hubiera sido mejor comunicarse con ellos antes de que le detuvieran; si les llamaba desde la cárcel, era casi seguro que no querrían saber nada de él.

No tenía a nadie. A nadie en absoluto.

Arnar le desheredaría por completo, le contaría a todo el que quisiera escucharle que no eran hermanos de sangre. Sería perfectamente capaz de testificar contra Karl. La migraña menguó durante unos instantes cuando Karl recordó que había tirado a la basura toda la documentación relacionada con los padres de Arnar. No había motivo para que sus nombres aparecieran en los papeles oficiales. Sin duda, la policía vería en su historial cibernético que había buscado a gente con ese nombre, pero ya se inventaría alguna mentira. Disponía de un montón de tiempo para que se le ocurriera algo creíble.

—Gracias. Lo comprobaré. Nunca se sabe.

—Si se pone en contacto con ellos, ¿les dirá que soy inocente?

—Sí, lo haré. —El abogado se quedó pensativo—. ¿Lo he entendido bien? ¿No tienes más familia que tu hermano? Descontando a los parientes lejanos, digo.

—Sí. —Karl tragó saliva. Tenía la garganta seca como un hueso—. Arnar vive en el extranjero y no sabe nada de todo esto. No debe hablar con él. Se lo prohíbo.

—No creo que sea una medida inteligente. La policía sabe de su existencia y seguro que se pondrá en contacto con él. La foto que dicen haberle mostrado a la niña estaba en su página de Facebook.

De repente, el dolor de cabeza se intensificó y Karl dejó de hablar hasta que hubo pasado lo peor.

—No sé por qué dice que reconoce mi foto. Nunca la he visto y ella tampoco me ha visto a mí. Desde luego que no me ha visto en su jardín, ni dentro de su casa, como dicen.

—Yo no me preocuparía demasiado por eso. Ya has oído lo vagos que se han mostrado. Estoy bastante seguro de que eso significa que la niña no te ha identificado de manera definitiva. De ser así, se habrían mostrado más confiados en vez de contentarse con soltar indirectas.

Karl asintió sin fuerzas.

—De todos modos, no quiero que hable con Arnar.

El abogado, que daba la impresión de haber visto de todo, dejó de hacer preguntas sobre ese tema. Bajó la vista y siguió leyendo sus anotaciones.

—Volviendo a la cuestión principal, ¿has entendido las referencias que han hecho a los perros?

—No. —Esas preguntas le habían dejado estupefacto. La policía había querido saber si había atacado a dos perros, uno en Grafarvogur y el otro en Grandi. También le habían preguntado con insistencia cómo había descubierto dónde se alojaba la niña Margrét y cómo había encontrado el nombre y la dirección de Freyja. De hecho, esas preguntas le habían tranquilizado porque eran tan absurdas que tendrían que ayudar a establecer que él no era el hombre al que buscaban—. No sé nada de ningún perro.

—No, me ha parecido que reaccionaban de manera un poco extraña cuando no has podido contestar, como si dudaran de su propia teoría. Pero eso no es decir demasiado. Quizá deberíamos concentrarnos en los asuntos de mayor importancia. ¿Puedes recordar algo que te proporcione una coartada decente para la noche del jueves, cuando asesinaron a Elísa? ¿Telefoneaste a alguien o recibiste alguna llamada? ¿Estabas despierto y repartieron los periódicos más temprano de lo habitual? Lo que sea. Si estabas en internet, podría rastrearse en tu ordenador. Cualquier cosa. Y lo mismo vale para la tarde-noche en que asesinaron a Ástrós. Ya has oído lo que han dicho: probablemente, la hora de su muerte tuvo lugar poco después del momento en que dices que dejaste a tus amigos. Eso no tiene buena pinta.

Karl se sintió como si tuviera la boca llena de algodón.

—Cuando mataron a Elísa estaba durmiendo. —¿Por qué les costaba tanto entenderlo? Una persona que duerme no se conecta al ordenador, ni habla con los repartidores de periódicos, ni usa el teléfono. Karl tosió y tuvo la sensación de que se le partía la cabeza por la mitad. Acto seguido, el agudo dolor retrocedió un poco y dejó atrás un malestar extraño, cálido y agobiante. Intentó ignorarlo—. La noche en que mataron a Ástrós dejé a mis amigos y me fui a casa. Me metí en la cama. No me conecté a internet.

—Entiendo. ¿Podrías intentar recordarlo con más detalle? —El abogado pareció desanimado—. No ha sonado demasiado bien que dijeras que pasaste por delante de la casa de Ástrós la noche en que la asesinaron. Por no hablar del grito que aseguras haber oído. No te han creído. Sería mejor que me comentaras esas cosas a mí antes de contárselas a ellos. Es lo que tendrías que haber hecho cuando te han mostrado los números. En vez de ayudarles a descifrarlos. Están relacionados con los asesinatos casi con total seguridad y no era necesario demostrarles que entendías ese código tan peculiar.

Los dos miraron sin querer la hoja de papel en la que Karl había descifrado los mensajes para la policía después de que le proporcionaran una copia de la tabla periódica. Mientras avanzaba poco a poco por las secuencias, sus expresiones habían sido en un principio de estupefacción, y a continuación habían mostrado la ansiedad de un niño en una tienda de chucherías.

59, 26 al revés, 53, 68, 99 · 110 – 16, 18 · 8 · 75, 6, 53, 83, 35 – 5
Pr, Fe al revés, I, Er, Es · Ds – S, Ar · O · Re, C, I, Bi, Br – B
¿Prefieres dar o recibir?

95 al revés, 17 – 6, 110 – 16, 53, 73 · 30 – 7, 8, 35 – 5, 88
Am al revés, Cl – C, Ds – S, I, Ta · Zn – N, O, Br – B, Ra
Maldita zorra.

68, 99 · 57 · 14, 106 – 16, 92, 53, 99 – 16, 7, 52
Er, Es · La · Si, Sg – S, U, I, Es – S, N, Te
Eres la siguiente.

1, 33 – 16, 30 – 7 · 57, 16 · 29, 99 – 16, 7, 73, 16
H, As – S, Zn – N · La, S · Cu, Es – S, N, Ta, S
Haz las cuentas.

110 – 16, 53, 10 al revés, 52 · 84, 35 – 5 · 110 – 16, 53, 10 al revés, 52
Ds – S, I, Ne al revés, Te · Po, Br – B · Ds – S, I, Ne al revés, Te
Diente por diente.

Karl levantó la vista.

—He entendido los mensajes gracias a las emisiones de onda corta. Es el mismo código.

—Quizá sí, pero eres estudiante de Química y la clave del código está relacionada con esa disciplina, lo cual solo significa una cosa para ellos: que tú lo escri biste.

—No. —Karl no tenía nada que añadir. ¿Qué podía decir? ¿Acaso la verdad no era suficiente?

—Parecen estar convencidos de que las hojas con números que han encontrado en tu sótano son mensajes que pretendías usar en los siguientes asesinatos.

—Esos fueron los números que se leyeron en la emisora de radio. Los escribí después de desentrañar el código, para saber lo que decían. —Karl no entendía por qué tenía que repetir lo mismo sin fin. Quizá lo mejor sería que se quedara callado.

Su abogado defensor levantó las cejas, escéptico, y acto seguido suspiró.

—Creo que tampoco tendrías que haberles dicho que no toleras la sangre ni la violencia. Parecen tener la teoría de que el asesino le tiene fobia a la sangre. O que le desagrada.

—¿Qué se supone, que debía mentir?

—No. Deberías haber pedido permiso para consultármelo en privado. Como te vengo repitiendo. Pero da igual. —El hombre casi había acabado de repasar sus notas. Dio un golpe con los nudillos sobre la última página y cerró la libreta—. Tendremos un montón de tiempo para repasar esto más tarde. Los policías están al caer. Si resulta que estás enfermo, quizá sea posible que comencemos la entrevista desde cero. Si empezaras a delirar, por ejemplo... —El abogado le dirigió una mirada esperanzada.

—Me duele la cabeza.

Karl cogió el vaso con la esperanza de que el agua aliviara el malestar cálido que se estaba extendiendo por su cabeza, pero no dio con él. Su mano se movió en una dirección completamente distinta a la que pretendía. Lo intentó de nuevo, con idéntico éxito. Se dio cuenta de que solo veía por un ojo. Quizá esa fuera la razón, pero, cuando intentó hablarle al abogado de esa ceguera súbita, no le salió más que una sarta de incoherencias. El dolor en su cabeza se redobló. Todo lo demás parecía haber dejado de funcionar, como si su cuerpo ya no estuviera conectado con su cerebro.

En el mismo momento en que Karl se cayó de la silla, la puerta se abrió y los dos policías entraron de nuevo en la habitación. Captó con el ojo bueno sus expresiones horrorizadas, incluso en el que vestía con elegancia. Los dos abrieron la boca y parecieron gritar algo, pero Karl no oyó nada. Una mujer que venía detrás de ellos los apartó y se acercó con rapidez a Karl. Le tocó la cara, pero él no sintió sus dedos. No sentía nada.

Cerró el ojo con el que aún podía ver.

33

Una semana después

Huldar aún no había llegado a colgar el cuadro en el despacho. Había postergado su compra, convencido de que iban a degradarle después de que Karl Pétursson se desplomara durante el interrogatorio. Habían descrito el incidente como uno de los peores fiascos de la historia de la policía islandesa, y Huldar había comenzado a buscar a escondidas alguna vacante en el sector público.

La cuestión no se había aclarado hasta dos días más tarde y, durante ese lapso, se había sentido como un leproso: nadie en la comisaría se había atrevido a mirarle siquiera. Incluso Erla le había evitado, temerosa de contagiarse de su mala reputación.

Lo peor era que Ríkhardur había compartido ese destino. Aunque no tuviera la misma responsabilidad que él sobre el bienestar del sospechoso, había tomado parte en el interrogatorio y eso le había convertido en cómplice a ojos de todo el mundo.

Ríkhardur había entrado en la sala de interrogatorios como el héroe del día, pero había salido de ella desacreditado. Él había capeado la situación con su estoicismo habitual, indiferente en apariencia al ninguneo de sus colegas. Eso no quería decir que se hubiera tomado el incidente a la ligera; Huldar no tenía a nadie más con quien hablar en la comisaría y no pudo dejar de constatar el impacto que la suerte de Karl había tenido en su compañero.

El marco del cuadro había sufrido un rasguño. Lo había dejado apoyado contra la pared, demasiado cerca de la puerta, y esta lo había golpeado al abrirse. El daño no era evidente, pero tendría que apresurarse a conseguir un martillo y un clavo antes de que le pasara algo peor.

La imagen no era nada especial; la había comprado el fin de semana, después de que las cosas se calmaran, en una tienda de turistas del centro, cuando volvía a casa después de ver un partido en el bar con los amigos. Era una fotografía de la salida del sol sobre los farallones de Reynisdrangar que le llenaba de optimismo y, a la vez, de temor. No hacía falta una gran perspicacia para entender el porqué: el sol, con su promesa del nuevo día, representaba un destello de esperanza para la llegada de tiempos mejores, mientras que los escarpados pilares de roca negra que se elevaban por encima de las aguas eran un recordatorio de que en la vida no todo iba siempre viento en popa.

Tenía ante sí un informe sobre los objetos que habían desaparecido del depósito. Con el caso de asesinato ya casi cerrado, la tarea del día consistía en repasarlo. De todos modos, no estaba satisfecho al cien por cien con cómo habían resuelto el caso, pero tenía que aceptar que Karl ya no se encontraba en condiciones de ofrecer su versión de la historia: estaba en cuidados intensivos y cada día podía ser el último de su vida.

Había pruebas suficientes para implicarle, así que Huldar tendría que aceptar que algunos aspectos de la investigación nunca llegarían a explicarse del todo. Una serie de expertos había escuchado la grabación del interrogatorio y había elaborado la teoría de que Karl había utilizado los diferentes dispositivos porque quería asesinar a sus víctimas sin verse obligado a acuchillarlas o herirlas. No había tenido más que apretar un botón, lo que le había ahorrado ensuciarse las manos. Al leer eso, Huldar había levantado las cejas. ¿Cómo era posible llegar a la conclusión de que los asesinatos no habían implicado más que apretar un botón? El momento de cada muerte había venido precedido de un episodio de gran violencia.

El físico de Karl también le daba que pensar. Era un auténtico canijo, le costaba imaginar cómo había dominado a su amigo, mucho más grande y fuerte. Si hasta Elísa parecía más correosa que él. Solo Ástrós habría sido incapaz de enfrentarse a un hombre mucho más joven que ella. Ciertamente, la rabia y el odio podían prestar fuerza a una persona, pero el problema era que resultaba imposible ver lo que podía haber inspirado a Karl un odio tal hacia dos mujeres a las que apenas conocía. Se había llevado la explicación consigo al entrar en coma. Otro misterio era cómo había descubierto que Margrét estaba con Freyja y que esta no vivía en Grafarvogur, tal y como indicaban la guía telefónica y otros registros oficiales. Según su ordenador, Karl no había buscado el nombre de la mujer en Google para dar con esa información. Era posible que lo hubiera hecho desde una conexión a internet pública en la universidad, pero, de ser así, aún no habían sido capaces de localizarla. Sin embargo, se creía que había dado con la dirección de Grafarvogur y que había atacado al perro para quitárselo de encima, ignorando que en realidad este no pertenecía a Freyja. A continuación parecía haberse dado cuenta de su error y había atacado al perro correcto cerca de la dirección adecuada. La manera en que la había conseguido y que supiera de la existencia de la mujer y del hecho de que esta tenía un perro eran cuestiones para las que seguían sin encontrar una explicación. Y quizá sería así ya para siempre.

De no haber sufrido un ictus, Karl habría acabado confesando..., todos lo hacían. Sobre todo después de que su amigo Börkur se deshiciera bajo las preguntas y no quedara ya nadie que respaldara su relato de las misteriosas estaciones de números y demás tonterías.

Huldar intentó recordar si Arnar Pétursson, el hermano de Karl, iba a abandonar el país ese día o el siguiente. Era un individuo extraño, que había facilitado mucha más información sobre su hermano que los expertos que habían estudiado la grabación, aunque eso a duras penas resultaba sorprendente porque le había conocido durante toda la vida. Pero Arnar había sido incapaz de explicar cómo era posible que, en los años que habían transcurrido desde su marcha al extranjero, Karl hubiera pasado de ser un muchacho con pocas amistades obsesionado por la radiocomunicación a convertirse en un asesino despiadado.

La teoría de Arnar era que su hermano había sufrido una crisis nerviosa cuando su madre adoptiva se negó de lleno a hablarles de sus padres biológicos. En un primer momento, Huldar había tenido que reprimir una sonrisa al escuchar esa extraña idea, pero, a medida que el hombre la elaboraba, le fue pareciendo cada vez más creíble. Si la propia desesperación de Arnar por conseguir información sobre su familia de nacimiento era indicativa de algo, quizá fuera verdad que la decepción había llevado a Karl a sobrepasar todos los límites.

De hecho, Huldar se había quedado un poco atónito ante la apasionada obsesión de Arnar por descubrir la identidad de sus propios padres. Su madre adoptiva había querido proteger a Karl para que no se enterara de que su madre verdadera tenía una predisposición genética hacia los ictus. Le había dado a luz en su juventud, tras un encuentro casual con un obrero de carreteras, y había enfermado poco después. Cuando el niño cumplió dos años, ella ya no se encontraba en condiciones de cuidar de él. Las autoridades se pusieron en contacto con su padre, pero este se declaró incapaz de criar a un niño pequeño, así que le dieron en adopción.

La madre de Karl estaba muerta, había acabado sucumbiendo después de sufrir diversas apoplejías. Al poco tiempo, su padre falleció en un accidente laboral. Puesto que ninguno de los dos había vivido para contarlo, les había costado un esfuerzo considerable reconstruir la historia. En un primer momento, la policía solo dispuso del nombre de los padres de Karl, que su abogado había entregado sin que se lo pidieran. El hombre se había quedado tan conmocionado como Huldar y Ríkhardur por el incidente de la sala de interrogatorios y pareció ansioso por desligarse del caso. Les había facilitado las notas de la entrevista junto con varios puntos que había añadido mientras Karl y él estuvieron solos. Huldar les había echado un vistazo y había decidido que poco podía extraerse de todo ello, en particular porque algunas partes eran ilegibles, como los comentarios que había garabateado al final.

El nombre de la madre los había conducido hasta su hermano, que seguía vivo y en perfecto estado de salud, y este había acabado por contarles la historia tal y como la conocía. Sus reparos iniciales se habían debido al sentimiento de culpa y a la vergüenza por no haberse hecho cargo él mismo del muchacho. Le confió a Huldar que en ese momento estaba cansado de ver morir a sus seres queridos. Con la edad, no obstante, se había dado cuenta de que todos estamos condenados a acabar muriendo, independientemente de nuestra herencia genética.

Les contó que en su día había sido imposible determinar si Karl había heredado el gen y, en consecuencia, muy poca gente estaba dispuesta a adoptar a un niño que tenía un cincuenta por ciento de opciones de morir antes de llegar a los treinta. Pero, según el tío de Karl, una mujer que trabajaba dentro del sistema se había ofrecido voluntaria para adoptar al niño siempre y cuando se mantuviera el secreto sobre su origen. No quería que creciera sabiendo que la espada de Damocles colgaba encima de su cabeza. A Huldar le pareció una actitud comprensible; no solo no existía la certeza de que Karl tuviera el gen, sino que, aunque hubiera sido así, no era inevitable que sufriera un ictus. Habían verificado que los documentos relacionados con el nacimiento de Karl se habían destruido. Resultó que esa no era una práctica extraña en el pasado, sobre todo cuando los padres adoptivos eran asistentes sociales o estaban bien conectados. En la actualidad, sin embargo, el derecho del niño a conocer su origen estaba consagrado en la ley.

Si la historia del hermano se parecía en algo a la de Karl, cabía pensar que le convenía no conocerla. Pero Arnar no había dejado de hacer preguntas, desesperado por saber cómo había descubierto Karl el nombre de su madre biológica. Se había presentado más de una vez en la comisaría para comprobar si se había encontrado algún documento durante el registro de la casa, pero por desgracia no pudieron ayudarle. Dijo lo mismo cada vez que se marchaba: «Llámenme si encuentran algo, sea lo que sea».

Al ver que Ríkhardur atravesaba la comisaría, Huldar le llamó. Después de la conversación telefónica con Karlotta, se las había arreglado para encerrar el sentimiento de culpa en lo más profundo de su mente. Bueno, quizá no del todo, seguía entreviéndolo de vez en cuando, pero estaba lo bastante enterrado para que pudiera comportarse con naturalidad en presencia de su compañero. Por eso iba a estarle eternamente agradecido a Karlotta.

Ríkhardur también parecía estar recuperándose. Se había quitado el anillo de casado y con el tiempo el círculo blanco en su dedo se desvanecería o acabaría tapado por un nuevo anillo. Quizá su siguiente novia no sería tan perfecta, no estaría tan hecha a medida como Karlotta, pero quizá eso no fuera negativo.

A veces, cuando los miembros de una pareja se parecían demasiado, la relación simplemente no funcionaba.

Erla había destruido cualquier oportunidad que tuviera con él al rehuirlos a los dos cuando cayeron en desgracia, si es que en efecto había llegado a estar interesada. Un tipo terco como Ríkhardur no perdonaría jamás algo así, y por eso era fundamental que el adulterio de Karlotta con Huldar no saliera nunca a la luz.

Huldar se planteó la posibilidad de sugerirle que salieran de fiesta juntos el fin de semana, pero pensándolo mejor decidió que eso solo serviría para cortarle el rollo. Tenía pocas oportunidades de ligar al lado del impecable Ríkhardur. Quizá en su lugar debería hacer un último intento con Freyja. Hasta el momento, ella había rechazado sus invitaciones a salir, primero con un resoplido de risa, luego con cansancio y, al final, con un dejo de compasión. Pero podía llamarla y decir que quería invitarla a celebrar que habían cerrado el caso y el hecho de que ya no tendrían que volver a verse. Eso podría funcionar.

Ríkhardur se detuvo en la puerta, como si temiera que Huldar fuese a encomendarle alguna tarea tediosa. Había algunas cuestiones de importancia que tenían que organizar.

—¿Recuerdas cuándo sale el avión del hermano de Karl para Estados Unidos? ¿Hoy o mañana?

—Mañana. —Como siempre, Ríkhardur tenía todos los datos al alcance de la mano—. ¿Pensabas llamarle para una nueva entrevista?

—No.

—Es tu última oportunidad. Dudo que tengamos presupuesto para viajar a Estados Unidos si nos olvidamos de algo.

—No. Si surge algo, deberíamos poder arreglarlo por teléfono. —Huldar posó la mirada en los farallones de Reynisdrangar y se preguntó si debía pedir ayuda a Ríkhardur para escoger dónde poner el cuadro. Acto seguido decidió que este acabaría allí donde fuera más sencillo clavar un clavo en la pared: ni muy alto, ni muy bajo—. Por cierto, ¿ha aparecido algo que pueda ayudarle a buscar a sus padres?

—No. Estoy repasando los registros que me han mandado los informáticos sobre la actividad del ordenador de Karl durante las últimas semanas, pero aún no he dado con ninguna pista. No he acabado del todo, aunque dudo que haya algo allí. Quizá Karl no supiera nada sobre la ascendencia de Arnar.

—Bueno, no pierdas demasiado el tiempo con eso. Dudo que esa información sea beneficiosa para él, en el improbable caso de que aparezca.

—No, quizá no. —Ríkhardur no pareció muy convencido—. Pero es comprensible que esté tan ansioso por saberlo. Quizá sea la última oportunidad que tenga. Ha quedado claro que los documentos oficiales sobre su pasado fueron destruidos, así que tampoco es que vaya a poder averiguarlo por los métodos habituales.

—Más razón todavía para dejar el tema tranquilo. No habrán destruido la información solo para satisfacer a su madre. La mujer no tenía tanto peso. Debió de haber algo en esa historia para que la gente se pusiera de acuerdo en que había que olvidarla.

—¿No será solo que también heredó el gen de la apoplejía?

—Lo dudo. Por lo que entiendo, los dos hermanos no están relacionados, así que sería una coincidencia extraordinaria. No, tiene que haber sido algo diferente. Quizá fuera una enfermedad, quizá algo que tuviera que ver con sus padres.

—¿Tú no querrías saberlo? Yo sí. —Ríkhardur se alisó la camisa—. Por triste que fuera.

—Afortunadamente para mí, no es algo en lo que tenga que pensar. —Huldar creyó saber lo que había detrás de esas palabras: Ríkhardur quería que le diera permiso para continuar con la búsqueda. Al fin y al cabo, Arnar y él estaban hechos de la misma madera: eran sumamente educados y mostraban una calma extraordinaria teniendo en cuenta la situación: ni lágrimas, ni emociones desagradables. En otras circunstancias podrían haber sido amigos del alma, si los hombres de ese tipo eran capaces de algo así. En caso de que Ríkhardur y Arnar salieran juntos a una disco, las mujeres lo tendrían mucho más difícil para elegir entre ellos que si Huldar se sumaba a la fiesta—. En lo que a mí respecta, puedes seguir buscando esa información todo el tiempo que quieras. Acaba de repasar los ficheros del ordenador y échales un vistazo a los pocos documentos que encontramos en la casa. Karl tiró casi todos los papeles, así que no deberías tardar mucho. Yo mismo los he hojeado, pero no he visto nada de interés.

—Así lo haré.

Ríkhardur parecía satisfecho, tal y como Huldar había anticipado. Antes de irse, le echó un vistazo al cuadro en el suelo y le preguntó si no pensaba colgarlo.

—Sí, probablemente ya ha pasado el peligro.

Quedó claro que Ríkhardur no había entendido la respuesta, pues se alejó con aspecto pensativo.

Huldar se levantó para ir en busca de un martillo y un clavo. La investigación estaba centrada en aspectos tan secundarios que ya nada podía salir mal. Era muy improbable que fueran a echarle de su despacho en los tiempos venideros.

No obstante, cuando llegó el momento de golpear el clavo para incrustarlo en la pared, Huldar vaciló. Aún no estaba del todo convencido, y decidió ocuparse antes de los últimos cabos sueltos. La humillación de tener que quitar el cuadro otra vez y llevárselo de vuelta a su antiguo puesto era un riesgo demasiado grande. Esperaba poder cerrar el caso al final del día y sin duda el cuadro sobreviviría en el suelo hasta entonces. Tampoco tenía tantas visitas: una parte del equipo ya había sido transferida a otros casos y Erla le seguía evitando, en apariencia avergonzada por la manera en que le había traicionado. Cuando pudiese hablaría con ella y le aseguraría que no tenía importancia y que lo entendía bastante bien. Bueno, más o menos. Pero eso podía esperar, igual que la foto. El clavo en la pared y la reconciliación con Erla marcarían el final de su primer gran caso.

Sacó las notas del abogado y se puso a leerlas por segunda vez. Después, las mandaría al archivo, donde se escanearían y se conservarían en formato digital como parte del material de la investigación, y probablemente nadie volvería a echarles un vistazo nunca más. No habría necesidad. La entrevista se había grabado y las notas no contenían nada nuevo. La única parte que podía ser de interés era lo que el abogado había escrito al final, cuando el sospechoso y él intentaron rascar cualquier detalle que pudiera mejorar su situación.

Huldar se encontró con una palabra que no podía descifrar; parecía comenzar con una H o una B, y terminar con una O. Entre medio aparecían lo que podía ser una U, una P y quizá una N. Seguidas de varios signos de interrogación. En vez de apartar la libreta, Huldar decidió llamar al abogado. De esa manera, si la investigación era objeto de una revisión interna, él no quedaría como un idiota, sino que podría asegurar que se había familiarizado del todo hasta con el último detalle.

El abogado se sintió decepcionado al darse cuenta de quién le llamaba. Con toda probabilidad había esperado que se tratara de un acusado necesitado de representación. A menos que hubiera hecho retirar su nombre de la lista del turno de oficio, tal y como había amenazado con hacer después de la debacle del interrogatorio de Karl. La prensa lo había criticado con frecuencia durante la tormenta mediática provocada por el hecho de que un sospechoso hubiera estado a punto de morir bajo custodia de la policía. Habían intentado poner en duda su conducta. Uno de los titulares había rezado: «La meteórica caída en desgracia de un abogado». Las cosas habían cambiado cuando la cobertura de los medios tomó una dirección diferente y más adelante quizá incluso se entusiasmara al ver que por una vez en su vida lo describían como «un abogado estelar».

—«Hurto.» Probablemente dice «hurto». —El abogado añadió que no hacía falta que escaneara la página en cuestión para enviársela por correo electrónico puesto que, ay, la tenía grabada en la memoria.

—¿Qué hurto?

—Karl dijo que les habían entrado en casa poco antes de que muriera su madre. Pensaba que el ladrón podía haberle robado el soldador. No puedo decir que me pareciera demasiado creíble, pero pensé que no estaría mal echarle un vistazo.

—Entiendo.

Huldar apartó el martillo y el clavo. ¿Por qué no había salido eso a la luz después de la detención de Karl? Llevaba toda la vida viviendo en la misma dirección, así que el incidente debería haber aparecido de inmediato en la base de datos de la policía. Pero tenían otras cosas en la cabeza. No había dudas sobre la culpabilidad de Karl y el equipo estaba ocupado intentando descubrir un motivo para los asesinatos y relacionando al sospechoso con la compra del casco y de la cinta americana, aunque sin éxito. Nadie había dedicado un solo minuto a comprobar si era concebible que Karl fuera inocente; las pruebas en sentido contrario eran demasiado convincentes. Excesivamente convincentes. ¿Por qué demonios pensaba en eso? ¿Y qué si habían entrado a robar en la casa del muchacho? ¿Cómo podía eso estar relacionado con los asesinatos? La respuesta era sencilla: no existía relación. Era solo que no podía aceptar que el caso se hubiera solucionado. Este había ocupado sus pensamientos durante demasiado tiempo como para dejarlo estar.

Esa debía de ser la explicación.

De repente le sonó el teléfono. Se quedó mirando la pantalla, preguntándose qué podía querer la Barnahus de él. Quizá estuvieran preparando una factura y necesitasen de su aprobación. «Tiene una cuenta tremenda esperándole en el sistema.» Pero difícilmente podía ser esa la razón; dos instituciones estatales no necesitarían de un arreglo de ese tipo, tal y como él tampoco iba a mandar una factura a las familias de las víctimas por el coste de la investigación. Se alegró al oír de quién se trataba. Quizá Freyja había estado pensando igual que él y quería celebrar que habían cerrado el caso. Pero su tono de voz sugería algo diferente.

—Espero no llamar en mal momento.

—No, no, en absoluto. —Huldar se arrepintió de inmediato por haber estado tan lento de reflejos, temeroso de que ella se lo imaginara con los pies encima de la mesa, silbando ocioso—. Estoy atando algunos pequeños cabos sueltos relacionados con la investigación, pero pueden esperar. Si todo va bien le daremos carpetazo hoy mismo.

—En realidad te llamaba por eso. ¿Habías pensado algo especial en relación con el fin del caso?

—Qué gracioso... Hemos pensado lo mismo. —Huldar sonrió. Sus repetidos intentos al fin parecían haber tenido resultado: ella quería que lo celebraran juntos y a él no le importó que fuera solo por compasión. Era un principio.

—¿A qué te refieres? —Freyja sonó perpleja.

Huldar cerró los ojos. Maldición.

—Lo siento, te he malinterpretado. Sigue.

—¿Necesitas que te hagamos un informe?

Huldar abrió los ojos y sacudió la cabeza, enojado consigo mismo.

—Sí, eso sería genial. Supongo que describiréis las entrevistas y lo que surgió de ellas...

—Sí, tenemos un formulario bastante estándar. Si no te importa, me gustaría añadir una sección sobre el bienestar de Margrét. Que la policía vea negro sobre blanco lo importantes que son nuestros servicios para los niños que acaban en este tipo de situaciones podría tener un impacto positivo en futuras colaboraciones.

—Por supuesto. —No pensaba desilusionarla señalando que nadie más que él iba a leer ese informe. Conocía a sus colegas. Y él mismo solo iba a hacerlo porque estaba obligado a ello como responsable de la investigación.

—Puesto que ya conozco a Margrét bastante bien, se ha decidido que evalúe si hay necesidad de que continúe con la terapia. Ha venido a verme varias veces.

—¿Y? —Huldar no sabía bien adónde quería llegar con eso, pero era evidente que el objetivo no era tomarse una copa con él.

—Hay una cuestión que quería comentarte. No sé si debo dejarla fuera o incluirla en el informe. Verás, podría ser vergonzosa para ti.

—¿Vergonzosa para mí? —Eso le picó la curiosidad. La visión de los dos a solas en un bar tranquilo se evaporó por completo.

—Sí. Un poco. Al menos eso creo. —Freyja hizo una pausa y prosiguió—: Margrét está empeñada en que eres el asesino.

—¿Yo? —Huldar soltó una carcajada—. ¿De dónde demonios ha sacado esa idea? ¿Qué hay de la foto? ¿No se quedó convencida de que era Karl?

—Se retractó. Ahora afirma que estaba confundida. El hombre se parece un poco al que ella vio y de todos modos tampoco es que llegara a verle demasiado bien.

—No puede pensar que me parezco al hombre del jardín...

—No hay manera de que se explaye sobre eso. He pensado en volver a intentar que se explique y me preguntaba si querrías venir como observador. Tenemos una cita dentro de un rato y podríamos recibirla en la sala de entrevistas, si quieres. Pero tendrías que asegurarte de llegar antes que ella, para que no haya ninguna posibilidad de que te vea.

—Allí estaré.

—Es a las tres, dentro de dos horas. Con un poco de suerte, o bien servirá para aclarar las cosas, o me las arreglaré para que entre en razón. No podemos permitir que Margrét regrese al mundo pensando que el asesino de su madre no solo sigue suelto, sino que para colmo es un policía.

—Llegaré a las dos y media. —Huldar cortó la llamada. Era evidente que no iba a colgar el cuadro ese día.

Mientras tanto, se concentraría en el informe sobre los objetos extraviados en el depósito.

Fue una lectura mucho más interesante de lo que había esperado.

Lo mismo que los detalles de la base de datos policial sobre el hurto en casa de la madre de Karl.

Por no mencionar el informe acerca de las descargas ilegales de Halli, que Huldar solo se había mirado por encima pero que en ese momento leyó de pe a pa.

34

Huldar entendió entonces la rabia del toro ante el color rojo. Se sentía como si le sangraran los ojos; lo veía todo a través de una neblina rosada. Su cabeza era un hervidero de ideas que no hacían más que girar.

Pero tuvo que tragarse la rabia y se obligó a permanecer sentado, observando a Freyja, que llevaba un rato charlando con Margrét sobre sus sentimientos y no había hecho aún ningún comentario acerca del asesinato. Aunque era consciente de que las preguntas debían seguir un cierto patrón e irían volviéndose cada vez más serias, la impaciencia estaba acabando con él. Sacudía el pie arriba y abajo por debajo de la mesa, y el ritmo aumentaba un poco con cada nueva pregunta irrelevante.

El padre de Margrét estaba sentado frente a él. En esa ocasión era Sigvaldi quien había acompañado a su hija al centro. Según Freyja, la niña se había reconciliado más o menos con su presencia.

La verdad era que Huldar no había podido poner ninguna objeción, pero estaba enojado consigo mismo por no haberlo previsto. ¿Qué había esperado, que Margrét llegara sola en autobús?

La última vez que se vieron, Sigvaldi estaba desconsolado, rabioso y afligido, incapaz de aceptar la muerte de su mujer. Pero en ese momento parecía principalmente incómodo por tener que compartir habitación con Huldar, y sin duda se estaba maldiciendo a sí mismo por no haber aceptado la invitación de Freyja para quedarse en la sala de espera. Allí podría haberse tomado un café mientras leía los periódicos, en vez de tener que alejarse de Huldar centímetro a centímetro, meciendo la silla, después de que su intento inicial por entablar conversación hubiera sido recibido con un siseo rabioso por parte del policía.

Si no se concentraba, Huldar corría el riesgo de perder el hilo de lo que se decía al otro lado del cristal. Era demasiado fácil dejar que le distrajera esa furia que sentía hacia todo y hacia todos, pero en especial hacia sí mismo por haber dejado que se le escaparan tantas cosas y porque le hubieran hecho quedar como un idiota. Pero tenía que mantener la cabeza clara si pretendía llevar a cabo su plan y lanzarse sobre la persona a la que había pasado a creer culpable.

Mientras Margrét contestaba a la pregunta sobre cómo le iban las cosas en la escuela, Huldar se puso a dar vueltas, a su pesar, a los descubrimientos que había hecho en las últimas dos horas. Lo único que faltaba para completar el puzle era el testimonio de la niña. Todo lo demás concordaba con su nueva teoría, y eso sin tener en cuenta que ni la más mínima prueba sobre la culpabilidad de Karl resistía un examen riguroso.

Una llamada a la Administración de Correos y Telecomunicaciones había confirmado que las emisiones de onda corta mencionadas por Karl habían existido. El empleado con el que había hablado Huldar estaba ansioso por ayudarle a llegar al fondo del misterio, ya que ellos mismos habían estado intentando descubrir el origen de las emisiones después de recibir una queja del aeropuerto regional de Reikiavik. Al parecer, su frecuencia estaba demasiado cerca de la asignada a la comunicación con las aeronaves, lo que había producido interferencias en el canal. Sin embargo, no habían logrado rastrearla porque las emisiones habían sido demasiado breves e irregulares. La persona responsable de estas no solo había tenido el sentido común de salir del aire entre una y otra, sino de apagar también el transmisor. La queja había tardado un tiempo en llegar a las autoridades y poco después el problema había desaparecido con el fin de las emisiones. En cualquier caso, el hombre sentía una gran curiosidad por saber de dónde habían salido, ya que encontrar una estación de números islandesa era extremadamente inusual; de hecho, no había precedentes. Al parecer, solo Karl y su amigo Börkur habían sabido de su existencia.

A Huldar le sonó el móvil y dejó de sacudir el pie. Contestó a la llamada de Ríkhardur después de apartarse de la mesa de conferencias.

—Ahora no puedo hablar. Estoy en el centro, ha surgido algo. ¿Te puedo llamar luego? —Las palabras le salieron con brusquedad, y no ayudó el hecho de que tuviera que susurrarlas. No se atrevió a salir de la estancia por si Freyja al fin conducía la conversación hacia el asesinato.

—Por supuesto. ¿Hay un nuevo caso? —Ríkhardur sonó ansioso. No había nada en el horizonte, ninguna perspectiva de una investigación importante en un futuro cercano.

—No. Te pongo al corriente luego. —Huldar oyó que Freyja le preguntaba a Margrét si se veía con fuerzas para hablar de lo que le había pasado a su madre—. Tengo que irme. Hasta ahora.

—¿Quieres que venga? ¿Quién más está ahí?

—Erla no, si eso es lo que te preocupa —se apresuró a contestar Huldar—. Ya casi hemos acabado, volveré en nada a la comisaría. Espérame, si puedes.

Cortó la llamada sin darle la oportunidad de responder. Margrét había dicho que sí. Huldar no se molestó en sentarse de nuevo, sino que se situó en el extremo de la mesa. Fingiendo que no reparaba en él, Sigvaldi se desplazó imperceptiblemente un poco más hacia el cristal.

—Estoy casi segura de que no fue ese hombre. El del hospital. —La niña jugueteaba con la pulsera elástica que llevaba en la muñeca—. ¿No hay hospitales-cárcel?

—No, en Islandia no. En otros países tienen cárceles muy grandes en las que puede haber pabellones hospitalarios para prisioneros enfermos, pero no creo que exista ningún hospital-cárcel.

—Entonces está bien que no sea el malo. Papá dice que tendrá que quedarse para siempre en el hospital. Toda su vida. Así que no irá a la cárcel. Quiero que el hombre que hizo daño a mamá sí lo haga.

—Es lo que todos deseamos.

—El malo no.

—No, él no cuenta. —Freyja se pasó la mano por el pelo. Lo llevaba suelto, igual que en la entrevista anterior, y sus rizos rubios descansaban sobre sus hombros—. Puesto que estás segura de que no fue el hombre que está enfermo, ¿quién crees que le hizo daño a tu mamá?

—El hombre de los zapatos.

—¿El hombre de los zapatos? —Freyja se dio unos golpecitos en el micrófono que llevaba oculto en la pechera para advertir a Huldar de que estaban llegando a alguna parte. Quizá temiera que él se hubiera echado una cabezadita—. ¿Me lo puedes describir un poco mejor? Al fin y al cabo, casi todo el mundo lleva zapatos.

—Estuvo en tu piso. Dijo que había estado en el jardín, pero también estuvo en mi casa. Le vi desde debajo de la cama. Vi sus zapatos. Los recuerdo.

—¿Recuerdas quién te sacó de debajo de la cama, Margrét? ¿Por la mañana? Fue él.

—Sí. —La niña no pareció muy segura de sí misma.

—Eso fue mucho rato después de que se fuera el hombre que le hizo daño a tu madre.

—Sí. —Margrét, que parecía haber perdido el interés en la conversación, se sacó la pulsera y comenzó a estirarla entre los dedos—. Pero él también fue el que le hizo daño a mami. Eran los mismos zapatos, lo sé, los vi. —Se detuvo un instante y entonces repitió—: Los vi.

Huldar se encorvó hacia el micrófono.

—¿Podrías preguntarle qué dijo con exactitud el hombre acerca de su padre? Es absolutamente crucial. —Ignoró la expresión horrorizada de Sigvaldi.

—Margrét, ¿qué dijo el hombre sobre tu papá cuando aseguró que él tenía la culpa?

En un primer momento dio la impresión de que Margrét no iba a contestar. Entonces enderezó la espalda, se inclinó hacia Freyja y se puso a susurrar. Al quedar al lado del micrófono oculto, sus palabras se oyeron con mayor claridad que antes.

—No se lo digas a nadie.

—No puedo prometerte eso, Margrét.

Huldar gimió. ¿Acaso la mujer no podía limitarse a mentir?

—No quiero que nadie lo sepa.

—A veces, la gente tiene que saber las cosas. Aunque sean malas o desagradables. Y a veces no son tan malas como podrías creer.

—Esto es muy malo. Papá hizo algo muy malo, pero creo que no quería.

—Estoy segura de que no quiso hacerlo. Y es posible que el hombre no dijera la verdad. Quizá se lo inventó. Si no se lo cuentas a nadie, nunca averiguaremos si era cierto.

Margrét se quedó pensativa otra vez. Entonces le susurró a Freyja, por suerte a un volumen lo bastante alto para que el micrófono captara todas sus palabras:

—El malo dijo que papá había matado a su bebé. Que iba a hacerle daño a mami por culpa de él. Que le aspiraría la vida tal y como papá había aspirado a su bebé. —Margrét se recostó de nuevo, con una expresión torcida por la tristeza y la repugnancia—. Yo creo que tuvo que ser un error, ¿tú no?

Sigvaldi emitió un bufido peculiar, una especie de gorjeo que no dejó de prolongarse.

Huldar posó los nudillos sobre la mesa e inclinó la cabeza por un instante, cerrando los ojos con fuerza y apretando los dientes. Todo encajaba. Entonces levantó la cabeza con tanta rapidez que se mareó. Con dedos temblorosos, se sacó los chicles de nicotina del bolsillo del pantalón y se metió dos en la boca para ir sobre seguro.

En el informe acerca de los objetos extraviados en las dependencias policiales, Huldar había reconocido varias cosas que le resultaban familiares. Entre ellas, un casco negro de motocicleta, un móvil, un cortador de vidrio y un juego de ventosas. En una caja que había estado llena faltaban ocho rollos de cinta americana. El teléfono y la cinta formaban parte del botín de objetos robados que se había descubierto durante el registro de un domicilio. El móvil contenía una tarjeta SIM prepago que no se había rastreado. Era un modelo barato, nadie había denunciado su sustracción y no se había hecho ningún esfuerzo por encontrar a su dueño. Tampoco había denunciado nadie el robo de la cinta; la tienda de la que procedía no se había molestado en informar a la policía cuando más tarde resultó que las memorias USB no habían desaparecido, no fuera a ser que eso redujese la indemnización de la compañía de seguros. El cortador de vidrios y las ventosas se habían confiscado al detener a un ladrón en medio de un allanamiento de morada. El casco estaba relacionado con un viejo caso de drogas y no había sido reclamado nunca, pues su dueño continuaba entre rejas.

Cuando buscó en el sistema el informe sobre el hurto en casa de la madre de Karl, no fue el incidente en sí lo que llamó la atención de Huldar. Se habían llevado algunas pertenencias de poco valor y la descripción de la dueña de la casa decía que estaba molesta, pero también que se había comportado de manera bastante rara; el agente encargado de la investigación tuvo la sensación de que por encima de todo estaba interesada en él.

La base de datos de la policía también contenía información sobre la investigación de descargas ilegales en la que había estado involucrado Halli. Una vez más, no fue el crimen en sí lo que llamó la atención de Huldar, sino la identidad del agente que había tenido un papel más activo en la redada. Era el mismo que había investigado el hurto en casa de la madre de Karl: Ríkhardur.

En un primer momento, Huldar se había quedado perplejo. Era impropio de su colega que no hubiera mencionado su trato previo con dos personas involucradas en un caso de asesinato. Iba en contra de su formación, así que tenía que haber algún error.

Sin detenerse a pensarlo, Huldar había llamado a Karlotta, que no dio la sensación de estar muy alegre al saber de él, pero que pareció intuir que se trataba de algo serio y no tardó en dejar de preguntar qué pasaba para limitarse a ofrecerle respuestas sucintas a sus preguntas.

Le preguntó si Ríkhardur conocía a Ástrós, Elísa o Sigvaldi, o si había tenido alguna relación con ellos. Resultó que no conocía a ninguno de ellos. Pero Karlotta sí.

Ástrós le había enseñado biología en sexto curso.

Sigvaldi había sido su ginecólogo.

Cuando Huldar la presionó para que le contara si Sigvaldi había cometido algún error o le había hecho daño de manera que no pudiera tener hijos, ella le interrumpió para preguntarle si se trataba de algo importante de verdad, pues sus preguntas se estaban volviendo bastante personales. Entonces, al cabo de un breve silencio, le confesó que Sigvaldi era el médico que la había examinado, que había aprobado el aborto que ella había solicitado y que se lo había realizado sin pedirle que especificara el motivo. Así que su último embarazo no había acabado en aborto natural, como Ríkhardur y ella habían asegurado.

Karlotta no quería al bebé y había abortado. Ríkhardur no lo supo hasta que ya fue demasiado tarde.

Aturdido por las implicaciones del asunto, Huldar no había sido capaz de decir nada. Al final, ella le había contado el motivo sin que él tuviera que preguntárselo. Lo que le dijo supuso un golpe tan inesperado que comenzó a preguntarse si no se estaría imaginando toda esa conversación. Pero Karlotta pasó a hablarle de la carta que había precipitado la cuestión y de su relación con Ástrós y con la madre de Karl.

—Sigvaldi... —murmuró Huldar con la boca llena de chicle—. Despídame de Freyja y dele las gracias por todo, pero dígale que he tenido que irme.

El hombre no pudo ocultar el alivio de verse privado de su compañía.

—Vale, lo haré.

Huldar se quedó sentado en el coche mucho rato, recostado sobre el volante, intentando aclarar las ideas. Al oír que la puerta se cerraba con fuerza, se enderezó, puso en marcha el vehículo y se marchó de allí. No deseaba tener que saludar a Sigvaldi y Margrét cuando pasaran a su lado. El hombre sin duda se preguntaría perplejo por qué no se había ido aún. Los vio alejarse juntos de la casa por el retrovisor. No iban de la mano.

No había llegado muy lejos cuando le sonó el móvil. Era Freyja.

—Tengo que contarte una cosa. Te habías ido cuando Margrét y yo hemos acabado, pero quería aprovechar la oportunidad para confesarte algo que quizá sea importante.

—Si tiene que ver con el informe o con lo que ha dicho Margrét, no hace falta. Parece que nos hemos equivocado de cabo a rabo, así que el caso vuelve a estar completamente abierto.

—No. No tiene nada que ver con el informe, ni con Margrét.

Se quedó perplejo.

—Vale. —No pudo decir más. Se dio cuenta de que simplemente no soportaba la idea de tener que enfrentarse a Síkhardur, y mucho menos a Egill, su jefe, o a la demás gente a la que debería comunicar la desagradable noticia. No tenía ni idea del orden en que debería abordarlos, ni de cómo debía actuar—. Voy a dar media vuelta.

—Te prometo que seré breve. Me gustaría sacarme esto de encima y preferiría no tener que ir a la comisaría.

Huldar se quedó pensativo. Aquello significaba una prórroga. Y a saber, con su formación psicológica quizá Freyja pudiera aconsejarle la manera en que debía confesar sus errores y su incompetencia sin quedar como un completo idiota. No hacía falta contarle toda esa penosa historia; podía presentársela como un problema hipotético.

—Tardo dos minutos.

Para no despertar las sospechas de Ríkhardur, le mandó un mensaje de texto diciendo que se había entretenido. Su antiguo amigo le contestó casi de inmediato, preguntando si había novedades. Huldar se obligó a responder, aunque cada letra le doliera, diciendo que no, y que no tardaría en volver. La pantalla se oscureció y no volvió a iluminarse. Al parecer, Ríkhardur se había quedado satisfecho. De momento.

35

—Todo el mundo se ha ido a casa. He conectado la alarma del piso de arriba, así que tendremos que arreglarnos aquí... No te entretendré demasiado.

Freyja condujo a Huldar al consultorio. Por un momento se preguntó si estaba haciendo lo correcto; el hombre parecía enfermo, estaba pálido, callado, distraído. Esperó que cualquier germen que llevara consigo desapareciera durante la noche, pero quizá lo más sensato sería limpiar todo lo que él tocara antes de irse.

Las únicas sillas que había eran incómodas y de altura diferente; una era de oficina y la otra, un taburete ajustable con ruedas que la doctora usaba para examinar a los niños. Freyja le ofreció la silla a Huldar y ella, al coger el taburete, quedó más alta que él; eso le provocó una sensación un poco extraña, pero al menos le ahorró al policía tener que mirar hacia la mesa. Se trataba de una parte lúgubre del equipo, una mesa de reconocimiento ginecológico para niños, lo cual violentaba cualquier instinto. Él ya se sentía lo bastante mal sin necesitar que le recordaran los crímenes nauseabundos a los que algunos menores se veían sometidos.

—¿Qué era lo que querías contarme?

Debía de haber pillado algo, pensó Freyja; quizá ya

estuviera con fiebre. Su voz sonaba áspera, poco amigable. Se preguntó si no habría cometido un error al pensar que podía confiar en él. ¿Sería mejor guardarse para sí lo que quería contarle e inventarse alguna otra historia? Pero lo que él dijo a continuación la tranquilizó:

—Si estoy un poco raro se debe a que me he quedado de piedra con una cosa que ha sucedido. Por favor, no te lo tomes como algo personal.

Ella soltó una risita.

—No te preocupes. Pensaba que quizá tenías la gripe. —Fue un alivio saber que no tendría que desinfectarlo todo cuando él se fuera. Estaba ansiosa por volver a casa y Molly la estaba esperando. Freyja tenía la esperanza de que la perra no se hubiera comido las suelas de los zapatos nuevos que había olvidado esconder—. Solo quería decirte que sé quién estaba en el jardín..., quién era el hombre que pensaste que me estaba acosando. Y no guarda relación con el caso de asesinato.

—¿Era tu ex? —Huldar parecía no sentir el menor interés.

—No. —Freyja sacudió la cabeza—. Tengo un hermano que... digamos que se ha salido del buen camino. Él contrató a un hombre para que me vigilara, porque creía que yo estaba en peligro. Por un completo malentendido, temió que mi ex quisiera saldar cuentas conmigo. Y, para que quede claro, no fui yo quien le dio esa idea. Se le ocurrió a él solito.

Huldar exhaló con pesadez, como un hombre a punto de fallecer de estrés.

—Sé quién es tu hermano.

—¿Qué?

—Tenía curiosidad. Pensé que tu dirección no encajaba con tus circunstancias, así que comprobé a nombre de quién estaba registrado el apartamento. Nuestra base de datos me mostró que compartís madre, de modo que no fue difícil averiguarlo. —Bajó la vista al suelo antes de proseguir—: Conozco su historial. Reconocí el nombre y lo busqué en los archivos. Incluso tuve el honor de detenerle yo mismo una vez, hace años.

—Entiendo. —Freyja no se atrevió a preguntar por qué motivo.

—Por supuesto, el nombre de la perra debería haberle delatado.

—¿Qué quieres decir?

—¿Quién llama «Molly» a su perra? No una psicóloga infantil, eso seguro.

—¿Qué problema tiene ese nombre? ¿De qué estás hablando?

—¿Quieres decir que no lo sabes? Es una de las formas de llamar al MDMA, el ingrediente activo del éxtasis. —Cansado, Huldar añadió—: Da igual.

—Oh... —Freyja se sonrojó. ¿Cómo era posible que no se le hubiera ocurrido nunca? Se apresuró a devolver la conversación al tema inicial—. En cualquier caso, no hace falta que pierdas más tiempo preguntándote si el hombre del jardín era el asesino. —Deseó poder recostarse sobre el taburete; le molestaba el peso del bolso en el hombro, pero no se atrevía a dejarlo en el suelo por miedo a que Huldar viera la pistola. Tenía la intención de pedirle que se deshiciera de ella sin revelarle de dónde había salido, pero evidentemente había sido una mala idea. Huldar la relacionaría de inmediato con su hermano y no podía confiar en él—. Eso era todo.

Huldar le aguantó la mirada y Freyja se obligó a

no bajar la vista ni revelar alguna otra señal de que estuviera engañándole. A veces era muy útil haber estudiado el comportamiento humano.

—No acabo de entenderlo. —Chasqueó la lengua—. ¿No podrías habérmelo contado por teléfono?

—Sí, supongo que sí. —Sonrió, avergonzada—. Es solo que quería hablar contigo cara a cara. Hasta donde yo sé, es posible que se graben tus llamadas. No quería tratar el tema de mi hermano con la policía, como seguramente comprenderás. He hecho una excepción en tu caso. En vista de las circunstancias. —Se interrumpió. Cuando se miente, conviene decir lo menos posible; era preferible que Huldar la tomara por una persona que pecaba de cautelosa. Le fastidiaba no ser muy diferente a lo que él pensaba de ella.

—Para tu información, no grabamos las llamadas.

—Gracias, es bueno saberlo —fue lo único que se le ocurrió decir.

Oyó que un coche aparcaba en el camino de acceso y, aunque no le entusiasmaba la idea de tener que quedarse en el trabajo, esa distracción representó un alivio.

—¿Estás esperando a alguien?

—No. —Freyja hizo rodar el taburete hasta la ventana y echó un vistazo a través de un hueco de la persiana—. Me parece que es para ti.

—¿Para mí?

—Bueno, es un coche de policía, y generalmente nos avisan con antelación. No tenemos un servicio de urgencias.

Huldar se había acercado a la ventana sin que ella se diera cuenta. Un hombre salió del coche. Freyja, que no le conocía, se sorprendió al ver a alguien así bajarse de un vehículo policial. Iba tan acicalado y vestía con tanto gusto que hubiera parecido más bien un banquero de no ser por su calzado reglamentario negro de policía: el mismo que llevaba Huldar. Antes de dirigirse hacia el edificio, se detuvo para pasarse ambas manos por el prolijo peinado.

—Mierda. Mierda. Mierda. —Huldar se volvió y miró a su alrededor con expresión frenética. Oyeron que se abría la puerta principal, y acto seguido se cerró con suavidad. Huldar le susurró al oído—: Escóndete ahí dentro. —En la anterior encarnación de la casa, el mueble había sido un armario, pero en ese momento se utilizaba para guardar guantes desechables y demás equipamiento médico—. No hagas preguntas. Tú escóndete. Te lo explico luego. Todo irá bien.

Freyja estuvo a punto de contestar que más le valía, pero entendió por su expresión que lo más inteligente era cerrar la boca y obedecer. Mientras se hacía hueco entre las pilas de pequeñas cajas de cartón blanco, agradeció no haber repuesto las existencias en tiempos recientes. Pese a todo, estaba bastante apretujada; no podía moverse sin chocar contra algo y, si lo hacía, revelaría su escondite. Su principal miedo era que se le resbalara el bolso por el brazo y que este tirara una de las pilas de cajas. Cerró el armario mientras Huldar abría la puerta que daba al pasillo. Le oyó gritar a través de la fina puerta de madera:

—¡Líkhardur!

Hizo un esfuerzo por respirar con calma y sin hacer ruido, y se concentró en lo que decían Huldar y el desconocido.

—Me preguntaba si necesitabas ayuda. Parecías preocupado.

—No hacía falta. Estaba a punto de regresar a la comisaría. ¿No has recibido mi mensaje?

—Sí. —Los dos guardaron silencio durante un instante, y a continuación Ríkhardur habló de nuevo—: Se me ha ocurrido que quizá tenías novedades, ya que estaban entrevistando de nuevo a la niña. Oí una de las preguntas que le hacían mientras hablábamos por teléfono y me moría de la curiosidad. Deberías mantenerme informado si pasa algo importante.

—Y eso pensaba hacer. ¿Por qué no volvemos a la comisaría y lo comentamos allí? No podemos quedarnos aquí: están esperando a un niño para entrevistarlo y examinarlo en relación con una presunta agresión sexual.

—¿Por qué no hay nadie? Tú no vas a recibirle, eso está claro.

—No. Freyja, la psicóloga al mando, está de camino. Le han pedido que recogiera a la doctora y yo me he ofrecido a esperar en caso de que llegaran en el ínterin.

Freyja le reconoció a Huldar que pensaba rápido, aunque tendría que haber recordado que el tipo sabía mentir bien.

—¿La doctora no podía venir en taxi?

—No lo sé. ¿Qué te pasa? ¿Y qué demonios te importa? —Huldar sonaba enojado, mucho más enojado de lo que reclamaba la situación. Era evidente que Ríkhardur se había puesto bastante pesado, pero había otra razón para esa rabia. Una razón que la había obligado a esconderse en el armario.

Hubo una breve pausa antes de que Ríkhardur contestara. Al hacerlo, su voz sonó más serena; el dejo lastimero había desaparecido y a Freyja se le puso la piel de gallina al oír ese tono novedoso y frío.

—He ido a tu despacho. He visto el informe sobre los objetos que han desaparecido del depósito. Has marcado algunos que te parecían relevantes. ¿Crees que tienen relación con los asesinatos? Podría tratarse de una coincidencia: se confiscan un montón de cosas durante los registros domiciliarios.

—Creo que tienen relación, sí. Y no considero ni por un instante que Karl sea el asesino.

Freyja frunció el ceño en la oscuridad. ¿De qué estaba hablando? Aguzó el oído para no perderse nada.

—Pero, como te decía, este no es el lugar para comentarlo. Venga, volvamos a la comisaría.

—¿No tienes que esperar a que llegue la mujer que está a cargo? Por si se presenta alguien con el niño.

—Dejaré una nota en la puerta.

—¿Por qué no me cuentas lo que está pasando? Seguro que no tardas ni un minuto. No veo qué diferencia puede haber entre hacerlo aquí o en la comisaría.

—Pues que estoy cansado. Voy a contártelo todo, pero aquí no. ¿No puedes tener un poco de paciencia?

—Prefiero oírlo ahora. No pienso volver a la comisaría.

—¿En serio? ¿Vas a regresar a casa en un coche patrulla? No es que tengas que desviarte para pasar por la comisaría.

Siguió un nuevo silencio. Cuando volvieron a hablar, sus voces sonaron más cercanas, como si Ríkhardur hubiera entrado en la consulta.

—Sabes algo, ¿verdad? Karlotta me ha llamado, me ha contado vuestra conversación.

Freyja se preguntó quién sería Karlotta. ¿Una colega de los dos policías, quizá? Antes de que pudiera llegar a ninguna conclusión, Ríkhardur prosiguió:

—No soy idiota, Huldar. Sé que lo has descubierto, pero esperaba poder persuadirte para que te lo calles.

Huldar resopló.

—¿Estás loco?

—No. Pero, si te paras a pensarlo, le conviene a todo el mundo que no sigas adelante. Y no hace falta decir que yo te estaría agradecido. Le ahorrarías a Karlotta que la vean como un monstruo en público. Mantendrías el ascenso. El único que saldría perjudicado sería el pobre Karl, pero en realidad ya no tiene nada que perder. Así que todos salen ganando.

—Olvídalo. Este no es un tema de ganar o perder. Has cometido un crimen. El crimen más espantoso que se pueda imaginar. Tres veces. ¿De verdad crees que me importa tanto ese puto ascenso como para dejarte libre?

Freyja lanzó un grito ahogado y se quedó paralizada. ¿La habrían oído? ¿De qué estaban hablando? Al final, ¿Karl no había matado a la madre de Margrét? ¿Estaba el verdadero asesino en esa habitación?

—Eso es lo que esperaba, sí. Si te sirve de ayuda, no me resultó sencillo. Pero todos se lo merecían.

—¿Elísa? ¿Qué te había hecho ella?

—Bueno, nada. No fui a por ella. Pretendía matar a Sigvaldi, tal y como él había matado a mi bebé. Pero, puesto que no estaba en casa, me pareció apropiado. No me gustó la idea de matar a uno de los niños, aunque se lo habría merecido. No soy un monstruo, ¿sabes? De hecho, encerré a los niños en su habitación antes de irme, para que no encontraran el cuerpo de su madre.

Freyja tenía la sensación de estar asfixiándose. Se concentró en intentar respirar con calma. Había aire suficiente dentro del armario. Más que suficiente. Inspiraciones lentas. Había aire suficiente.

—Podrías haberte ido. Y haber vuelto cuando él estuviera en casa. Elísa no te había hecho absolutamente nada.

—Eso era inconcebible. La oportunidad me cayó

del cielo, fue un regalo divino, si crees en ese tipo de cosas. Estaba en mi coche y la vi dirigirse hacia la gasolinera. La seguí y me aproveché de esa buena suerte. Tener la llave de la casa hizo que todo fuese mucho más sencillo. Me pareció fuera de discusión volver en otro momento, cuando Sigvaldi estuviera allí. Para entonces ya habrían cambiado la cerradura y estarían más en guardia. Puesto que él no se encontraba en casa, no tuve otra opción que acabar con ella.

—Él no mató a tu bebé, Ríkhardur. Realizó un aborto. Que es la forma correcta de proceder en ese contexto. ¿Por qué crees que Karlotta sufrió abortos naturales cada vez? Fue la manera que tuvo la naturaleza de lidiar con el problema. ¿Y qué debía hacer ella al saber la verdad? Era la única vía posible. Y no fue Sigvaldi quien tomó esa decisión, sino Karlotta. Que no tuvo otra alternativa. No sé si eres consciente de la gravedad del tema.

—¿Gravedad? Pues claro que soy consciente. ¿Cómo crees que me sentí al enterarme? ¿Cómo crees que se sintió Karlotta? —Ríkhardur se rio sin alegría—. Es tan irónico... Si no hubieran entrado a robar en casa de Karl, no habría pasado nada de todo esto. Karlotta y yo estaríamos preparándonos para la llegada de nuestro bebé y nadie habría tenido que morir. Pero no. La madre de Karl tuvo que estropearlo todo dándose cuenta. Reparó en el parecido entre su hijo mayor y yo, y se acordó de mi nombre. En un primer momento no se fue de la lengua, solo me hizo un montón de preguntas personales y yo pensé que era una vieja bruja excéntrica. Fui tan idiota que le conté que iba a ser padre y hasta mencioné el nombre de mi esposa. Me sentía tan feliz y estaba tan emocionado... Tendría que haber cerrado la boca.

Freyja oyó un suspiro pesado, supuso que de Ríkhardur.

—Cuando me marché, investigó un poco y se convenció de estar en lo cierto. Que su hijo Arnar, Karlotta y yo éramos hermanos. Que Karlotta era mi hermana.

—Sabes que es peor que eso, Ríkhardur. Aunque solo eso ya habría bastado para obligar a que os separarais.

Freyja escuchaba con incredulidad. Ríkhardur prosiguió como si Huldar no le hubiera interrumpido:

—La madre de Karl escribió a Karlotta. Ella no me mostró la carta hasta después de que se acabara lo de nuestro bebé. La mujer le contó la trágica historia de mi madre, nuestra madre, y le recomendó que me dejara y que abortara. No deberíamos habernos encontrado nunca: nos mandaron a extremos opuestos del país creyendo que nuestros caminos no se cruzarían jamás. Pero no tuvieron en cuenta lo mucho que yo la quería. Solo necesité verla una vez, en la otra punta de la Facultad de Derecho, para saber que sería mi futura esposa. Que ahora me haya enterado de que es mi hermana no cambia nada. No hay la menor diferencia. —La risa de Ríkhardur fue desagradable—. Todo ese tema de nuestros padres forma parte del pasado. Nuestra madre está muerta, igual que nuestro padre. Aunque la verdad es que no sé cómo llamar a ese cabronazo diabólico: ¿padre, abuelo? ¿Qué fue?

—Ambas cosas. Y tienes razón, fue un monstruo, Ríkhardur. Violó a tu madre, violó a su propia hija. En repetidas ocasiones. Es una historia desgarradora, y no es de extrañar que ella acabara matándolo. Es una tragedia que sintiera que también tenía que quitarse la vida. Estoy casi seguro de que la habrían tratado con indulgencia y la hubieran condenado a la pena más leve posible. Eso queda claro por la manera en que se silenció el incidente. Ni siquiera se filtró a la prensa. Probablemente lo hizo para proteger a sus hijos..., para evitar que la gente descubriera de dónde veníais.

—Se quedó embarazada. A los diecinueve. —Ríkhardur tuvo que detenerse un instante por la emoción—. Se trasladó a Akranes, pero el hombre con el que estaba liada se negó a reconocer al niño. Al menos eso decía la carta que recibió Karlotta. No tenía cómo mantenerse, así que volvió a casa. Con el hombre que debería haberla ayudado a levantarse otra vez. Con su padre. Pero, en cambio, él se aprovechó de su situación, de que la granja se encontrara en un lugar remoto y recibieran muy pocas visitas. No tuvo el menor reparo en degradarla y violarla. Ella le dio dos hijos y estaba embarazada del tercero cuando le mató. Le disparó con su propio rifle. Y después se pegó un tiro a sí misma. Arnar lo vio todo; era el mayor, el supuesto hijo del tipo de Akranes, aunque nadie sabe si este de verdad fue su padre o si también era hijo de su abuelo.

—Ríkhardur, la trágica suerte de tu madre no viene al caso. Karlotta y tú tenéis un parentesco tan cercano que es imposible que viváis como hombre y mujer, y mucho menos que forméis una familia. Vuestros hijos tendrían a unos padres que son hermanos y compartirían a los mismos abuelos, además de tener un abuelo que fue su bisabuelo. El consejo que Ástrós le dio a Karlotta fue del todo correcto. Las probabilidades de que vuestros hijos nacieran con problemas eran demasiado elevadas.

—También existía la posibilidad de que el bebé naciera bien. Ástrós no calculó esa probabilidad con Karlotta, pero sí conmigo.

—Dudo que hubiera calculado nada con Karlotta

de haber sabido en qué se estaba metiendo. Lo único que Ástrós hizo fue ayudar a una vieja alumna predilecta que había recurrido a ella en un momento de desesperación. ¿A quién podía acudir Karlotta, si no? No se atrevió a hablar con un médico, porque este habría exigido saber a quién se refería. Ni siquiera le contó la verdad a Sigvaldi; solo le dijo que no quería al bebé. Eso fue suficiente. Pero Ástrós era una maestra de biología jubilada que se sintió halagada cuando Karlotta se acordó de ella. Intentó darle consejo, pero no tenía ni idea de quién estaba involucrado.

—De todos modos, debería haber calculado la probabilidad de que todo saliera bien.

—Eso sería evidente si te pararas un instante y usaras la cabeza. —Huldar se interrumpió y Freyja no se atrevió a moverse en el silencio que siguió. Contuvo el aliento hasta que él habló de nuevo—: ¿Y qué hay del pobre Halli, el amigo de Karl? ¿Y del propio Karl?

Ríkhardur resopló.

—Me crucé con Halli por pura suerte. Bueno, no fue solo cuestión de suerte, porque reconocí el nombre de Karl en su ordenador cuando lo revisamos en busca de contenidos pirateados. Así que me puse en contacto con él y le prometí que le pagaría si me ayudaba a gastarle una broma a su amigo. No hizo falta nada más. Él me sugirió lo de usar las emisiones radiofónicas de onda corta porque Karl estaba obsesionado con ellas. Tenía todo el equipo necesario e incluso se le ocurrió lo del código. Dijo que había sacado la idea de un póster que Karl tenía colgado encima de su escritorio en el sótano. Estaba seguro de que su amigo acabaría por descifrarlo, pero iba a darle un empujoncito si no lo conseguía. Nunca llegamos a eso.

—¿Y qué me dices de Karl? ¿Él qué te había hecho? ¿O simplemente buscabas a alguien a quien incriminar?

—Servía para mi propósito. Y me había robado a mi hermano. No tenía derecho a crecer con él, se lo merecía.

—Ríkhardur, ¿te das cuenta de que estás completamente loco?

—Pues resulta que no estoy de acuerdo contigo.

—Has matado a tres personas. Con los métodos más increíblemente horribles.

—Podría haber sido mucho peor. Escogí esos métodos precisamente porque no eran horribles. Para mí, al menos. Lo único que tuve que hacer fue encender los aparatos y ellos se encargaron del resto. Incluso pude largarme, no hizo falta que los viera morir. No soy un sádico, ¿sabes? No siento ningún deseo por ver sufrir a nadie. Fue una cuestión de justicia. La gente no puede destruir mi vida, destruir la vida de mi hijo, sin enfrentarse a las consecuencias. —Ríkhardur suspiró—. No tienes ni idea del esfuerzo que he puesto en esto. De los extremos a los que me he visto obligado a llegar. Las molestias que me he tomado para no encontrarme a la niña. Los aspectos de la investigación a los que me presenté voluntario para poder vigilar lo que pasaba. Las llamadas telefónicas. ¿De verdad pensaste que quería llamar a todos esos pirados? ¿Y la cámara de seguridad en el cajero? Mi coche aparecía en la grabación. Ni siquiera tuve que destruirla. Confiaste en mí sin reservas y nadie sospechó nada. Y todo el resto... Es una lástima que no me dijeras desde un principio dónde vivía Freyja. Lastimé al perro equivocado. Pero lo solucioné. Debes de estar sintiéndote bastante mal por haber quedado como un idiota.

—Ríkhardur, ¿me harás el favor de darte la vuelta,

poner las manos a la espalda y dejar que te espose? Continuaremos con esta conversación en la comisaría, tal y como te sugerí en un principio. —La voz de Huldar sonó fría; era evidente que la burla de Ríkhardur le había dolido.

—Preferiría no hacerlo, pero gracias de todos modos.

—No te saldrás con la tuya. No soy el único que lo sabe. Tarde o temprano, Karlotta va a atar cabos. Y Margrét vio tus zapatos desde debajo de la cama. Los zapatos reglamentarios de la policía. Esto solo puede terminar de una manera. Será mejor que nos lo quitemos de encima.

—No. Tienes que dedicar un momento a pensarlo. Lo siento, no debería haberte insultado. Quizá te haya hecho quedar como un idiota, pero, si te sirve de algo, no lo disfruté.

—Da igual. Me lo merezco. Me follé a tu esposa. En los servicios de un bar. Porque me lo pidió ella.

A Freyja se le desorbitaron los ojos. El muy cabrón... era capaz.

Ríkhardur emitió un aullido de los que hielan la sangre y siguió un barullo terrible de golpes y sonidos estrepitosos. Freyja oyó volcarse la mesa de exploración. Había gruñidos sonoros y algún que otro grito, pero no pudo identificar a quién pertenecía cada uno de ellos. Entonces, de repente se hizo el silencio. No se atrevió a mover un solo músculo. Un gemido profundo y prolongado resonó en la estancia, seguido de un gimoteo.

Era Ríkhardur.

Los gemidos de Huldar sonaban diferente, era algo que no había logrado olvidar. En ese momento guardaba completo silencio, lo que no podía ser buena señal. Con toda probabilidad, estaba noqueado.

Oyó ruido de cajones al abrirse y el corazón se le disparó. ¿Buscaba ese hombre un arma con la que rematar a Huldar? Después de todo lo que había escuchado acerca de los asesinatos no iba a permitir que se cometiera otro delante de sus narices. A diferencia de Margrét, ella era una adulta. No iban a obligarla a quedarse sentada sin hacer nada. Además, si el hombre había matado a Huldar, era perfectamente capaz de ir directo desde allí a casa de la niña.

Con un cuidado infinito, deslizó la mano hacia el interior del bolso y se las arregló para sacar la pistola sin hacer ningún sonido. Sabía que estaba cargada, pero no si funcionaba. Claro que Ríkhardur tampoco lo sabría.

Se apresuró a amartillarla y abrió el armario de una patada, sujetando el arma al frente. Huldar estaba hecho un ovillo en el suelo. Para su alivio, seguía respirando.

—Deja esas tijeras. —No pudo evitar que le temblara la voz.

El hombre se volvió, perplejo. Después, recomponiéndose, sonrió.

—Soy agente de policía. Por favor, baje el arma y ponga las manos detrás de la cabeza.

—Deja las tijeras. —Freyja veía la pistola temblar entre sus manos. Se preparó, se echó el pelo hacia atrás con una sacudida rápida de la cabeza—. Deja las tijeras o disparo.

—Oh, lo dudo mucho. Baja la pistola, cariño.

Dio un paso hacia ella.

Freyja disparó. No debería haberla llamado «cariño».

Epílogo

Tenía un hermoso tono rojizo. En el pabellón de hospital que Karl había pasado a considerar su casa, todo era de color blanco o amarillo claro. A veces, ese esquema se rompía con un verde apagado, institucional, y, aunque agradecía el cambio, el tono no amparaba ningún placer en sí mismo; los hospitales se habían apropiado de él para su propio uso y a nadie más le importaba. Debía de haber alguna filosofía tras esa elección de gama. Probablemente representaba la salud y la higiene, y quizá también la esperanza, aunque los colores parecían haberse seleccionado cuidadosamente para no inspirar en la gente un optimismo injustificado.

Pero esa llamarada roja era diferente. Brillaba tanto que resultaba casi luminosa. Cautivadora. Llevaba mucho sin ver algo tan bonito. ¿Cuánto? No lo sabía. El tiempo carecía de significado en ese lugar; ya no tenía constancia de las horas, los minutos o los segundos. Incluso el día y la noche habían dejado de formar parte de su existencia, que se dividía entre el despertar, el letargo y el sueño. En ese instante estaba aletargado.

Pero valía la pena despertarse por ese color rojo.

Karl estaba tumbado sobre el lado del cuerpo que tenía paralizado; querían evitar que la espalda se le llenara de llagas. Intentó abrir más los ojos. No podía saber si ambos estaban abiertos porque ya no veía por uno de ellos; no tenía la menor sensibilidad en ese lado. Por lo que sabía, quizá el ojo en sí estuviera bien y fuera solo el párpado paralizado lo que le impedía ver.

Lo ignoraba y en realidad importaba bien poco. Había muchas cosas que no sabía, pero no podía abrir la boca y preguntarlas. Las palabras salían distorsionadas o se negaban a aparecer. Daba gracias por el grado de visión y de audición que aún conservaba.

La peor parte era tener tan poco control sobre lo que oía o veía.

Aún no lograba hacerse entender debidamente, pero las escasas personas que se detenían junto a su cama insistían en intentar hablar con él. Los mejores momentos eran aquellos en los que dos o tres miembros del personal del hospital se presentaban allí a la vez, ya que se ponían a charlar sobre él o el trabajo, y a veces sobre sus vidas íntimas. Esas eran las partes más interesantes.

El ojo bueno se tomó su tiempo y Karl tuvo que contentarse con estudiar ese atractivo color rojo a través de una estrecha rendija. Mientras esperaba a que el párpado le respondiera, intentó adivinar lo que había detrás de ese color. No podía ser sangre ni rosas, y desde luego que tampoco un Ferrari. Se estaba decantando por la opinión de que debía de tratarse de la línea vertical de la cruz en la bandera islandesa cuando el párpado al fin se elevó del todo y vio que el personal del hospital no había colgado ninguna bandera en la pared que tenía delante. En cambio, había un hombre sentado en la silla de las visitas, que hasta el momento había permanecido vacía. Un hombre que lucía una corbata de color rojo brillante, una camisa blanca resplandeciente y una americana de color azul oscuro.

Como si fuera la personificación de la bandera islandesa.

Karl oyó el débil sonido de una voz y vio que el hombre movía los labios. En vez de intentar discernir las palabras se concentró en su cara; sentía curiosidad por conocer la identidad del visitante. No tenía a nadie en el mundo que fuera a hacerle una visita. Ni un alma.

Desde que despertara del coma había ido recordando diversas cosas, tanto buenas como malas. Pero la mayoría habían sido malas. Una buena destacaba sobre el resto: el médico le había dicho que le habían exonerado de cualquier relación con los tres asesinatos. Después había esperado más visitas, pero no llegaron. Börkur aún no había dado la cara y al parecer la familia de su madre se había ocultado tras la excusa de que apenas tenían una leve relación con él. Supuso que su amigo estaba avergonzado por haberla liado con su testimonio. Quizá había pasado a tener un amigo menos, lo cual quería decir que ya no le quedaba ninguno. Si Börkur se hubiera pasado a verle, Karl podría haberle tranquilizado diciéndole que le importaba un pimiento ese estúpido testimonio.

Las palabras del visitante le llegaron antes de que pudiera distinguir su cara.

—¿Estás despierto? Las enfermeras me han dicho que pasas ratos consciente.

Karl reconoció la voz. De hecho, la conocía muy bien, pero su cerebro tardó tanto rato en procesar la información que tuvo que resignarse a la idea de esperar. Por lo que había podido entender, había sufrido una hemorragia cerebral que se había extendido a una amplia zona de su cerebro, y eso explicaba que se hubiera vuelto tan lento. Karl imaginaba que sus ideas se veían obligadas a viajar a una distancia mayor de lo habitual, tomando una serie de desvíos alrededor de la zona dañada antes de poder alcanzar su destino último.

Los médicos eran optimistas, pero le habían advertido de que la rehabilitación sería larga, prolongada y exigente, y que era poco probable que llegara a curarse por completo. Aun así, cualquier cosa era mejor que nada.

—Parece que has abierto un ojo. ¿Estás despierto?

Arnar. Era su hermano Arnar. Karl intentó hablar, pero no lo consiguió. Abrió la boca ligeramente, eso fue todo. De ella no brotó ningún sonido... y eso que solo había querido decir «hola». Algunos días eran peores que otros.

—He venido a despedirme, Karl. —Arnar miró el ojo abierto, al parecer en busca de alguna señal de que su hermano le comprendía.

Él hizo otro esfuerzo por comunicarse, aunque solo fuera un ligero gemido para demostrarle que le escuchaba. Pero no pasó nada. Intentó guiñar el ojo bueno, pero el mensaje tardó tanto rato en viajar desde su cerebro que Arnar había apartado la mirada cuando su párpado al fin se cerró y se levantó de nuevo. Era algo que le solía pasar nada más despertarse, cuando intentaba comunicarse con las enfermeras; en el momento en que lograba parpadear, ellas ya se habían vuelto o estaban pendientes de otra cosa. Ninguna aguantaba el tiempo suficiente; siempre parecían consumirlas las prisas y, en cuanto acababan con su trabajo, salían disparadas hacia el siguiente pabellón, hacia un nuevo paciente.

—Tengo que volver a Estados Unidos. Llevo aquí demasiado tiempo. He ido posponiendo la partida, pero ya no puedo seguir haciéndolo.

¿Cuánto tiempo llevaba Arnar en el país? Karl se

preguntó si había tenido la mala suerte de estar aletargado o dormido cada vez que su hermano pasaba por allí, aunque existía la posibilidad de que no hubiera venido a verle antes. Esa era la explicación más probable. ¿Para qué habría querido visitar a un hermano a quien la gente tenía por un loco asesino? Pero la información de que Karl era inocente llevaba ya un tiempo disponible. ¿Por qué no había venido antes?

—Voy a Estados Unidos para recoger mis cosas. Me vuelvo a casa. Ya no hay nada que me retenga allí aparte del trabajo, y podré encontrar un buen empleo con facilidad en Islandia. Alison y yo vamos a divorciarnos. —Se quedó en silencio y bajó la vista.

La niebla en la cabeza de Karl pareció levantarse un poco. La espantosa Alison ¿había dejado a Arnar por su culpa? ¿Era demasiado esnob para tener a un asesino como cuñado? De ser así, ¿por qué Arnar no había solucionado el malentendido?

—He estado pensando mucho en nosotros..., en si podría haberte tratado mejor a lo largo de los años, pero creo que no. Soy lo que soy, y tú eres lo que eres. —Hizo otra pausa y miró a Karl con una expresión carente de remordimientos. Sin la menor calidez—. Lo que no logro entender... No puedo entender... por qué no me dijiste quién era mi madre. Cuando la policía me informó de que habían encontrado su nombre en tu ordenador..., que habías estado buscando información sobre ella..., lo primero que pensé fue que habías descubierto los datos, pero no habías tenido tiempo de contármelo antes de que te arrestaran. Entonces vi la fecha. Lo sabías, pero no quisiste decírmelo.

La pena no tenía problemas para manejarse por el cerebro de Karl. Los remordimientos, la depresión, la aflicción..., esas emociones tan dolorosas siempre se las arreglaban para llegar hasta él. Era injusto. Recordaba con claridad su intención de no contárselo nunca a Arnar. Pero sabía que no habría sido capaz de mantener esa promesa en cuanto se le pasara la peor parte de la rabia. No obstante, le habían robado esa oportunidad. Igual que la oportunidad de defenderse, de convencer a su hermano de que le habría dicho el nombre de su madre cuando llegara el momento.

—Mi deseo se ha cumplido pese a ti. He descubierto quiénes fueron mis padres. O, al menos, quién fue mi madre. —Arnar se quedó en silencio. Giró el cuerpo, alejándolo de Karl, y pareció perder la mirada en la ventana—. Como con tantas otras cosas, la realidad no estuvo a la altura de las expectativas. —Se rio con cinismo—. Por decirlo con suavidad.

Karl recordaba que la madre y el abuelo de Arnar habían fallecido el mismo día, como señalaba la necrológica seca y poco informativa que había leído. ¿Qué había sucedido? ¿Habían muerto en un incendio doméstico? ¿Habían decidido poner fin a sus vidas juntos? ¿O uno había matado al otro y a continuación se había suicidado? Pensar en ello representó un esfuerzo demasiado grande para su pobre cerebro tullido. Lo importante era que los locos asesinos quizá pertenecieran a la familia de Arnar, pero no a la suya. De haber podido sonreír, la expresión de Karl habría sido resplandeciente.

—Tal y como yo lo veo, tenía dos opciones: saberlo o no saberlo. Quien nada arriesga nada gana. —Arnar sorbió aire entre los dientes—. Yo he perdido y he ganado. He perdido a Alison porque no ha sido capaz de seguir viviendo conmigo después de que le hablara de mi familia. Los norteamericanos son más sensibles a ese tipo de cosas que nosotros, los islandeses. Quiere tener hijos. Propios. Con su marido, no con un donante de semen. Cuando se lo sugerí, me dijo que la idea le repugnaba. Y usó palabras más duras todavía para expresar lo que pensaba acerca de quedarse embarazada de mis hijos. Ni siquiera quiere conocer los resultados de la prueba de ADN. De repente no confía en la ciencia. La identidad de mi padre no representa ninguna diferencia para ella. A sus ojos, mi familia está demasiado mancillada para que quiera tener nada que ver con nosotros.

¿De qué estaba hablando? ¿Por qué no podía explicarse debidamente?

—Pero también he ganado. He ganado una hermana. Bueno, quizá solo una media hermana. Espero que solo sea mi medio hermana. Eso quedará claro cuando lleguen los resultados de la prueba. Y he conseguido también un hermano. O medio hermano. Sinceramente, espero que solo seamos medio hermanos. —Arnar se puso las manos en las rodillas, al parecer se aprestaba a hacer un movimiento—. Pero no voy a tener ninguna relación con ellos. No más que contigo.

Se puso en pie. La hermosa corbata de color rojo desapareció de la vista de Karl. «¡No te vayas! ¡No te vayas!»

—Adiós, Karl. Probablemente no me verás nunca más. —Su enjuta figura se esfumó y Karl no pudo bajar la vista lo suficiente para verle alejarse. Sus pasos sonaron intransigentes, pero se detuvieron de golpe—. Una última cosa: me alegro de que al final fueras inocente. —Arnar dejó de hablar, pero siguió sin abandonar la habitación. Entonces añadió, deprisa—: Espero que te mejores.

Karl volvió a oír sus pasos, que se alejaron con rapidez y dejaron de sonar.

Tardó un rato en calmarse. Las ideas vagaban fragmentarias por el sistema de sentido único de su cerebro. Constantemente tenía que guiarlas para que escaparan a los callejones sin salida y regresaran al buen camino. Solo entonces pudo digerir la visita. Sus conclusiones fueron:

No volvería a ver a Arnar nunca más.

La sombría historia de los antecedentes familiares de su hermano había salido a la luz.

Karl superaría lo de no volver a verle, pero no conocer la historia de la madre de Arnar le costaría más. ¿Por qué había sido tan terrible su pasado?

Luego estaba el caso de asesinato. El médico no le había dado detalles, solo le había dicho que él se encontraba libre de cualquier sospecha. Por supuesto, lo averiguaría todo más adelante, cuando estuviera lo bastante bien para levantarse y pudiera comunicarse mejor. Eso o la escucharía en las noticias, si algún día arreglaban la radio que tenía al lado de la cama o instalaban un televisor en su habitación.

Hasta entonces tendría que preguntarse quién había asesinado a Halli y a las dos mujeres, y qué había pasado. ¿Cómo se había resuelto el caso, por ejemplo? ¿Por qué le habían involucrado en él, para comenzar? ¿Y quién demonios había estado detrás de las emisiones de onda corta?

¿O iba a pasarse el resto de su vida allí, dándoles vueltas en vano a las respuestas?

Se le cerró el ojo. Se estaba aletargando de nuevo. No era del todo negativo, al menos tenía algo en lo que pensar. Tampoco es que hubiera nada mejor en lo que concentrarse de cara al futuro.

Cuando recuperó el sentido, su ojo volvió a ver el color rojo. Pero era de otro tipo. Más suave, y cargado de luces doradas. Más bonito que el tono anterior. Karl esperó a que su ojo se abriera del todo y descubrió, perplejo, que la silla que había dejado vacía Arnar estaba ocupada por una niña pequeña. Era pelirroja y tenía los ojos verdes, o eso le pareció, y llevaba un anorak abrochado hasta el cuello. Se sujetaba con las manos a los lados de la silla y balanceaba las piernas delgaduchas, que eran demasiado cortas para llegar hasta el suelo.

—Me llamo Margrét. Mi papá trabaja aquí, en el hospital. Me ha dicho que podía venir a visitarte. —La niña ladeó la cabeza para poder mirarle al ojo bueno—. Me contó que nadie venía a verte y pensé que era una pena. —Enderezó la cabeza de nuevo—. Veo que me estás mirando, pero sé que no puedes hablar demasiado. No pasa nada. Me gusta la gente que no está siempre haciéndome preguntas.

Karl intentó sonreír y notó que uno de los lados de su boca le obedecía. Deseó que la niña siguiera hablando y se le concedió.

—Freyja dice que debería intentar hablar sobre lo que pasó. Lo que le pasó a mami, quiero decir. Si me lo guardo dentro me podría hacer algo malo, pero no sé el qué.

Freyja. ¿No se llamaba así la mujer que tenía alguna relación con los perros sobre los que le habían interrogado? Karl aguzó el oído. Era una lástima que solo pudiera oír por uno, pero al menos estaba tumbado sobre el lado malo.

—Así que voy a hablar contigo. Sobre mami. Sobre el hombre malo. Porque solo puedes escucharme.

La niña se recostó contra la silla.

—Freyja le pegó un tiro al malo. Tuviste suerte de que no te lo pegara a ti cuando todo el mundo pensaba que eras tú, pero yo siempre supe que no era así.

Karl sintió una calidez en su interior. Deseó haber podido hablar con la niña cuando estaba en las últimas, durante el interrogatorio policial. Pero ¿por qué le había reconocido en una foto? Debía de ser la misma Margrét de la que le había hablado la policía.

—La poli también creyó que yo pensaba que eras el asesino. Pero Freyja me enseñó una foto mala. En la que salías con tu hermano. Él es el hermano del asesino. Se parecen bastante. No me refería a ti. —La niña pareció entristecerse—. Lo siento mucho. No quería que pensaran que habías sido tú.

Karl consiguió emitir un sonido que los dos interpretaron como que aceptaba su disculpa.

—Pero el asesino no murió. Freyja le disparó en la barriga, no en el corazón. No sé si eso es bueno o no. Aún no lo he decidido. Si estuviera muerto, nunca tendría que volver a pensar en él. —El relato de la niña no era demasiado coherente, pero Karl la entendía bastante bien—. Pero quizá sí que lo haría. Pienso a menudo en mami, y mami está muerta.

Karl consiguió asentir levemente, aunque de manera un poco torcida, y la niña le sonrió.

—Te vas a poner mejor. Papá lo dice. No tan bien como antes, pero mejor que ahora. —Hizo una mueca—. Tienes sangre en el cerebro.

Se quedó callada y pareció buscar algo más que decir.

—Uno de los policías se metió en un lío porque pensó que eras el malo. No sabía que el malo era su amigo, que era poli. ¡El malo era de la policía! —La cara de la niña irradió perplejidad e incredulidad—. No sabía que los policías pudieran ser los malos. Pero

Freyja le pegó un tiro. Y ya no podrá seguir siendo policía, porque irá a la cárcel. El otro poli quizá tenga que dejar también la policía, porque las cosas no le salieron bien. Los policías tienen que ser capaces de hacer que las cosas salgan bien.

La niña se volvió para mirar por la ventana.

—Freyja se ha ido de vacaciones. No la dejarán trabajar durante mucho tiempo porque le pegó un tiro a un hombre en su despacho. Y eso no está permitido. Pero yo me alegro de que le disparara. Y ella debe de estar contenta de haberse ido de vacaciones. Todo el mundo es feliz cuando se va de vacaciones.

Con dedos blancuzcos, se subió la manga del anorak para revelar el reloj de gran tamaño y varios colores que llevaba en la muñeca.

—Tengo que irme. Solo podía quedarme un rato, papá me está esperando fuera.

Se puso en pie, su cabello pelirrojo desapareció de la vista y Karl se encontró mirando el anorak de color azul claro. De nuevo experimentó una abrumadora sensación de pérdida y deseó que la niña se sentara otra vez a su lado.

—Volveré. Papi me ha dicho que puedo volver siempre que quiera. —Se quedó callada y pareció encaminarse hacia la puerta—. Hasta pronto. Volveré mañana. Quería traer a Molly conmigo. Te habría gustado verla. Pero no me han dejado. Bueno, quizá más adelante. Cuando salgas de aquí.

La niña desapareció y Karl escuchó el sonido cada vez más lejano de sus pasos. No recordaba la última vez que se había sentido tan feliz. De repente podía esperar visitas; la niña había conseguido reavivar ese sentido de la esperanza cuya ausencia tan desesperado le tenía.

Karl se concentró en tensar los dedos, tal y como le

había enseñado el fisioterapeuta. Tensar. Soltar. Tensar. Soltar. Hubiera jurado que le salía mejor que la vez anterior. Tensar. Soltar. Tensar. Soltar.

Al final se quedó dormido. De cansancio, esa vez, no a consecuencia de su enfermedad. Las palabras con las que la niña se había despedido fueron lo último que se paseó por los callejones sin salida de su cerebro.

«Quizá más adelante. Cuando salgas de aquí.»

Agradecimientos

Estoy en deuda con las siguientes personas por la información que me han facilitado para escribir la novela: Bragi Gudbransson, sobre el Organismo para la Protección del Menor y la Barnahus, el Centro de Atención Infantil contra la violencia sexual; Thorleikur Jóhannesson, sobre el mundo de los radioaficionados y la comunicación, y Hallgrímur Gunnar Sigurdsson, sobre las radiocomunicaciones y la manera de supervisarlas. A todos ellos les debo mi más sincero agradecimiento. Cualquier error es exclusivamente mío.